河出文庫

有罪者

無神学大全

G・バタイユ

江澤健一郎 訳

kawade bunko

河出書房新社

目次

有罪者

凡例

一、書物、雑誌、新聞、映画の題名は『 』、新聞や雑誌に掲載された論文、詩の題名は「 」で示した。

一、原文がイタリックの場合は傍点で示した。イタリックの単語がフランス語ではない場合は、その原語を併記した場合もある。大文字で始まる単語は〈 〉、すべて大文字の単語は《 》、すべて大文字の文章は太字で示した。〔 〕は、訳者による註記を示している。

一、原註は傍註として、訳註は後註として示した。そして、たとえば原註1を1、訳註1を（1）として示した。また、原註と訳註にさらに原註や訳註がついている場合は、註の原註を〈原註〉、訳註を《訳註》として示して、元の註の末尾に記載した。

一、ガリマール社の『ジョルジュ・バタイユ全集』（Georges Bataille, *Œuvres complètes*, I-XII, Gallimard, Paris, 1970-1988）を参照する場合は、基本的に *O.C.* と略記した。また、日本語の文中においては、おもに『全集』という略称を用いた。

一、翻訳文中の引用文は、すべて拙訳である。既訳が存在する場合はそれを参照して、邦訳書の情報を明記したうえで、基本的に原書の情報は省略した。ご高訳を参照させていただいた邦訳者の方々に、お礼を申し上げたい。

無神学大全　Ⅱ

有罪者

付録　ハレルヤ

序(1)

私は、『有罪者』[1]初版の冒頭に次のような言葉を記した。その意味は、当時の私が抱いていた印象に応えていた（全体的に）。私は、自分が住んでいる世界で、一人の異邦人のような状況にいる、という印象を抱いていたのだ――一九四二年のことであった――。（ある意味で、その状況は私を驚かせるものではなかった。カフカの夢は、さまざまな仕方で、われわれが思っているよりも頻繁に物事の奥底を表しているのだ……）

ディアヌスなる人物[2]が、これらの覚書を書き、死んだ。彼自身が、有罪者という名で自分を呼んでいた（反語だろうか）。この題名で出版された文集は、完成された書物である。書簡、そして書き始めた作品の断章は、補遺に収められている。[(2)]

1　ガリマール社、一九四四年。

2　ディアヌスは、私が用いた筆名――ローマ神話から借用した――である。私は、一九四〇年四月に、『ムジュール』誌の誌面にこの『有罪者』の冒頭を初めて発表したときに、この筆名を用いた。[《訳註》]『ムジュール』誌は、そのころアブヴィルの印刷所から発行されていた。

《訳註》一九六一年の増補改訂版初版においては、おそらくバタイユの記憶違いが原因で、『ムジュール』誌ではなく『コメルス（*Commerce*）』誌となっている。掲載号は、『ムジュール』誌の一九四〇年第二号（四月十五日）である。

⁂

これから書く短い文章で――私が最初に出版した二冊の再版本[3]への序文として――自分の省察が生まれた原理を探求するつもりはないが……、もっと控え目に、どのように私の思考が他者の思考と隔たっているのか、その考えを語りたいと思う。とりわけ、哲学者たちの思考との隔たりについて。第一に私の思考は、私が無能であるため、彼らの思考と隔たっている。私は、まさに人よりもかなり遅れて必要な知識を獲得しようとした。とても天分があると言われ、そうするべきだとも言われたが……しかし、まさにさまざまな批判――それはこの著作の一冊目を対象にして、私を襲わずにはいなかった――があったため、私は無関心になってしまった。（私には、他の気がかり、おそらくより道理にかなった気がかりがある……）

この遠ざかっていく態度のおもな説明を、今日はしたいと思う。つまり私は恐れているのだ。そして私は、真理を暴きだす務めが自分にあると思ったことは一度もないし、日に日によりはっきりと、私の歩みは病人、少なくとも息も絶え絶えで憔悴した男の歩みとなっている。私を導いているのは恐れ、思考の全体で賭けられているものへの恐れ――あるいは恐怖――である。

真理の探究は、私の得意なことではない（なによりも、真理を表す慣用語法の意味で、私はそれを考えている）。だから私は、こう主張しなければならない。真理よりも私が望み、探求しているのは恐れなのだ。目眩《めくるめ》く横滑りによって引き起こされる恐れ、思考に生じうる無限が達する恐れである。

人間の思考には、二つの最終段階があるように私には思えた。つまり神と神の不在の感覚である。しかし神は、《聖なるもの》（宗教における）と《理性》（有用なものにおける）の混同にほかならず、有用なものと聖なるものの混同が、安堵させる歩みの基盤となる世界にしか、存在の余地がない。神は、もはや理性と同じものでなくなれば、恐怖を引き起こす（パスカル、キルケゴール）。しかし、神がもはや理性と同じものではないなら、私は神の不在を前にしているのだ。そしてその不在は、世界の最終的な様相——それは、もはやまったく有用ではない——と混ざり合い、その一方で、未来における報いや罰とはまったく無関係である。結局のところ、さらに問いは、次のように提起されるのである。

3 『内的体験』改訂第二版、「瞑想の方法」を増補、一九五四年。『有罪者』改訂第二版、「ハレルヤ」を増補。これらの二冊は、『無神学大全』（ガリマール社）の第一巻と第二巻を形成している。

――……恐れ……そうだ恐れだ、ただ思考の無限だけがそれに到達する……恐れ、そうだ、しかしなにに対する恐れなのだ……

その回答は宇宙を満たす、私のなかの宇宙を満たす。

――……もちろん、《なにでもないもの》への恐れである……

＊＊＊

明らかに、この世で私を恐れ(3)させるものが理性によって制限されない限り、私は震えなければならない。賭ける戯れの可能性が私を魅惑しない限り、私は震えなければならない。

しかし人間にとって、賭けは定義上は開かれたままであるが、いつかは失う定めにあるのだ……。

賭ける戯れが問題にするのは、厳密な意味で労働がもたらす物質的な成果だけではない。賭けが労働なしでもたらす同じ成果もまた、問題となるのだ。賭け、あるいは運だ。

軍隊の運は勇気と、力と混ざり合うが、しかし勇気、そして力は、結局のところ好運の形態である。それらが労働と和解することがあれば、少なくとも労働は純粋な形態に達することはない。それでも、労働が貢献することで、賭けをして戯れる者の好運が増すのは確かである。賭ける者が適切に労働する限りにおいて、労働は好運を増大させるのだ。

しかし、労働と賭けの和解は、最後には労働を優位においてしまう。労働が賭けにもたらすものは、結局のところ完全に労働に取って代わられて、そうして賭けは、最小限度に限られた場を占めるだけとなる。

したがって、たとえ自分の気質のせいで不安にはならなかったとしても、賭けが私に切り開くことができた道には、現実の出口はなかった。結局のところ、賭けはただ不安へと導くだけである。そしてわれわれにとって唯一可能なこととは、労働なのだ。

本当のところ不安は、人間にとって可能なものではない。とんでもない！　不安とは不可能なものだ！　不可能なものが私を定義するという意味で、不安は不可能なものなのだ。人間は、自分の死からまさに、重々しく不可能なものを生み出せた唯一の動物であり、その理由は、人間がこのような狭義の意味で死ぬ唯一の動物だからである。意識とは、完了する死の条件である。私は、死ぬ意識を持つ限りにおいて死ぬ。しかし、死は意識を遠ざけるので、私が死ぬことを意識するばかりでなく、同時にこの意識を、死が私のなかで遠ざけてしまう……。

人間は、おそらく絶頂であるが、災厄の絶頂にほかならない。錯乱した日没のように、死によって埋葬される者は、彼から逃れ去る壮麗さに沈んでいく。その壮麗さは、彼を高めれば高めるほど彼から逃れ去る。そのとき、涙は笑い、笑いは泣き、時間は……時間は、時間を廃絶する簡潔さに到達する。

***

実際のところ、私が語っている言語は、私の死によってしか完了しえない。死に偶然にもたらされる暴力的で劇的な様相を、死と混同しないという条件でそうなのだ。死とは消滅であり、それはあまりにも完璧な抹消であるため、死について語ることが不可能な限り、絶頂においては十全たる沈黙がその真実となる。ここで私が呼びかける沈黙には、明らかに外側から、遠くからしか近付くことができない。

言い添えるなら、今もし私が死ぬとすれば、もちろん耐え難い苦痛そのものを、私の生は引き受けなければならない。私の苦痛は、最悪の場合には、残される人々にとって私の死をさらに悲痛にするが、私が対象となる抹消を変えることはないだろう。

　こうして私は、死という言語の終わりについに到達する。潜在的にはまだ言語が問題となるが、しかしその意味――それはすでに意味の不在である――は、言語に終焉をもたらす言葉において与えられる。それらの言葉は、沈黙（終焉をもたらす沈黙）の直前に位置する限りにおいてしか、少なくとも意味をもたない。それらの言葉は、確実に、突如として忘却に沈み、忘却されて初めて、十全な意味をもつだろう。

　しかし私は、私たちは、ただ沈黙の限界だけが到達可能な領域に――いずれにせよ――留まっているのだ。恍惚の両義的な沈黙そのものは、厳密に言えば到達不可能である。あるいは――死のように――一瞬だけ到達可能である。

　私は、自分の思考をゆっくりと――密かに、できるだけごまかさずに――沈黙と交わらせてみようか。[4]

4　いいや。まだだ！　まだ私の思考を他者の思考に近づけなければならない。あらゆる他者の思考にだろうか。おそらくそうだ。私は、あらかじめ結論まで来てしまったのだ。われわれは最後には、思考の諸可能性を全体的に構成することができないだろうか（ほとんどヘーゲルがしたように。おそらく彼は、ある意味で溺死者なのだが……）。

有罪者

……一杯のジンに
祝祭の夜
星々が空から落ちてくる

私は雷を一息でごくごく飲み干す
私は爆笑するだろう
心に雷を抱いて(4)……

友愛

夜　I

私がこれを書き始める日付（一九三九年九月五日）は、偶然の一致ではない。出来事が起こったから書き始めるのだが、しかしそれについて語るためではない。他にはなにもできずに、これらの覚書を書いている。これから私は、自由の、気まぐれの流れに身を任せて進まなければならない。突如として、率直に語るべき時が私に訪れたのである。

私は読むことができない。少なくとも、大部分の本を。その欲望がわいてこないのだ。過剰な仕事が私を疲弊させている。それで神経がまいっている。そしてよく酩酊《めいてい》している。好きなものを飲み食いしているときには、自分が生に忠実であると感じる。生とはつねに喜悦、宴、祝祭だ。それは胸を締めつける不可解な夢だが、それでも私を喜ばせる魅力で溢れている。好運の感覚によって、私は困難な運命の前に立たされる。好運が問題となるのだから、それは明白な狂気であろう。

私は、満員電車で立ちながら、フォリーニョのアンジェラが書いた『幻視の書』を読み始めた。

　私は[5]、自分がどれほど燃え上がったのかを語ることができずに、これを書き写す。ヴェールがここで裂け、私は、無力さでもがき苦しんでいる靄《もや》から外へと出て行く。精霊が聖女に語りかける。「私はお前に、すべての道のりにおいて語りかける。私の言葉は絶えることなく、お前は他の言葉など聞くことはできない。なぜなら私はお前を繋ぎ止めているのだから。そして私がお前を手放そうとも、お前は必ずここにもう一度戻ってくるのだから。そして今日のようにお前が歓喜に浸っているときにだけ、私はお前を手放すであろう。しかしそうでなければ、けっして、けっして手放さない、お前が私を愛するならば[6]」。これに続く文面は、あまりにも熱烈な愛を表しているため、刑苦がこの激情に必要な薪であるかのようだ。私は、そんな笑うべき考えにはこだわらないで、キリスト教徒から見れば豚のように生きている。私がいわば渇望しているのは、燃えさかることだ。死のすぐ近くに接近して、恋人の息吹のようにそれを吸い込むほど自分が燃えさからなければ、私は煩悶してしまう。

　いつしか方角も分からなくなった燃えるような薄明のなかで、すべてが生じる。大地を襲う悪は、私には捉えがたいようだ。それは激しさを増して高揚させる、なにか沈黙した、逃れ去るものだ[7]。

陰鬱な天気のなか、押し殺したようなサイレンの音が聞こえる（F…[8]の小さな谷間で。水平線には森、靄《もや》がかかった空が見える。それは、大きな木々や古い家屋に囲まれた、工場の奇妙な嘆きの声である）。悪夢は私の真実、裸となった私だ。そこに論理的な骨組みが挿入されるなら、お笑いぐさだ。私が属しているこの新しい世界のただなかで、私は、曖昧な現実が生む靄のシーツに喜んで身をうずめる。これほど汚らわしい霧に潜む耐えがたいもの（叫びだしたくなるほどに）……。私はたった一人のまま、満ちゆく潮に溺れている。その潮は、海の動きのように甘美で、自己と親和した哄笑である。私の夜という広大な光、寒々とした陶酔、不安のなかに私は身を横たえる。すべてが虚しいと知ることで、私は耐え忍ぶのだ。誰も、これほどまで狂わんばかりに戦争を受け止めてはいない。私一人だけができるのだ。他の人々は、こんなにも苦悶に満ちた陶酔を感じながら生を愛してはいないし、悪夢の暗闇に自分の姿を見ることもできない。彼らは、夢遊病者が歩む道、つまり幸福な笑いから行き場のない興奮へ進む道を知らないのである。

私は、戦争についてではなく、神秘的な体験について語るとしよう。戦争に関心がないわけではない。私は喜んで、我が血、労苦、さらにはわれわれが死の間近で達する野蛮な瞬間を捧げよう……。しかし一時であろうとも、自分の無知を、自分が地下室の通路で途方に暮れていることを、どうして忘れることができようか。この世界、この惑星と星空は、私にとっては墓にほかならない（そこで私は、息が詰まりそうなのか、泣いているのか、自分が一種の理解できない太陽に変わってしまうのか、分からずにいる）。戦争は、これほど完璧な夜を照らし出すことはできない。

柔らかく、まさに剝き出しとなった（香水の香りに包まれ、背徳的な装いで身を飾った）(9) 女体を求める欲望。かくも苦しい欲望に身を焦がしながら、私は自分が何者なのかをこのうえなく理解する。一種の幻覚的な暗闇が徐々に私を狂わせ、不可能へと向かう存在全体のよじれを私に交流させる。それが向かうのは、得体の知れぬ爆発、熱い、開花した、死を招く爆発であり……、その爆発をくぐり抜けて、私は、世界と自分の堅固な関係という幻想から逃れるのである。娼家は、私にとっては真の教会、まさに安らぎなき唯一の教会だ。私は、聖者たちがどのように燃え上がったのかを、貪《むさぼ》るように探求することもできる。しかし、彼らの「憩わんことを（requiescat）」は、私の軽やかさが呪う対象なのだ。私は、恍惚とした、天啓に輝く憩いを経験したことがある。しかし、そうしてかいま見えた王国から追いやられようとも、その憩いが私を安定させるものなら、それを呪うほかないだろう。

神秘的な(10)体験は、十全に成功する点でエロティックなものとは異なる。エロティックな過剰さは、最後には衰弱、嫌悪感、継続の不可能性へといたるのであり、満たされぬ欲望は苦悩の仕上げをする。エロティシズムは、人間の力を消耗させるのである。ユンガー(11)が戦争について語ったこと、つまり瓦礫のただなかでテーブルの下で目覚めることは、あらゆる狂宴で生じる懊悩《おうのう》、静まることなど想像できぬ懊悩において、あらかじめ与えられているのだ。

今夜、私が目撃した（参加した）狂宴は、このうえなく俗悪な類いのものだった。しかし私は愚かであったため、すぐさま最悪の状態にまで身を落とした。叫声、喚声が響き渡り、さまざまな体が崩れ落ちるなかで、私は押し黙り、優しく、敵意を抱かずにいた。私の目から見て、その光景は恐ろしいものだった（しかし、その恐怖を避け、恐怖にいたるしかない欲求を避けるために、他の人々が行使する理屈、手段のほうが恐ろしいのだ）。

非難することも、恥ずかしく感じることもない。エロティシズム、そしてその領域、つまり重々しい乳房を揺らし、唇から叫声を発して商品のように並ぶ女たちは、いかなる希望も遠ざけるだけにますます私には望ましい。神秘主義の領域は光の約束であり、エロティシズムと同様ではない。それは私には耐え難いので、私は、エロティックな嘔吐物、なんにも誰にも気兼ねしないその破廉恥さにすぐさま帰っていく。汚らわしい夜へと入り込み、堂々とそこに閉じこもるのは私にとって甘美だ。一緒に上階に上がった娘は、子供のように素朴でほとんど無言だった。テーブルの上から激しく床に倒れ落ちた娘には、控えめな甘美さがあった。無関心な私の酩酊した目の前で、それは絶望的な甘美さとして現れた(12)。

神は、人間が政治に取り組むように物事の性質にかかずらうことはなく、神にとって戦争や売春は、善くも悪くもありえない物事の性質、ただ単に神々しい物事の性質にほかならない。

神々は、自分の生命の源である根拠を笑いのめす。それらの根拠は、それほど深遠であり、神々以外の言語では説明不可能である(13)。

神性(神的なものという意味であり、隷従的な造物主、人間の医師である神の意味ではない)、力、権能、自己の外へ出る陶酔と法悦、もはや存在しなくなることの、「死なずに死ぬ」ことの歓喜、我が生の全体、熱狂した女のような我が心の動き。それとは別の様相として、不毛さ、癒しえぬ渇き、そして同時にあらゆる試練への冷淡さがある。

私は(14)、空の裂け目を(既知なる——しかし疎遠な——対象の分かりやすい構成が消え、もはや心にしか分からない現存が現れる瞬間を）期待した。私はそれを期待したが、しかし空は開かれなかった。獲物を狙ってうずくまり、飢えに苦しむ獣が抱くこの待望には、なにか解決できないものがある。不条理だ。「私が引き裂こうとしているのは、神なのだろうか」。まるで私は、本当に獲物を狙う獣のようだが、しかしもっと病んでいる。なぜなら私は、自分自身の飢えを笑い、なにも食べようとはせず、むしろ食べられなければならないからだ。愛は、剥き出しにされた私をさいなむ。急激な死以外の帰結は、もはやありえない。私が待望しているのは、自分がいるこの暗闇に生じる回答である。おそらく、粉々にされなければ、私は忘れ去られた屑《くず》であり続けるだろう！　この消耗させる動揺には、いかなる回答もありえない。つまり、すべては虚しいままだ。しかし、もしも……、だが、私には懇願すべき神がいないのだ。

私の生を想像して、神だけが治療薬となる病のように思う人に対して、私はできるだけ簡潔に、ほんのつかの間だけ口を閉じることを要求する。そうして彼がまぎれもない沈黙と出会うなら、心配することなく退散することを求める。なぜなら彼は、自分が話題にしているものを見なかったからだ。しかし私は、その不可解なもの[5]を正面から見つめたのである。そのとき私は、想像しうるもっとも巨大な愛で燃え上がっていた。私は緩やかに、幸福に生きていて、笑うことをやめられないだろう。神について語るとすぐさま現れる重荷、安らかな隷属を、私は背負ってはいないのだ。生者たちが暮らすこの世界の前には、不可解なものの引き裂くような幻影（それは死に浸され、死によって変容しているが、しかし輝かしい幻影である）が見えているが、同時に神学による整然とした眺望が、この世界の前に現れて誘惑をしている。この世界が、自分が遺棄されていることに気付き、この世界という謎に対する解答の不在、そして無味乾燥な解答の間で、自分が無力な虚しさであることに気付くなら、そこではなにも傷つかずにいることはできない。

なぜなら、なんらかの不変の充足が最後には存在するというなら、なぜ私はそこから締め出されているのだろうか。だが私は知っている。充足は充足させない、そして人間の栄光は、栄光や不充足を越えるものなど何も知らない、と意識していることにあるのだ。いつの日か、私は完全に悲劇的になり、死を迎えるだろう。ただその日だけが、私という存在に意味を授けている。なぜなら、あらかじめ私は、その日の陽光のなかに身を置いたからだ。他には希望はない。喜び、愛、なごやかな自由は、私のなかでは充足への憎しみと結びついている。[15]

頭のなかに蟹《かに》がいるようだ。蟹、蟇蛙《ひきがえる》、なにがなんでも吐き出すべき恐怖が。

酒を飲み、放蕩にふけり、諍《いさか》いを起こすことは、この得体の知れぬ不可能性に襲われたときに、私に残された唯一の出口であろう。私自身の奥底ですべてが緊張する。恐怖に耐え、眩惑されずに耐え忍ばねばならないだろう。

どんなに自分に熱意が欠けているのか、私には分かっている。出口のない状態から、私ほど出て行こうとしない者はいない。私は、いかなる可能事からも遠ざかり、つねに閉じこもろうとした。昼の光に接しそうになると、眠りが私の勢いを鈍くしていた。行動しようとすると、この限界に阻まれる。内的な領域の秘密をこじ開けようとすると、この限界が立ちはだかる。ときおり、決定的な情念、その偶然の突発が生じる。続いて無気力状態が訪れるが、それはあのスフィンクスのような不動状態だ。うつろな目をして自分がかけた謎にふけり、謎を解こうとするいかなるものにも耳を貸さない、あのスフィンクスの不動状態だ。この循環に麻痺させられていることを、私はもはや知らないわけではないが、私はその動物的な知恵を、いかなる知恵よりも気まぐれで自信に満ちた知恵を愛している。(16)

5　「その不可解なもの」は、神を意味してはいない。この用語は、神という言葉とそれにまつわる信仰を利用した人々の後で、小さな子が母にすがるような混乱に、われわれが陥るときに感じるものを意味している。現実の孤独においては、錯覚だけが信者に応えるのだが、信者でない者に応えるのは不可解なものなのである（一九六〇年の註記）。

この麻痺に襲われて、私は大地と空を通じて、自分の存在を緩やかに秩序付ける。私は「大地に根をはる樹」だ。緩やかではあるが、それだけに堅固だ。さまざまな力を結びつけて蓄える、あの得体の知れぬ生育力を、いやおうなく自分に感じる時がある。より強大な力強さは、いや増す脆さの感覚と釣り合っている。

私は、自分を責めたいと思った。ベッドの端に座って、窓と夜を前にして、自分自身をひとつの闘いにする訓練をして、それに夢中になった。供犠を捧げる狂乱と供犠の狂乱が、二つの歯車の歯を思わせながら私のなかで対立していた。まるで、機械の駆動軸が動き始めるときに、歯車の歯が互いにつかみ合うように[17]。

実体と呼ばれるものは、力の放射（喪失）と蓄積がかりそめに均衡した状態にすぎない。けっして安定性は、ほとんど続かないこの相対的な均衡状態に勝るものではない。つまり私の考えでは、この安定性はけっして静止したものではないのだ。生そのものが、これらの均衡状態と関係しているが、しかし相対的な均衡が意味するのは、ただそれが可能だということである。それでも生は、力の蓄積と喪失であり、均衡なしにはありえないとはいえ、均衡の恒常的な危機である。したがって、分離できる実体は存在しえないのであり、ただ宇宙だけが、実体と呼ばれるものを持てるのである。しかし、実体が統一性を望むにもかかわらず、その統一性は、持続を排するあの凝縮と破裂の機構を求めていることにわれわれは気付く。宇宙に属するものは、こうして実体とは異なる本性をもって現れるのであり、実体は、不安定な性質にほかならず、その性質の見かけが、個別的な存在と関係しているのである。宇宙は、哄笑や接吻に還元できないのと同様に、実体というこの無気力な概念に還元することもできない。哄笑や接吻は、概念を生み出すことはなく、対象の操作に必要な諸観念よりも真正な「在るもの」の到来を導くのである。「在るもの」――いわば宇宙――を有用な対象の同類に還元することほど笑うべきことはない！　笑いだし、愛し、まさに激高して泣き、無力で知ることができずに泣くことは、知性の次元にはありえない認識方法である。だが、まさに知性が、笑い、愛、涙を、対象同士が作用と反作用をする他の諸様態と同一視できるようになれば、それらの認識方法はかろうじて知性と和解できる。それらの他の様態は、まずは現実における従属した様相として知性に現れてくるが、それでも笑いや他の非生産的な情動は、知性を無力にすることができるのだ。そうすれば知性は、自分の惨めさを意識するのだが、しかしわれわれはけっして、宇宙に対する相いれない二つの体験を混同してはならない。ただ知性による混同と従属だけが、神について語ることを可能にするのである。神という奴隷は、終わりなき束縛が連鎖するなかで、次には私が隷属することを要求している。宇宙を笑うことで私の生は解放されていた。私は笑いながら、重々しさから逃れる。この笑いを知的に翻訳することはお断りする。そんなことをすれば、隷属が再び始まるだろう。

彼方へと進まなければならない。

「自分がいた場所で、私は愛を探し求めていたが、もはや見つけることはできなかった。その時まで抱いていた愛さえも失い、私は非＝愛となった」（『幻視の書』第二六章、エロ訳）。

神について語るフォリーニョのアンジェラは、奴隷として語っている。それでも彼女が表現したことは、私を感動させ、ついには震えさせることができる。私は口ごもる。聖女が語ることは、もうひとつの口ごもりに感じられる。時のまにまになった状況の反映、今では鎖を解かれた（別の仕方で再び閉ざされた）束縛の反映かもしれぬものに、私はこだわりはしない。

彼女は続ける。

「……神が闇にお出でになると、笑いも、熱情も、敬神の念も、愛も、なにも私の顔には、なにも私の心には浮かばず、震えも、身じろぎも起こらない。肉体はなにも目にすることはないが、魂の目は開かれている。肉体は安らぎ、眠り、舌は切られ、もはや動くことはない。神が私にお恵みになった多くのえも言われぬ友愛のすべて、その甘美な魅惑、賜物、お言葉、お振る舞い、それらすべては、この果てしなき闇に私が目にする〈お方〉と比べれば、わずかなものである……」

激しい笑いが生じれば、いかなる限界もなくなる。

これらの覚書は、アリアドネの糸のように私を同類たちに結びつけるが、それ以外のことは私には虚しく思える。しかし、これらを友人たちの誰にも読ませることはできないだろう。だから私は、墓のなかで書いているような気がする。私は、自分の死後にこれを出版してもらいたいと思っているが、かなり長生きするかもしれず、生きているうちに出版されるかもしれない。そう考えると苦しい。私の気が変わるかもしれないが、だが今のところは不安を感じている。[6]

二人の「娼婦」との会話ほど、陽気で無邪気なものは想像できない。鏡と色鮮やかな光が森のように錯綜するなかで、雌オオカミのように彼女たちは裸だった。道徳を意識すると、私は無邪気なまでに「野性的に」なるのだ。(18)

6　実際には、一九四〇年の初めに、このテクストの断片を雑誌『ムジュール』に寄稿することになる（ディアヌスという筆名で）。集団避難から戻ったとき、私は、刷り上がった『ムジュール』が、北部での戦闘のあいだにアブヴィル駅にあったことを知り、この町が大変な爆撃を受けていたため、出版の機会は長い間まったく遠ざかるだろうと考えていた。しかし、『ムジュール』のその号は無事であった。一九四三年には『内的体験』が出版された。『有罪者』の初版本は、一九四四年の初め、二月に上梓の運びとなる（一九六〇年の註記）。

Ⅱ

「満たされた欲望[19]」

「一人の人妻のなかに私が欲望するのは
娼婦のなかにつねに見出されるもの。
満たされた欲望の徴《しるし》。」[7][20]

私は、自分を満足させてくれる好機が訪れたので、喜んでこうして書いている。再び私は、そこへの到達と、そうして可能になる生を想像する。いかなる先入観も抱かずに。

[21]研ぎ澄まされた清澄さのなか、星がきらめく黒い空の前で、丘と黒々とした木々の前で、自分の心を炭火に、灰に覆われながらも中では燃える炭火に変えるものを、私は再び見出した。それは、いかなる概念にも還元できない現存の感覚、恍惚が導き入れるあの雷のような静寂である。私は、自分の外へ流れ出る莫大な流出となる。まるで私の生が、インクのような空の闇を、緩やかな大河となって流れるように。そのとき私はもはや私自身ではないが、私から流れ出たものは、限界なき現存、それ自体が私自身の喪失

に似た現存に到達し、それを抱擁しながら取り囲む。もはや私でも他者でもないもの、昼の限界が失われる深い口づけが、この恍惚と結ばれている。それは、空を失いながら進む地球の運行のように得体が知れず、宇宙と無縁ではない口づけだ。

そのとき、おそらく〈供犠〉が始まる。そのとき、〈不満〉〈怒り〉〈誇り〉が再び始まる。静寂のなか、不自由な羽の黒鳥が、自分さえも憎みながら、〈優しさ〉〈愛〉とまだ呼ばれるものをしきりに消し去ろうとしている。そして恍惚はもはや耐え難くなり、ただ空虚な雄々しさだけが残る(22)

…………………………………………私は再び孤独になる。最後に、広大な墓碑を建築したような、深い穴のようにできた庭が、私の足下で口を開け、目の前に広がる。かくも暗くかくも深いため、深淵のようだ。

私の描写は不確かで、おそらく不可解だ。私は、死に際の男、自分が生きていることを最後になにかの合図で表そうとする男を思い浮かべる。合図は、なにかが起こることを示しているが、それはなんであろうか。しかし私が思うに、読者は、私が言うことを理解してくれるであろう、私の忠実さ（それは第二部よりも第一部で完璧だ）を感じ取ってくれるであろう。

7　ウィリアム・ブレイク。

牛たち(23)を殺すような混沌のなかにいる。私の頑丈な百姓頭は、それに耐え抜く。アルコールという棍棒の衝撃は、もはや私のなかでは「満たされた欲望」だけを示している。これらのページに現れる無秩序に、ひとつの生のありふれた支離滅裂さを見出すのは困難だ。もし私にまだ美徳が残っているなら、私は状況の俗悪さを乗り越えて、とらえがたいものになり、私を閉じ込めるようなものから無言で身を解き放ち、そうしてその美徳を枯渇させてみせる(24)。

私は、いつもマドレーヌ寺院の前を通る——必要なら回り道をして。オベリスクが、ガブリエルの設計した館の列柱に挟まれて、そしてブルボン宮の上で、アンヴァリッドの金色の丸屋根にその先端を重ねるのがかいま見える。その光景は、そこで人民が演じた悲劇を、私の目に描き出す。王権、つまりこの歴史的建造物の構成における鍵が、血のなかに打ち倒され——悪意に満ちた群衆の罵声を浴びて——、そしてひそかに、通行人の無関心な目など受け付けずに、石の沈黙において再生する。アンヴァリッドの建物に埋葬されて賛美されているあの「世界精神(25)」のことを考えると、私は快活にならずにはいられない。もっと浅薄な精神たちを結びつける魅惑からは、私は苦もなく逃れるが、しかし二重に衰退したヘーゲル的な大建築物が帯びる偉大さは、私のなかに遠い残響を見出すのだ。栄光、災厄、沈黙がとらえがたい神秘を生み、その奥からオベリスクが現れた。開戦してから二度、この石碑の下を通ったが、このような暗闇で見たことは一度もなかった。こうした夜のただなかで近付いたことがなかったため、その至上なる威厳には気付かなかったのだ。空の深みに消えて行くこの花崗岩の塊を、私はその根元から見ていた。この石塊の稜角が、そこで星々の瞬《またた》きから直接に浮かび上がっていた。夜のなかで、屹立する石は山々の威厳を帯びていた。それは死と砂のように静かで、闇のように美しく、鳴り響く太鼓のように亀裂を感じさせた(26)。

私は、神秘的な体験を描写しようとしていて、ただ外見上そこから離れているにすぎないが、いったい誰が、こうして私が招く混沌にひとつの道を見出すというのだろうか。

曝《さら》け出された裸の身体を、無関心に見ることもできる。同じように、自分の上に広がる空を、ひとつの空虚のように見つめることもたやすい。それでも曝け出された身体は、私から見れば、性的に戯れるときと同じ力をもっていて、私は、明るい空、あるいは暗い空の広がりに傷口を切り開き、女の裸とするように密着することもできる。女を抱く男が感じる脳の恍惚は、裸のみずみずしさを対象としている。空虚な空間、宇宙の開かれた深みで、我が瞑想の奇妙さは、私を解放する対象に同じように到達する。

私は、今晩、黒雲の前で瞑想しながら感じたことを描写した。その雲が崩れゆく姿は

「曲芸のように」――もつれ合う四肢のねじれのように――思えた。

私は、自分の放蕩と自分の神秘的な生を混同してはいない。エリアーデの作品[27]におけるタントラ教の描写は、私に反感を抱かせた。いずれの場合も、私は混じりけのない熱狂だけを求めているのだ。いくつかの妥協の試みは、確かにタントラ教の計算高い憂鬱さからは隔たっていたが、私をその種の可能性から遠ざけただけであった。私は、自分の体験と結ばれた野生状態を表すために、それらの可能性をお伝えしよう。

ひび割れた、衝撃的な深みに沈み込んで、叫ぶことを愛する。深淵の底に在るものを知ることは、もはや重要ではない。私はまだ燃えながら書いているが、これより先へは進まないだろう。なにも付け加えることはできないだろう。激しく燃え上がる空、つまり幼子の断末魔を思わせる、鋭く、穏和な、簡潔で耐えがたい、突如としてそこに在るものを、私は描写できない。私は、これらの最後の言葉を書きながら恐れを抱く、……を前にした、私という空虚な沈黙への恐れを。これほど激しい光を耐え忍び、知性のいかなる虚しさも感じずにいるには、堅固さが必要であり、唯一の真実が明かされるときに挫けずにいるには、堅固さが必要なのだ。その唯一の真実とはつまり、そこに在るものを知的な範疇に閉じ込めようとすれば、結局は誇り高き哄笑[28]が欠落してしまう、ということである。そしてそのような欠落は、神への信仰の結果なのだ。光のなかで雄々しくあり続けるには、狂った無知の大胆さが求められる。つまり我が身を燃え上がるにまかせ、歓喜で叫び、死を待つこと——未知なる、知り得ない現れのために。そして自分自身が愛と盲目的な光になり、太陽の完璧なる無知へと達することである。

[29]裸を求める欲望の秘密を見破るまで、この雄々しい無知にたどり着くことはできない。まずわれわれは、禁止を侵犯しなければならない。禁止の閉鎖的な遵守は、神の超越性、人間の果てしなき屈従と結ばれているのだ[30]。

人間という巨大な漂流物は、われわれの推論的思考の騒音を聞き入れぬ大河の流れに沿って、けっして絶えることなく流されている。しかし突如として、この漂流物は広大な滝の轟音へと入り込み……。

[31]どぎつく輝かしい臀部の裸、海と空の窪みにある断崖の否みがたい真実。戦間期は、生きるためには虚妄が、アルコールに劣らず必要な時代だった。解決策の不在は、言葉で表すことができない。

III 天使

(32)エロティシズムは残酷で、悲惨へと導き、破滅的な浪費を要求する。さらにそれは、苦行と結びつくにはあまりにも消費性が高すぎる。その代わり、神秘的な恍惚の状態は、物理的な、あるいは精神的な破滅をもたらさないが、自分自身への虐待なしにすますことはできない。私が経験したどちらの体験も、二種類の過剰がもたらすその正反対の帰結を、私に明らかにしてくれる。自分のエロティックな習癖を諦めるには、我が身に磔《はりつけ》の苦しみを味わわせる新たな方法を、私は編み出さなければならないだろう。その方法は、アルコールに劣らず陶酔をもたらさなければならない。

自分自身の姿を思い浮かべ、瞳を燃え上がらせ、骨が浮き出た苦行者の顔を想像すると、胸が締めつけられる。我が盲目の父、落ち窪んだ眼窩、痩せこけた鳥のような長い鼻、苦痛の叫び、静かな長々とした笑い声、私は彼に似たいと思う！　私は暗闇に問いかけずにはいられず、この不本意な、不安にさせる苦行者を幼年時代にずっと目にした

ことで、私は身を震わせる。(33)

避けられぬ運命と遭遇すると、人間はまず後ずさりをするものだ。そうして私は、放蕩と恍惚から抜け出して、禁欲の道を見いだした。今朝は、ただ苦行のことを考えるだけで、私は息を吹き返していった。これほど望ましいものは想像できなかった。今や、嫌悪感を抱かずには、同じイメージを思い浮かべることができない。窪んだ目をして痩せ細り、敵意を抱く者になることを、私は拒絶する。それが本当に私の運命なら逃れられないが、しかしそれでも耐えることもできない。

私は、苦行の最初の形態を思い描く。それはまったき簡潔さだ。このうえなき流動性、高揚と抑鬱の循環が、実存の中身を空っぽにする。さまざまな熱烈な意思の過剰さほど、最悪なものはない。私は最後には、貧しさをひとつの治癒として想像するのだ。(34)

恍惚の幻視を描き出す（かなり不十分にではあるが）イメージを書きとめよう。「一人の天使が空に現れる。それは、夜の深さと暗さを備えた光り輝く点にほかならない。彼には内的な光の美しさがあるが、捉えがたいほど微かに揺らめきながら、その天使は水晶の剣を高く掲げ、剣は砕け散る」。

この天使は「諸世界の動き」であるが、私は彼を、他の存在と同じようなひとつの存在としては愛せない。彼は傷口、あるいは亀裂であり、それは隠されながらも、ひとつの存在を「砕け散る水晶」に変えるのだ。だが、私は彼を天使としても、明瞭な実体としても愛することはできないが、私が彼から把握したものは、ある動きを私のなかで解き放つ。それは、死ぬ欲望、そしてもはや存在しなくなる欲求を私にもたらす動きである(35)。

悲しみの官能性は、悲しみが苦しみもたらすほどいっそう官能的になるのだから、それを文学的な主題の凡庸さに貶めるのは、下卑《げび》た行いだ。官能性が苦行の眼差しをもち、苦痛がわれわれを率直にさいなむとき、問題となっているものは空に、夜のなかに、冷気のなかに存在するのであり、文学史のなかにではない(36)。

フォリーニョのアンジェラは言う(第五五章)。「神は、愛する子、イエス・キリストに貧しさをお与えになった。その貧しさは、あの方がかつて経験したこともなく、それほど貧しい者はこれからもけっして存在しないような、そんな貧しさである。しかし、あの方は〈存在〉を特性としている。あの方は実体を備えていて、実体はあまりにもあの方に属しているため、この帰属は人間の言葉を越えているほどである。しかし神は、まるで実体があの方のものではなかったかのように、あの方を貧しくしたのである」。

ここで問題となっているのは、キリスト教的な美徳にほかならない。つまり、貧しさ、恭順である。不変の実体は、神にとってさえ至高な充足ではない。そして、無一物の清貧と死は、永遠の至福である〈お方〉の栄光に――同様に、実体の虚しい属性を自分なりに所有する万人の栄光に――欠かせない彼岸である。これらの点、これほど破滅的な真実は、聖女にとっても剝き出しの状態で近づけるものではありえなかった。だがしかし、恍惚の幻視から出発すれば、この真実は避けがたい。

キリスト教の惨めさは、脆さが、非実体が苦痛となる状態から、苦行のなかで逃避しようとする意志にある。それでもキリスト教は、実体――かくも苦労して自分が保証した実体――を供犠に供さなければならないのだ。

亀裂のない存在はありえないが、しかしわれわれは、耐え忍ぶ亀裂、失寵から栄光へ（愛される亀裂へ）と進むのである。

キリスト教は、（人間的な意味で）栄光に満ちたものから逃れながら、栄光に達する。まずキリスト教は、現世における物事の脆さを前にして、実体的なものに庇護されることを思い描くはずだ。そのとき神の供犠が可能となり、すぐさまそれが必然的となる。そのように理解されるなら、キリスト教とは、人間の条件の適切な表現である。つまり人間は、不安定さによって陥る不安から解放されなければ、供犠の栄光にいたることはない。しかし、キリスト教は、すぐさま衰弱する人々――つかの間の陶酔（エロティシズムの、祝祭の陶酔）に耐えられない人々――にお似合いだ。われわれがキリスト教を捨て去る地点とは、生が横溢する地点である。フォリーニョのアンジェラは、それと知ることなくそこに到達し、それを描写する。(37)

宇宙が存在していて、その夜の真ん中に、人間は宇宙の部分を、自分自身を発見する。だが、それはつねに未完了な発見である。死ぬときに、人間は自分の後に生存者を残し、それらの生存者は、必ずや彼が信じたものを滅ぼし、彼が崇拝したものを冒瀆《ぼうとく》するのだ。私は、宇宙がこのようなものであると学ぶのだが、しかし確実に、私の後に続く人々は、私の過ちを目にするだろう。人文科学というものは、自分の完了状態に基づかなければならない。未完了なら、それは科学ではなく、科学への意志が生む不可避で目もくらむ産物にすぎない。

科学をその完了に従属させたのが、ヘーゲルの偉大さだが（われわれが科学を作り上げる限りは、科学の名に値する認識があたかも存在しうるかのように！）、彼が残そうとした建築的体系から存続するのは、彼の時代よりも前に建築された部分の図式にほかならない（その図式は、彼以前に作られることはなかったし、彼以後に作られることもなかった)。どうあっても、『精神現象学』という図式は、それでもやはり始まりにすぎず、それは決定的な失敗である。認識の唯一可能な完了が生じるのは、私が人間の実存について、それは決して完了することのない開始である、と語るときである。この実存は、その究極の可能性に達するときに、充足を見いだすことができないし、少なくとも、われわれのなかにある活発な諸要求を充足させることはできないだろう。この実存は、半睡状態の自分に属する真実、その真実の判断に照らし合わせて、それらの要求を偽物と決め付けるかもしれない。だがこの真実は、その固有の決まりゆえに、ただひとつの条件においてしか、そのような真実とはなりえない。つまり私は死に、そして人間における未完了なものが私と共に死ぬ、そのような条件においてしか。そして私の苦しみは取り除かれ、物事の未完了はわれわれの充足を損なうのをやめ、生は人間から遠ざかるだろう。そして生と共に、その遥《はる》かなる避けがたい真実も遠ざかる。なぜなら未完成、死、癒しがたい欲望は、存在にとって決して閉ざされぬ傷口であり、その傷口なしには、無気力——死のなかに呑み込み、もはやなにも変えることのない死——が存在を閉じ込めるからである。

極限まで考えぬけば、科学のデータは、宇宙の決定的なイメージを不可能にする限りで有効になることが分かる。科学は固定した概念を崩壊させたし、崩壊させ続けているが、この崩壊は科学の偉大さを、より正確に言えば偉大さというよりも真実を形成しているのだ。科学の運動は、虚しい幻影で満ちた暗闇から、実存の剝き出しとなったイメージを解き放つ。知ることを熱望しながらも、自分から逃れ去る知の可能性を目のあた《ま》りにする存在は、この作業の思いがけぬ帰結として、最後には博識な無知にとどまるのだ。提起された問いは、存在と実体の問いであったが、鮮明に私に現れるのは（それによって、私が執筆しているときに「諸世界の底」が私の前に開かれ、そしてもはや私のなかでは、認識と恍惚とした「認識の喪失」に違いがなくなる）、私に現れるのは、認識が存在を追い求めたところに見出されるのは、未完了であるという事実である。未完了であり、完了しえぬ科学が、それ自体が未完了な対象も完了しえないと認めるなら、対象と主体（知られた対象と知る主体）の同一性が成立する。未完了なもの（人間）は、完了したもの（神）を見出す必要性を感じていたが、そこから生じていた不安は、その時から雲散霧消するのだ。未来を知らないこと（ニーチェが愛した *Unwissenheit um die Zukunft*[8]）は知識の極限状態であり、人間が体現している出来事は、諸世界の未完成を示す適切な（それゆえに、まさに不適切な）イメージなのである。

未完成の表象に、私は、それまでは到達できなかったもの、つまり知的な充溢と恍惚の一致を見出した。私は、ヘーゲル的な状況、つまり対象――知られる対象――と主体――知る主体――の差異の抹消に、自分がたどり着きたいとはほとんど思っていない（この状況が、根本的な困難に応えているとはいえ）。自分が登っている目もくらむような斜面から、私はいま、未完成を根拠とする真実を目にしているが（ヘーゲルが、完成を真実の根拠としたように）、もはやそこにあるのは根拠の見かけにすぎないのだ！　人間が渇望するものを私は捨て去った。こうして私は、描写できる変動に流されていくが――栄光に満ちて――、その変動はあまりにも激しいため、何もそれを止めることはないし、止めることはできないだろう。それこそが生じるもの、つまり諸原理によっては正当化も忌避もできないものである。つまり、それはひとつの状況ではなく、それぞれの可能な作用を限界状態で維持している変動である。私の考えは、引き裂かれた神人同形論だ。私は、在るものの全体を、隷属で麻痺した実存ではなく、私という野蛮な不可能性、自分の限界を避けられないが、それに甘んじることもできない不可能性に帰着させたい、同化させたいのだ。無知（*Unwissenheit*）、愛される、恍惚的な無知は、そのとき希望なき知恵の表現となる。思考は、その展開の極限において、自己の「殺害」を、墜落して供犠の領域に沈み込む「殺害」を切望するのであり、情動が嗚咽の引き裂くような瞬間まで高まるのと同様に、思考の充溢は、思考を打ち砕く風が吹きすさぶ地点、決定的な矛盾が荒れ狂う地点へと思考を導くのだ。

8　未来に関する無知〔フリードリッヒ・ニーチェ『ニーチェ全集8――悦ばしき知識』信太正三訳、ちくま学芸文庫、一九九三年、三〇〇頁〕。

あらゆる到達可能な現実において、それぞれの存在において、供犠の場を、傷口を探し求めなければならない。ひとつの存在に接触できるのは、まさにそれが死ぬ地点においてであり、女性にはドレスの下で、神には供犠の犠牲獣の喉元においてしか触れることができないのだ。

利己的な孤独を憎み、恍惚に己を滅ぼそうとした人は、空の広がりの「喉元を」つかんだのである。なぜならその広がりは、血を流し、泣き叫ぶはずだから。裸になった女性は、悦楽の領域を開いてくれる（彼女は、うやうやしく服を着たままでは、心をかき乱すことはなかった）。そのように、空虚な広がりは引き裂かれ、引き裂かれながら、その広がりに己を滅ぼす者へと身を開く。まるで肉体が、自分に身を捧げる裸体に己を滅ぼすように、彼はその広がりへと消滅していくのだ。

歴史は未完了だ。この本が読まれるときには、もっとも小さな小学生でさえ、現在の戦争が向かう帰趨を知っているだろう。だが、私が執筆しているときには、小学生でさえ持つ知識を、なにものも私に授けることはできない。戦争の時期には、歴史の未完成が露わになるため、終戦の数日前に死を迎えるのはショッキングなことだ（それは、冒険物の本を読みながら、結末の十ページ前でそれを手放すようなものだ）。歴史の未完成――それは死に含まれている――に生者が同意することは、まれにしか起こらない。

ニーチェだけが「*Ich liebe die Unwissenheit um die Zukunft.*」[9]と書くことができた。だが、盲目的な信奉者は、自分が望む結果を確信して死ぬのである。

科学は、歴史と同様に未完了だ。私は、人間の展望を変える結果（それは、生存者の展望を変えるように私の展望も変えるであろう）を永遠に知ることなく、本質的な問題に答えられずに死ぬだろう。

もろもろの存在は、互いを比べると未完了である。動物は人間と比べて、人間は神と比べて未完了であり、神は想像上の存在として完了しているにすぎない。

一人の人間が、自分が未完了であることを知って、すぐさま完了した存在を想像し、それが真実であると想像する。その時から彼は、完了ばかりでなく、その結果として未完了も手にするのだ。それまでは、未完了の原因は彼の無力さであったが、完了を手にしたために、その力の過剰さが、彼のなかに未完了の欲望を解き放つ。好きなだけ、彼はへりくだり、哀れとなり、神のふところで自分の卑小さを、哀れさを味わうことができる。そして彼は、神自身が未完成の欲望に屈して、一人の人間、哀れなものとなり、供犠のなかで死ぬ欲望に屈する姿を想像するのだ。

9　「私は未来に関する無知を愛する」（同書同頁）。

神学は、完了した世界の原理を、あらゆる時代、あらゆる場所において、ゴルゴタの闇においてさえも維持している。神が存在するだけで十分なのだ。だから、世界を未完成の欠陥状態で見いだすには、神を殺さなければならない。そのときには、是が非でもこの世界を完了させなければならないと考えずにはいられないが、しかし不可能なものが、未完了がそこに現れる。つまり、いかなる現実も砕け散り、ひび割れ、不動の大河という幻想は霧散し、よどんだ水は流れ出し、私は、迫り来る広大な滝の轟きを耳にするのである。

完成の幻想は、服を着た女性の姿において——人間的には——表される。彼女が一部でも裸にされるやいなや、彼女の動物性が見えるものとなり、その視覚が私のなかで私自身の未完成を露わにする……。もろもろの存在は、完璧なものに見える限り、孤立して、自分のなかへ閉ざされたままである。だが、未完成という傷口が、彼らを切り開く。未完成と呼べるもの、動物のような裸、傷口によって、孤立したさまざまな存在は交流して、互いに交流しながら己を失い、生命力を帯びるのである。

ずっと前のことだが、酩酊して、地下鉄のストラスブール＝サン＝ドニ駅のホームで、文章を書くために、裸の女性を写した写真の裏面を使った。私は、ナンセンスな文章のあいだに、次のように書いた。「交流しないことは、まさに交流する血なまぐさい必然性を意味している」。我を忘れながらも、私は意識を失わずにいて、叫びだし、裸になりたいという耐えがたい欲求に無言で苦しんでいた。あらゆる面で同じ苦痛を感じている。つまり、己を失いたいという欲求が、生の全体をさいなんでいるのだ。しかし存在は、そうして欲求しながら、完成を逃れるのである。歴史の喧噪に刻まれた不充足、いかなる休息の可能性も蝕む知恵の動き、供犠以外の帰結をもたない神のイメージ、病に冒され、もうどうにもならずにドレスをたくし上げる娘、それらはことごとく、その「裸として感じられる交流」の方法であり、それがなければすべては虚しいのである。

Ⅳ 恍惚の点

[38]一ヶ月以上前に、ひとつの激変に乗じて私はこの本を書き始めた。その激変は、すべてを巻き込み、のめり込んでいた企てから私を解放してくれた。戦争が勃発して、私は待てなくなっていた。まさに。私にとってのこの本という解放を、待つことができなくなっていた。

無秩序がこの本の条件であり、それはあらゆる面で際限がない。私は、自分の気まぐれ、過剰さが、目的を持たないことを愛している。しかし、ひとつの意志、遥《はる》かなる意志が、それを引き寄せる危険になど左右されずに、私のいらだちをものともせずに残り続ける。動揺の彼方に、節度のある野心とは無関係に、明白な運命の果てへと進む私の欲望が存在する。それは、恋人に劣らず明白で、説明しがたい運命だ。私は、この運命によって死にたいと思っている。

私は恍惚を望み、それを見いだした。私は、自分の運命を砂漠と呼び、この乾いた神秘を人に強いるのを恐れない。私が到達したこの砂漠に、他の人々も到達できるように私は望んでいる。おそらく彼らには、この砂漠が欠けているのだ。

他の人々が同じように恍惚を見いだせるように、私はできるだけ簡潔に、自分が恍惚を見いだした道を語ろう。

[39]生は不安定さ、不均衡の結果として存在する。しかし、生を可能にしているのは、もろもろの形態の不動性だ。極端から極端へ、ひとつの欲望から別の欲望へ、衰弱から高揚した緊張状態へ進む運動が加速すれば、もはや破滅と空虚しか残らなくなる。だからわれわれは、十分に安定した道筋を限定しなければならない。根本的な安定性を恐れることは、それを断ち切るのをためらうことに劣らず臆病なことである。絶えざる不安定性は、厳格な規則よりも味気ない。われわれが不均衡にできるのは（供犠に捧げられるのは）在るものだけである。不均衡、供犠は、対象が安定していればいるほど、完成していればいるほど甚大となるのだ。必ず均等を重んじる道徳、両極的な循環を憎む道徳に対して、これらの原理は敵対する。これらの原理は、無秩序を好むロマン主義的な道徳を打ち砕くが、それと同じだけ正反対の道徳も打ち砕くのだ。

恍惚への欲望は、方法を拒絶できない。私は、お決まりの異論を考慮に入れることはできない。

方法とは、弛緩の習慣に対して行使される暴力という意味である。

ひとつの方法は、書き物によっては伝えられない。書き物は、たどるべき道の跡を示すが、他の道もやはりありうるのだ。唯一の普遍的真実は、避けがたい高揚、緊張である。

厳密さも、巧みな手段も、屈従をもたらすものではない。方法とは、流れに抗って泳ぐことである。その流れは、ひとを屈従させている。それに抗って進む手段は、たとえより危険であろうとも、私にはなお喜ばしいものに思えるだろう。

[40]寄せては返す瞑想の波は、花が生じるときに植物を突き動かす動きと似ている。恍惚はなにも説明しない、なにも正当化しない、なにも明らかにしない。恍惚とはまさに花であり、花に劣らず未完了で儚《はかな》い。唯一の解決策は、一輪の花を手に取り、それと一体になるまで見つめることだ。花が未完了であり、儚いものでありながらも、説明し、明らかにし、正当化してくれるように[41]。

道は無人の領域を突き抜けていく。無人だが、しかし幻影（歓喜の、あるいは激しい恐怖の幻影）の領域だ。その彼方ではどうなるのか。盲人のような無秩序な動きをして、両手を挙げて、両目を大きく見開き、太陽をじっと見つめ、自分自身が内面で光となるのだ。実体という観念が虚しく思われるほどの激しい変化、突然の輝きを想像してみよう。場所、外在性、イメージ、どの言葉も虚しくなる。もっとも場違いではない言葉——融合、光——は、とらえがたい性質をもっている。愛、この焼け焦げた無力な言葉について語るのは困難だ。まさに主体と客体が、通常は愛を自分たちの無力さに埋没させてしまうのだから。

魂と神について語るのは、この両項を結ぶ愛について語るのはどうだろうか。見たところもっとも埋没していないこの二項によって、一種の衝撃的な愛が表されるのだろうか。だが実際には、それはもっとも深い埋没なのだ。

電車が一台、サン＝ラザール駅に入ってきて、その車内で私は窓ガラスに顔を向けて座っている。これを、宇宙の広大さにおける瑣事《さじ》とみなす、そんなひ弱な考えから私は遠ざかる。完了した全体という価値を宇宙に授けるなら、それは瑣事かもしれないが、だが未完了な部分的宇宙だけが存在するなら、それぞれの部分は全体に劣らぬ意味をもっているのだ。完了した宇宙の次元へと私を引き上げて、「駅への電車の入構」の意味を奪う真理、そんな真理を恍惚に探し求めるとしたら、私は恥ずかしさでいっぱいになる。

恍惚とは、もろもろの項の交流であり（それらの項は、必ずしも定義できない）、交流は、それらの項にはなかった価値をもっている。交流は、それらを消滅させるのだ——同様に、星の光は星そのものを消滅させていく（ゆっくりと）。

未完成、傷口、苦痛が交流には必要だ。完成は、それとは正反対のことだ[42]。

交流は、ひとつの欠損《デフォ》を、「亀裂」を求める。それは死のように、鎧の弱点である合わせ目《デフォ》から入り込む。交流は、私自身において、そして他人において、二つの裂け目が符合することを求める。

「亀裂」がなく、安定しているように見えるもの、それは見たところは完了したひとつの全体である（一軒の家、一人の人物、ひとつの通り、ひとつの風景、ひとつの空）。しかし「亀裂」、欠損が不意に生じるかもしれないのだ。

ひとつの全体には、それを考察する精神が必要だ。全体は、精神においてこそひとつとなる。同様に、全体の欠損も精神においてしか現れることはない。「全体」と「全体の欠損」は、どちらも主観的要素から出発して与えられるが、しかし「全体の欠損」は深い意味で現実的である。全体は恣意的な構築物であるため、欠損を知覚すれば、結局はその恣意的構築物を目にすることになる。「全体の欠損」が現実的となるのは、まさに深い意味においてである。なぜならそれは、恣意性の欠陥を通じて感知されるからだ。構築物と同様に、欠陥は非現実のなかにある。しかし欠陥は、現実へと連れ戻すのである。


存在するのはなにか。

流動的で移ろいゆく断片だ。それは客観的な現実である。

完了した全体だ。それは見かけ、主観性である。

全体の欠損だ。それは見かけの面での変化だが、しかしその変化は、流動的で断片化された、とらえがたい現実を露わにするのである。


一人の男、一人の女は、互いに惹かれ合い、淫蕩によって結ばれる。彼らを混ぜ合わせる交流は、彼らの裂け目の裸出から生じる。彼らの愛が意味するのは、彼らがお互いのなかに目にするのが、自分たちの存在ではなく傷口であり、破滅する欲求であるということだ。傷を負った者が他の傷口を求める欲望ほど、大いなる欲望は存在しない。

たった一人で傷つき、自分の破滅を望む男は、宇宙を前にしている。彼が宇宙に完了した全体を見るなら、彼は神を前にしているのだ。神とは、突然生じる万事を全体化——人間の習慣に合わせて——するものである。見かけの全体における裂け目は、それ自体が見かけの面にある。十字架にかけることは傷口であり、その傷を通じて、信者は神と交流するのだ。

ニーチェは「神の死」を描き出し、「流動的で断片化された、とらえがたい現実」への回帰をさらに先へと推し進めた。

次のものを同じ次元に置かなければならない。

笑うべき宇宙、
裸の女、
刑苦。

自分が刑苦を味わうのを想像して、私は忘我の恐怖に陥る。
裸は、抱きしめたいという苦しい欲求を私に抱かせる。

だが、宇宙は私を無関心なままにして、私を笑わせることはない。それはやはり空虚な概念なのだ。

恍惚は、確かに宇宙を対象とはしない。さらに恍惚の対象は、一人の女でも刑苦でもない。一人の女は、彼女のなかで人間として我を失うように誘いかける。刑苦は、激しい恐怖を引き起こす。恍惚は、全面的に恐怖を引き起こすものも、あまりにも人間的なものも、対象とすることはできない。

笑うべき宇宙に話を戻そう。その宇宙が笑うべきならば、それはあの宇宙、つまりそれを考えても私が笑うことができない宇宙とは、異なるはずだ。「笑うべき宇宙」とは、まぎれもなくひとつの置き換えである。私は、ある笑うべき要素を想像して、それを置き換えたのだ。思考によって、その要素の個別的な様相を否定しながらも、その感覚的な様相を精神において維持しながら、置き換えたのである。

まさに始めは、私は個別的なものをなにも考えていなかった。漠然となんでもいいから笑うべきことを考えていた。いまは、ひとつの物語（最近、耳にした物語）を取り入れてみよう。ある男が、作業台に乗って電球を青く塗っているが、筆はまさにかろうじて電球に届く状態だ。他の男がやって来て、彼に近付きながら、このうえなく大真面目にこう言う。「筆につかまりなさい。作業台を引き抜いてあげるから」。いかなる物語も取り入れないこともできたが、しかしこのようにすれば、「変化が見かけの面で生じる」のだ。精神は、首尾一貫した全体——そこには、電球、筆、塗装工が属している——を考察していた。そのような全体は、精神においてしか現実的ではないため、精神の変動だけで、それを欠損させることができる。だが、そこに現れるのは空虚ではない。見かけの幕が引き裂かれ、そのつかの間に、裂け目を通して精神は「笑うべき宇宙」をかいま見るのである。

「見かけの面での変化」が、「流動的で断片化された、とらえがたい現実」への回帰には必要であった。

「女」、「刑苦」、「笑うべき宇宙」の間には一種の同一性がある。それらは私に己を失いたくさせる。とはいえこれは、限定的な考察だ。重要なのは習慣的な秩序の変質であり、結局のところ、無関心でいることの不可能さである……。

眠く[43]なって中断したこの論述は、もっと後でもう一度行いたい（この論述は、うんざりする困難へとつながっている）。

私は、刑苦の写真を二枚、見つめたところだ。[44]これらのイメージは、私にはなじみのものとなっている。それでもその一枚はあまりにも恐ろしいため、私は見つめる勇気をもてなかった。

私は書くのを止めなければならなかった。しばしばするように、私は開いた窓の前に座りに行った。座るやいなや、一種の恍惚状態に陥った。このような状態がエロティックな官能よりも強烈であることを、私は前日には苦しみながら疑っていたのだが、今度はもはや疑うことはなかった。私にはなにも見えない。つまりそれは見えないし、感じられない。それは、死なないことを悲痛に、そして重苦しくする。私がかつて愛したものを、不安を感じながらすべて思い浮かべるなら、私の愛が執着した人目もはばかる現実は、厚い雲のようであったと思わざるをえない。それらの雲のひとつひとつが、そこに在るものを隠しもっていたのだ。法悦をもたらすもろもろのイメージは、それを暴露するのである。そこに在るものは、まさに激しい恐怖にしたがって現れる。激しい恐怖がそれを呼び寄せたのだ。それがそこに在るようになるには、激しい波乱が必要であった。

今度は再び、突然、そこに在るものを思い出して、私はすすり泣かねばならなかった。かくも愛し、歓喜に染まったため、私は空っぽの頭を持ち上げる。(45) いかにしてこれほど強烈な恍惚に達したのか、これから語るとしよう。見かけという壁に、私は爆発のイメージ、断裂のイメージを投影した。なによりもまず、私は自分のなかに、このうえなく大きな沈黙を生み出すことができた。ほとんど望むたびに、それができるようになった。

しばしば無味乾燥なこの沈黙のなかで、私は想像できるあらゆる断裂を思い起こした。猥褻《わいせつ》な、笑うべき、死を思わせる表象が相次いで生じた。私は、火山の深淵、戦争、あるいは自分自身の死を想像した。神の表象などなくとも恍惚が生じえたことを、私はもはや疑うことはなかった。「普遍的なもののために個別的なものを断念する」修道士や修道女のことを考えると、いたずらっぽい嫌悪感がわき上がった。

壁が決壊した最初の日、私は夜中に森にいた。日中の一部の時間帯に、私は激しい性欲を感じながらも、その充足を求めるのは拒んでいた。この欲望と結ばれるもろもろのイメージを、恐怖を感じずに「瞑想」して、欲望の果てまで突き進むことを私は決意していたのだ。

暗い日が続いた。(46) 祝祭の共犯性が欠けているときには、歓喜は耐えがたいままだ。それでは、なにも食べずに虚しく動き回る群衆のようなものだ。私は生の壮麗さを叫び訴えるべきであったが、できなかった。歓喜の過剰さが虚しい興奮へと変わっていた。私は、天に向かって叫ぶまぎれもない無数の声となるべきであった。「悲劇的な夜から昼のまばゆい栄光へ」向かうもろもろの動きは、寝室に座った男を愚かにしてしまう。ただ人民だけが、それらを耐え忍ぶことができる……。(47)

人民が耐え忍び、燃え上がらせるものが、私を引き裂かれたままにする。私にはもはや自分が望むものが分からない。ただ、蠅のように執拗につきまとうもろもろの興奮を感じていて、それらの興奮は不安定なものでもあるが、だが内部で炭のように燻《いぶ》っている。衝突、孤立、ぶり返しのあげくに衰弱するとき、結果は錯乱以外にはありえないようだ――不可能なものの限界で。

私は、そんな錯乱が避けがたいと想像する。この渇きなき渇き、自分がなにを望んでいるのか、なにを嘆いているのかも分からぬ、揺りかごの子供が流すあの涙は、生きた太陽を堪能したいくつもの死んだ太陽の世界、われわれの世界での最後の言葉（*ultima verba*）、最後の放出(48)となるだろう。

誰も、赤子のように不条理にならずには、あのささやかな渇きとささやかな涙の領域に入り込むことはできないだろう。あの不条理さなしには、彼の言葉は空虚のなかでばらばらになるだろう。まだ言葉を語っているなら、それぞれの言葉がひとつの意味を保持する共通領域に満足しているなら、誰も本当の意味でそこへ入り込むことはできないだろう。そのような人は、語られることに最後の言葉を付け加えていると、偽りながら考えてただ得意になっているのだ。彼は、最後の言葉がもはや言葉ではなく、われわれがすべてを掻き乱すなら、語るべきことはなにも残らないことに気づかない。泣き叫ぶ赤子は、言語を生み出すことはできないし、その必要を感じないのである。

私が知っていること、そして私に言えること。

渇きなき渇きは、飲み物が過剰にあることを望み、涙は歓喜が過剰であることを望む。そして飲み物の過剰は渇きなき渇きを望み、歓喜の過剰はまさに、涙の感情を抱きながらも、泣く力さえなくなることを望むのだ。ただ私の過剰さだけが渇きと涙の源だとすれば、少なくとも私の過剰さは、この渇きと涙を望んでいるのである。他の人々が、涙を流し、あるいは流さずに、渇きを叫びながら同時に語ろうとするなら、私は彼らを子供たちよりも少々激しくあざ笑ってやる。彼らはいかさまをしているのだが、しかしそれができないのだ。私自身が叫ぶか涙を流すなら、私は自分の歓喜がそうして解放されるのを、もはや知らずにはいない。同様に、もはや遠くに轟きが聞こえるだけであろうとも、それもまだ雷鳴である。私は記憶を失うことはないが、自分の悲しみを糧とする哲学者や呪われた詩人となる代わりに、ほとんど赤子のようになる（あたかも半分か四分の一の記憶しかもたないかのように）。しかも、そのような悲惨、苦しみ——無言の——が、われわれという存在から漂う最後の臭気であることは、秘密——物事のとらえがたく不可解な性質との秘められた共謀——のように私の奥底に隠されている。赤子のような歓喜の泣き声、子供じみた笑い、早すぎる衰弱、そのすべてが私を生み出し、そのすべてが私を裸のまま寒さへと、運命の試練へと曝すのだが、私はこうして曝される

ことを心から望み、裸となることを望んでいるのだ。(4)

到達できないものが私に開かれるにつれて、私は当初の疑念を捨て去っていく。つまり、甘美で無味乾燥な至福への恐れを。自分の恍惚の対象を苦もなく凝視するにつれて、その対象は引き裂くものだ、とそれについて言えるようになる。カミソリの刃のようにそれは切り裂く、するとその点は叫び声をあげ、ひとを盲目にする。それはひとつの点ではない。なぜなら満ちあふれてくるからだ。煽情的な裸、刺激的な裸は、そこへ向かって放たれた矢である。

この点からひとつの存在へ、ひとつの存在からこの点へと「伝えられる」のは、衝撃的な喪失である。

自己を失う欲求は、もっとも内奥的な、もっとも遥かなる真実、燃えるような、波乱に満ちた真実であり、想定されるような実体とはなんの関係もない。

個別性は、喪失と融合には必要である。個別性（地球のある地点で列車が駅に入ってくること、さもなくば、なにか同じように虚しいこと）がなければ、「解放される」ものもまったく存在しないだろう。供犠（聖なるもの）と神聖な――神学的な――実体の違いを見分けるのはたやすい。聖なるものは、実体とは正反対である。キリスト教の大罪は、聖なるものを「個別を創造する普遍」と結びつけた点にある。個別的でなかったら（個別的ではなくなるとはいえ）、なにも聖なるものとはならない[50]。

恍惚は、ひとが感じる性的快楽とは異なるが、与えられる快楽とはそれほど異なっていない。

私はなにも与えないが、外部の（非人称的な）歓喜で輝いている。私はその歓喜を見いだし、その現存は私には確実に思える。心の底から抱きしめた女が私を消尽させるように、私はそれを見いだそうとして、自分を消尽する。私が語った「叫び声をあげる点」は、人間存在の「快楽の点」と似ていて、その内密な表象は、痙攣の瞬間における「快楽の点」の表象と似ているのだ。

私は、できるだけ明晰に「恍惚の方法」について語りたかった。うまく成功できなかったが、それでもそうしたかった[51]。

瞑想の方法は、供犠の技法と似ている。私を自分自身に閉じ込める個別性を、私が内側から打ち砕くなら、恍惚の点が裸にされて現れる。そして同様に、祭司が動物を殺害して破壊する瞬間に、聖なるものが動物と入れ替わって現れるのだ。

刑苦のイメージを目にすることになれば、私はぞっとして目を背けることができる。

だが、それを見つめるとすれば、私は忘我の状態に陥る……。刑苦の恐ろしい光景は、私の個人的な個別性が閉じこもっていた（限定されていた）領域を外へと開く、それを激しく切り開き、引き裂く。

だからといって、私が曖昧な言葉で「《諸世界の底》」と呼ぶ彼岸に、裂け目を通じて私が到達することにはならない。

それは受け入れがたい用語だが、過剰に曖昧なこの用語は、曖昧なままでなければならない。確かにこの曖昧な性格は、否定的な明確化によってしか、けっして和らぐことはないだろう。

まず第一に、

「《諸世界の底》」は神ではない。最終的にこの「《諸世界の底》」がかいま見られれば、あの馬鹿げた名称が告げていた、不変的な停滞の可能性は無効となる……。

第二に、

奥深く恐ろしい広大無辺さから現れる――あるいは現れる可能性がある――堅固なあらゆるものを、目眩《めくるめ》く破局的な運動が、われわれとともに深淵へと連れ去っていく。

「《諸世界の底》」は、その運動になにも対立させることはない。

（確かに、「諸世界の底」の幻視は、けっして何ものによっても限定されない全面的な破局の幻視である……。「《神の死》」の幻視は、それと異なるものではない。それは、われわれを神学的な眠りと激しく衝突させるのであり、結局のところはそれだけが、もっとも誠実な要求に応えるのである。）

人間は、まさに死と調和しているため、激しい恐怖に屈するどころか、恐怖の幻視こそが彼を解放するのである。

裂け目を回避せずに、私はそれをさらに深くする。刑苦の光景は私を動転させたが、しかしすぐさま、私はそれを無関心な状態で耐えられるようになった。いま私は、死に瀕した群衆のおびただしい刑苦を思い浮かべている。いつかは（あるいは、おそらく一挙に）莫大な数の人間が、際限なき恐怖を約束されているのだ……。

残酷に、裂け目を引き延ばす。するとそのとき、私は恍惚の点に達する。

同情、苦痛、恍惚が混ざり合う。

ときおり人間は、有用な対象から逃れたくなる。有用な対象が命じた労働から、労働による隷属から逃れたくなる。それらの対象は、労働を命じると同時に、閉ざされた個別性（利己的な近視眼）、そしてあらゆる生の卑俗さを強制していた。労働が人類を確立したのだが、絶頂において人類は、労働から解放される。

制限された活動から人間の生を逃れさせて、機械的な運動の必要性に対して、眠りという重々しい放棄を突きつけるときがやって来た。推論的思考の流れを精神において停止させて、現れるイメージと言葉が、魅力のない無縁なものに思えるほど冷静に、推論的思考の流れをあの空虚へと吸い込むときがやって来たのだ。(52)

単なる精神集中は欺瞞であり、いらいらさせる。それは、生が外へと向かう自然な動きと対立する(確かに通常は、この動きは頓挫して、有用な対象にいたるのだが)。精神が陥る官能的な麻痺は、術策に依存しているだけにますますうんざりさせる。

弛緩しているが、同時に安定しながら「湧き出てくる」身体の姿勢を保つといい。人それぞれの好機というものがあるが、われわれはまず、いくつかの有効な手段に身を委ねることができる。つまり深く息をして、生全体の見いだされた秘密に注意を集中するように、息吹に注意を集中すること。イメージの流出に対しては、観念が際限なく連合して流れ出すのを解消するために、われわれは心に取り憑く文句や言葉を使って、不変の河床のようなものを与えることができる。これらの方法は認めがたく思えるだろうか。しかし、それらを拒絶する人々は、頻繁にもっと多くのことを黙認しているのである。彼らは、これらの方法が終わりにできるメカニズムの言いなりになっているのだ。

外から介入するのは憎むべきことであるとしても（激しく憎悪したほうがいいものを好きになることも、ときには避けがたい）、もっとも深刻なのは、外からこうむる強制ではなく、過剰な誘惑の危険である。最初の作用が、われわれを解放して魅惑するのだが、いつかはその解放感にうんざりしてくる。魅惑されて生きるのは味気がなく、そして雄々しくないことだ。

[53]数日の間、生が空虚な暗闇に到達する。そこから驚異的な安らぎが生じる。つまり際限なき力、欲望の意のままになる宇宙が精神に開示されるのだが、しかし、すぐさま混乱が忍び込んでくる。

最初の発動においては、さまざまな伝統的な教えには異論の余地がなく、それは驚異的である。私は、それらの教えを友人の一人から伝授されたのだが、彼は、それを東洋の源泉から習得していた。私は、キリスト教的な実践を知らないわけではない。それらの実践のほうが間違いなく劇的である。だが、それらには最初の発動が欠けていて、それがなければ、われわれは推論的思考に従属したままとなる。

ごくわずかなキリスト教徒だけが、恍惚の圏域に到達して、推論的思考の圏域から抜け出すことができた。キリスト教に不可欠な推論的思考への傾向にもかかわらず、彼らの場合には、神秘体験を避けがたくする天分があったのだと、考えねばならない。

法悦、至福にはぞっとする。野蛮な気質よりも上等なものなど、私はなにも持ち合わせてはいない。(54)

V 共犯

……稀有な好運――私の好運――が、おぞましくなっていく世界で私を震わせる。(55)


私の生を取り巻く状況が、私を麻痺させる。

おそらく、そうではないだろうか。

だが、死せるもの生けるもの「すべての在るもの」を、いつの日かその透明さにおいて目にできる、そう私は確信している。日が暮れ、ほとんど夜になり、空は星々で輝いているが、しかし長い雲たちで遮られ、丘が……。その彼方には――おそらく――さまざまな空間が広がっているが、それらは夢想や空間の欲求にすぎない。私は、それらの空間を見ようとは思わない。私には笑いだけで、あるいは涙だけで十分だ。この世界のように不可能な、笑いや涙だけで。私のいたずらな心が、それらを通じて戯れている。そしてその心を支えている非現実性が、そこに見いだされる。それは、別のときには別の仕方で見出されるだろう。

[56]動物的な生への回帰、ベッドに横たわり、赤ワインのデカンタと二つのグラス。血と黄金のようなこれほど燃えさかる空に、バラ色に染まった無数の雲のもとで太陽が沈むのを、私は一度も見たことがないと思う。ゆっくりと、無垢さ、気まぐれ、あのような崩れ落ちる輝きが、私を高揚させる。

好運は、陶酔させるワインだが、沈黙している。歓喜の極みで好運を見抜く者は、それで息が切れてしまう。[57]

私は、写真に写った中国の死刑執行人のイメージに取り憑かれている。彼は、犠牲者の足を膝のところで切ろうと夢中になっている。犠牲者は柱に縛り付けられ、白目をむき、頭をのけぞらせ、ゆがんだ唇から歯が見えている。

[58]膝の肉に食い込んだ刃。これほど激しい恐怖が、「在るもの」、その裸にされた性質を忠実に表現していることに、いったい誰が耐えられようか。[59]

数ヶ月前の燃えるような体験の物語。――夜の帳《とばり》が下りてから、私は森へ赴いた。一時間ほど歩くと、私は暗い小道に隠れて、そこで重苦しい性的な妄想から逃れようとした。そして、自分のなかで陶酔を断ち切ることが——ある時点で——必要だと考えていた。私は、「小さい鳥の喉を切り裂く猛禽」のイメージを思い描いた。夜のなかで、高みにある枝、そして木々の黒々とした葉叢《はむら》を想像した。その葉叢は、私に向かって、陶酔に向かって、猛禽の怒りによってざわめいていた。黒ずんだ鳥が私に襲いかかり……私の喉を切り裂いたように思った。

この感覚的な幻影は、他のものよりも説得力がなかった。私は落ち着きを取り戻し、あまりにも激しい恐怖と不安から解放されて、笑い出した気がする。まったき暗闇のなかで、すべてが明瞭であった。帰り道に、極度に疲労していたにもかかわらず、いつもなら足をくじくような大きな砂利のうえを、まるで軽やかな影になったように歩いていた。そのとき、私はなにも求めてはいなかったが、だが空が口を開けた。私は見た、私が見たのは、あえて望まれる精神の鈍重さだけが見るのを妨げるものであった。息詰まるような一日の惑乱した動揺が、ついに殻を打ち砕き、消し去ってしまったのだ。

歩いていると、[60] 私の前で黒い空が絶えず明るく光っていた。遠くの雷雨から稲光が、揺れ動き、無音で、巨大な姿をして休みなくやってきた。とつぜん木々が、白昼のような明るみに、高く暗いシルエットを浮かび上がらせた。しかし、この空の祝祭も、昇り行く曙光と比べれば弱々しかった。正確に言えば、曙光は私のなかに立ちのぼったわけではない。確かに私は、風のようにとらえがたく唐突なものを、引き留めることなどできないのだ。

私の上で、いたるところで曙光が輝き、私はそれに確信を抱いていたが、ほとんど自分の意識がなくなっていたため、私はその曙光に呑み込まれていた。この曙光と比べれば、暴力も弱々しく、このうえなく鋭いカミソリも刃こぼれをしているように思える。それは無益な、意図せざる至福の陶酔であり、刃物のようだ。歓喜の血を流す素手が固く握りしめる刃物のようだ。

(61)できるだけ熱狂して、危険な明晰さで、私は自分のなかで生が服を脱ぎ捨てることを望んだ。戦争状態になってから、私はこの本を書いていて、それ以外のことは私にはすべて虚しくなってしまった。もはや私は生きたいだけだ。つまり、アルコール、恍惚、裸の女のように裸になった——そして動揺した——実存だけを望んでいるのだ。

(62)私という生が自分自身に露わになる限り、そして同時に、私がなにも隠さずにそれを生きたため、この生が外からも見えるようになる限り、私にできるのは、内面で血を流し、泣き、欲望することだけだ。

私の幸福な笑い、私の歓喜の夜、私の挑発的なあらゆる悪戯《いたずら》、つまり風にもまれて引き裂かれたこの雲は、おそらく尾を引くすすり泣きにほかならない。それは私を凍りついたままにして、不可能な裸への欲望にゆだねる。

私がむさぼるように抱きしめるもの。さらには、私が抱きしめられないもの、つまり不可能なものと驚異的なもの。すべてが喘ぎ声へと解消され、尽き果てる。喘ぎ声のような、きしむ床のような裸の（半裸の）娘たち。愛の希望もなく、眼差しが交わす共犯関係のなかで、硫黄の蒸気、ストッキングの上の腹が帯びる、凍《い》てつくようなもの。裸が帯びる、野獣のようで残酷なまでに甘美なもの。

燃えあがる快楽が不安を熱望するように激しく、女の裸は男の裸を熱望する。

一本のパイプ、[63]二つの白い取り付け襟、一つの青い取り付け襟、四つの黒い婦人用の帽子。その四つの帽子は違う形をしていて、十字架の代わりに墓に置けばいい。

もろもろの存在の裸は、彼らの墓穴と同じくらい扇情的だ。それは嫌な臭いがするので、私はそれを笑い飛ばす。墓は、裸にすることに劣らず避けがたい。

恋人に求めなければならないこと、それは不可能なものの餌食となることだ。

（[64]先ほど書いたことは、冷静に書かれたものではない。飲んでいたのだ）。

文章が大嫌いだ……。私が断言したこと、私が共鳴した信念、すべてが笑うべきものであり、死んだようだ。私は沈黙にほかならず、世界は沈黙である。

言葉の世界は笑うべきものだ。脅威、暴力、魅了する力は、沈黙に属している。深い共犯性は言葉では表せない[65]。

主人[66]として振る舞うことは、けっして弁明しないことを意味する。私は、自分の振る舞いを説明するのが嫌だ。

至高性は沈黙しているか、失脚しているか、どちらかだ。

到来する聖性は、悪を渇望する。

正義について語る者は、自分自身が正義であり、裁判官、父親、指導者を提供する。

私は正義を提供しない。

私は、共犯の友愛をもたらすのだ。

祝祭の感覚、放縦の感覚、子供じみた——取り憑かれたように激しい——快楽の感覚を。

そうなのだ！

ただ(67)「至高な」存在だけが恍惚を知っている。恍惚が神によって与えられないなら、

私の体験にかかわる啓示は、人間が自分自身の目に啓示されることである。この啓示は、道徳的な制御のきかない淫奔《いんぽん》、邪悪さを前提とする。そしてこの啓示は、率直に邪悪で淫奔な者に対する幸福な友愛を前提とするのだ。人間は、自分の前で裸となるならば、自分自身の法である。

神を前にする神秘家は、臣下の態度をとっていた。自分自身の前に存在を据える者は、至高者の態度をとるのだ(68)。

聖性は、存在が淫奔、残酷さ、嘲笑と共犯になることを要求する。

淫奔な、残酷で嘲笑的な人間に、聖者は友愛を、共謀の笑いをもたらす。

聖者の友愛は、裏切られることを知っている信頼である。それは、自分が死ぬことを知っていて、死に陶酔できることを知っている人間が、自分自身に抱く友愛である(69)。

Ⅵ
完了しえぬもの

思考[70]は宇宙を反映していて、もっとも変わりやすいものである。それでも思考は、宇宙の現実を宿している。そして、小さな部分も大きな部分も存在せず、もっとも微細な部分が全体よりも意味を欠くことなどあり得ないのだから（より多い意味もより少ない意味も）、「在るもの」は時とともに変わるのである。物事が収束する点——時間の終焉における（ヘーゲル）、時間の外における（プラトン）——を考えることは、おそらく精神の必然である。精神の必然性は現実的だ。この必然性は意味の条件である。それは、思考がそれ以上には、それなしでは、なにも考えることができないものの条件である。しかし、この必然性は変わりやすいものだ。だが、これらの観点を、客体の不変的な現実と対立するような、主観的な現実に限定してなんになろう。世界を主体と客体の融合とみなすことは可能だ。この融合において、主体、客体、そしてそれらの融合は、絶えず変化し続けるだろう。そのため、客体と主体のあいだで、いくつもの統一形態が生じるのである。そのことは、思考が必然的に実在に到達することを意味するわけではないが、だがおそらく、思考は実在に到達するのではないだろうか。そのことは、ただ断片だけが賭けられていることを意味するだろう。実在は、統一性を帯びることなく、相次ぐ、あるいは共存する断片によって構成されているのである（確固とした限界などなしに）。

人間がたえず犯す過ちは、実在の、したがって真実の完了しえない性質を表している。対象と調和した認識は、その対象が深い意味で未完了であるなら、縦横に展開されるだろう。全体的にそのような認識は、構築されると同時に解体される巨大な建築物であり、その建築物は、かろうじて組織だってはいても、けっして徹底的にそうなることはない。物事がそのように表されるなら、人間であることは愉快なことだ。さもなくば、われわれの鈍重な精神や愚かさを生む退廃を想像することは、狂気の沙汰ではないか。もし神――完了した存在――が、自分の真の偉大さの不在よりも重大な、ある瑣事《さじ》への欲望に苦しむように、未完了への欲望に襲われていなかったら、そんなことはありえないのだ！（神には、いかなる偉大さも存在しないだろう。神には差異も比較もないのだから。）

こうして、結局は人間とその誤りに、完璧でもなく歪んでもいない鏡を見いだすことになる。自然は、われわれという鏡に映し出された断片にほかならない。

この命題は、根拠をもちえない（誰も決定的な問いに答えることはできない）。われわれにできるのは、問い――その回答の不在――を、自分の宿命である実在の一部分に数え入れることだけである。だが、部分を従属させる（部分よりも大きなものに、それらの部分を従属させる）ことができる全般的なものなど、まったく存在しないと私が認めるとしたら、どうなるのだろうか。問い、回答の不在は、いわばさまざまな可能性に見いだされる限界となるのだ。

これらの命題と前提には根拠がなく、いかなる場合にも根拠がありえないだろう。他の可能性を排除する必然性に基づかなければ、いかなるものも根拠をもてないのだ。土台が建立されたずっと後で、それがすっかり崩壊してから語り始める男がいるとしたら、これらの命題と前提は、そんな男がもつもの、まさに残りかすの全体を形成しているのである。

別の仕方で考えるのは困難だ。「二たす二は四」、それはあらゆる現実、あらゆる可能性に通用する真実だ！　それに固執するなら……。空虚な広がりに見つかるのは、この明白な、それ自体が空虚な公式だけである。

誰かが、頑固な自尊心に基づいて、このただひとつの空虚な確信に安住するなら、「二たす二は五」という別の考えよりも、そのことを笑い飛ばさずにいられようか。「二たす二は五……それでもいいじゃないか」と私がずる賢く思うときには、私は実際にはそれについて何も考えてはいない。その瞬間に、すべてが私から流れ去っていく。しかし、もし私が「二たす二は四」を永遠の真理とみなして、それで物事の秘密に到達できると思うなら、その認識によって失われてしまうものがある。おそらく私は、自分におけるあらゆる対象の流出によって、その失われるものにやはり近づくのである。

執筆していると、テントウムシが私のランプの下を飛んで、私の手にとまりに来る。私はそれを捕まえて、一枚の紙の上に置く。かつて私は、この紙に一つの図式を、ある極限から別の極限へ、つまり普遍性（*Allgemeinheit*）から個別性（*Einzelheit*）へ向かうさまざまな形態を、ヘーゲルに従って表した図式を書き写していた。テントウムシは、精神（*Geist*）の欄で動きを止めた。それは、普遍精神（*allgemeines Geist*）から、人民（*Volk*）、国家（*Staat*）、世界史（*Weltgeschichte*）を通過して感性的意識（*sinnliches Bewusstsein*）（個別性（*Einzelheit*））へ向かう欄だ。テントウムシは、まごついていたが再び歩き始めて、生（*Leben*）の欄、つまり今度は自分の領域に迷い込んだ。それからテントウムシは、中央の欄で「不幸な意識」にたどり着いたが、それはその名前と関係があるだけであった[71]。

このきれいな小さい虫は、私を卑屈にさせる。私は、この虫の前では幸福な意識を抱けない。同胞たちの不幸が引き起こす不安から、なかなか逃れることができない。粗野な奴らから食いものにされた不幸。それを感じると、自分自身が粗野になってしまう気がする。

炭屋には石けんが必要なように、不幸な哲学者にはアルコールが必要だ。だが、すべての炭屋は黒く汚れ、哲学者たちは酒を控えている。

その結論はなんであろうか。私は、自分の思考に一杯のアルコールを与えるのだ。それは、晴れやかな意識への回帰だ。

私の思考の流れは、哲学的な不幸というよりも、思考の破綻——明白な——に対する幸福な恐怖である。私にアルコールが必要なのは、他者たちの埃によって汚されるためである。

ロートレアモンやランボーを前にした卑屈さ。それは、不幸な意識の新たな形態であり、古い形態のときのように、そこには粗野な奴らがいる。

知り合ったヒンズー教の僧侶の「講話」を二つ読んだ。一時間のあいだ、私は彼と会ったことがある。バラ色の僧服を着ていて、私は彼の優雅さ、美貌、その笑いの幸福な活力が気に入った。だが、こんな文学は、西洋人の道徳に迎合していて気が滅入る。[72]

これから述べることを、力強く表明して、はっきりと心に刻み込もう。真実は、人間が、自分を個々別々に考察するところにはない。真実は、会話、共有される笑い、友愛、エロティシズムとともに始まるのであり、一人の人間から別の人間へと移行することによって初めて生じるのである。私は、孤立にまつわる存在のイメージを憎んでいる。孤独な人が、世界を反映していると言うのを見て、私は笑い出す。彼には、世界を反映することなどできはしない。なぜなら、自分自身が反映の中心になってしまうなら、もはや中心をもたないものには相応しくなくなるからだ。私の想像では、世界は、分離して自分に閉じこもるどんな存在にも似てはいない。世界は、われわれが笑うとき、愛し合うときのように、一人の人間から別の人間へと移行するものに似ているのだ。世界を想像すると、果てしないものが私へと開かれ、私はそこに呑み込まれてしまう。

そのときには、私自身などどうでもよくなるが、それとは逆に、私とは無縁な現存も、私にとってはどうでもよくなるのだ。

私は神を信じていない。自我を信じていないからだ。神を信じること、それは自己を信じることだ。神とは、自我に与えられる保証にすぎない。もしわれわれが、絶対者に自我を授けていなかったら、われわれは絶対者を見て笑い出すだろう。

私が自分の生を生そのものに、生きるべき生、失うべき生に（神秘体験に、とは言いたくない）捧げるなら、私は、あるひとつの世界へと目を見開くのだ。その世界とは、私が傷を負い、引き裂かれ、犠牲となって初めて意味をもてる世界、そして同様に神性が、断裂、殺害、供犠にほかならない世界だ。

観想にはげむ人には神が必要であろう、と人々は言う。それは、電気火花を発生させるには、ひとつの電極が別の電極にとって必要になるのと同じだと。恍惚には、その湧出を引き起こす対象が必要である。この対象は、たとえひとつの点に還元されていようとも、あまりにも心を引き裂く働きをしているため、ときにはそれを名付けるほうが好ましく、また好都合となる。しかし、さらに人々が言い添えたように、ある危険が否定しがたいものとなるのだ。神という名を授けられた電極（重々しさ）が、閃光よりも重要となってしまうのである。実のところ、私の目の前にある恍惚が向かう対象や点は、まさしく他の人々が神について語るときに目にして描写したものである。はっきりと言い表せるものは、われわれを安堵させる。諸存在と自然の原理である不変の《自我》という定義は、観想の対象を明瞭にするように誘惑していた。そのような定義は、われわれの姿を無限と永遠のなかに投影してくれる。個体的な存在という観念は、恍惚が向けられる対象の位置づけに好都合だ（対象の位置づけは、厳密に、その対象を恍惚のさなかではっきりと発見できるようにする）。それでもその位置づけは、憎むべき限界である。恍惚の閃光において、主体－客体という必要な電極は、必ず消尽されなければならない、無化されなければならない。その意味は、主体が観想のさなかで身を滅ぼすとき、対象、神、あるいはキリスト教の神は、瀕死の生贄になるということである。（さもなくば、習慣的な生活の状況、有用な対象に固着した主体は、隷属したままになるだろう。その隷属状態は、有用性を規則とした行動に固有なものである。）

私は、神ではなく、人間くさい中国の若い受刑者を対象として選んだ。死刑執行人が刑苦を与えるさなかに（刃物の刃が膝の骨に食い込んでいる）、血みどろになる彼の姿が、何枚かの写真に写っていた。この不幸な人物に、私は恐怖と友愛の絆で結ばれていた。だが、一体化するまでそのイメージを見つめていると、それは、私が自分一人にほかならないという必然性を、私のなかで消し去ってしまった。それと同時に、私が選んだその対象もまた、広大無辺さのなかへと崩れ去り、苦痛の嵐へと消滅していった。

それぞれの人間は、宇宙とは無縁であり、もろもろの対象、食事、新聞に身を任せていて――それらは、彼を自分の個別性に閉じ込める――、それらによって、彼は他のすべてのことに無知となってしまう。実存を、すべてのその他のことに結びつけるのは、死である。死を見つめる者は誰でも、ひとつの部屋に、近親者たちに身を任せることをやめて、大空の自由な戯れへとおもむくのである。

もっとよく把握できるように、物理学における波動説と粒子説の対立関係を考察しよう。前者は、波動（光、大気の振動、波といったような）によって現象を説明するのに対して、後者は、世界を粒子――中性子、光子、電子――で構成していて、その粒子のもっとも単純な集合が原子や分子である。愛と光波、個人の存在と粒子の関係は、おそらく恣意的であるか不自然である。しかし、物理学の問題は、二つの生のイメージ、一方はエロティックあるいは宗教的で、他方は世俗的で卑俗なイメージが、どのように対立しているのかを見やすくしてくれる（一方は開かれていて、他方は閉ざされているのだ）。愛というものは、孤立した存在をあまりにも完璧に否定するため、一匹の昆虫が自分の追い求めた高揚によって死ぬことは自然であり、ある意味ではすばらしいとさえ思える。しかしわれわれは、一方が他方を所有する意志を抱くことで、この過剰さの埋め合わせをしてしまう。この所有の欲求は、エロティックな激情のほとばしりを変質させるばかりではない。それは、信者と得体の知れぬ神の現前のあいだで、相互帰属の関係を生み出しているのである。（信者が神にとっては事物であるように、神は信者の事物となる。）これは必然性の結果である。しかし、そのことを知ったからといって、それに服従する必要はない。私が語った、叫ぶような引き裂く「点」は、生をあまりにもまばゆく光り輝かせる（その点は、死と同じものであるにもかかわらず――あるいはそれゆえに）。そのため、その点がひとたび剝き出しになると、夢や欲望の対象がその点と混ざり合って、活き活きとして燃え上がり、強烈に現れるのだ。神的な人物は、そのいわゆる「出現」のときから、恋人、つまり自分の裸を抱擁に捧げる女性に劣らず、手の届くものとなる。したがって、傷を穿たれた神や快楽に陥らんとする人妻は、恍惚が達する「叫び」の「転写」なのだ。「転写」は容易であり、不可避でさえある。われわれは、自分の前にひとつの対象を据えなければならない。しかし、「叫び」のさなかでして、対象に到達すると、私は、対象の名に値する物を自分が破壊したことに気づくのだ。そして、もはや私を自分の死から隔てるものはなにもないのと同様に（その死の到来を呼び寄せる、ひとを呑み込むあの快楽を見いだしながら、私は自分の死を愛する）、私はまた、裂け目と消滅の徴を、我が愛の欲求に応える形象と結び合わせなければならない。

人間の宿命は、哀れみ、道徳、そしてこの上なく対照的な態度と出会ってきた。不安や、まさに頻繁に恐怖と出会ったのだ。しかし、ほとんど友愛と出会うことはなかった。ニーチェが現れるまでは……。

書くことは、とらえがたい現実と戯れる戯れ以上のものではありえない。誰もけっしてできなかったこと、つまり満足のいく命題に宇宙を閉じ込めることを、自分が試みたなどと言い張る気はない。私は、生者たちを――この世の快楽を喜ぶ、無信仰な生者たちを――、彼らにはもっとも縁遠く思えた興奮に（これまで禁欲的な醜悪さが、嫉妬深く監視していた興奮に）到達させたかった。誰も快楽（あるいは歓喜）を探し求めていないなら、休息（充足）、均衡だけが重要であるなら、私がもたらす贈り物は虚しく思えるだろう。この贈り物は恍惚であり、戯れる雷である……。

(74)ここのところ安眠できず、私がみる夢は、深い疲労に応じて重々しく、激しい……。

一昨日は、エトナ山に似た、だがもっとサハラ砂漠のように広い、壮大な火山の斜面にいた。そこの溶岩は、暗い砂でできていた。私は火口の近くに着いていたが、あたりは正確に言って昼でも夜でもなく、薄暗いあいまいな時間だった。まだ火口の周囲を十分にはっきりと目にする前に、火山が活動し始めたことに気づいた。私がいた地点のはるかに上まで（私は頂上に近づいていると思っていたが）巨大な岩壁がそびえ立っていた。その岩壁は、砂のような硬さと色を帯びていたが、しかし滑らかで垂直だった。迫り来る破局のイメージ、炎のゆるやかな流れが、暗闇のなかで岩壁を流れ出した。私は後ろを振り返り、長く伸びた噴煙が低く這《は》い、そうして縞模様をなす砂漠のような光景を目にした。山腹を駆け降り始めたが、もはや危険からは逃れられない、もうお終《しま》いだと分かった。この上ない不安に襲われていた。私は賭けにでたかったが、賭けの可能性はすでに閉ざされていた。噴煙を抜けて、私は素早く山の麓にたどり着いたが、しかし逃げ道があると思ったところに目にしたのは、よじ登らなければならない、縦横に広がる斜面だけだった。私は、でこぼこな漏斗《じょうご》のような窪みの底にいたのだ。その岩壁には亀裂が入っていて、火山の重々しい煙が、白くて長い帯になって立ちのぼっていた。死を確信して私は打ちひしがれたが、だんだんと険しくなるこの道を進んだ。すると洞窟の入り口にたどり着いた。そこでは、夢のように美しい岩が、蝶の翅《はね》のように、生々しい色彩、黄色、黒、青の色彩で、幾何学的に彩られて輝いていた。私はこの避難所に入り込み、広大な広間に足を踏み入れたが、その造りは、入り口に劣らず幾何学的で美しかった。そこにいた何人かの人物は、大聖堂のポーチにある彫像と比べると、背景から浮き出るにはほど遠い姿だった。彼らの身の丈は巨大で、その静謐《せいひつ》さは恐ろしかった。私は、これほど非の打ち所がなく、力強く、明晰に皮肉を帯びた存在を、けっして見たことも想像したこともなかった。その一人は、威厳に満ちた冷たい建築物のような姿で私の前にそびえ、座ってはいるが鷹揚な態度をしていた。まるで彼を覆う装飾模様の構成が、澄み渡る清らかな笑いの波動であり、嵐で荒れる波のように限界をもたず、荒々しいかのようであった。この石造りの人物、自分から湧き出る月光のような内的な光に酔った人物を前にして、私は絶望にとらわれ、彼の活力である死にいたる哄笑を共有したことを確信して、震えながら、自分の姿を認識する力、そして笑う力を見いだした。

私は彼に話しかけ、動揺しながらも、うわべだけは自然な様子で、自分が感じていたことを語った。自分は彼の同類であり、彼の仲間たちの同類であると。その仲間たちは、遠くに、彼よりも薄ぼんやりと見えていて、私の甚だしい恐怖、信じがたい大胆さをしきりにあざ笑っていた——穏やかで冷たい引き裂くような笑い方で。そのとき、私はあまりの緊張に目を覚ました。

それより一日か二日前に、もはやなにも考慮すべきでない時が、もはや息をつくことなど考えずに、自分を消尽すべき時が、私に訪れる夢を見ていた。私は、まさに欲望の対象に取り憑かれて、錯乱したように雄弁に語る衝動に高揚していた。さらに不可解だった火山の夢でのように、夢において私が接近するのは、つねに死——恐れられると同時に望まれる死——、その本質において、あの空虚な偉大さと耐えがたい笑いでできた死であった——それはつねに、飛躍を、まったき暗闇たる未知と結ばれる力をもたらす、あの死であった。その未知は、まさにけっして知られぬものであり、その魅惑は、このうえなく変幻自在な色彩にも劣らない。そして未知にはけっしてなにも、ほんの一片の既知すらもないことから、その魅惑は生じているのだ。なぜなら未知は、知る力をもっていた体系の消滅だからである。

一九三九年九月——一九四〇年三月。

現在の不幸

I

集団避難

私は、(75)北フランスにおける戦闘のあいだに、二つ目の手帖を書き始める。その理由を説明することはできない。謎めいた必然性が、私を突き動かしているのだ。私のなかではすべてが荒々しく、不調和で、凝縮している。すべてが呪われている。

五月九日から十日にかけての夜間、私はなにも知らず、なにも予感していなかった。ひっきりなしに目を覚まし、おそらく初めてのことだが、うめき声をあげ、惨めに枕の上でつぶやいていた。許してくれ！……(76)。

朝、陽射しに照らされた庭に降りると、ここでは「司令官」と呼ばれている老人が、庭師用の青いエプロンをつけているのが柵の向こう側に見えた。上品な農夫らしい木訥《ぼくとつ》な口調で、動揺しながらも簡潔に、彼はラジオが告げていたことを私に語った。ドイツ人がベルギーとオランダに侵攻した、と(77)。

私はロマン主義を憎んでいる。私の頭脳は、この世でもっとも強靱《きょうじん》なもののひとつだ。私のなかの無秩序は、使用されない力のせいだ。私は、X…(78)への書簡を破り捨ててしまった（あるいは、なくしてしまった）が、そこで私は、歴史が完了するなら、否定性は使い道がなくなるだろう、という考えを説明していた。[10] 否定性、すなわち行動——それは混乱をもたらす——が、である（ヘーゲルが話題になっていた）。使い道のない否定性は、それを体験する者を破壊するだろう。つまり供犠が、歴史の曙を照らし出したように、その完了を輝かせるのだ。

われわれにとっての供犠は、「時代」の黎明期と同じものではあり得ない。われわれは、もはや鎮められない経験をしている。明晰な聖性は、自分自身のなかに破壊する必然性、悲劇的な結末の必然性を認めているのだ(79)。

私は、故郷へ（私の家族の故郷へ）行く（数時間のあいだ）。幼少期のおぞましい思い出が、私をそこに縛り付けている。私は、そこを呪われた者のように去らねばならないだろう——笑いながら。自分が悲劇的な偶発事(80)に近づいていると想像すると、あるときは麻痺に陥り、あるときは陽気になる……。なぜこんなことを書くのか。生涯における遠い昔の部分が再び見いだされて、いま私の核心にあるものと衝突し、混ざり合う日がやってきたのだ（いまや、私が祭壇の階段を踏むのを押しとどめるものはなにもなく、おそらくそこで私は血を流すだろう[81]。

ヴェールで覆われた、霧がかかったような輝かしい不毛さ、すでに灰燼《かいじん》と化した感覚の意識、消火された火災がもたらすような平和の意識。もっとも確固たる力、もっとも悲しい沈黙。心が血を流すのをやめたのだから、もはや真実なものはなにもない[82]。

いくつもの重大な恐ろしい出来事は、耐えがたい。それでも、やがて最悪の事態をもたらそうとも、私はそれらの出来事なしには生きるのを望まなかっただろう。

しばしば臆病だ。あまりにも想像力があるため、私は息ができなくなる[83]。

[84]私が大好きだったH、亡霊（とても老いた愛想のよい亡霊）が忍び込むようにやって来ていたHは亡くなった。彼とはめったに会わなかった。さまざまな出来事が彼を苦しめ、恐怖が彼を襲った。奇妙な犠牲者だ！

私は、何度もコンコルド広場を横断したが、そこはかつて恐怖政治の広場であった。

10　この書簡の文面は、発見されて「補遺」の冒頭に収められている（一二三七頁）。

人民は、あらゆる権利を保持している。人民は、逆らう人々を、自分たちの必要のために生贄にするのだ！　人民には、自分が要求する苦痛を知らずにいる権利すらある。Hが亡くなったのは必然的であり、それは剝き出しの事実である。

人民と同じものでありながら「私は人民を愛している」と言うなら、私は滑稽であろう。人民は引き裂かれているが、放心している。私の断裂はさらに不明瞭で、とりわけ私の放心はそのとおりだ。私は、「私は愛している……」とは言えないだろう。語ることは、なによりも私を苛立たせるのだ。ただ沈黙だけが、私の断裂にふさわしい。

私が執筆している列車が、月曜日に爆撃をうけた地方に到着する。取るに足りない、陰気な膿疱《のうほう》、ペストの最初の徴がみえる。

正視する勇気のない者に災いあれ！　まさに今朝――本当にたやすく予想できたことだが――すべてが荒れ狂っていた。[85]

私は、陽気に（むしろ陽気に）次のことに気づいている。死に向かう歩みの姿をしていないものなど、私にはなにも書くことはできないと。それこそが、この熱に浮かされた覚書をまとめる唯一のものであり、他には説明のしようがない。

陽気なままでいる勇気が自分にあるかどうか、私には分からない……。[86]

ここまでに書いてきたことの冒頭に、私は二つの単語を書きたかった。真実の時、と。この言葉が指すのは闘牛の瞬間であり、そのとき傷ついた雄牛は、もはや死を迎えるしかない。これは、ごまかしだろうか。だが、死に対して、ごまかしをせずにいられるだろうか。ごまかしだというのか！　先日、私は死ぬ決意をしていたのだ。不安がもたらしたものを風が運び去ってしまった。

[87]午後に、長い間「しかつめらしい老人」と行ったり来たりしていた。彼とは、火曜日にもう会っていた。そのときは、われわれのほとんど完璧な見解の一致に驚嘆した——まさにすべてが極まったときに。彼の目から見れば、自律性と交流の弁証法ほど明瞭で、意味に満ちたものはなかった[88]。彼は、私の国に、他のどの国にもできないこと、いかなる敗北も無効にできないことを期待していた。

[89]老人は、六月五日にも私に長々と語りかけた。敵対するもろもろの世界において、われわれが生きるこの「聖者の生」について、論理的には曖昧に語っていた。私はいま、パリを離れるに際して書いているのだが、朝の八時のパリは、煤の雲に覆われている。私は中心部のホテルにいるが、これは陰鬱だ。この世の終わりのような光景であり、明

瞭なものはなにも生じていない。六階で、私は瞑想にふけろうとする――書きながら、恐ろしい靄《もや》に没入しながら。恐怖が喉までこみ上げてくるが、力が私を高揚させる。私のなかでその力は、木のように枝分かれしていく。人々は、吐き気を覚えるほど自分を苦しめるが、しかし力が彼らに取り憑くのである。(90)

過剰な疲労(打ちのめすような)、際限なき災厄の感覚、私は個人的にはそれから逃れられるし、ほとんど逃れたも同然だが、耳にする物語、つまり亡くなった子供たち、叫ぶ女たち、頑迷な群衆が、それを感じさせる。トゥールで夜の戦火、対空砲火の閃光。しかし、すぐ近くには憩いの地があるはずだが、ときおり私は、そこにはけっして到達できないと想像してしまう。もっとも困難なことが、まだなすべきこととして残っているが、ひとつひとつの困難はゆっくりと解消されていった(待つことで欲望が消えていった)。もう少し力を尽くせばいいのだ!　もう少しの力だって?　私がついに到達する地点で、私は自分自身を笑い、天空の悪意に取り込まれたような自分の姿を見つめる。そこにあるのは神殿の静寂だが、しかしその神殿は、不吉な神々に捧げられている。

死が、私が執筆している今、「しかつめらしい老人」に近づいている。(彼は二ヶ月後に亡くなった。)(91)

人間の顔では、すべての土台である心の駆け引きに応えて、回避と逃避が際限なく錯綜している。人々は、生を太陽の率直さに帰することなど、もはや思いつかない。しかし、われわれはそれぞれ、自分自身のなかにその率直さを抱いているのだ。ただし、自我のけちな不安が引き起こす偶然の錯綜によって、それを忘れているのである[92]。

ひとつの天体が、人間的な条件の愚かさに取り巻かれて、当惑している様を想像したまえ！　太陽を「おまえさん」と呼ぶことは、宇宙と人間の差異を如実に物語っている。

なにも、私に笑うのを忘れさせることなどできないが、人々にはあまりにも「太陽」らしさがないので、もはや私は、彼らの卑小さをあえて大笑いする気にはなれない。あらゆるものの土台が衰弱するときには、率直さをじっと見すえて探し、望むのが当然である。

生きたまま羽をむしられた！　われわれには羽があったのだ！　だが、われわれは飛び立つことはなかった[93]。

町から町へとレンタ・カーに乗って進むと、悲惨な町々は人々であふれ、散り散りに逃げる人々は谷へと広がっている。低い雲、延々と降り続く雨[94]。

車は山道を、斜面にまといつく雲を突き抜けて進む。これほど悲しい世界の有り様を想像することなどできない。ときおり霧から現れるものだけで十分であった。敵意を剝き出しにした、無人の荒廃した光景が、動揺する際限なき広がりの感覚を感じさせた。

もし雲が消え去っていたら、比類ない景色の美しさがわれわれを魅了しただろう。息詰まる剝き出しの光景が、輝かしい色彩に彩られていただろう。ほとんど天上的な光り輝く空間、変化に満ちた平らな地面が、異常さ、険しい裂け目、豊かさを露わにしただろう。だが、ただ高原の赤裸々な有り様が感じさせる不安、そして無人の空間が引き起こす憂愁だけが、この情景の前でわれわれを引きつけ続けたであろう。(95)

私は、家から家へと進み、避難した人々、女たちや子供たちがひしめき合ういくつかの部屋に入った。もっとも混雑した部屋のひとつで、豚が鳴くような鼾《いびき》が聞こえた。ソファで横になった小さな女の子、ネズミのような足をした怪物が、病を刻印された蒼白の顔をして、このような音をたてながら息をしていたのだ。

Aによれば、キルケゴールはヨブにひとつの権利を、空まで叫ぶ権利を与えた。私は叫び声を憎んでいる。私が望むのは「測量士」の条件、Aの表現によれば、不可能なものにいくばくかの可能なものを導入する、あの賭けである。この賭けにおいては、少なくとも言葉と言語のカテゴリーは、なにも決定したりはしない。

私の生が、この村では虚しいものであろうと——奇妙で支離滅裂だ——、私はすべてに埋もれてしまいたくはない。

優しさだろうか。諦めだろうか。そうではなく、定義上、「測量士」なのではないか。私は、自己であることで有罪となり、自分が笑っていると感じていないだろうか。他者ではないことで。死んではいないことで。どうしても人々が望むなら。私は償おう、甘んじて償おう。どうして、それを笑わずにいられようか。

私の陽気さは矢である——比類なき力で放たれた矢である。[96]

不幸が広がり続けている。私を産んだ——そして現在の私を育んだ——世界からは、やがて蝕まれた思い出しか残らなくなるだろう。[97]

不安は、キルケゴールの真実であり、とりわけ「測量士」（カフカが描いた）の真実である。だが、私自身の場合はどうだろうか。私が、そこに在るもの、さらに遠くに在るものを笑う、あるいは笑いながら見いだすなら、私に耳を傾ける人々になにを語るべきであろうか。どうか、不安が彼らを結びつけんことを！

かくも低くたちこめる霧の恐怖にとらわれて臨終を迎えない者は、愚か者のように自分が日の光を生み出したと思い込み、日の光を享受する。だが、有罪者の範疇を自分がもたらした世界にいながら、どうして無罪でいられようか。自分が臨終を迎える霧の恐怖を忘れない者は、逆に自分が、自分を陶酔させる日の光から産まれたことを知っているのだ。

諸存在の大河が完全に流れ去る、まさにその地点へいたる道を、私は示して見せた。絶え間なく、この陶酔と苦痛の大河は、栄光という大海へと消えていく。栄光は、いかなる存在も個別的に所有したりはしない。

山々が見せる裸の斜面を前にして「瞑想」しながら、冷気のなか、雷雨のなかで、そこから漂う恐怖を私は想像する。それらの斜面は、争う昆虫たちのように敵意を剝き出し、生よりも死を迎え入れている。

スカートをたくし上げる男に、愛における泥沼のような真実が開かれるように、空間の笑うべき真実が私に開かれる。

しかし、エロティシズムは過剰な力の浪費を引き起こすが……緊張が緩み始めるとすべてが失われてしまう。サド本人も、冷酷さと淫らさが、残酷な性質によってではなく、人体の聖性——忘我の状態——によって望まれていることを理解していなかった。私は、秘密を捉えたからこそ書いているのだ……。娘たちのドレスをあれほど脱がせなかったら、この秘密は私から逃れ去っていただろう。それでも私は、力を振り絞ってさらに先へと進まねばならなかった。私に授けられるのは、喉で鳴り響く雷だ……。これほど望ましい輝きはない。

付け加えよう。栄光の戸口で、裸の姿をした、ガーターと長い黒ストッキングで身を飾った死を私は見いだした。これほど人間くさい存在に近づき、これほど恐ろしい激情に堪えた者がいただろうか。この激情は、私の手を取って地獄へと導いたのだ[98]。

額まで灰に覆われたようではないか。濃い霧が、山に喪の悲しみを広げていく……。しかし死は、私にはなじみ深いものだ。私の両目は、岩壁の窪みに迷い込み、そこでは塵と蜘蛛が最後の真実を露わにしている。つまり、ほんのわずかな衰弱も見逃さずに、無邪気な残酷さが待ち構えているのだ。見捨てられるやいなや、雌牛の傷口は蝿で覆われる[99]。

九月から六月にかけて、戦争がすぐそこにある限り、私がそれに抱く意識は不安でできていた。戦争が日常的であると言われるなら、私は生に背くものを戦争に見いだしていた。つまり、恐れさせるもの、恐怖と不安を引き起こすものを。私は戦争を考えようとしていたが、恐怖のなかでその自分の思考を失っていた。私から見て戦争は、刑苦と同じもの、高みからの屋根の落下、火山の噴火と同じものであった。私は、戦いを求めて戦争を愛する人々の好みを憎んでいる。戦争は、不安をもたらすが故に私を惹きつけていた。「軍人たち」は、そのような感情とは無縁なのだ。戦争は、彼らの欲求に応える活動だ。彼らは、不安を避けるために前進する。彼らは、あらん限りの力を投じなければならない。

　しかし、キリスト教徒が悪所から逃れるように、戦争の危険から逃れる人々はどうなのだ！　不安のさなかで、もはやそれと向き合う勇気のない人々はどうなのだ！(100)。

　荒野の炎天で、昆虫たちがたてる音が空の広がりを満たしている。私は、アラブ人の錯乱を想像する。空中の見えない昆虫たちが、イサウワ教徒のようにわめきちらす。空間そのものが恍惚とした恐怖に陥る。

　遠くで、すり減ったような山々、人気《ひとけ》のない禿げ山が、人間世界の構成など意に介さずに、谷間の影から頭を出している(101)。

　二ヶ月の崩壊状態が経過した（ヴィシーを経て）。

　私がなによりも憎んでいるもの。自分たちが見るものの価値を貶める、あのくだらない金持ちども。あの惨めな下種《げす》ども！　奴らを見ていると、言葉を失ってしまう。あのお喋りな舌を動かなくできるなら、どんな死の沈黙とて重すぎることはない。だが、災厄はあまりにも深刻になり、欺瞞はあまりにもあからさまとなる。

不安のなかで。果てしなき不安。すべてがうんざりさせる。あまりにも多くの障害が、私をうんざりさせる。

他の人々は、不安に抗っている。彼らは笑い、歌う。彼らは無垢で、私は有罪だ。いったい、彼らから見て私は何者なのだろうか、シニカルな、ひねくれた、気むずかしい知識人だろうか。どうして、これほど重々しく、忌まわしく、見くびられていることに耐えられようか。あまりの過剰さに驚き、私は受け入れる。(102)

偽善者め！　書くこと、誠実で赤裸々であること、何人《なんぴと》もそのようなことはできない。私は、そんなことはしたくない。

激しい、あまりにも激しい衝動。抑制することなどお断りだ……。しかし、自分に対してだらしがないのではない。自分が何者なのかも分からず、私はなにも気にしない。私は、敗残者のように大胆だ。絶えず心臓が開かれ、血が流れ、そしてゆっくりと、死が渋面をして入ってくる。

にこやかなキリスト教徒、それは彼の堕落だ。私は、攻撃も負傷も避けたりはしない。

目を、下腹を傷つけられたらどうだろうか。だが、私は望んでいるのだ、病ではなく力を、間違いない力を。

哲学における「尻軽女（マリー、そこに寝ろ）」……。そして笑みをたたえた、不謹慎な、暗闇を愛する「聖者」のように。犬の雄々しさ（包み隠されているが）。

どうすれば存分に強くなれるのか。どうすれば受け入れられるのか。どうすれば愛することができるのか。

樹木の威厳（だが、思考においてではない。私が徹底的に思考する対象は、ズボンを脱ぎ捨てる）、不条理な甘美さ。女といるように生とともに在ること、飲んだくれで、にこやかで、思いやり、優しさに満ちた、まさにほとんど夢見がちな、だがけっして裸の性器ほど純粋ではない愛人として[103]。

力は、秘密を認識することにある。そして秘密は、不安にさいなまれる者に明かされる。幸せな、にこやかな子供は、もろもろの世界の不眠を知らない。彼は、その不安も恍惚も感じることはない。彼の善良さがその不眠を遠ざけ、彼は最悪なことから守られたままでいる。だが、不安に対してさらに要求しなければならない。けっして子供が口をつぐむことを望まないように[104]。

私には、衰弱、空虚、別離、苦痛がある。私が期待できるもの、それは獣の孤独だ。

寝室の壁を見つめた。私の両目はひっくり返った。
突如として私は見る、そして叫ぶだろう。まるで自分自身の力が私を引き剝がしたかのように、私は息も絶え絶えにそれを笑う。私が見ると言うときには、まさに恐怖の叫びが見ているのだ。もはや私は、自分の死から隔てられてはいない。だが、自分を生者として思い描くなら、私は零落して生き残り、もはや喉元をつかまれず、なにも見ないのである[105]……。

厳格さのなかには、私自身がおぼれている破廉恥さがあり、冷ややかで敵意に満ちた下品さがある。だらしなさには、間抜けな人の感じの良さが――だが、限りなく甘美な慎みが――ある。私は、華々しくない苦行を夢見ている。その苦行は、冷ややかで悲しい生活の彩りに飾られているが、戒律には縛られていない。そのような苦行は、大変動を免れられず、あらゆる意味で危険な過剰さと和解するだろう[106]。

延々と続く「審判」のせいで、私は死にたくなる……。

一種の輝き、肉体的な、私が思うにもっとも激しい幸福。私は壁にはりつくトカゲだ！　陽光を浴びた、血が流れる混沌だ。

好運のなすがままに……昨日は不安についてしか語らなかった。今日は、自分の「明晰な無感動」を誇ろう——誇りに思わなければならないのだ！　どんな気質も、その源は気まぐれだ。太陽や雨に応じて生きる動物的な実存は、言語の範疇などものともしない。

一九四〇年五月—八月。(107)

II

孤独[108]

現在の時代は、新しい真実には不都合だろう。一人の人間がもつ注意力は、弱々しい。ほんのわずかな障害があれば——たとえば、いくつかの数字の足し算——、しばしの間、私は自分が愛するものを忘れてしまう。そして他の人々の場合は、その時間が延々と続くのだ。ましてや、歴史的な条件の変動は、ひとびとの注意を全体的に引きつけていく。現下のものに心を奪われ、私は遠くを見失いがちになるが、遠くがなければ、現下のものは取るに足りないものである。

変動と動揺は、身を切るような省察には好都合だ——それに対して、平和な時代はあまり好都合ではない。人々と物事の混乱は——停滞とは違って——、不明瞭な真実の獲得にふさわしい。出産は、死の苦しみに耐える母親によって成し遂げられ、われわれは金切り声の喧噪から生まれるのである。

遠くから現在の世界を見つめる者——その世界では、彼はいわば死んでいる——、深い波が、何世紀ものあいだに相次いですばやく流れ去っていったが、それらの波にしたがってその世界を見つめる者、彼は、先ほど流れ去った新しい波を目にして笑い出す。その波の後には、途方に暮れた人々、海水の流れが残した残骸にしがみつく人々が、残されているのだ。彼は、際限なく時間の奥底から現れる波が、脆い絆《きずな》や決まり文句を操りながら、荒々しく連鎖する光景だけを目にしている。勢いを増し、血でバラ色になった海水が砕け散る音だけを、もはや彼は耳にしている。目もくらむ大空、広大な変動(彼はその広大さしか知らない)——なぜなら彼は、その起源も終わりも知らないのだから——は、彼から見れば、自分というあの人間の性質を表しているのであり、その性質は、彼のなかで休息の欲望を打ち砕くのである。それは、確かにあまりにも壮大な光景であり、彼を不幸で打ちのめす。彼は唖然として、息も絶え絶えになる。しかし、それを見るまでは、彼は人間ではなかった。喚声を禁じえぬ賛嘆を、知らずにいたのである。

一人の人間が運命に襲われるとき、どれほど孤独になるのかを、誰も知ることはできない。

物事が裸で現れ始める地点は、墓におとらず胸を締めつける。そこに到達すれば、神的な無力さが、確実に彼を酔わせるのだ。それは涙が出るまで彼を引き裂く。

こうして私は、同類たちのなかに戻ってきた――笑いながら。しかし、彼らの気遣いも、もはや私には届かない。彼らのなかにあって、私は目が見えず耳が聞こえない。なにも、私のなかには有用に使えるものなどないだろう。

一人の人間にとって、砂漠の不毛さ、宙づりにされた（自分の周り全体から）状態は、根こぎにされるのに好都合な条件である。裸性は、敵意で満ちた孤独に閉じ込められた者に露わに現れる。それは、もっともつらい、そしてもっとも解放的な試練である。深い友愛の状態が求めるのは、一人の人間がすべての友から見捨てられることであり、自由な友愛は、緊密な絆になど頓着しない。親密な友や読者が欠落した状態をはるかに超えて、いまや私は、死者なら見いだせる友人たちを、読者を探し求めるのであり、私はあらかじめ彼らを、忠実で、数知れず、無言であるとみなすのだ。彼らは空の星々なのだ！　私の笑い、狂気が、あなたがたを露わにし、私の死があなたがたと合流するだろう。

私のなかで戦闘が行われるとすれば、それはある点で、収縮した波が破裂する、房飾りのような水泡となるためである。他者たちのさなかで、断絶と交流の点となる私の意識は、私が自分の苦痛と憤怒を笑うことをさらに求めている。私は、その憤怒と無縁なままではいられない。たとえ私が笑うとしても、それは私の憤怒なのだ……。

出来事のあまりにも巨大な広がりは、最後には沈黙へと誘う。私の文章は、自分とはほど遠いものに思える。そこには息切れが欠けているのだ。今日は口ごもりたい。私は、かつてこれほどまで自分を確信したことはなかった。私のなかで、自分の思考の輝きは、隠された、目眩く光の戯れという形でなければ、私を完全に表すことはない……。現在の引き裂くような苦しみにさいなまれる——目の前ですべてが揺らぎ、食べたものが鼻から逆流するほどに——男を想像してほしい。頭のなかで大地が旋回する（まるでこれから死を迎えるかのように）にもかかわらず、陶酔する——神経症にはならずに陶酔し、まさに陽気になる——ことを条件にして堪え忍ぶ男を……。

これほど苦しみに満ちたものは、けっして冗談などではない。私の意志は堅固だ、私には二つの優れた顎がある……。動揺に立ち向かい、私は各人に自分の孤独を提供する。動揺がなければ、私の孤独などなんになろう——私の孤独がなければ、動揺などなんになろう。

あらゆる意志、期待、命令、絆、燃えるような生活形態、そしてまたビルや国家も、死に脅かされず、明日には消滅する可能性のないものはなにもない。戦闘員が殺害される危険にさらされるように、空の高みにいる神々そのものも、その高みから墜落する危険にさらされている。それを理解して、もはや疑わず、私はそれを哄笑することはないし、恐れることもない。ほとんどの場合、私の生は不在のように放心したままだ。

かつてないほど彼方まで進み、昨夜、私は高まった明晰さに到達しそうな気がして、眠ることができなかった。それは苦しいことであったが、それでも、失った物を見つけるように簡潔なことであった。つまりわれわれは、それがもはやないことで苦しんでいるが、見つかればもはや楽しくなくなる。私のなかで生活は、確固として、その生活を疑うことなく、一日中続いた。適切な言葉を見つけたと思っても、私には虚しく思えた。あきれるほど単純なその言葉を、私は簡単に示すことができるだろう。しかし、見つけたという考えは、私のなかで交流と対立してしまう。一瞬にして、私はうんざりして、落胆する。

昨日、大気圏の高度を知りたくなり、辞書を引いた。われわれが支えなければならない空気の柱の重みは、十七トンを下回ることはないようだ。「atmosphère（大気）」という単語から遠からぬところで、私は *Atlixco*（アトリスコ）に釘付けになった。それはメキシコの都市で、プエブラ州の、ポポカテペトル（火山）の麓にある。私は突如として小さな町を、アンダルシア南部の町々に似た姿で想像して、思い浮かべた。この町は、いったいどのような忘却に――他の人々からは知られずに――それ自体で沈んでいるのか。しかしこの町は、そのままでいるのだ。小さな少女たち、極貧の女たち、おそらく散らかった一室で、すすり泣く汗まみれの少年……。ああ、いまや世界全体が、嗚咽に締めつけられ、無邪気に血を吐く（肺結核患者のように）。ポーランドの平原はどうだろうか。同じように、まったく想像できない。けが人が叫んでいるのに！　私は自分の孤独の奥底にいて、それが聞こえない。この孤独においては、混沌が戦争の混沌を凌駕している。断末魔の叫び声さえも、私には虚しく思える。私の孤独はひとつの帝国であり、人々は、それを手に入れようと争う。それは忘却された星――アルコールと知である。

私は過剰な務めを引き受けたのだろうか、それとも私の生は、いかなる務めもものともしないのだろうか、それとも、その両方であろうか。私は逃げ出したりはしない。私は賭けるだろう。私は逃げ出すことはできないし、賭けずにいることもできない。私は苛烈さで勝るのだ。他の人々が糧として生きるごまかしを拒んでいる。ひとつの緊張が、他の緊張の反応を求めるように、私は、ついに統御感を事実として身に感じる。私は、厳しい明晰な支配力であり、同時に決断力である。あまりにも自己を確信しているため、他の人々がはまり込んだと思う場所で、私は立ち止まったりはしない。

一九四一年。

好運

I

罪(109)

罪について語らなければ、重要な部分が欠けてしまうだろう。供犠の問題を提起することで、私が罪の問題を提起したことに気づかない人などいるだろうか。罪とは供犠であり、交流とは罪である。肉体の罪は、ヴィーナスに捧げた供犠だと言われている。「私は、供犠のなかでももっとも甘美なものを成し遂げた」と、かつて詩人は自分の考えを語っていた(110)。古代の人々による表現を、ないがしろにはできない。愛が供犠であるのと同様に、供犠は罪である。ユベールとモースは、殺害について次のように語っている。「そして始まるのは犯罪であり、一種の冒瀆である。そのため、生贄が殺害の場に連れて行かれるあいだに、ある種の儀礼は献酒と贖罪を命じていた……。殺害の実行者が罰されることもあった。実行者は打ちすえられ、追放された……さらに、供犠の後で、供犠を捧げる祭司は清めの儀式を受ける必要があったが、その儀式は犯罪者の贖罪に似ていた」(『供犠』四六—四七頁(111))。イエスを死に至らしめながら、人間は贖えない罪を自ら背負ったのである。それは供犠の絶頂だ。

『不安の概念』を読むために。

裂け目のただなかで交流をつかみ取る者にとって、交流とは罪であり、悪である。交流は、安定した秩序の断絶である。笑い、快楽の絶頂、供犠、心を引き裂く卒倒は、ことごとく不安の表れだ。それらのただなかで、人間は不安にさいなまれた者となり、不安に捉えられ、締めつけられ、取り憑かれた者となる。だがまさに、不安とは蛇であり、誘惑なのだ。

耳を傾けようとする人には、三つの能力が必要だ。つまり子供の無頓着さ、雄牛の力（闘牛場では期待外れになるとはいえ）、そしてもし皮肉な雄牛がいるとすれば、自分の状況について細かくくどくどと論じるその嗜好だ。

こう言(112)うとしよう。交流は罪である。だがその逆もまた明白だ！　利己主義だけが罪となろう！

最悪なのは偽りの陽の光(113)だ。誰も舗石からくる光を避けたりはしない。もっと恐ろしいのは、あいまいな光だ。つまり、いたるところ（どこからなのかは分からない）からやってくる光、ある点では舗石の光と一致する光。この偽りの陽の光のなかを動き回る人は、良識的な信念の虜になっている。彼は、自分が見捨てられているとは信じられないだろう。彼は知らないのだ。自分が、まずは見捨てられているのを認めなければならず、続いてそれを自ら望み、最後には見捨てられる意志にならねばならぬことを、彼は知らないのだ。どうすれば彼は、見捨てられた状態のさなかで、もっとも開かれた交流の方法を見いだせるのだろうか。つねにもろもろの真実が透けて見えて、彼を魅了する真実の束が形作られる。そしてそれらの束は、崩壊してしまう……。疲れを知らずに、彼はそれらの束を少し違う形で作り直す。このうえなく聡明な男がやって来れば、すべてを縛ってひとつの束にしてしまうだろう。その束が崩壊してしまうなら、とうとう真実の全体が雲散霧消してしまうのだろうか。そんなことは、まったくない。夜の果てしなき忍耐が、再び始まるのだ。その人は、忘却によって、自分の無能さから癒やされるのである。彼の無能さは、思い違いに基づいていたのだから。つまり、実際には誰も陽の光を求めてはいないし、ヘーゲル自身も、それを求めてはいなかったのである。知性は、偽りの陽の光へと向けられていて、とらえがたい輝きを探し求めている。だが、昼の陽の光はすべてを破壊するだろう。(114)昼とは夜なのだ！　これを書いている私自身のなかでさえ、知性の働きは続いている……、私は知らざるを得ない、少なくとも自分が語っていることを。おそらく私は、死ぬまでは夜のなかで自分を失うことができないだろう。

人間存在が交流する条件をめぐって、私が行った説明を人々が真剣に受け取ってくれるなら、私は説明を続けなければならないだろう。しかし、そのようなことは誰にもできはしない。説明可能なものは、最後にはその反対物に変わってしまうのだ。偶然まかせの真実に、われわれが授ける善良そうな見かけこそが、最悪な不安の脅威である。われわれは、自分自身を描写して、自分に真実と思えるものを判別しているだけである。こうして描写されたものは一貫しているため、それに客観性を与えることは避けがたいことだが、だがそうすると、問題を脇道にそらすことにしかならなかった。なにか変化したことがあるのだろうか。純粋な主体の代わりに、人間と宇宙という主体－客体の連関が置き換わったとしても、どうでもいいことだ。主体や連関は、両方とも存在している。連関は、考えうる偽りの陽の光のひとつである。[115]

歯が痛みを感じる過敏さが、知性にはないことが残念だ……苦痛に苦しむ脳みそが私の宿命だが、しかし私だけが……。

知性は、自分の哀れな状況を認識しているなら、いかにしてその状況が自分に偶然に訪れたのかを、説明の掟に従ってさらに説明しなければならない！　この操作によって、知性は、さらに強化されることはなくとも、しかし他の操作によってよりも弱くなるわけではない。

限られた領域での統一、確実な予見の可能性、数量関係の絶対的な性格、これらの弱々しい支えに人間はしがみついている。子供が母親の腕にしがみつくように。統一や数の絶対性を取り囲む彼岸——まったく別の——が存在するとすれば、それらにはどのような意味があるのだろうか。あるいは、そうではなく、この統一がすべてであるとすれば、どのような意味があるのだろうか。卒倒する者にとっては、統一や絶対性は、ひたすら不安を増大させるだけだ。どんな休息、どんな確信もありえず、しがみついていないことすら疑わしくなる。現実、可能なもの、統一、そして統一の彼岸が、攻め立てる敵のように四方八方から人間を取り囲む。それは戦争、想像しうる平和も休戦もなく、望むべき勝利も敗北もない戦争だ……。われわれは決定的な真実を呼び求め、平和を夢見るが、しかし戦争が再び始まるのである。

夜のなかで、私は自分自身から解き放たれた姿を想像する。高い山がそびえ立ち、凍てつく風がうなり声を上げている。風、寒さ、暗闇から守ってくれるものはなにもない。私は、果てしない坂道をよじ登り、ぐらついてしまう。足下では、底なしの姿をした虚空が口を開けている。私はこの虚空であり、そして同時に山頂、つまり夜が隠し、そして今は完全に現れている山頂だ。私の心は、不明瞭な吐き気のように、この夜のなかに覆い隠されている。日の出とともに自分が死ぬことが、私には分かっているのだ。

少しずつ光が、まずは不快感のように空の不在を呑み込んでいく。とうとうその不快感に胸がむかつき始めると、日が昇る。吐き気のなかに、私の心が太陽を、自分がいまや憎しみを覚える太陽を隠していることが、私には分かっている。ゆっくりと太陽が、光に包まれて昇っていく。死を迎えながら、私はもはや叫ぶことができない。なぜなら、私がわめき散らす叫び声は、果てしなき沈黙だからである[116]。

キリスト教徒たちが理解したがらないこと、それは彼らの子供じみた態度、神を前にした雄々しさの不在だ。神を否定すれば——だが、まさにそのときだけだが——われわれは雄々しくなるのだ。あの言葉、つまり神の定義は、まさにその点に基づくのであり、神学者たちの抽象観念にではない。

ラジオで司祭の声、おずおずとした子供のような、司祭として認められる唯一の声を聞いた。

ふだん認められているのとは反対に、言語は交流ではなくその否定、電話（あるいはラジオ）におけるように、少なくともその相対的な否定である[117]。

一人の美しい娘、自分のなかに[11]男性器を入れて陶然とする娘の裸が讃えられないとすれば、思考や道徳に関しては、貧弱なものしか存在しなくなる。彼女の栄光から顔を背けることは、太陽から目を背けることになるのだ。

知的な厳格さ、真剣さ、放棄をする張り詰めた意志。完全な雄々しさ。遠ざけねばならない——ともかく知的な生活から——のは、良きもの、哀れな、柔弱なもの。娘が美しくなければならないとか、彼女の素行が堕落をもたらすとか、そんなことはどうでもいい。

私たちはいつまでも淫蕩を続けられず、ただ一連の好運と出会えるだけであり、続いてそこから追い出され、味わった快楽をそうして無数の倦怠で償わなければならない。この事実が示すように、淫蕩は満たされた完全さには不向きである。しかし、存在の完全性というものが、時間の流れにおける調和であるかぎり、調和への意志は偽の否定に至るのだ、と言わねばならない。その意志は、在るものの隠蔽に至るのである。

11　一九四四年版では、この二つの単語を中断符で置き換えなければならなかった（一九六〇年の註《訳註》）。
《訳註》　一九四四年版では、「自分のなかに男性器を入れて（en elle un sexe masculin）」の部分が中断符となっている。その前後にも若干の単語の異同がある。

私は、ほとんど道義的責任があるかのように、他者たちを気にかけている！　ある女性が、最悪なものへの坂道を滑り落ちそうになっているが、私には勇気がなくて、その女性にも坂道にも耐えられない！

ある人々の傲慢さ（思い上がり）は、それに続く人々を招き入れる。こうして認識は、慢性的な錯乱に引きずり込まれる。私は、一連の思考の変化こそが、唯一の連動した運動であるとみなしている。錯乱が始まれば、われわれはその影響を受けずにはいられず、傲慢さに背いてはならない。まさに非‐知の——夜への墜落の——完璧な錯乱は、傲慢な厳しさを求めているのだ。たとえそのときに私が、他の人々の傲慢さは不当だと言いながら、自分の傲慢さを不当に正当化するとしても。

ニーチェの原理（あなたがたを少なくとも一度は笑わせなかったものは、偽物だと思いたまえ）[119]は、笑いと同時に、恍惚における認識の喪失と関係している。

II　賭けの魅惑

[120]苦痛が私の性格を形成した。苦痛、小学校の女教師、そして子供は指がかじかむ。
——苦痛がなければ、お前はなにでもない！
私は泣く——自分はごみだ、と考えて！　私はうめき、いまにも祈らんとしていて、
諦めることはできない。

次の瞬間、私は歯を食いしばり、ゆるめ、眠くなる。
苦痛に満ちた歯、愚かな脳みそ。
私は書く、呼びかける。解放への希望で、私の苦しみは頂点に達する。[121]

自分という存在——このたぐいの獣——についてまったく無知であり、世界にあるものを何も知らない。夜になると精も根も尽き果てて、壁に頭をぶつけ、確信してではなく、仕方がなく道を探し、ぶつかり、血を流し、転び、地面に這いつくばったままでい

る……。精も根も尽き果てて、自分の指を断ち切る鋏《やっとこ》、そして足の裏を焼き焦がす赤い鋳鉄を察知する。鋏《やっとこ》や鋳鉄以外には、いかなる結末もありはしない。妥協も逃げ道もありはしない。鋳鉄や鋏《やっとこ》が、私を襲うことなどありえないだろうか。だが少なくとも、私の身体はそれらによって説明されるのだ。この身体は、赤い鋳鉄から本当に切り離せない。本当にそれと切り離せないのだ。（われわれは、身体を頭から切り離すこともできない。）

　しかし、しきりに約束されていた苦痛が、いつかは私を無関心にしてしまうとしたら、どうだろうか。少なくとも、私は休息を熱望している。もはやなにも考えず、心配事から解放されて、陽射しを浴びることを。どうして私はかつて、川岸で、森で、庭で、カフェで、自室で、完璧にすがすがしい時間を過ごすことができたのだろうか。私はもちろん、身を震わせるような歓喜も感じていた。

　足が滑り、斜面の眺望を眺め、臼歯を抜歯したばかりで、麻酔が効いていない。恐ろしい瞬間だ！

　コカインが効くという希望がなければ、どうなっていただろう、どれほど意気地なしになっていただろう。帰宅してから、私は大量に出血をしている。抜歯した穴に舌を入れてみる。すると、そこには肉片があった。それは、大きくなって穴からあふれ出た血の塊だ。それを吐き出すと、続いてまた新しいのが現れる。血塊には鼻汁のような粘りけがあり、まずい食べ物の味がする。口のなかが血塊でいっぱいになっていく。眠ってしまえば、この不快感から逃れることができて、これらの血塊をはがしたり、吐き出したいとはもはや思わなくなるだろうと想像する。私は眠り込み、一時間経って目が覚めた。眠っているあいだに、血が口元から流れ出して、枕とシーツをたっぷりと濡らしていた。半ば乾いた血塊、あるいは粘つく黒い血塊が、シーツの襞に隠れていた。私は困惑して、疲弊したままでいた。おそらく死を伴う血友病を想像する。そうかもしれない！　私は死にたくない、あるいはむしろ、死は汚らわしいと考えている。私は高まりゆく嫌悪感を感じる。トイレに吐きに行かずにすむように、ベッドの下に洗面器を置いた。ストーブの火は消えている。また火をつけることを考えると気が滅入る。再び眠り込むことはできない。長い時間が経過する。ときおり、少しばかりうとうととする。朝の五時か六時になって、私は火をまたつける決心をした。この眠れない時間を使って、気の滅入る仕事を片付けようとした。ストーブから中身を、火の消えた石炭を出して空にしなければならない。だが、私はへまをして、灰まみれの石炭、石炭殻、灰が、すぐさま部屋にまき散らされた。琺瑯《ほうろう》引きの洗面器は、血、血塊、血痕で一杯になり、シーツは広がった赤い血で汚れている。不眠で憔悴していた私は、まだ出血していて、粘つく血塊の味は、刻々と私をさらにうんざりさせた。とうとう私は、火をつけることにした。血で汚れた両手は石炭で黒くなり、唇には血のかさぶたがついていた。石炭の濃い煙が部屋に満ちた。いつものように私は、扱いにくい燃料に火をつけようとして、このうえなく苦労した。まったく焦ってはいなかったし、他の日よりも不安になったりはしなかったが、哀れに休息を渇望していたのだ。

「大騒ぎ、大笑い、歌声がだんだんと遠ざかり消えていった。楽弓は、まだ消え入りそうな音を奏でていたが、その音色もたえず弱まり、最後には不明瞭な響きとなって、広大な空へと消えていった。ときおり、通りで足拍子が、なにか遠くで海がとどろくのに似た音が聞こえてきたが、続いてもはや何も聞こえなくなり、ただ空虚と沈黙だけが残った。

まさにこのようにして、歓喜、つまり魅力的であると同時に移り気な来客は、われわれから遠くに飛び立ち、ただ残された音だけが、陽気さを表現しようと虚しいことをしているのではないか。なぜならその音も、ただ悲しさと孤独だけを自分の響きに感じているのであり、それにあえて耳を傾けようとも、それは虚しいことだからである。」

ゴーゴリ『ディカーニカ近郷夜話』[122]

われわれは、人間全般が好運であるか不運であるかを知ることはできない[123]。闘争における真実だけを問題にしてしまうと、判断の曖昧さが露わになる。そのときに判断は、好運をわれわれという存在に結びつけて、不運を、悪人として具体化した悪疫に結びつけてしまう。それとは逆に、明晰な判断は、悪という事実を受け入れ、そして悪（存在における癒やし得ぬ傷口）に対する善の闘争をも受け入れる。曖昧な判断においては、価値はもはや条件付きではなくなり、善――われわれという善――は好運ではなく義務となる。それは「あらねばならない」に応える「ある」となるのだ。あらゆるものが、神によって、議論の余地なき目的へ向かって組み合わされ、ごまかされ、整序されたかのようである。(124)

人間の精神は、好運を除去する計算が好運を忘れさせてくれて、もはやそれを考えずにいられるようにする限りでしか、好運を考察できないようにできている。だが、徹底的に行えば、好運についての考察は、予見の集合でできた世界、理性が好運を閉じ込めている世界をまさに裸にしてしまうのだ。人間の裸と同様に、好運の裸性――それは最終的に、最後の最後に物事の決着をつける――は淫らで吐き気を催させる。それは、一言で言えば神的である。好運しだいとなれば、宇宙における物事の流れは、国王の絶対権力に劣らず、人々を意気消沈させるのだ。

好運に関する私の考察は、思考の展開の枠外にある。

しかしわれわれは、これ以上に抜本的な（これ以上に決定的な）考察をすることはできない。最深部まで降りていって、これらの考察は椅子を引き抜くのである。座る可能性を、休らう可能性を思考の展開に期待する人から、椅子を引き抜くのだ。

われわれは、われわれに関わるものの一部を理性に還元するか、科学によって論理的な知識に還元することができるし、そうしなければならない。われわれは、その事実をただ一点においてだけ抹消できる。つまり、あらゆる物事、あらゆる法則は、偶然の気まぐれ、好運の気まぐれにしたがって決定されたのであり、結局のところ理性は、ただ確率論が許す範囲内でしか介在できないのである。

確かに、理性の全能性は偶然の全能性を制限している。そして原則的に、この制限だけで十分であり、物事の流れは、理性的なわれわれが識別する法則に長きにわたってしたがっている。だが、極限においてその流れは、われわれから逃れ去るのだ。

極限において、自由が再び見いだされるのだ。

極限に、思考は到達することができない！

われわれがもつ可能性の限界内では、少なくとも思考は、ただ二つの方法によってのみそこに到達する。

（1）思考は、口を開けた破局の広がりを見いだし、魅惑されて凝視することができる。

確かに確率論は、思考の範囲を制限してしまう。しかし、人間的な水準で、死によってわれわれが破局の帝国の民になればなるほど、それだけ確率論が思考の意味を（あるいはむしろ、その無意味を）無効にすることはなくなるのだ。

（２）人間の生の一部分が、労働から逃れて自由へと達する。それは賭ける戯れの部分である。この部分は、理性による監視を認めはするが、しかし理性の限界内にあって、限界を越えて跳躍するつかの間の可能性を引き起こす。まさに賭けの戯れこそが、破局と同様に魅惑的であり、好運のめくるめく誘惑を積極的にかいま見せてくれるのである[125]。

私は、自分の欲望の対象をとらえる。私は、まさにその対象と結ばれ、そのなかで生きる。その対象は、光のように確実だ。夜に揺らめく一番星のように、それは驚嘆をもたらす。私と一緒にその対象を知りたいと望む人は、私の暗闇に慣れなければならない。遥かなるその対象は奇妙だが、しかし親しみ深い。活き活きとした顔色の娘たちは、花の香りをかげば、かならずその対象に触れていた。しかし、その対象はあまりにも透明なので、一息を吹きかけられるだけで輝きを失い、一言の言葉によっても雲散霧消していく。

一人の人間は、無数の仕方で好運を裏切り、無数の仕方で「自分という存在」を裏切る。彼が、けっして清教徒的な悲しみの厳格さには屈しないと、誰があえて主張するだろうか。彼は、それに屈さずとも、それでもまだ裏切ってしまうだろう。好運の横糸は、ひとつひとつの編み目に影と光を授ける。恐怖の、衰弱の、拒絶の（さらには無秩序の、過剰さの）道程で、まさに私を追い詰め、傷つけながら、好運が、つまり好運の軽やかさ、その重々しさの完全な不在が私に触れたのである（つかの間でも重々しくなれば、好運は失われてしまう）。私は、好運を探し求めているときに、見いだすことはできなかっただろう。語り始めてしまえば、すでに間違いなく裏切ってしまう。裏切ることを自分自身が気にもとめないか、他の人々も同じように振る舞う場合にしか、私は裏切りから逃れることはできない。完全に私は、私の生の全体と力は、好運に捧げられているのだ。好運は、私のなかでは不在、虚しさ……、そして笑いにほかならず、まさに非常に陽気なものだ。それは好運だ。私は、夜の悲しみのなかで、ナイフの切っ先が心臓に突き刺さるのを想像して、精も根も尽きるほどに過剰な幸福を想像する……。

[126]あまりの陽光、あまりの歓喜、あまりの空
あまりにも広大な大地、一頭の駿馬
私は水音を聴き、陽光を嘆く[127]
大地が私の睫毛《まつげ》のなかで回転する
石が私の骨のなかで転がる
アネモネ、土蛍《つちぼたる》の幼虫が

私を卒倒させる
バラでできた屍衣のなかで
白熱した涙が
夜明けを告げる(128)

性質(129)の対立する二つの運動が、好運を探し求めている。その一方は、われわれを拉《らっ》し去る運動、目もくらむような運動であり、もう一方は融和の運動である。一方は、粗暴な、エロティックな結合を求める。不運が、貪るように好運に襲いかかり、好運を消尽し、あるいは少なくとも、好運に不吉な徴をつけて放棄する。それは燃え上がるような瞬間だ――不運はそのまま歩みを続けるか、死において完了する。もう一方の運動は予見であり、好運を読み取り、その反映となり、好運の光に身を没する意志である。ほとんどの場合、それらの相反する運動は混ざり合っている。だが、探し求めている融和を、暴力への嫌悪感に見いだそうとするなら、好運は、規則正しい単調な流れに巻き込まれて、それ自体としては廃絶されてしまう。好運は、無秩序から生まれるのであって、規則から生まれるのではない。好運は偶然を要求し、その光は漆黒の暗闇で瞬《またた》く。好運を不幸から守ろうとすれば、われわれは好運に背いてしまうし、そうして背くやいなや、輝きが好運を見放してしまうのだ。

好運は、美を上回るものだが、美は好運から自分の輝きを引き出す。

莫大な群衆（不運）は、美を売春へと沈み落とす[130]。

汚されない好運は存在しない。ひび割れのない美は存在しない。完璧であるとすれば、好運や美はもはや本来の存在ではなく、規則である。好運への欲望は、われわれのなかにある一本の痛む歯のようなものであり、同時にその正反対のものであり、不幸という怪しい内奥を望んでいるのである。

苦しまずには誰も、一閃の雷のような好運の消尽、そしてそれに続く崩落を想像できないだろう。

好運、つまり蜘蛛の巣のような、引き裂くような観念。

好運を堪え忍ぶのは困難だ。好運を破壊して破滅してしまうのは、ありふれた出来事である。好運は非人称的であろうとするし（さもなくば、それは虚しさ、鳥かごのなかの鳥である）、とらえがたく、物憂げであろうとして、ひとつの歌声のように夜へと滑り込んでいく……。

私は、霊的な生の様態を、好運まかせで、けっして意志の緊張には支配されない非人称的なかたちでしか、思い描くことができない(131)。

いくつかの大きい頑丈そうな鉤《かぎ》型のものが、傾斜した屋根のなかばに設置されているのが見える。ある男が、屋根の一番上から落ちるとしても、好運にも、彼はそのどれかに腕か脚でしがみつけるかもしれない。私は、家の一番高いところから落ちたら、地面にぶつかってつぶれてしまうだろう。だが、ひとつの鉤があれば、途中で止まることができるだろう！

少し経ってから、私はこんな独り言を言うかもしれない。「ある日、一人の建築家が、先を見越してこの鉤を備え付けたのだ。あれがなければ私は死んでいた。死んでいるはずだ。だが、まったくそんなことにはならず、私は生きている。鉤が取り付けられていたからだ」。

私の現存と生は避けがたいものだ。しかし、なにか分からないが不可能な、想像もつかないものがその原理なのである。

墜落の勢いを思い描きながら、いまや私は理解した。ひとつの鉤と出会うことがなければ、世界にはなにも存在しえないのである。

普段、われわれは鉤を見ないようにしている。自分自身に必然性という性格を与えている。われわれは、同様の性格を世界に、大地に、人間に与える。

この鉤が宇宙に秩序を与えているため、私は、際限なき鏡の戯れに沈み込んだ。この戯れは、鉤が防いだ墜落と同じ原理をもっていた。物事の内奥へと、もっと先まで進むことができるだろうか。私は震え、精も根も尽き果てていた。涙が出るほど興奮させる、秘められた法悦。あの馬鹿騒ぎを描写するのはやめておこう。この世の、あらゆる時代の狂宴が、あの光のなかで混ざり合っている。

あのことを語ってみようか。本当にどうでもいいことなのだ。新たに好運に到達してからというもの、ある意味ではもはや法悦が終わらないほど、私は法悦に到達できるようになった。私は、法悦を捕まえておく必要をめったに感じることはない。そんな必要を感じるのは、弱さゆえなのだ。ときにはなげやりになって、淫らな行為のさなかで、死を期待しながら、そんなときもあるが。

[132]私のなかで不安を取り除いてくれたのは、次の事実であった。あらゆる価値は好運であり、価値が存在するかどうかは好運しだいであり、私が価値を見いだせるかどうかも好運しだいなのであった。ひとつの価値とは、何人かの人間が融和する点にあった。好運はそのおのおのを活気づけ、融和させていて、彼らが肯定されるときには好運が生じていた（意志も計算も、事後的にしか生じはしない）。私は、この好運を数学的な形においてではなく、存在とそれを取り巻くものを融和させる接触として想像していた。存在そのものは、融和、まずは好運そのものとの融和である。ある明るさが、存在の内奥、可能事のなかへと消えていく。存在が、息を止め、沈黙の感覚に帰して消えていく。まったく起こりそうもなかった融和が、そこに生じる。好運のいたずらが、存在を賭けに投じ、それらのいたずらは相次いで生じて、密かに好運と融和した存在、好運を露わにできる存在、それを生み出せる存在を豊かなものにする（好運は存在の術《すべ》であり、あるいは存在は、好運を迎え入れて愛する術である）。不安、不運の感覚、そして融和のあいだには、わずかな隔たりしかない。不安は融和に必要であり、不運は好運に、母親の不眠症は子供の笑いに必要である。

好運に基づかないような価値は、異論を免れないだろう。

恍惚は認識へと結ばれている。私は恍惚に達し、明証性の探求、異論の余地なき価値の探求へと至る。それらの明証性、価値は、あらかじめ与えられていたのだが、私が無力で見つけられなかったものだ。こうしてようやく知の対象になりえたものは、私の不安が発する問いに答えてくれる。予言しよう。私は、最後には「在るもの」を語り、それを知るだろう。

不安への意志だけが問いかけるとすれば、回答がなされる場合、回答が求めているのは不安が維持されることである。回答は次のようなものだ。つまり、不安はお前の宿命だ。お前は、今のままのお前としては、自分がなんであるのかも、在るものも知ることができないだろう――なにも知ることができないだろう。ただ凡庸さ、まやかし、ごまかしだけが、不安の帝国でこの決定的な敗北から逃げ去るのだ。

自分の無力さを確信した不安は、もはや問いかけない、あるいはその問いかけは希望がない状態にとどまる。好運の動きはけっして問いかけずに、問いかけるために、反対の動きを、自分の共犯者であり伴侶となる不安を利用するのである。そして、不安がなければ好運の動きは衰弱してしまうのだ。

好運は、賭けがなされた結果である。この結果は、けっして休息ではない。好運は、たえず繰り返し賭けに投じられるのであり、（不安が休息への欲望であり、満足への欲望であるかぎり）不安を知らないことなのだ。好運の動きは、不安が向かう唯一の真正な目的へと導く。つまり、回答の不在へと。好運の動きは、不安にけりをつけることはできない。なぜなら、好運であるためには、他のなにものでもないためには、不安が存続することを望み、好運が引き続き賭けられることを望むほかないからである。

芸術は、途中で歩みを止めなければ、好運の動きを枯渇させてしまうだろう。そうなれば、芸術は芸術とは別物になって、それ以上のものとなってしまうのだ。[12] しかし、好運が重々しくなることはあり得ない。軽やかさが、好運を「それ以上」から逃れさせるのである。好運は、未完了な成功を求める。それは、たちまち無意味となり、すぐに別の成功のために手放される成功だ。好運の光は、現れるやいなや、他の光が生ずるにしたがって消え失せる。好運は、新たな勝負がなされるたびに、賭けられ、再び賭けられ、際限なく賭けに投じられるのである。

(133) 個人的な好運は、好運とはほとんど関係がない。個人的な好運の追求は、ほとんどの場合、虚栄と不安の不幸な結婚である。好運が好運である条件は、非人称的な透明さであり、際限なく好運を失い続ける交流の戯れなのである。

12　実際のところ、芸術は遠ざかってしまう。ほとんどつねに、原則的に芸術家は、自分の専門領域にとどまっている。芸術家がそこから外に出るにしても、それはときには、彼にとって芸術そのものよりも重要な真実に仕えるためである。芸術が、神々の世界のような世界を、あるいは今日では、神のような世界を創造するように芸術家を促していることを、芸術家は、ほとんどの場合に見ようとしないのである（一九六〇年の註記）。

好運の光は、芸術の成功において弱められた状態で維持されるが、しかし好運とは女性であり、ドレスを脱がされるのを待っているのだ。

不運や不安は、好運の可能性を保持している。虚栄や理性は（そして一般的に言って、賭けから引き離す運動は）事情が異なる。

逃れ去る美、息が詰まるような美は、一人の女の身体において好運を受肉している。そのような美は、愛において手が届くようになる。だが、好運の所有に必要なのは、好運そのものの軽やかな、なにもとらえない指である。問いただすこと、震えること、不都合な運がなくなればいいと望むことほど、好運と（愛と）正反対なことはないし、消耗する熟慮ほど虚しいものはない。私は、魅了された無関心において、つまり無関心の常軌を逸した反対物において、愛に達する。重々しさは、情念とはあまりにも相いれないものだから、そんなもののことはまったく考えないほうがいい。愛、好運を呼ぶ唯一の地平である愛は、弱さ、喜劇、あるいは苦しみへの渇望だ。好運は、無秩序を呼ぶのであり、その無秩序を通じて、好運の絆が結ばれ、そして再び結ばれるのである。愛における誇張、先入観、決まり事は、愛の否定を表しているが、しかしその否定にもかかわらず愛は燃え上がる（だがわれわれは、まさに自ら進んで、もろもろの「運」を自分に対立させながら、好運に応えるのだ）。

――たとえ一瞬であろうとも、重々しくなることは好運を失うことだ。――いかなる哲学も（いかなる知も好運を取り除いてしまう）、活気のない残滓、好運も不運もない規則的な物事の流れについての考察である。好運を認めることは、[13]認識の自殺だ。好運は、賢者が絶望するときには隠されているが、狂人の法悦から生まれるのである。――私の確信は、同類たちの愚かさに（あるいは私の快楽の強さに）基づいている。もし、精神の可能事をすでに汲み尽くし、見極め、掘り返していなかったなら、私に言うべきことなどあるだろうか。いつか私は、好運を試して、空気の精のように卵の上を動き回りながら、自分が歩いていると信じ込ませるだろう。そうなれば、私の英知は魔術のようにみえるだろう。私は、他者たちへの扉を閉ざすかもしれない――好運に到達するには、好運についてなにも知らないことが必要だとしたらだ！――人間は、一本の好運の運命線を手にしていて、それを自分の「慣習」のなかに読み取ることができる。その線は彼自身であり、恩寵の状態、放たれた矢である。動物たちは自らを賭けたのであり、人間も自分を賭けるのだ。それは空気を貫く矢であり、私には、それがどこに落ちるのかも分からず、自分がどこへ落ちていくのかも分かりはしない。

13　それは、確率論とはなんの関係もない（一九五九年の註記）。

人間は、賭けよりもささいなことに恐れを抱いている。

人間は、途中で立ち止まることはできない。だが、人間一般は……と言うのは間違っている。一人の人間は、同時に一人の人間とは正反対のものでもある。つまり、一人の人間とは、人間という名前が指しているものを、際限なく問いに投ずることなのだ！

好運[134]を求める貪欲さに身をまかせなければ、誰も、嵐のように好運を消尽する不運に抗うことはできない。だが、この貪欲さは、それ以上に好運とは正反対のものであり、嵐よりも徹底的に好運を破滅させるのである。嵐は、好運の性質を露わにして、好運を裸にし、好運の熱気を振りまいていく。嵐が放つあいまいな薄明かりのなかで、好運の不純さ、残酷さ、倒錯的な意味が、至高な魔術で彩られてその正体を現すのだ。

一人の女性において好運は、嵐のひとときに死に与えられる接吻の、その唇に読み取れる跡に現れている。

死は、原則的に好運の反対物である。それでも好運は、ときにはこの反対物と結ばれる。そうして死は、好運の母となることができる。

その一方で、好運は、数学的な稀少性とは異なって、意志によって決定される。つまり、好運によって望みをかなえられる意志によってである。この意志のほうは、自分が呼びかける好運に無関心ではいられない。われわれは、意志を実現する好運ぬきでは意志を理解できないし、好運を追い求める意志なしには好運を理解することはできない。

　意志というものは、死の否定である。それはまさに死への無関心だ。ただ不安だけが、意志を麻痺させて、死への憂慮を招き入れる。意志は、好運への確信に支えられているのであり、この確信は死への恐れとは正反対なものである。意志は好運を見いだし、つなぎ止めるのだ。それは、好運へ向けて放たれた矢である。好運と意志は、愛のなかで結ばれる。愛の対象とは好運にほかならず、ただ好運だけが愛する力を持つのである。

　好運はつねに、好運しだいである。好運はつねに賭けしだいであり、つねに賭けられている。最終的なものとなれば、好運はもはや好運ではないだろう。逆に言えば、この世に最終的な存在があるなら、そこにはもはや好運は存在しないだろう（そこで好運は死に絶えるだろう）。

　好運への非理性的な信頼、好運の高揚は好運を呼び寄せる。好運は、その熱気そのものにおいて与えられるのであり、外面的な、客観的な偶然において与えられることはない。好運は恩寵状態、天の賜物であり、好運のおかげで永遠に、不安なしにサイコロを投げられるようになるのだ(135)。

完了の魅惑は、その到達不可能な性格に由来している。いかさまの習慣は、最終的な存在を好運の衣で飾り立てる。

今朝、「一人の女性において好運は……」という一文が私を引き裂いた。神秘主義者たちが自分の神秘的状態について示す見解だけが、私の裂け目に応えてくれる。

いまや疑問の余地はない。好運とは、知性が自分自身の領域、行動にとどまるために、恐れなければならないものだ。同様に好運は、知の欲望への回答とは正反対であり、人間にとって恍惚の対象なのである。

恍惚(136)**の対象は、外側からの回答の不在である。人間という説明不可能な現存は、意志が、不可解な夜という空虚の上で宙づりとなって、自分に与える回答である。その夜は、端から端までひとつの鉤のように破廉恥だ。**

意志は、自分が燃え上がる瞬間をとらえ、自分のなかに夢のような性格を、夜中のとらえがたい星の墜落をみとめる。

好運から詩《ポエジー》を隔てる距離は、似非《えせ》な詩の虚しさによって生じる。言葉の計算高い使用、つまり詩の否定は、好運を破壊して、事物をただの事物に帰してしまう。言葉の詩的な倒錯は、死んで無になる顔や身体の、その地獄のような美しさの方向性にある。

詩の不在は、好運の消滅である。

好運は、死のように、「愛人がもたらす」苦しい「心のうずき」、「ひとが欲望するが、しかしぞっとさせる」うずきである。好運は、生が死と一致する苦痛に満ちた点である。性的な歓喜、恍惚、笑い、涙において。

好運には死を愛する力があるが、しかしこの欲望は好運を破壊してしまう（死への憎しみや恐れほど確実にではないが）。好運の道筋をたどるのは難しい。その道筋は、恐怖の、死のままに従っていて、そこから離れることはできない。恐怖が、死がなければ、あるいは一言で言って恐怖の、死の危険がなければ、好運の魅惑がどこにあるというのだろうか。

「活き活きとした顔色の娘たちは、花の香りをかげば、かならずその対象に触れていた。

しかし、その対象はあまりにも透明なので、一息を吹きかけられるだけで輝きを失い、一言の言葉によっても雲散霧消していく」[137]。このうえなくわずかな動きにも賭けの大胆さを見いだすこと、私は不安のなかではそれができない。不安のなかでは、花はしおれ、生は死の香りを放つ。

生きることは、狂ったように、だが永遠に、サイコロを投げることだ。それは、恩寵状態を肯定することであり、起こりうる結果を気遣うことではない。結果を心配し始めると、貪欲と不安が生まれ始める。後者は前者から生じるのであり、不安は、好運がもたらす震えである。しばしば不安は、生じようとする貪欲を、不安という極めつきの倒錯に巻き込み、その貪欲を罰するのだ。

宗教というものは万物を問いに投じることである。もろもろの宗教は、多様な回答が形成した大建造物だ。それらの大建造物を口実として、限りない問いへの投入が続けられている。異なる諸宗教の歴史から、答えるべき問いが完全に残り続けているのだ[138]。深い意味で問いが残ったのであり、回答は雲散霧消したのである。

もろもろの回答は、幸か不幸かは分からないサイコロの一振りであり、そこには生が賭けられていた。生はまさに無邪気に賭けられていたため、それらの回答が偶然の結果であると気づかれることはありえなかった。だが、賭け金だけが回答の真実なのであった。回答は、賭けが新たになされることを呼びかけて、問いへの投入、賭けへの投入を維持していた。それでもその後で、回答は賭けから身を引いてしまうのだが。

しかし、回答が好運であるなら、問いへの投入が止むことはなく、賭け金はたえず完全であり、回答は問いへの投入そのものである。


好運は、霊的な生に呼びかける。その生は、もっとも完全な賭け金だ。好運の伝統的な実現――トランプから詩にいたる――において、われわれは好運をかすめることしかできない。（執筆をしながら、ほんのつかの間、自分が執筆しているベッドで、燃えるような、引きちぎるような好運の接触を私は受け取る。私は動けなくなり、なにも言うことができない。眩暈がするほど好運を愛すべきだ、という以外にはなにも言えない。このような不安のさなかで、好運は、凡庸な私が見いだしていた姿からどんなに遠ざかっていることだろう！）

悟性の限界をこれほど激しく逸脱するものはない。かろうじて、われわれは至上の激しさ、美、裸を想像できるだけだ。言葉をもった存在などなにもなく、神、至高な主《しゅ》などいない……。

数秒後にはすでに、その記憶は不確かなものになる。そのような幻視を、この現世に導き入れることはできない。この幻視は、次のような言明と結ばれるのだ。「そこに在るもの、それでも常軌を逸し続けるもの、それは不可能なものである」。そこに在るもの、それは脆さそのものだ！　それに対して神は土台である。つまり、いかなる場合にも存在せずにはいられなかったものだ。

私が知的な好奇心を抱いたばかりに、好運は私の手の届かないところに行ってしまった。私はそれを探し求めるが、私が好運に背いてしまったかのように、好運は私から逃れ去る。

だが、新たに……。こんどは、私は好運をその透明さのなかで目にした。まるで、その澄明さにおいてしか――あの鉤にぶらさがった中断状態においてしか――、なにも存在しないかのように。存在しないことができたもの、存在せずにあるべきだったもの、死に絶え、自己を消尽し、自己を賭けるもの以外には、なにも存在しないかのように。その透明さが、新たな光のなかで私に現れていた。その透明さは、それ自体がかりそめで、問われ、そのような条件でしか実在することができない[139]。

日没の空が、私を眩惑して驚嘆させるが、とはいえそれは、ひとつの存在ではない。

比べようもないほど美しく、生気のない女を想像すること。彼女はひとつの存在ではなく、まったくもって捉えがたい。部屋には誰もいない。神は部屋にいない。そして部屋は空っぽだ。

好運には一本の矢のような性質がある。好運は、他の矢とは異なるこの矢であり、私の心臓だけがそれに傷つけられる。私が倒れて死にゆくとしたら、要するにその矢が原因だ。その矢であって、他のどんな矢でもない。私の心臓には、それをその矢にする力がある。その矢は、もはや私と異なるところがない。

隠れゆくひとつの愛を自分のために我が物としなければ、どうして好運を認識できるだろうか。

常軌を逸した愛は、黙って好運に飛びついて、好運を生み出す。好運は、雷のように空の高みから落ちてきた。その雷は私であった！　そして私は、ほんのつかの間に、雷に引き裂かれた小さな滴《しずく》であった。その滴は、太陽よりも輝かしかった。[140]

私のなか、あるいは前には、神もいないし、存在もない。だが、私には不確かな結び合いがある。

私の唇は笑う。それらの結び合いに好運を認識して。好運を！

「たぶん私はもう駄目だ、とトマは思った。もう待つのに十分な力がないし、独りぼっちでなかったときには、まだしばらくは自分の弱さを乗り越えられると期待できたとしても、今ではもう新しい努力をする理由がない。もちろん、目的のすぐ近くまで着きながら、それに触れることができないのは悲しいことだ。もしあの最後の段々に到達できれば、きっと理解できる。つまり、見いだせないなにかを虚しく探しながら、なぜ私が苦闘してきたのかをきっと理解できるのだ。これは不幸だ、そして私は、そのために死んでいく。」

モーリス・ブランショ『アミナダブ』二一七―二一八頁。[141]

「「夜が完全に繰り広げられるのは、家の最上階にあるこの最後の部屋だけです。夜は、一般的に美しくて安らぎをもたらします。昼間の不眠から逃れるのに、目を閉じなくていいのは快適なことです。外の暗闇のなかに、ずっと前から自分の内面で真実を殺していたのと同じ闇を見いだすのも、魅力に満ちたことです。この夜には特別な特徴があります。夢も伴いませんし、ときには夢の代わりとなる予感も伴わないのです。ですが、この夜そのものが、夜に覆われる人には手の届かない広大な夢なのです。夜があなたのベッドを包んでしまえば、寝室を閉ざすカーテンを私たちは引くでしょう。そのときに現れるさまざまな事物の輝きは、このうえなく不幸な人間も慰めることができるでしょう。そのときには私も、本当に美しくなれます。今はこの偽りの陽の光が、私から多くの魅力を奪ってしまいますが、その絶好の時機には、私はあるがままの姿で現れるのです。私はあなたを長々と見つめ、あなたから遠からぬ所に横たわります。そうすれば、あなたはもう私に質問をする必要もなくなって、私はあなたのすべての問いに答えてあげるのです。さらに同時に、あなたが銘文を読みたがっていたランプが、ちょうど良い方向に回って、それらの文句があなたにすべてを理解させてくれて、もはや判読できないものではなくなります。ですから、焦らないでください。あなたの訴えを聞いて、夜はあなたをちゃんと認めてくれます。そして、あなたは自分の苦しみも疲れも忘れてしまうでしょう」。

「もうひとつ質問があります」とトマは、強い関心をもって聞いてから言った。「ランプは火を点されるのでしょうか」。

「もちろん、そんなことはありません」と若い娘は言った。「なんて馬鹿げた質問でしょう！　すべてが夜のなかに沈み込むのです」。

「夜ですか」とトマは夢見るように言った。「ということは、私は君を見ることができないのですか」。

「たぶんそうです」と若い娘は言った。「それで、なにを考えていたのでしょうか。まさに、あなたが本当に闇のなかに身を消すから、そして自分ではもはやなにも確認できなくなるからこそ、私は、あなたにすぐにすべてを知らせてあげるのです。聞くことと見ることと休むことを、同時に期待してはいけません。ですから、夜があなたにその真実を露わにするとき、あなたが完全に安らぐときに、なにが起こるのかをあなたに教えましょう。もうすぐ、あなたが知りたがったことがすべて、壁に、私の顔に、口に、簡潔ないくつかの言葉となって読み取れることがわかれば、あなたにとって嬉しいことではないでしょうか。この啓示があなた自身に届かないとしたら、本当にそれは困ったことですが、重要なのは、無駄に苦闘したのではないと確信できることです。今すぐに、こんな場面を想像してください。私はあなたを抱きしめ、ものすごく大事な言葉をあなたの耳にささやきます。これから耳にすれば、あなたが別人になってしまうほど重要な言葉を。私の顔を、あなたが見られるといいのですが。なぜならそのときに、それ以前ではなくそのときになって初めて、あなたは私を認識できるからです。あなたがいろいろな旅をしていたあいだに、ずっと探し求めていたと思っている女性、その人のために奇跡的にここに、奇跡的ですが無益にここに入った女性を、見いだしたかどうかを知るからです。その喜びがどんなだか、考えてごらんなさい。あなたはなによりも、彼女と再会したいと望んでいた。そして、迎え入れられるのが困難なこの家に入り込んだとき、とうとう目的に近づいたと、もっとも困難なことを乗り越えたと、あなたは思いました。あなたくらい粘り強い記憶力をもてた人なんて、ほかにいるでしょうか。私は認めましょう、あなたは見事でした。他の人は皆、ここに足を踏み入れるやいなや、それまでに自分が送ってきた生活を忘れてしまうのに、あなたはわずかな記憶を持ち続けて、そのかすかな手がかりが失われないようにした。もちろん、多くの記憶が薄れていくのは止められなかったので、私にとってあなたはまだ、途方もない距離で隔てられているようです。私は、かろうじてあなたを見分けられるだけですし、あなたが誰なのかをいつか知ることができると、かろうじて想像できるだけです。ですがもうすぐ、私たちは決定的に結ばれるのです。私は、両手を開いて横たわり、あなたを抱きしめ、大いなる秘密のただなかであなたと転げ回ります。われわれはお互いを見失い、そして再会するのです。もう私たちを隔てるものなど、なにもなくなります。この幸せにあなたが立ち会えないなんて、なんて残念なことでしょう！」

『アミナダブ』二三九―二四一頁(142)。

「自分自身を」賭けに投じること、あるいは自分を「問いに」投じること(143)。取るに足りない対象を探し求めるときには、誰も「自分自身が」問いにさらされることはない（そのときには、問いへの投入は中断されている）。取るに足りない対象への愛は、その対象が、心を引き裂くような言葉の連鎖であるとしても、存在を引き裂くことへの障害となる（もし裂け目が生み出されて、文章がもはや期待された対象ではなくなり、移行段階に、すなわち裂け目の表現と化すのでなければ）。

好運をもとめる狂おしい愛においては、賭けに巻き込まれないものはまったく存在しない。理性そのものが、賭けられているのだ。推論の能力がそこに介入するとしても、可能なものの限界に制限されるだけである。

人間存在に現に訪れる好運は、自然な、あるいは生理的な好運（知的で、精神的で、身体的な面における、人間の幸福な均衡）を賭けに投ずることから生まれる。獲得される好運は、絶え間ない賭けへの投入の賭け金である。

だが、最後には好運は純粋になり、取るに足りぬ対象から解放されて、好運の内奥へといたる。好運は、もはや単なる賭けへの投入への幸せな回答——他の数多くの答えのなかの——ではない。とうとう回答は、好運そのもの（賭け、際限なき問いへの投入）となるのだ。ついに好運は、あらゆる可能なものの賭けへの投入となり、その賭けへの投入しだいで生じるものとなる（もはやそれと区別できなくなるほどに）。

傷つかずには、憔悴せずには、誰もその点に達することはできない。生をそのような高みで維持することはできず、最後にはつねに、大地が足元から消えていく。それが好運であるかどうか——あるいは不運であるか——誰が決めることができようか。だが、ほんのわずかでも疑いが生じれば、すべてが失われるのだ。[144]

善は、自分から問いに付されないとすれば、裁判官がもつ屠殺用の斧となろう。

たとえ一瞬でも、賭けから善を取り出す者は、裁判官の法服のすそに口づけをすることになる。

善もその同類も、アモク[145]の息吹においてしか息をできない。善は、泥のなかでアモクの足跡に口づけをする。

善は賭けへの投入であると語れば、私は石のなかで心臓を鼓動させることになる。

私のなかで生きている善の観念は、そこで「鉤につかまる男」の位置を占めている。その観念は、偶然に現れる鉤に左右されている。屋根の傾斜、スリップ、墜落、鉤から切り離されると、善の観念は凍りつく。私は賭けに属しているのだ。私のなかでは、どんな観念も、自分の「賭けへの投入」によってすぐさま活気を帯びなければ、存在しないのである。[146]

神が示しているのは、ある世界に対する恐怖だ。賭けにさらされないものはなにもなく、なにも守られてはいない世界に対する恐怖だ。それとは逆に、運まかせの存在の大群は、際限なき賭けの可能性に応えている。もし神が存在するとしたら（もし決定的に不変なものとして存在するなら）、頂点において賭けの可能性が消滅するだろう。[147]

もはや自分を愛することなく、私は灰色の雲を、灰色の空を愛する。私から逃れ去る好運は、空で戯れるだろう。空、それは間接的な絆であり、その広がりの下で息をする人々へと私を結びつける。来《きた》るべき存在たちへ、まさに私を結びつける。これは、個別的な存在の大群という問いだが、どうすればこの問いを担えるだろうか。[148]

謎の答えを知りたいという考えに取り憑かれると、人は推理小説の読者になる。だが、宇宙があのような計算に似ることなどありうるだろうか。われわれの尺度に合わせて、小説家が行わねばならない計算に似ることなど。

謎の答えなど存在しない。「見かけ」の外側ではなにも考えられず、見かけから逃れようとする意志は、結局は見かけを取り替えることに行き着く。そのようなことをしても、われわれは存在しない真実にはまったく近づくことができない。見かけの外側には、なにも存在していない。あるいは、見かけの外側には夜が存在するのだ。そして、夜のなかには夜しか存在しない。夜のなかに、言語が表現できるなにかが存在するとしたら、それもまた夜であろう。存在は、それ自体が見かけに還元されるか、あるいはなにものでもない。存在は、もろもろの見かけが覆い隠す不在である。

夜は、存在よりも豊かな表象だ。好運は、夜から出てきて夜に帰る、夜の娘であり母である。夜は存在しないし、好運もまた存在しない。存在しないものである好運は、存在を好運の失墜状態へと追いやる（好運は、賭けから身を引いてしまえば、実体を探し求めることになる）。存在は、ヘーゲルの見解ではもっとも貧しい概念だ。だが好運は、私の見解ではもっとも豊かな概念である。好運とは、それによって存在が、存在の彼方へと失われるものである(150)。

私は、非－知の夜から見られた世界を、賭けへの投入と呼んでいる。それは、世界が賭けに投じられるときの掟とは異なる。

好運として賭けられたもろもろの真実、存在が偽りであることに賭けられた真実。それらの真実は、賭けられ、再び賭けられるだろう。存在を表すもろもろの真実のほうは、不変なるものでなければならない。

「私は誰それのようになれたのに……」などと問うて、なんの意味があるのだろうか。あるいは、それより多少は馬鹿げていない問い、「もし私が神なら」はどうだろうか。

神によって保証された諸存在の決定的な分類――神自身が、他の存在たちとは異なっている――は、私の身体が身を投げるときのあの空虚に劣らず恐ろしい。神は、夢のようなさまざまな差異をなかったことにして、消し去ることはできない！ だが神自身は、明らかに、それらの差異の否定なのだ！ 神はそのような分類を免れているのである。神は私ではない。私は、この命題にあまりにも大笑いをしたため、夜の孤独のなかで立ち止まる。あまりにも率直な笑いによって、私の孤独は心を引き裂くものになる。「なぜ私は神ではないのか」。私の答え、子供じみた答えはこうだ！ 「私は私なのだ」。だが、「なぜ私は私なのか」。「私が私でなければ、私は神なのではないか」。私の恐怖は甚大になる。なにも分からなくなり、引き出しの取っ手につかまりながら、指の骨のあいだでそれを握りしめる。もし神自身が、今度はこう考えたらどうだろうか。「なぜ私は私なのか」あるいは「なぜ執筆しているこの男ではないのか」あるいは「誰でもよい誰かではないのか」。私はこう締めくくらねばならない。「神とは、問いのない存在ではないだろうか。神は、自分が自分でなければならない理由を、その理由を知っている自我ではないだろうか」。獣のように愚かになれば、私は神に似てくる。今の私の状態で、もし私が彼だったら、私の恐怖はどれだけ激しくなるだろう。謙虚にならなければ、私は自分の無力さを耐えられない。もし私が全能であるとしたら……。

神は死んだ。神はまさに死に絶えているため、私は自殺をしなければ神の死を理解させることができないだろう(151)。

認識の自然な運動によって、私は自分自身に限定される。この運動は、世界が私とともに終わると、私に信じ込ませる。こんな束縛には、いつまでもかかずらっていられない。私は錯乱し、あるいは自分というものから逃げ出して、自分になど頓着しなくなるのだ。そして私は、回り道をして自分に無頓着にならずには、自分への愛着へ帰ることができない。私は、自分に無頓着にならずには生きられないのであり、生きるという条件でなければ、自分に執着できないのである。

ちっぽけな自我！　知っているさ、あいつは親しみ深く、忠実で、鼻息が荒い。まさにそれがあいつだ。だが、この老いぼれ犬は、もう真面目に扱われたいとは思っていない。せいぜいあいつは、自分のいたずら心を満足させるように、むしろ物語の犬のような多少とっぴな姿になりたいと思っていて、まさに不幸な日々には、犬の亡霊の姿になるほうがましだと思っているのだ(152)。

生まれる前には、いわば私が世界に現れるいかなる好運もなかった。自分の家族が送った時間ごとの、分ごとの歴史を思い出して、私が存在するのに必要であった出会いを思い浮かべてみよう。それらの出会いは、限りなくほとんど蓋然的ではなかった。

　このうえなく笑うべきペテンだ。そのような条件で世界に存在しながらも、人間は、神を自分の姿に似せて思い描いたのだ！　自分自身を私と呼ぶ一人の神[153]を！

　神を想像してみる。他の存在から切り離されて、神は自分自身について《私》と言うが、しかしその《私》には偶発性がなかったのであり、それはいかなる偶発性の結果でもなかったのである。このような不条理は、われわれが自分自身に抱く概念を、全体の規模へと移し替えてしまう。神は一種の袋小路であり、そこで世界——この世界はわれわれを破壊し、そして在るものを同じように順々に破壊する——は、われわれの自我を閉じ込めて、起こるかもしれない救済の幻想を与えるのだ。そうしてこの自我は、もはや存在しないことの眩惑と、死から逃れる夢とを混ぜ合わせるのである。

　もういちど素直に考えるなら、神学の神とは、自我が抱く憧憬への回答にほか[154]ならない。つまり自我は、最後には賭けから手を引くことに憧憬を抱いているのである。

　神学と理性の神は、けっして自分を賭けに投じることがない。際限なく、われわれという耐えがたい自我は、自分を賭ける。際限なく、「交流」がその自我を賭けに投じるのだ。

偶発性そのもの――根源――とは「交流」であり、性の嵐のさなかに、一方の配偶子がもう一方のなかへと滑り込むのである。

好運は、交わり合う存在を賭けに投じる――交わり合いながら、二人ずつ、ときにはそれ以上の数で、彼らは夢を見て、行動し、愛し合い、激しく憎み合い、互いに支配し合い、殺し合うのだ。

男は、交わり合う前に、恋人に魅了されて我を忘れる。この嵐のような交わり合いのなかで、宙づりになった雨や雷のように、子供が偶然に舞い込んでくる(155)。

供犠においては、不運が「好運を嵐のように消尽して」、祭式執行者に「不吉な徴」を刻み込む（不運は彼を聖なるものにするのだ）。それでも供犠執行者は不運な存在ではなく、ひとつの好運のために不運を用いるのである。別の言い方をするなら、不運による好運の消尽は、時には起源と結果において好運となるのだ。おそらく、それが好運の秘密である。好運を賭けることなしには、誰もそれを見いだすことができず、好運を失いながらでなければ、誰もそれを見事に賭けることはできないのである(156)。

娼婦たち、快楽のための生殖器は、「不吉な徴」を刻まれている。不運は、汚らわしい中身をいれるグラスだ。私は、そこに指を入れなければならない。そうせずに、好運の電撃を受けられるだろうか。私のなかで、笑いと雷が賭けられて戯れているが、憔悴するやいなや、私はこの恐ろしい戯れから身を引いてしまう。嵐、夢のような喧噪、心臓の停止、それらが凡庸な空虚感に替わってしまう。

自分と好運を結ぶものを狂うほど追い求めた瞬間、混乱の、不安の瞬間に、私はまだ時間をつぶさなければならなかった。そのとき私は、寒さに負けたくはなかった。負けないために、本に励ましを見いだそうとしたが、しかし私が読めた本は、重々しく、冷淡で、あるいは緊迫しすぎていた——エミリー・ブロンテの詩を除いては。

とらえがたい女性が応えていた。

〈天空〉の大いなる笑い声が、われわれの頭上で響き渡り、
〈大地〉は、けっして〈不在〉を悔いたりはしない。

彼女は時間について語っていた。

そこでは、繊細な陽射しのような髪が

地下で草の根ともつれ合うだろう。

一九四二年―一九四三年。

笑いの神性

I　偶発性

人間が偶発性であるなら、偶発するのは問いへの回答ではない。偶発するのは、ひとつの問いである。人間は問いかけるのであり、希望のない問いかけが自分のなかに開く傷口を、閉じることができないのである。その問いかけとは、「私は誰なのだ、私はなんなのだ」である。

私は、人間は、——自分という存在の、どこにあろうとも存在の問いへの投入であり、際限なき問いへの投入、あるいは存在そのものの問いへの投入となった存在である。[158]

いかなる偶発性も、偶発するのだから（そのように偶発しないこともありえたのだから）、問いへの投入を目的としているのではないか。無限に異なる回答が（その偶発性という回答の代わりに、けっして偶発しなかった、けっして偶発するはずもなかった回答が）ある可能性によって、その問いへの投入という性格が保たれているのだ。それぞれの偶発性（それぞれの存在）は、問いへの投入があげる叫び声であり、運まかせの、偶然性の顕現である。しかし人間は、それ以上のものだ。人間において問いへの投入は、単にそれぞれの星（あるいはそれぞれの微小動物）におけるようなものではない。人間は、問いへの投入のあらゆる様態を、自分の意識の形態において結び合わせるのであり、そうして最後には、自分自身を回答なき問いに投げ込む――自分自身がその問いになる――のである。

偶発性としての人間は、主観的にはひとつの存在となるが（自然のなかで自分の自律性を目指しながら、そうして笑いのなかで自分自身を生み出しながら）、問いへの投入の偶発性である。

認識の最終的な展開は、問いへの投入が展開することだ。われわれは、回答を……知を……際限なく歩み続けさせることはできなかった。知は、最後にはわれわれを空虚の前に置き去りにする。知の絶頂で、私はもはやなにも知らず、崩れ落ち、目がくらんでしまうのである。

II　笑う欲望

[159]いつも私は、偶発性を前にして尻込みをした。自分という存在であることが怖かったのだ。《笑いそのもの》であることが怖かったのだ！

ゆっくりと熱が……暗闇が広がり、世界は分娩のさなかで、こめかみの血管が張り詰め、冷や汗が流れる……。そして燃えるような眼差しで、口は渇き、怪しい衝動が、私の喉のなかで、自分を息詰まらせる言葉をせき立てる。私は視線をそらさなかった（ときには、そうしたかったが……[160]）。

ある人の好運は、他の人の不幸を辱める。あるいは、好運は恥じ入り、姿を隠す。病んだ不安感が生じて、私はその不安感の核心にいる。

いま私が笑うとすれば、私は過剰な苦痛に苦しみながら、その代償として笑うことができるのだ。私は、際限なき悲惨の奥底から笑うことができる。私は、好運に支えられて、同様に笑うことができる。[161]

ああ！　願わくは、それが原因で死ぬことができれば……。今は、人々はただ単に死んでいく。最後の行為はつらいものだ——明らかに。他になんと言うべきだろうか。[162]

ポーとボードレールは、不可能なものの水準にいた。私は彼らを愛し、同じ火で燃え上がっている。私は、彼らに勝る力を、あるいは彼らに勝る意識をもてるだろうか。

ポーとボードレールは、子供たちのように不可能なものを推し量っていた。非常にドン・キホーテ的で、恐怖に青ざめていた。[163]

「[164]ネズミたちが齧《かじ》りつくお前の意志を取り戻せ！」

私の意志。日向に、日陰に横たわり、読書をして、ワインを少し飲む（そしてその喉は、熱い、脂ぎった食べ物に飢えている）、靄《もや》のかかった風景、陽光に満ちた風景、人《ひと》気《け》のない風景、のどかな風景、そして最後に書くこと、一冊の本[165]を執筆すること（そのために厳密さに達すること、自分の優しさや幼児性とは矛盾する自己統御にいたること。自分が揺るがされていなければ、執筆計画を立てても無駄なのだ）。私は休息するつもりだ、自分自身と和解するつもりだ。

私の意志。それは流れる小川だ。私は、もはやほとんど人間ではない。歯で武装をするだって？　いや、私はあくびをするのだ。教師のように堂々と論証するだって……？　いや、私は夢を見るのだ。そして私は、自分が誰なのかも分からずに流れ出す。さもなくば、私は陶酔し、人々を陶酔させるのだ。

明らかに、私はなにも所有できない（それでも、食べること、飲むこと、ときには何もしないことが、私には必要だ。そのためにも、偶然が、好運が……好運がなければ、私になにができようか）。

果てしなき運勢。

循環（流れる小川と水の上を飛ぶ鷺の）。川の蛇行。名状しがたい風景、植物が生い茂り、多彩で、不調和で、「笑いかけるような」風景。そこではすべてが当惑をもたらす。くつろぎの後に、不快感が犬のように続く。狂った犬のように、ぐるぐると回り、現れては消える。私は、笑いについて語っているのだ。

私の右側に、穴の空いたレンガでできた切り妻がある。大きな膜翅目《まくしもく》の昆虫が、羽音をたてながら、帰宅するように穴へと入っていく。切り妻の頂きで、空は青く、荒々しく、すべてが砕け散り、私は過酷さという感覚——私の好きな感覚——を抱く。私は、その過酷さに同意している。盲目だった私の父は、絶望していたが、それでも虚《うつ》ろな両目を太陽へ向けていた。私の家の窓は谷を見下ろす場所にある（Nでのように、とても高いところから）[166]。私は、守ってくれるものもなく、そのことに同意して、恍惚としていて、まるで目から血が流れるかのようだ。

合理的[167]な真実と無縁でいるのはどうだろうか。それはN（ソクラテス的な）の態度だ。私の得意なやり方ではない。

私は水に飛び込む。水（私を呑み込んでいく水）は時間だ。だが私は、休息の魅力と戦わなければならない。ときには休息は不可能だ。休息に魅了されるやいなや、私は不安に陥る。休息がたやすいとしても、遠のいたはずの危険はそれでも大きい。

循環の必要性。

もしもの場合には、運動を保つためには、作り出された危険――不安――が必要だ。不安には、避けがたい恐れと同様に、原則的には休息が可能であっても、それを奪いさる長所がある。

行動をしないからこそ、不安がある。

行動は、不安の結果であり、不安を抹消する。

しかし、行動という反応を求める危険の憂慮と比べて、不安のなかにはそれに勝るものが存在している。不安とは恐れであり、同時に自分を失うことへの欲望だ（孤立した存在は、自分を失わなければならず、自分を失いながら、交流しなければならない）。不安と現実的な危険の感覚は、からみ合っている。通常は混ざり合っている。ときには、私は純粋な不安から逃れて行動へと向かうが、別のときには、行動が、理由のある恐怖に応じて生じることがない。そのときわれわれは、まるでその恐怖が不安であるかのように応えるのである（とりわけ、未開社会の形態において。有用な目的のための供犠がそうだが、そのときには行動だけが……）。

時間という水のなかを泳ぐさまざまな瞬間。

（a1）現実的な憂慮
（a2）行動（生産的なエネルギーの消費）
（a3）弛緩
（b1）不安
（b2）部分的な自己喪失、爆発的な自己喪失……（非生産的な消費、宗教的錯乱、しかし宗教的な諸範疇は行動と関係している。エロティシズムは別物であり、笑いは神的な無垢へと到達する……）
（b3）弛緩、などなど

さまざまな誤謬。

おそらくそれらは、どれも泳ぐことへの恐れに由来している。

ある人は、憂慮、あるいは不安を離れて、行動なき休息へ移ろうとする。他の人は、憂慮（あるいは不安）のほうを好み、休息を嫌悪する。また別の人は、休みなき行動で身動きが取れなくなり、また別の人は、まだ享楽することに取り憑かれている。誰も、泳ぐことがなんであるのかを知らない。さまざまな方法は、泳ぐこととは正反対のものだ。そのそれぞれの方法が、泳ぐことを忘却してしまっている。泳ぐことは、混沌であり、無秩序そのものだ。ごくわずかなもの（意識）を除いて、それは病であり、神経症だ……。誰も泳ぎ方を知らないし、われわれは、知らず知らずに泳ぐことしかできない。われわれは、憂慮も不安も望むことはできないのだ。われわれが自分に与える教育、道徳は、憂慮や不安の虚しさを自分たちに納得させるために——明白な事実に抗ってでも——できているほど、われわれは頑《かたくな》である。もし、これらの人間的な企てが際限なく成功するなら、憂慮と不安は追放されるが、しかしだからといって、人間が時の流れと調和することはないだろう。人間は、その否定にほかならないのだから。そのような成功が起こるとしたら、それがもたらすのはメッキのようなものであり、見せかけの外見である（それは、裕福な小娘の生活だ(168)……）。

有用な行動の部分と喪失の部分……。

かつて人間は、喪失（宗教的な供犠）によって憂慮を防ごうとしていたが、今日では、有用な行動の手を借りて不安を防ごうとしている。現在の態度はより良識的なものだ（かつての態度は子供じみていた）。人間が真に雄々しい態度を示すなら、より大きくはなくとも、より意識的な取り分が喪失に与えられるだろう。

私は、あの原則、つまりどうにもならない不安の理由を説明できない。そのような場合には、その理由を説明できないものがいかに避けがたくとも、われわれはそれを認めるのを拒んでしまう。

(169)ここのところ毎日、さまざまな不安に取っ替え引っ替え襲われていた……次から次に。私は、不幸への懸念を不安と呼んでいるが、赤裸々な不安には、もちろん対象などない。あるいは、存在が、自分を破壊する時間のなかにあることだけが、その不安の対象なのだ。この混同は避けがたい。ここで、ひとつの区別をしよう。不安とは欲望の効果であり、その欲望は、自分自身の内部から存在の喪失を生み出すのだ。そして危惧、懸念、憂慮は、どれもが外部から引き起こされた大まかな効果であり、欲求（生命維持、栄養摂取、などなど）と関わっている。だがおそらく、新しい懸念を感じるたびに、一人の存在に包み隠された深層の不安（欲望）が、覚醒できるようになるのである。

脅かされる欲求が、増大する喜びの欲求であるとしたら、それはもっと単純な状態の場合よりも不安に近い。もっと単純な状態、つまり動物と人間に共通した、飢えや、直接的な危険に対する恐怖のような状態においてよりも、不安に近いのだ。増大から喪失への知らず知らずの移行が、喪失の条件は増加の運動であるという原理の前提である。この増加の運動は無限ではありえず、まさに喪失において解消される。もっとも単純な動物の状態、無性生殖において、事態はそのように生じているのだ。

部分的な喪失は、存在にとって生き残りながら死ぬ方法だ。喪失の恐怖から逃れようとするなんて、どうかしている。欲望は、できる限りの恐怖を呼び求める――耐えられなくなる限界まで。我慢の続く限り、死に近づかなければならない。卒倒することなく――だが必要ならば、まさに卒倒しながら。

……そして必要ならば、まさに死にながら。

六つの時期の循環（それらは二つの運動に分けられる。つまり、「憂慮、行動、弛緩」――「不安、喪失、弛緩」）は、その二重の運動において、充電と放出、力と無力の循環を意味している。しかし、行動と喪失が、容易に識別できるものとして対立しながら存在するのに対して、憂慮はしばしば不安と混ざり合っている。そのため、簡潔にこう言わなければならない。循環するには、まずは行動しなければならないのであり、喪失は、前提としての行動、充電を想定しているのだ——そして、それに続いて喪失しなければならないのである。憂慮のない行動などは、考えられない。喪失は、不安の深遠な深みから生じている。のんびりとしたリズムなどありえない。断裂が——けっして望まれてはいない断裂が——もたらされるのだ——憂慮によって外部から、そして不安によって内部で——内部でだが、しかし意識的な意志、行動の実行にほかならない意志に抗いながら。

昨年中に執筆した文章を読み返していると、思い出がよみがえる。私は死を感じ、魂で寒けを感じていた。それは不安ではなく寒けであり、幸せもなく、度を超すこともなく私であることからくる疲弊であった。我が神はどこにおわしたのか。私の悲嘆において、神の不在はもはや耐えがたかった。再読した文章は、その不在が私を窮地に陥れることを望み、神の現存を証明していた。神は生きていて、神は私を愛する……私が感じた激しい恐怖は、そう断定していた。私は、その前には正反対のことを感じていたのだが、その瞬間にそれは消滅した、消滅するか消滅したようであった。

今朝、ベッドのなかでまず私は、神が存在していたと考えて、そして続いて、私や神やその不在は、どれもが笑うべきものだ、と徐々に考えるようになった。つまりそれらは、笑うべき見かけであると。

若々しい力がなければ、ああ！　どうして笑いの神性に到達できようか……。だが、若さには血の気が多すぎるのだ！　だから自我の激しさが、若さを抑え込んでいるのだ。

結局のところ、単純で、若くて健康な人間、煩雑さに対する生まれながらの敵には、私は同意できる。だが、キリスト教徒、知識人、耽美主義者には同意できない。

徹底的に先に進めば、キリスト教徒、知識人、耽美主義者は消滅する。もはやそんなものは論外となるのだ。

(171)まさにいつも調和がなく、理性がない。あるときは幸せで、酒を飲み、笑っている。しばらく経ってから窓辺へ行くと、風がそよとも吹かず、頭上の月光が、谷、そしてツゲの垣根がならぶテラスを浸している。その直後には、部屋の冷たいタイル張りの床に身を投げ、小声で死を哀願する。

森のとてもきれいな花々、戦争（息苦しい）による疲弊、さまざまな無秩序、仕事、食べ物、あらゆるものが私を麻痺させて、かき乱し、無力にする。

日没とともに不安に満ちた動揺が治まる。私は、寝椅子に横になりにテラスへ行く。

コウモリたちが、盲者のように素早く飛んで旋回している。コウモリは、薪小屋、われわれが身体を洗う部屋から出てきて、屋根を、木々を、顔をかすめる。空は澄みきって青ざめ、蛇行する山々の高みが、谷の静けさの彼方で遠くに広がっている。この場所を、しつこいほど念入りに描写しよう。ここで私は、一年を過ごすつもりだ。荒れ果てた屋根が立ち並び、互いを見下ろしているただなかに、狭い家がある。長い帯状の土地を、ツゲの垣根がならぶ散歩道が二分していて、そこがテラスになっている。そしてこのテラスは、村の城壁よりも上にあって、丘になっている森の広がりを見下ろしている。

長い間くつろいだ後で、星空という不在が私に笑いを引き起こした。

不安のなかで出会う困難は、どれも乗り越えがたい。だが、私がくつろいでいるときには、いかなる困難も存在しない。

くつろぎ始めると、私は自分が衰えるのを感じていた。性交もできず、体は病み、本当にぼろきれのようになっていく。星々をみて笑うときには、爆発する生命が回帰してくる……。

(172)私のなかで不安がもたらす最初の効果。それは、必要な行為を時間のなかに収められない、という感覚だ。時間との調和が断ち切られ、そこから自責の念が、堕落の感覚が生じる。そしてそのことが、この手帖を執筆することと直接に関係している。つまり、決めておいた執筆計画に対して、私は失敗に陥っているのである——私は、時間の流れと呼応して笑ってはいないのだから。

それとは交互して、行動をするには時間と結ばれることが不可欠だ——しかし行動は、笑いと同様に、事前のくつろぎを必要とする（それが運動の秘訣、もろもろの運動が素早く連鎖する秘訣である）[173]。

私は、探し求めているものを一冊の本に見いだすことはできないし、それを本のなかに収めることなど、なおさらできないだろう。詩を探求するのは、私には恐ろしいことだ。詩は、放たれた矢である。しっかりと狙いを定めたとしても、重要になるのは——私が望むのは——矢でも目標でもなく、矢が失われ、夜の空気に消えゆく瞬間である。そしてさらには、矢の記憶すらも失われていくのだ。

私からみて、成功ほど厄介なものはない[174]。

成功には、まさに自然な与件への同意が必ず伴うのであり、同意には、安心させて満足させるなんらかの神の等価物が伴う。

確かに、笑いは非常に奇妙な成功だ。行動、憂慮は、自然な与件に応えている。笑いにおいては憂慮が取り除かれる。行動が整序した骨組みが爆発するのである。

しかし、成功することは、問題を解決することだ。実存は、解決すべき謎として私に迫っている。生を、私は乗り越えるべき試練として受け取ったのである。私は、この自分の生からなにか信じがたい物語を生み出さずにはいられない。すべてが困難だ。謎を裸にして、人間的な性格を取り去るべきである。本当に罠が張られていて、すべてが陰謀に由来するとしても、謎をそのように想像するのは私の側の推測だろう。見かけというものは、存在理由の不在だ。理由の可能性は、理由の不在に対する疑いとして生じるのであり、それだけのことだ。その他には、うぬぼれ、目まい、飢えた絶望や敬虔な絶望があるだけだ。

私は、イエスに敬意を抱くことができず、無感動や生気のない顔たちを憎むあまり、逆に彼に共犯の感情を抱いている。気ままな、燃えるような、不可能にも思われた心の動揺を、彼と同じように欲望しているのだ。そしておそらくまた、彼と同じ無邪気なアイロニーを抱いているのではないだろうか（病的な明晰さと混ざり合った、自己放棄をして狂乱した自信を）。

神というものが、われわれが悲惨であるという感情から生まれることは、人間の条件に痛ましい光を投げかける。われわれは苦悩を堪え忍ぶことができない。神が不在であるという感覚は、至福の恐怖と関係している。

そしていつも私だ！　いまここにいる私の時間、私の生だ。私は麦穂を揺さぶる風だろうか、無数の鳥たちの歌声だろうか、ミツバチが私を見つけ、闇雲にひろがる雲が……。

私の不可解な歓喜、心の奥底、黒褐色の蜘蛛……。野原のヒナゲシ、太陽、星々、私は、大空の祝祭に鳴り響く叫び声以上のものでありえようか、それ以外のものでありえようか。私は自分自身のなかへ降りていく。そこに見いだされるのは、永遠なる喪の悲しみ、夜……死……そして喪の悲しみを、夜を、死を求める欲望だ。

だが、苦悩、苦痛、《労働》、祝祭なき街、屈従してうなだれた頭、命令を下す怒声〔憎しみ〕、はきだめのような隷属はどうだろうか。

窓ガラスにしつこく張りつく哀れな蠅のように、私は可能なものの限界にしがみつき、こうして無限の笑いで高揚して、自分自身が大空の祝祭へと消えていく。だが、《自由》だ……〔私の父は、よく私に繰り返し言っていた——私の「かっとなりやすい頭」を心配して——「労働、それは自由のことだ」と〕……《好運》によって隷属から解放されているのだ。

しかし、労働も自由も好運も、人間の現世的な地平線での出来事にすぎない。宇宙は《自由》であり、なにもする必要がない。好運——あるいは笑い——が、どうしてそこに存在できようか。哲学は——好運を好運の彼方へと引き延ばしていく哲学は——、宇宙と「労働者」（人間）の差異のなかに位置づけられる。ヘーゲルに反論する。ヘーゲルは、「労働者としての主体」と「その対象としての宇宙」の同一性を追求したのだ。

ヘーゲルは、労働の哲学を練り上げて（『精神現象学』において神となるのは、奴隷（*Knecht*）、つまり解放された奴隷、労働者だ）、好運を——そして笑いを——消滅させてしまった。

（自分のやり方で笑いながら、私はなにか苦痛に満ちた、なにか死に瀕するようなものを、笑いが引き起こす痙攣に感じた。それは恐ろしかったが、甘美であった。それは健やかだった。）

宇宙には不運がないため、好運もありえない（人間は、宇宙がそのようなものであると自分自身に示している）。しかし、人間——あるいは好運——は、難なく真の自分に到達することはできない。好運が人間の意気をそいでしまう。そして人間は、好運を神聖視する（否定して、磔《はりつけ》にして、必然性へと釘付けにする）。好運を確実にして、永遠化したいという欲求は、生身の好運に対する呪いであり、その投影を神格化することだ。好運はまず、混乱として受け取られて、激しい恐怖の衝動がそれに応え、そして涙に庇護を求める。続いてゆっくりと、極めて激しく、涙が笑い出すのだ。

悲痛な「涙の変貌」と同時に、波立つ水が残す堆積物のように、理性の作業が続いていた。神学的な神は、それらの運動が相互に癒着するところにいる。

(175)昨日、ミツバチたちの強烈な羽音が、娘たちを求める青年の欲望のように、マロニエの木のなかで高まっていた。ホックの外れた胴着、午後の笑い声、そして太陽が私を照らし出し、暖め、そして死ぬほど笑っている私に、雀蜂の毒針を呼び覚ます。

それぞれの存在は、世界の構成のなかに挿入されていて（動物は本能的に、人間は慣習的に）、それぞれが適切な仕方で時間を使っている。だが私は違う。「私の」時間はいつも、ぱっくりと口を開けていて、傷口のように私のなかで口を開けている。あるときは、なにをするべきかも分からず、またあるときは、自分の務めがどこで始まりどこで終わるのかも分からずに突進して、熱に浮かされたように、無秩序に、なかば放心して取り乱している。それでも私は、事に取りかかることはできる……だが、不安が潜んでいて、熱狂、焦燥、貪欲さ（自分の時間を失うことへの愚かな恐れ）という形で漏れ出てくるのだ。

私は頂点へと近づいていた……すべてが混乱している。決定的な瞬間に、私にはいつも他にすることがある。

始めること、忘れること、けっして「到達」しないこと……私の考えでは、この方法は良い方法であり、その方法に似た（世界に似た）対象にふさわしい唯一の方法だ。

だが[176]、いつ、どのようにして私は死ぬのだろうか。おそらく他の人々は、いつかはそれを知るだろうが、私はけっして知ることはないだろう[177]。

一人の農夫が、自分のブドウ畑を耕しながら、馬をののしっている。彼が叫ぶ脅し文句は、春の田園に不吉な陰をよぎらせる。その叫び声は、他の叫び声と混ざり合う。脅迫の網の目が、生を暗鬱にしてしまう。荷馬車の御者や耕作者が口汚くののしる叫び声のように、監獄、流れ作業は、すべてを醜いものに変えてしまうのだ。嵐の前の、炭のように真っ黒な手、唇……。

私には安らぎがなく、もはや仕事もない。貧乏なのに、だんだんと消費がかさんでいく。それが耐えがたい（だんだんと暮らしていけなくなっている）。私は、「ほんのつかの間」を生きていて、しばしば次の瞬間には、なにをするべきかも分からなくなる。私の生は、あらゆるものの寄せ集め、享楽者とサイコロ独楽《こま》、奢侈、屑《くず》の寄せ集めだ。

(178)私は不安を憎んでいる。不安は、（a）私を疲弊させる。――（b）私の生を重荷にして、私が生きられないようにする。――（c）私から罪のない純真さを奪い去る。不安は、有罪性だ。時間の動きは力を、そして休息を求める。力は休息と結ばれている。性においては、過剰な興奮から無力さが生じる。さらに、罪のない純真さは抽象的な観念であるが、有罪性の不在は否定的ではありえない。つまり、その不在は栄光なのである。厳密には、その逆のことが言える。つまり、栄光の不在は有罪性である。有罪であることは、栄光に到達できないことを意味しているのだ。

これから眠るところだ。眠る前から、私が見た夢が心を締めつける。私は、過ぎ去った夜の夢を、塵となって消える残骸を思い出す。私が好きなのは、花々、陽の輝き、肩の甘美さ……。

(179)私は若々しい力を、激情を、歌声の厳粛で繊細な美しさを、自分に呼び求める。そして老けていきながら、音楽の雄々しい憂愁を呼び求める。

私が好んでいた不条理で奇妙なもの、それは爆発、目をくらませる欲望であり、狂乱した安逸な生だ。

美が、より狂乱した不安に満ちたものとなれば、それだけ断裂は痛ましいものとなる。いずれにせよ、人間たちの苦痛は悲惨さの広がりだ。だが、栄光においては、苦痛と不安が燃え尽きていく。

ほんのわずかでも衰弱すれば、生の動きはもはや耐えがたくなる。衰弱する可能性は根本的なものだ。もっとも内気な笑いでも、無限の衰弱を飲み干せるのである。

私は夜明けに執筆する。まるでこれから気絶するように。

なんらかの栄光の可能性が私を魅了しない限り、私は惨めな屑《くず》だ。

まさに私は、くだらない困難、生存不可能性、無力さを乗り越えるだろう。恐ろしい歓喜で私を引き裂く笑いを、私は少し恐れている。その歓喜は、あまりにも熱狂的であるため、私は殺人用のナイフを思い浮かべてしまう。

私にとってもっとも辛いのは、「栄光」という言葉を歪めてしまう誤解だ。だが、この言葉が指すものと人間の実存を結ぶものを、何人《なんぴと》も否定することはできない。肩をそびやかしても無駄だ。この言葉から生まれた嘘偽りは、われわれが栄光に抱く感情を蝕むことはない。奥底まで、形而下の真実が明かされる奥底まで進まなければならないのだ。

この地球の全体が、栄光について語り、栄光を享受して生きてきた。それは軍事的な栄光ばかりではない。太陽は栄光に満ちていて、陽の光は栄光に満ちている。栄光に満ちたものは、臆病ではありえない。栄光は、恥ずべき企てを彩るような、単なる金箔になることもない。栄光は、生が肯定されて顕現するところにある。そして、人間がどのように生を肯定するのかは、好運しだい、あるいは人間の意志しだいである。

もはや栄光を、軽薄な人間たちの気まぐれにゆだねてはならない。彼らは、子供が玩具を扱うように栄光を分断して、それを使って貨幣を鋳造し、競売市を作り上げてしまう。滑稽な、あるいは下劣な流通から救い出されれば、若々しい炎が栄光から残り続けるのだ。その炎は存在を焼き尽くし、存在を誇り高い運動で活気づけ、他者たちの欲望と合致させる。

万人の欲望に応える忠実な応答は、なにがあろうとも栄光に満ちている。だが、栄光から取り出される虚栄は、栄光の汚点である。

もっとも幸福な、だが、もっとも困難な教訓を授けよう。努力をしても、その困難を乗り越えることはできないのだから、それは困難なのだ。「罪人」に救いの手をさしのべるような脅迫も、鞭も存在しないのである。

私[180]には、ほとんど希望がない。生が私を疲弊させる……。子供のような自分の気質（笑いの陽気さ）を、うまく救い出すことができない。自信と無邪気さは残酷であり、それらは、脅威の下でなされる張り詰めた努力を見ずに済まそうとする。誰も、私のような困難を通じて、続けることはできないだろう。私は、むしろ死を選ぶこともできる。強力な力が尽きれば……。

私は、ヘーゲルに劣らず、詩的な神秘主義と対立している。美学、文学（文学的な不誠実さ）は、私の気を滅入らせる。私は、個性に気を配り、自己演出（そんな行為にふけることが、私にもあった）を気にすることに苦痛を感じている。漫然とした精神、理想主義的な、高潔な精神、卑俗さや屈辱的な真実に抗う精神から、私は遠ざかるのだ[181]。

基本的な困難。今の私の明晰な状態（不安がもっとも激しいときには、この状態は取り去られてしまう）は、くつろぎを追い出してしまうが、くつろがなければ、私にはもう笑う力がなくなってしまう。行動が、現在の私の明晰さを要請している。そのため、喪失状態が不可能となる。私は、再びくつろぎを見いださなければ、新たに笑うことはできないだろう。だが、今のところは、そのつもりはない。

喪失状態を通るときには、流れに逆らって泳がなければならない――意志によってではなく、賭けによって、サイコロを投げることで――。それらの喪失状態という矛盾のなかで疲弊する代わりに、私は、それらの状態を要求する行動を明らかにしてみたい。

Ⅲ　笑いと震え

だが、(183)いったい誰が死ぬほど笑うというのか。(このイメージは狂気の沙汰だが、私は他のイメージを思い浮かべられない。)

もし私の生が笑いのなかに消えていくなら、私が抱く自信は無知なものとなり、そうして自信の全面的な不在となるだろう。半狂乱の笑いは、推論的思考に適した領域からは離れていく。それは跳躍であり、この跳躍を、その推論的領域の条件に基づいて定義することはできない。笑いは宙づり状態にあり、笑う人間を宙づりのままにする。誰も笑い続けることはできない。笑いの維持は重苦しさとなる。笑いは宙づり状態にあり、なにも明示せず、なにも和らげはしない。

笑いは、可能が不可能へと跳躍することだ——そして不可能が可能へと跳躍することだ。だが、それはただの跳躍にほかならない。それが維持されてしまうと、不可能が可能に還元される、あるいはその逆となってしまうだろう。

跳躍の「維持」を拒絶すること。つまり運動の休息を拒絶することだ！

「跳躍すること」も、その場に留まることもできなくなったら、すぐさま行動しなければならない。

打ち砕かれ、切り刻まれた私の生、熱狂しながら生きていて、自分を外側から秩序づけるものも、助けてくれるものもなにもない私の生、鎖のように連なるこの恐怖、不安、激しく燃える歓喜は、ひとつの可能なものを、到達可能な様態を、欲望に応える行動を必要としている。私には、愛することが必要なばかりでなく、ひとつの行動手段を知ること、つまり愛せる状態に私を導いてくれる手段を知ることもまた必要なのだ。私は、その詳細に立ち入らなければならない。

「笑い」の条件は、生が抱える通常の困難を解決できることだ。おそらく、悲劇とは無縁なその必然性を笑いに見いだすことは、決定的なことである。悲劇的な態度においては、精神が打ちひしがれていて、なかばキリスト教的であり（それは、避けがたい悲惨さに従属している）、相次ぐ堕落にゆだねられている。英雄的な行為は、逃避していく態度だ。つまり、英雄は敗者を不幸で打ちひしぐが、自分自身は不幸から逃れていくのである。エロティシズムは、結婚においては、幸せな解決策への配慮と結ばれるだけだ。結婚は、通常はエロティシズムを枠外へ、不規則性、過ちの状況、あるいは有害な状況へと追い出すのである。さらにエロティシズムには、英雄性という解決策の不在に向かう傾向がある。凡庸な――二義的な――笑いは、エロティシズムのように枠外に追いやられ、やはり同様に秘められた場所を占めるだけだ。

私がこれから語る笑いは、必ず不幸を追い出してしまう。この笑いは、秘められたものではありえない。この笑いは、人間の地平の、人間に可能なものの限界となる。

平穏なときには、われわれは、笑い、性的な興奮、不安をかき立てる光景と、代わる代わるに結ばれることができる。不幸なときには、さらに断固として愛さなければならない。しばしば不幸は、英雄的な態度を引き起こす。あるいは、悲劇的な感情から生じる陳腐さ（キリスト教的恭順）を引き起こす。笑いと結ばれた愛――そこではすべてが宙づりとなる――そこでわれわれは、もはや好運だけを頼りにしている――、この愛には、なかなか近づくことができない。この愛には、最悪の緊張が必要となるのだ。この場合、緊張の目的は笑いではなく、不都合な諸条件に対する戦いである。（私は「愛」と言ったが、それは生への愛、可能なものと不可能なものへの愛であり、女性への愛ではない……。）

詩的な態度の基盤は、自然な編成への、暗合への、霊感への信頼である。人間の条件は、厳密にいえば、自然自身による自然への異議提起に（存在自身が存在を問うことに）行き着く。それは、理不尽な構成のなかで（異なる諸要素の戯れにおいて）なされる異議提起だ。人間の生は、明晰さと結ばれていて――その明晰さは、外側から与えられることはなく、その正反対の条件で獲得される――、その明晰さは、明晰さそのものに絶えず異議を突きつけることによって生じ、そして最後には笑いのなかに（非－知のなかに）消えていく。明晰さ、異議提起は、限界の意識に到達せずにはいられない――それらの境界において、相対的な結果は揺らぎだし、存在は自分自身を問いに投入する。

[184]この賭け――そこで存在は、自分自身によって問われる――の表象において運動が弱まると、到達可能な満足という幻想、そして欠陥なき明晰さという幻想がおそらくもたらされる。しかし実際には、「明晰さ」――欠陥なき――は、一瞬たりとも自分に執着するはずがない。つまり明晰さは、自分の可能性を使い尽くして、自らを破壊してしまうのだ。明晰さは、その展開のいかなる瞬間においても、問いへの投入と無縁になることはなく、その最後の成果は、最終的な問いへの投入に不可欠な要点となる。

星々が姿を現す頃、私は横たわって痙攣していた……。私は起き上がり、服と靴を脱いで、部屋着を着る。くつろいで、テラスに降りていく。そこから私は「世界」を見つめた。不安に満ちた困難に対して、陽気に――毅然として、そして狂いながら――、必要な正確さで応えようと考えながら。

零時を過ぎてから、なぜかは分からないが、不安が引き起こす冷や汗にまみれて私は目を覚ます。そして起き上がると、外では風が吹き荒れ、空は星をちりばめている。私は、テラスの端まで降りていく。台所で、一杯の赤ワインを飲み干す。私は、どんな明確な行動でも応えられない難題に気づく。つまり、私は、誤謬の結果に苦しんでいるのではないか、という難題に。私は、自分の誤謬は愚かであるか罪深い――だが取り返しがつかない――と想定してみる。これは、悔いを抱くような状況だ……。(185)

透明さは悔いを解消してくれる。だが透明さは、実存を笑いの強烈さへ導くことなしには(鉄が白熱状態に導かれるように)、なにも解消することはないだろう。

笑いのなかで、恍惚は解き放たれ、内在的となる。恍惚の笑いは、笑うのではなく、私を際限なく外へと開け放つ。その透明さは、死にいたる不在から放たれた笑いの矢に貫かれている。これほどに狂った開放は、矢の愛を伴うと同時に、勝利の感覚から生じる自在さを伴うものだ。

私は、失敗と力が婚姻することを笑いながら祝おう。力の感覚は、自然の要素が自然に勝利したことを示している——その要素が、自然を問いに投じたのだ——。だが、その要素が自然に打ち勝ちながらも、凌駕して成功することで自然を正当化してしまうなら、自然のほうが優位を占めてしまって、自然は問いへの投入から逃れ去ってしまうだろう。そうなれば、大勝したのは自然であり、自然を問う行為ではないだろう。問いへの投入は、さらに失敗を求め、失敗の成功を（まさに失敗が成功することを）求める。この意味で、純粋な明断さは徹底的に進むことはできない。純粋な明断さは、裂け目の達成ではないのだ！　問いへの投入は、笑いと同じように、相互癒着と亀裂のあいまいさへ横滑りしてしまうのである。

笑いのなかで、大きく口を開けて、死ぬほど傷ついている得体の知れぬものは、自然が自分自身から生み出す激しい宙づり状態である。

人間が自然を凌駕するときには、人間は、自然によって満足させられる存在となり、そうして同時に失敗する。人間はつねに、息切れしたダナオスの娘だ[186]。

究極の明断さは、直接的な明断さにおいては与えられず、明断さの喪失において与えられる。夜の帳《とばり》が下りると、ただちに認識が可能となるのだ（『アミナダブ』の最後に描かれた、あの熱狂のユーモアがそうだ。そこで実存は、古典的な――観念論的な、キリスト教的な――視野から離れていく）。

問い(187)への投入は、孤立した存在の出来事だ。明晰さ――そして透明さ――は、孤立した存在の出来事だ。

だが、透明さのなかで、栄光のなかで、その存在は、孤立した存在としての自分自身を否定するのだ！

孤立した存在が、あらゆるものの――そして自分自身の――裂け目――自分という裂け目――を、自分の孤独に見いだすずに、自分を自然な実存とみなすなら、彼は自然と釣り合いをとっている。要するにそれは、孤立した存在の安らぎである――異議提起は終わるのだ。

問いへの投入の道に分け入って、私は絶えず衰弱と戦っている。これらの道は、自然な流れをさかのぼるものだが、私はつねにそれを下《くだ》りたくなってしまう。問いへの投入は、求められる結果をいつまでも遠ざけるのだから、結果を享受することは、再び下ってしまうことである。人間の世界は、ほとんど完全に浸食されてできていて、自然に従っているようだ。

さらに私は、再び下らずには登ることができないだろう。登ること、下ること、これらの言葉は正確さに欠けている。私は、下りながら登るのだ。私自身のなかで、自然が自然と対立している。私は、まさに自分自身が自然であるという条件で、自然を問いに投じるのである。見たところもっとも自然ではない諸領域——会社、法律の領域、機械設備……——は、自然に対して相対的に独立している。それらの領域は共存していて、問いへの投入を行うことができない。それらは、断絶によって——厳密にいえば、よりたやすく満足することで——自然から離れるのだ。自然は、偶然性に開かれたままである。自然に異議を提起したいと思うなら、私は、自分の役目のなかで（「係員」や道具として）孤立するのではなく、自然のなかに姿を消すべきである。

問いへの投入は、休息とは相いれず、言表は、言い表されるにつれて崩壊していく。私の思考は、まさに運動の可能性へと突き落とされていくが、書き留められた私の思考は、その可能性を汲み尽くすことができない。なぜなら、書かれてしまった思考は、石のように不動となるからである。

運動が消耗をもたらす可能性を、詩的に表現することにこだわってはいられない。破壊された言語、あるいは崩壊した言語は、思考が宙づりとなり、消耗する局面に呼応しているが、だがそのような言語は、ただ詩の範囲内でその局面を利用するだけである。詩を越える（そして詩とは異なる）体験に足を踏み入れない詩は、運動ではなく、動揺が後に残す残滓である。ミツバチの果てしない動揺を蜂蜜の採取に、蜂蜜を壺に入れる行為に従属させるなら、運動の純粋さから逃げることになるのだ。養蜂は、そこから逃げ去るのであり、そしてミツバチの熱狂から蜜をくすねるのである。

詩よりもさらに遠くへ進みながら、詩人は詩を笑い、詩の優雅さを笑い飛ばす。同じように淫奔さは、内気な愛撫を嘲笑する。私は、接吻のなかに、眼差しのなかに、毒に満ちた熱情を込めることができるが、しかし私は、眼差しだけで、接吻だけで満足できるだろうか……。

神が人間の限界なのではなく、人間の限界が神的なのだ。言い換えるなら、人間は、自分の限界を体験するとき、神的になる[188]。

私は、自分に別れを告げ、我を失う——ある意味で——、そして「グラス一杯の水に溺れるように、ささいな困難に挫折して」もう一度、自分を見いだす。

私は上機嫌にはなれず、不満な顔をしていて、自分自身のなかで、そして他人たちのなかでもがいている。

雲がかかった空を、風が無数の裂け目へと四散させていくなか、そこに私は、事象の声なき悲劇を見破った。瀕死のパイドラよりも追い詰められ、ヘカテの恐怖で満ちた悲劇を……。

[189]ヘーゲルを読んでいると、私の傷口、笑い、「神聖な」淫奔さが、場違いなものに思えてくるが、しかしそれらだけが、人間を自分自身に集約する努力にふさわしいものだ。

私は、つかの間にいたずらっぽく、こっそりと少しずつ進んできた。だが、起源を、飛躍を、そして究極の夜を見失うことはなかった。

[190]しばしばヘーゲルは、私には明証性であると思えるが、だがこの明証性は、堪え忍ぶには重いものだ。

この明証性は、今後、さらに重々しくなるだろう。理性の眠りにおいて授けられる明証性は、覚醒という性格を失っていくのである。歴史が完了して、明証性が確立されるときには、人間は、自分の性格の代わりに不変な自然の性格を手にするだろう。私は、自分が死に脅かされているのだと感じているのだ。私は……だがいずれにせよ、こんな憂鬱は伝えがたい。間違っているにせよ正しいにせよ、私が死に対して抱く覚醒の感覚は、私とともに死に絶えずにはいられない。人間がさまよい続けるとしたら、そして自分自身との終わりなき不和に姿を変え続けるとしたらどうだろうか……しかし、融和を見いだして、人間が人間として姿を消すとしたら（人間は、歴史的な存在として存在していて、自分自身との融和の不在として存在しているのだから……）、書かれたものが不滅でも、それはミイラが不滅であるのと同じだ[191]。

ブルジョワ階級の活き活きとした部分は、その病んだ部分（神経症になった、愚痴っぽい、現実離れした部分）でもある。田舎には、くる病にかかったような住民たちがいる（バスで十歳の聾唖者が、「あーうーいーおー」と鼻声でたどたどしくなにかを読んでいた。猿のような頭の母親は、彼のこめかみに分厚い唇でキスをしている。——そして道では、こぢんまりとした結婚式が行われていた。赤ら顔のヒキガエルのような頭をした太鼓腹の陽気な男が、鼻の高いせむし女の乳房に触っている。そのとき、私はお気に入りの服を着ていないのが残念だった[192]。黒いひげをきれいに剃った女が、群衆のなかで目立っていて、汚らわしい胸から上が人々の頭上に見えていた）。だが、どうしたらいいというのだ。逃げ出すのはお断りだ。私は人間であり、輝かしい瞬間からも、無力さからも離れることはできない。

私は、世界に溶け込むことができない。私がもつ価値は、世界を変えることはできないのだ。世界は私ではない。個人としては、私はなにでもない。春の葉叢《はむら》と花々、際限なき多様さ、日暮れ時の地球が、平原、山々、海をのせて、宇宙を貫いて滑っていく……。だが、ある意味では世界が人間（私が端から端までそうであるような人間）であるとしても、そのことを忘れることがその条件なのである（暮れるのは、『アミナダブ』の夜だ）。

虚しさと結ばれたこの世界は、とりとめのない狂気を望むのであり、私のことを求めてはいない。世界が望んだのは、人間一般、無限の夢とみなされる人間であり――それは、ただ夜のなかで（無意味を背景として）だけ意味をもつ人間であり、私ではなく、人間一般――アラブ人、ごろつき、裁判官、あるいは徒刑囚――である[193]。

私のなかで世界が賭けられているという感覚に、私は歓喜を、虚しさとの融和を、子供らしさを、滑稽さを見いだす。私はサイコロの一振りであり、それが私の力だ。自分のなかに一勝負の激しさを発見して、私は幸せだ。盲目的な激しさ……。

すべてが、私のなかでひとつの点へと向かっていく。その点とは好運であり、私はその好運になれたかもしれないが、好運は、結局は私を失墜へと導く。これほどの苦痛を（見かけは楽に見えながらも）求めた生などほとんどありえない。

信心家が神に抱く体験が、深い苦悩、陰険な悪意によって、神をめぐって私に授けられた。しかし、この間抜けな側面を、私は誇りに思っている。優しさ、独立心、約束事への軽蔑が、賭博師の鷹揚さを私に授けてくれたし、今も授けてくれている。[194]

まさに賭けの――あらゆる可能事に対してドン・ファンのようであることの――感覚にこそ、私の性格の喜劇的な原動力が（そして、私における無限の笑いの源が）存在している。

「人間は、宇宙の問題を解いてみせるために生まれたのではなく、まさに問題がどこで始まるのかを探求し、続いて自分に理解できるものの限界内にとどまるために生まれたのです。」

（ゲーテ『エッカーマンとの対話』[195]）

しかし人間は、自分自身という謎に宙づりになっているのであり、解決できない人間の性質は、人間のなかで栄光、法悦、笑い、涙の源となっているのだ。

ゲーテは、次のような結論を述べていた。「人間の理性と神の理性は、二つの極めて異なるものです[196]」。私の想像では、ゲーテは、ヘーゲルの支配的な態度を非難していたのだ。

ヘーゲルの努力は、ゲーテの歓喜と安定感を前にすると、不吉で、醜悪にさえ思える。知の絶頂にいたるヘーゲルは、陽気ではない。彼は言う、「自然な意識は、すぐに科学(この単語は、ここでは絶対知の体系を指している)を信頼する。意識にとって、それはまさに新たな曲芸的試みであり、意識は、自分がなにに突き動かされているのかも分からずに、その試みをするのである。自然な意識が、そのように活動することを強いられるとき、この意識は、必然的には思われない暴力、意識が覚悟していない暴力を被るのである」(『精神現象学』序文、Ⅱ、2)[197]。このように窮屈で、いくぶん笑うべき態度などとらずに、ゲーテは、世界の可能性を無邪気に手にしていて、活き活きとしているようにみえる。だが、ヘーゲル的な悲惨さを越えなければ、私は解放されることも鷹揚になることもできず、それをよりいっそう笑うためにゲーテ的になることもできないのである。

ゲーテは、少し後でこう付け加えている。「われわれは、もっとも高尚な格言を、ただ世界の役に立つかぎりで口にするべきです。他の格言は、自分のなかにしまっておかなければなりません。そうすればそれらは、いつでもそこにあって、隠れた太陽が発する甘美な光のように、われわれが行う万事に輝きを広げるでしょう」[198]。真の豊かさが盲目的な様子をしていて、神的なものが無力さに由来しているのは、不思議なことだ。ヘーゲルの窮屈な態度か、あるいはゲーテにおける墳墓の美か。ただ「無限の笑い」だけが、私を明るく照らし出す。

ヘーゲルがいなかったら、私はまずはヘーゲルになる必要があっただろう。だが、私にはその方法が欠けている。私的な思考様態ほど私と無縁なものはない。私のなかでは、個人的な思考（それは、「私は異なる仕方で考えている」と自認する蚊のようなものだ）に対する憎しみが、静寂に、率直さにまで達しているのだ。私が一言を口にするときには、私は他者たちの思考を、つまり周りにいる人間の養分から偶然に拾い集めたものを、演じているのである。

[199]朝の春。身体を洗い、ひげを剃り、歯を磨く……毎朝、新しい人間になるのだ、身体を洗って、ひげを剃って、歯を磨いた人間に。

そして、私にこびり付いた一日の残りかすを、自分から引き剝がさねばならぬように、私は偶然の暗い不明瞭さ（思考の困難）を乗り越えていく。

私が夜と呼ぶものは、思考の暗い不明瞭さとは異なる。夜には、光の激しさがある。

夜そのものが、若さ、思考の陶酔だ。夜は、夜である限り、荒々しい不和である限り、そのようなものである。人間が自分自身との不和であるなら、人間の春めいた陶酔は夜であり、このうえなく甘美な彼の春は、夜を背景にして浮かび上がる。夜は、昼への憎しみにおいて愛されることはありえない——昼もまた、夜への恐れにおいて愛されることはありえない。美に、淫らさに、若さに酔って、淫奔な女が、死を具現する人物とダンスをする。二人とも、自分自身への拒否を相手のなかに見いだしてそれを愛し、彼らの愛は、こめかみの静脈が破裂する限界そのものへと達する。彼らの笑いは、笑いそのものだ……二人とも互いに惑わされ、二人とも相手を惑わしている。もう少し純粋になれば、夜は昼の確実さとなり、昼は夜の確実さとなるだろう。宙づりとなった性格から生じる緊張が、不和には必要であり、その不和から融和が生じてくる。融和は、融和となることを拒絶すればするほど、融和となるのである。

Ⅳ

意志

もろもろの深い真実。田舎の午後、寝室の鎧戸の向こうでは五月の大きな太陽が照り輝き、私は暑さを感じて幸せになり、上着を脱ぎ捨てた。芳醇なワインで少し頭が温まったが、安らぎの場である便所に下りなければならない[200]。

エロティシズムの二つの運動。一方は自然と融和した運動、もう一方は問いに投入する運動であり、われわれはどちらも消滅させることはできない。恐怖と魅惑が混ざり合う。純真さと爆発が賭けの味方をする。好機が訪れれば、このうえなく愚かな女ですら弁証法を理解するのだ[201]。

私が書いているものは、次の点で日記とは異なる。私は一人の人間を想像している。若すぎず老いすぎず、繊細すぎず良識的すぎず、単純に（陽気に）小便をして糞をする人間を。私は、彼がエロティシズム、そして自然の問いへの投入について熟考している

（私の本を読んで）姿を想像する。そのとき彼は、私がどのように気を配って、彼を決断へと導いたのかを理解するだろう。分析をする必要などないのだ。素朴だが、いかがわしくて口に出せないような興奮の瞬間、それを彼が思い起こすなら、彼は自然を問いに投じているのである。

エロティシズムは深淵の縁である。私は、常軌を逸した恐怖の上に身を傾ける（それは、眼球が眼窩のなかへと反転する瞬間だ）。深淵は、可能なものの根底だ。

狂った笑いや恍惚は、われわれを同じ深淵の縁へと連れて行くのであり、それはあらゆる可能なものの「問いへの投入」である。

それは、断絶の点、全面的放棄の点、死の予感だ。

戦争の不幸な時期におけるように、自由裁量は、私がたどる道から追い払われている。空想は、明確な対象に向かわないため許容しがたい。自分が書いたものを読んでいて、構成が非常に厳密なことに驚かされる。何年もの間をおいても、鶴嘴《つるはし》が同じ場所を打ち続けていることに驚いてしまう（それと比べれば、他の箇所は取るに足りない屑《くず》だ）。時計のように正確な体系が、私の思考を整序しているのだ（だが、この完了しえない作業のなかで、私は際限なく姿を消していく）。

私は、自分を乗り越えて少し変化した人種に属しているようだ。この人種は、自然を行動に投じるとともに、問いへと投じるだろう（労働と笑い）。

認識は、行動への投入の確信に対して、問いへの投入という最終的な疑いを突きつける。だが生は、その一方をもう一方の条件にしていて、その逆もまた真である。自然への——神の摂理とみなされる錯綜状態への——服従は、行動への投入にとってはひとつの障害である。同じ意味で、行動への投入は、それ自体で自然への異議提起となるのだ。その一方で、行動できない無力さ、詩的な怠惰は、神的な権威への依存（自然の秩序への服従）を直接に——あるいは結果的に——もたらす。笑いの神的な自由は、人間に服従した自然を求めるのであって、自然に服従した人間を求めたりはしない。

私は、一九二二年と記された一枚の写真を見つめていた。そこで、私は集団のなかにいる——マドリッドで、ある家の屋根にあるテラスに。Xと背中合わせになって床に座っている。私は、陽気な、優雅ですらある自分の振る舞いを思い出す。こんな馬鹿げた仕方で存在していたのだ。時間のなかでは、世界の現実、地球の現実が、プリズムを通過する陽光のように解体してしまう。時間は、その現実を同時にあらゆる方向からまき散らすのだ。丘、沼沢地、塵、他の人々は、液体の諸部分のように結ばれていて、区別しがたい。馬や蠅！……すべてが混ざり合っている。

雷鳴の不在
泣き濡れる水の永遠なる広がり
そして私は、陽気な蠅
そして私は、切られた手
私はシーツを濡らしていた
そして私は過去であった
死んだ盲目の星であった[202]

黄色い犬
その犬はそこにいる
恐怖
卵のように吠えながら
そして自分の心臓を吐き出しながら
手の不在に
私は叫ぶ

私は空に向かって叫ぶ
この引き裂くような雷鳴のなかで
叫んでいるのは私ではないと
死ぬのは私ではないと
それは星空なのだ
星空が叫んでいるのだ
星空が泣いているのだ
私は眠気で倒れそうだ
そして世界は忘れ去られる

私を太陽に埋葬してくれ
私の愛を埋葬してくれ
私の妻を埋葬してくれ
裸の妻を太陽に
私の接吻を埋葬してくれ
そして私の白い涎《よだれ》もだ(203)。

一人の男が、一時間ものあいだテーブルをとんとんと叩いていて、それから赤くなる。

もう一人の男には、肺結核で死んだ二人の男の子がいて、娘は狂気に陥って二人の子供の首を絞める、などなど。大風が、事物とわれわれを追い立てて、猛烈に空虚へと突き落とす。疲労は、別の惑星を夢見させる。逃げるという考えは、確かに狂ってもいないし、卑怯でもない。われわれは、自分たちが探しているものを見いだそうとしている。それは、自分自身から解放されることにほかならない。だからこそ、愛と出会うと、われわれはかくも純粋に陶酔するのだ——そして愛を取り逃がすと、かくも激しい絶望に陥るのだ。そのたびに、愛は他の惑星となり、われわれはテーブルを叩く虚しさや不幸から解き放たれて、そこに沈んでいくのである。実際、愛においてわれわれは、もはや自分自身ではなくなるのだ。

　私は、読者のまどろんだ無関心に抗って、こんなことを書いている——もう少し先に進むと、彼はこの本から離れていってしまうが、なぜなのか。自分自身とどんな待ち合わせをしているのか。

　私は、我関せずの態度、故意の差別化に抗って、こうして書いている。

　私は、言語を古典的に用いている。言語は、意志の（行動への投入の）道具であり、私は、意志の様態に則って自分の考えを表現していて、意志は徹底的に自分の道を進む。言葉を語っているなら、意志の放棄になどなんの意味があろうか。そんなものはロマン主義、虚言、無意識、詩的な支離滅裂だ。

故意の運動を、恍惚とした断裂の純真さと徹底的に対比することは、私から見てなによりも有効である。われわれは、恍惚を、目指される目的とすることはできないし、別の結果の手段とすることはなおさらできない。到達経路に無関心だからといって、恍惚が恍惚への到達を前提とした事実がなくなるわけではない。だが、言葉を語って、自分自身の言葉に埋もれてしまう者は、必然的に到達経路を追い求めているのだ。彼は、もろもろの手段を退けることができず、自分の生を手段に帰することに同意して、いつまでも故意の運動に拘泥するのである。

私は、思いがけない大胆さ、無感動、明晰さが必要であると気づく。重々しい現実に対して、私は裸になった感覚を抱いている。絶え間なく恐怖が、私を病んだ状態にするが、しかし私は躊躇うことなく、あえてこの重みを愛するのだ。実存は、極限まで歩み、現実の限界を、それらの限界だけを受け入れなければならない。そうしなければ、どうして笑うことができようか。もし私が、嫌悪感にいつまでもこだわって自己満足に耽るなら、そして自分が持ち上げられなかった重みを否定するなら、私は「自由主義的」か「キリスト教的」になってしまうだろう。そうなったなら、どうして笑うことなどできようか。

私の前には地平線が（開かれた地平線が）広がっている。その向こうには、村、町があり、そして食べ、語り、汗をかき、服を脱ぎ、寝る人間たちがいる。それらは、まるで存在しないかのようだ。過去の存在たちも、それと同様だ。未来に存在するものたちも、同様だ。しかし、この世界に、つまり丘や瞬間の彼方にあるこの世界に、私は「しかし、この世界に……などなど」といった言葉の透明さを授けたい。今の私は、亡くなったスタンダールの域に達していない。だが、いったい誰が、私がこの死者のためにしている以上のことを、私のためにしてくれるだろうか。あの丘と瞬間の彼方で、枯れ果てた波のように私は死ぬだろう……。そうこうするうちに、ベッドのなかで私はうとうととした。そして目を覚ます。すると、地平線の上で空は青白くなり、夕日で縞模様になっている。美しい金色の星がひとつ、そして魅惑的な三日月が、丘と瞬間の彼方で、軽やかな大雲のあいだに見えている……。また眠りがやって来る！　私は、眠りから自分を引き剝がして執筆する。よりよく見るために（そしてよりよく見られるために）、書くことの頂点によじ登りながら。そしてすぐに眠りが、断末魔のように私を消耗させながら、またやって来るのだ。

私は、疲労の状態から、そしてじわじわと死へ流れていく状態から、離れることなど期待できるだろうか。そして本を書くことは、眠りによる消耗と戦いながら、一冊の本の透明さを求めて書くことは、なんと憂鬱なことだろう。ほのかな光が、大雲から大雲へ、ひとつの地平線から次の地平線へと滑り、そしてひとつの眠りから別の眠りへと滑っていく。私は、自分が語ることを把握できなくなり、眠りが私を打ちのめし、私が語ることは、死のような無気力さへと崩れ去っていく。

ひとつの文章が、もっと遠くに、物事が解体する状態へと滑っていった。私はすでに眠っていた……。私は、それを忘れてしまった。私は目を覚まし、このいくつかの言葉を書く。すでにすべてが消えていく。眠りという瓦礫の山へと。

朝靄《もや》のなかであのカラスが鳴いていたような、単なる畑であらねばならない。

私は、ああ、明け方に不安で、吐き気で胸を締めつけられながら、鳥がさえずるように執筆している。夜に見た夢で疲れ果てながら！　私は繰り返し言おう。「いつの日か私は死ぬ、《死ぬのだ》！」と。それなら宇宙の壮麗さはどうなるのだ。そんなものは、なんでもない。あらゆる意味が無効になり、新たな意味を、飛躍のように捉えがたい意味を生み出していく。私の頭のなかでは、荒々しい風が吹いているのだ。書くことは、別の場所へと出発することだ。さえずる鳥や執筆する人間は、解放されていく。再び眠りが訪れ、頭が重くなり、私は崩れ落ちる。

そして今や夜が終わり、私はどこへ行くのだろうか。そんな問いなど笑い飛ばすのが、私の力だ。そんなことなどなにも知らないのが、私の幸福なのだ。

私は、そんなことは無限に笑い飛ばすが、生きているからこそ笑いたいのだ。笑いは、活き活きとした生を、燃えるような意志を前提としているのである。

私は、ひとが涙を流すように性交をしているが、ただ笑いだけが誇り高く、笑いだけが、勝利の確信で陶酔させる。自分の意志に従わず（しかし神や自然の意志に従っている）、流されるままになる人間は、ほとんど笑う気になれず、笑いの果てしなさを知らない。

笑いは、足のようなものであり、普通は靴や使用によって打ちひしがれている……。

私は、この世界（戦争が生じた世界の——明らかな——残滓）のために書いているのではなく、それとは異なる世界、無頓着な世界のために書いている。その世界に自分を認めさせたいのではなく、まるでいないかのように、そこで沈黙していたいと思っている。透明さにいたるには、身を消さなければならない。現実の力、必要な関係と私を対立させるものはなにもない。ただ観念論（偽善、虚偽）だけが、現実世界を断罪することを――その具体的な真実を無視することを――美徳としているのだ。

私は、死んだ星が残した光線であり、それ以上の何かになどなれないだろう。私はその世界の光であるが、当の世界は死滅してしまった。この現実的な死、そして見せかけばかりの私の生、その違いを消さねばならぬことは、私には忍びない。

死にゆく、あるいは死んだ世界、そして崩壊する世界から、光という形で広がりのなかに残るのは、その世界の（その真実の、その秩序の）否定である。それは、次にやって来る世界の表現ではない。ひとつの世界から別の世界へのメッセージであろうか……死にゆく一人の老人は、生の徴を残すのではないか。だが、われわれがいなくなった後で、私が知った虚しさの体験などいったい誰がするだろうか。いったい誰が、そのときにあの叫び声を上げることなどできようか。あらゆる可能なものを手にしながらも、燃え上がりながら、過剰な軽快さで死んでいく生が発するあの叫び声を。

私は、スタンダールの『日記』を読んでいる。一八〇六年三月三〇日に、彼は次のように書いている。

「ものぐさな娘がようやく鍵を見つけてくれて、フィリップ夫人は、黄色い客間の休息用ベッドに横になった。彼女がげっぷをしたので、私はすっかり彼女が嫌になってしまった。表情とため息は艶《なまめ》かしく、とくに火口《ほくち》の煙を吸っているときがそうだった。こんなふうにひとは死ぬのだ！」

……………………………………………

「その前に、パセや私といったほんの二〇人の目の前で、サマデはからかわれた。英語の二重唱曲を、調子外れに歌ったのだ。この哀れな集団は、なんと興奮を必要としているることか！　くだらないことでも、難解にさえならなければ、まさにこの集団を退屈させる心配などない。そして、才気を示すやいなや、ひとは難解になってしまうのである。この日に、ヴィルデルメットの本性がよく分かった。」

「この男は、威厳というものを学んでいた。清潔そうな外見、背丈、表情に表れるなにか残酷で、痩せていて、上品な要素、そのすべてが彼を誰よりももっとも特有な風采にしていた。もしこの性格が自分の選択によるものなら、彼は、見た目よりも才気があることになる。そのうえ彼は、堅苦しくて、センスも気品もないのに、マルセイユの女たらし、情を操る誘惑者なのだ。」

人間は？　サマデ、ヴィルデルメット？……。
井戸の奥底で、サマデが人々の前で歌っている……。
それとは反対に、Aの街頭で、一頭の馬が縄で壁につながれている。縄は、馬の巨大な頭を無力なものにしていた。こんなものは、無に等しい不幸だ。この馬は、後ろ脚を跳ね上げて反抗するべきだったのだ。あいつは、壁や地面のようだった。

誰も自分の頭を放棄することは（自分の自律性を捨て去ることは）できない。ヴィルデルメット自身が馬であり、筋肉であり、断片だ（自分をもっといいものだと思っているが）。誇りがどこにあるのかを言うことはできないが、しかしそれは存在する。しばしば私は人間的になり、反抗的になるのだ！　また少し時間が経ったらどうなるのか。馬かサマデになってしまう。

私はなにも忘れない。私はサマデに語りかける。ただ愚かさだけが（ただサマデだけが）私が書くものを読むのであり、馬は読んだりはしない。本来の愛、愚かさ、地球が回転しながら否定するもの。なぜなら、読者であるサマデよ！　私はお前の墓掘人であり、お前は存在していなかったのだ。

毎晩、空の同じ場所にひとつの星が現れる。私は、その星と関係している。おそらく星は不変なるものだが、それを見つめる私は、存在しないこともありうる、（私でも、他者でも、いかなる他者でも）なくなることがあるうるのだ。蚤や蠅の自我という不条理さは、星の不条理さのなかで崩壊する。

ただひとつの星だけが……

どんな星でもかまわない——かすかな星……。人間は、自分が存在しないと知るときにこそ存在するのだ！　物質は、人間を解体して、腐敗によって人間の不在を示すという点で存在している。

不可解な自我は、宇宙を不可解な状態で保ち続ける……。

それを防ごうとしても無駄だろう。キリスト教的な恭順は不幸で、とくに矛盾している。自我という不動の固定観念と結ばれているのだ！　地獄と天国にいる自我たちの怪物じみた不滅さを思い浮かべてみたまえ。そして〈自我〉としての神を思い浮かべてみたまえ。自我が常軌を逸して増殖することを命じた、あの神を！

私は、もはや自我のなかに、なにか他のものとの関係だけを見ることにしたい。実際のところ、人間、あるいは自我は、自然と関係しているし、自分が否定するものと関係している。

私という存在と私が否定するものを関係づけると、私は笑いのなかで解体され、崩れ去ることしかできなくなる。

笑いは、自然を、人間が普遍的に絡《から》みつかれている自然を否定するばかりでなく、人間の悲惨さを、大部分の人間がいまだに絡みつかれている悲惨さを否定するのだ。
観念論（あるいはキリスト教）は、人間のなかで自然を否定しているものと（観念と）人間を関係づけていた。自然が克服されれば、自然を支配する人間は、自分が支配するものと関係を結ぶ力をもてる。彼は笑う力を持つのだ。(207)

傲慢さは、恭順と同じものだ。それはつねに偽りだ（ヴィルデルメットや聖ブノワ・ラブルだ）。笑いは傲慢さの反対物であり、ときには恭順の反対物である（『福音書』のなかでは、誰も笑わない）。

私は、熱愛するか笑うことしかできない（私は、無邪気さで勝っているのである）。

V　森の王

ここまで、私はずいぶんと語ってきた。これは私の証言だろうか。それにしてもまとまりがない！　私は、雲のまにまに生じては崩れる光であった。弱さそのものだ。人間的な習慣が私から遠ざかるにつれて――すると、死が私を縛り付けた！――、生きることへの無気力、倦怠、物憂さが、私をばらばらにしてしまった。

生の可能性をつかみ取るために行動する、その個人的な必要性は、私を落ち込ませてしまう。そして享楽する必要性が、私を縛り付ける[208]。

私は非力で、不安にさいなまれている。そして絶えず眩暈が、私を立ち上がれないほど打ちのめす。すると突如として、私の苦痛は空を貫き、常軌を逸したものを見破るのだ……（私には、それを笑い飛ばす力がある）。

私には、地上や空にどんな逃げ場もない。

神には、それ以外の意味はない。つまり神とは、いわゆる逃げ場なのだ。だが逃げ場は、逃げ場の不在と比べればなんでもないものだ。

神という観念、それと結ばれた優しさ、法悦は、神の不在の前奏曲だ。その不在という夜のなかで、無味乾燥さや見かけだけの優美さは、子供の思い出のように脆くなり消え失せた。神のなかで混ざり合う恐ろしい偉大さは、人間が裸にされる不在を神のなかで告げている。

絶頂で、人間は茫然自失する。人間は、絶頂では神そのものである。不在だ、そして眠りだ。

自我と全体性の弁証法は、私の高揚において解消される。自我が、自分は全体性と混ざり合うべきである、と思っている限り、自我の否定はこの弁証法の基盤である。だが、特にこの弁証法の運動が求めるのは、弁証法において、問いへの投入そのものが、問われた存在に取って代わることである。つまり、問いへの投入は、神に取って代わるのだ。問われた全体性は、それだけで問いへの投入となったのであり、こうして問われるものは、もはや自分を定義する名を受け取ることはできない。問いへの投入は、あくまでも孤立した存在の出来事であり続けるが、最初に問われるのは、孤立した存在そのものにほかならないのである。

まさに初めから、こうして弁証法は袋小路で行き詰まっている。問いただす者、語る者は、問いただしながら自分を抹消するのである。しかし、この不在へと――そしてこの沈黙へと――沈みゆく人は、不在のなかに失われるものを、この沈黙の奥底から予言する者となるのだ……。彼は神の蔑視者であり、言葉によって自分の現存を表す存在たちの蔑視者である。彼は大いなる道化であり、同時に大いなる道化の蔑視者である……。語る人々、語りながら絶えず私と言う人々の大群が、彼から生じてくる！　その大群は、彼の不在から発出するのだ！　彼の沈黙から発出するのだ！(209)

しかし、私は消え去ることはできない……。この本で私が行う自己表明は、無邪気なものだ。実のところ私は、私に襲いかかる笑いにほかならない。私が陥る袋小路、私が消えていく袋小路は、笑いの果てしなさにほかならない……。

・・・・・・・・・・・・・・・・・・・・・・・・・・

・・・・・・・・・・・・・・・・・・・・・・・・・・

・・・・・・・・・・・・・・・・・・・・・・・・・・

私は森の王、ゼウス、犯罪者……

・・・・・・・・・・・・・・・・・・・・・・・・・・・・・・・・・・・・
・・・・・・・・・・・・・・・・・・・・・・・・・・・・・・・・・・・・
・・・・・・・・・・・・・・・・・・・・・・・・・・・・・・・・・・・・
・・・・・・・・・・・・・・・・・・・・・・・・・・・・・・・・・・・・

私の欲望はどうだろうか。際限がない……
私は〈すべて〉でありえただろうか。そうなれたのだ——笑うべきことだが……。
私は飛び上がった、斜めに飛び上がった。
すべてが崩壊して、崩れ去った。
すべてが私のなかで崩壊した。
一瞬であろうとも、私に笑うことをやめられようか。

（他の人々と同じような、ただの男だ。
自分に課された義務を気にかけている。
多くの人々の単純さのなかで否定されている。
笑いは、この男のなかで、そして他の人々のなかで光る閃光だ。）

二人の愛人が裸になる寝室でのように、ある森の深みで、笑いと詩が解き放たれる。
森の外では、寝室の外と同じように、有用な行動が続けられていて、誰もがその行動に属している。だが、誰もが、自分の寝室ではそこから身を引きはがす……。誰もが、死を迎えながらそこから身を引きはがすのだ……。我が狂気が、森のなかで至高なものとして君臨する……。死を消し去れる者などいるだろうか。私は森に火を放ち、笑いの炎が激しく輝き出す。

語ることへの熱狂が、私に取り憑いている。そして厳密さへの熱狂も。私は、自分が正確で、有能で、野心的であると想像している。私は口をつぐむべきだったが、語ってしまっている。私は、死への恐怖を笑い飛ばす。それは、私を覚醒状態にするのだ！それと（恐怖と、そして死と）戦うことで。

私は書く、そして死にたくない。

私にとって、これらの言葉、つまり「私は死ぬだろう」は息を詰まらせる。私の不在は外の風だ。この不在は滑稽だ。苦しみは滑稽なのだ。私は自分の寝室、安全な場所にいる。だが墓が、すでにすぐ近くにあるのではないか。そんな考えが、頭のてっぺんからつま先まで私を包み込む。

私の態度の途方もない矛盾！

あの死の単純さを、これほど陽気に受け入れられた人が他にいるだろうか。

だが、インクは不在を意図へと変えてしまう。

外の風が、この本を書いているのだろうか。書くことは、私の意図を述べることだ……。私が望んでいたのはあの哲学、つまり「頭は空の近くにあったが、足は死者たちの帝国に触れていたもの[210]」あの哲学である。私が期待しているのは、突風が根こぎにしてくれること……。瞬時に、私は可能なものの全体に到達する！　そして同時に、不可能なものに達するのだ。存在がもっていた、存在の反対物に到達する力を私は手に入れる。私の死と私、われわれは、外の風へと滑り込み、そこで私は私の不在へと身を開く[211]。

ある山（エトナ山）の山頂近くにあった避難小屋を思い出す。私は、山歩きで疲れ切りながら、夜になって二時間か三時間経ってから、そこにたどり着いた。もはや植物は生えていなかった（標高二千メートルからは）が、粉炭のような黒い火山岩が広がっていた。標高三千メートルでは、真夏のシチリアでも恐ろしい寒さだった（氷点下だ）。このうえなく激しい風が吹きすさぶ。避難小屋は、観測所として使われた細長い廃屋だった。その廃屋は、小さな丸天井に覆われていた。眠る前に、用便をしに行くためにそこから出た。すぐさま寒さが私に襲いかかる。観測所によって、火山の山頂は私から隔てられていた。私は、星空の下で都合のよい場所を探しながら、壁に沿って進んだ。夜はほとんど闇夜で、私は疲労と寒さでうんざりしていた。それまで私を守っていた避難小屋の角を越えると、激しい、とてつもない風が、雷鳴のような轟音で私をとらえた。そして、頭上二百メートルのところで、噴火口の凍りつくような光景が、私の前に広がっていた。夜の闇にもかかわらず、それがどれほどの恐怖であるかが分かった。私はぞっとして、身を守ろうと後ずさりしたが、勇気を奮い起こしてまた戻っていった。風はあまりにも冷たく、激しい轟音をとどろかせ、火山の山頂はあまりにも恐怖で満ちていたため、ほとんど耐えがたかった。今になって思えば、自然という非―私が、あれほどの猛威で私の喉元を締めつけ、追い詰めてきたのは初めてのことであった（始終苦しい思いをしたこの登山を、私は長い間望んでいたのだが――私はわざわざシチリア旅行をしたのだ――、この登山は、自分の力の限界を超えていた。私は病んでいたのだ）。あまりにも衰弱していたため、私は笑うことができなかった。だが、私と共に山頂をよじ登っていたのは、まさに無限の笑いであった。

荒々しい欲望（徹底的に自分を表現したいという欲望）。だが最後には、私はそれを笑い飛ばす。

愛される対象は、くしゃみをする時のようにやって来る。私に配慮が不在であることは、意志として表されてしまう。これやあれをするべきであることが、私には分かっていた。そして私はそれをしている（もはや私の時間は、あの大きく開かれた傷口ではない）。

一九四三年。

補遺

（ヘーゲルに関する講義の講師Xへの書簡……）

パリ、一九三七年十二月六日

親愛なるX様

あなたから非難されたおかげで、私は以前よりもずっと明確に、自分の考えを表すことができそうです(213)。

私は、今すぐに歴史が完了することを（その結末はともかくとして）認めましょう（信憑性のある仮定として）[15]。しかし、私は事態をあなたとは別の形で思い描いているの

14　「現在の不幸」（九八頁）において、この書簡の下書きは破棄した（あるいは、なくしてしまった）と記したが、着手した著作の断章と一緒にあった。それらの断章は、この補遺に掲載した。未完成なこの書簡は清書されなかったが、下書きは受取人に届けられた。

15　おそらく、それは間違いであった。少なくとも以後二〇年に関しては間違いであった。Xは、共産主義革命による決着が近づいている、と想像していたのだ。

です[214]……。

ともかく、大いに気をもみながら味わった自分の体験によって、私は、もはや自分にはなにも「するべきこと」がないと考えるようになりました。(私はその事実を受け入れる気にはなれず、あなたもご覧になったように、苦闘したあげくに初めてそれに甘んじたのです。)

行動(「すること」)が――ヘーゲルが言うように――否定性であるなら、それなら「もはやなにもするべきことがない」人の否定性は消え失せるのか、それとも「使い道のない否定性」という状態で残り続けるのか、それを知ることが問題となります。個人的にいえば、私は、自分自身がまさにその「使い道のない否定性」なので(私はそれ以上に明確に自分を定義できないでしょう)、後者であると断定するほかありません。ヘーゲルがその可能性を予見していたことは認めますが、少なくとも彼は、自分が描写した進展の結末に、その可能性を設定したりはしなかったのです。私の生は――あるいはその破綻、さらには私の生という開かれた傷口は――、それだけでヘーゲルの閉ざされた体系に対する反駁になる、と考えております。

あなたが私に関して提起した問いは、私が取るに足りない存在か、それとも違うのか、それを知ることに結局はつながります。私は、その問いをたびたび自問しましたが、否定的な答えが頭から離れませんでした。そのうえ、私が自分自身に関して思い描く姿は移り変わりますし、自分の生が、もっとも傑出した人々の生と比べれば凡庸かもしれないことを、自分で忘れてしまうこともあります。そのため、実存の頂点にあるのは取るに足りないものだけかもしれない、と私はたびたび考えました。実際のところ、おそらく夜である頂点を、誰も「承認する」ことはできないでしょう。いくつかの事実――たとえば、(他の人々が「承認」されている、という素朴な観点で) 自分を「承認」させようとして経験した並外れた困難さ――の結果として、私は、自分が決定的にくだらない存在なのだと深刻に、しかしながら陽気に仮定したのです。

だからといって、不安になったりはしませんし、まったく傲慢になるおそれもありません。ですが、そのまま沈没せぬように試みる前にそれを受け入れてしまえば、私にはもはや人間的なところが何もなくなってしまうでしょう (もし受け入れてしまえば、滑稽にも取るに足りない人間になるばかりでなく、気むずかしくも執念深い人間になる恐れが大いにあります。そうなれば、必ずや私の否定性が再び姿を現すでしょう)。

こうして私が語っていることをお読みになれば、あなたは不幸がやって来ると考えて、それで話は終わるでしょう。あなたの前にいると、私は、足を罠に捕らわれて泣き叫ぶ獣のようにしか、自分を正当化できません。

実際のところ、もはや不幸や生が問題なのではなく、本当に「使い道のない否定性」がなにかになるならば、それがなにになるのかだけが問題なのです。その否定性が、まずは私自身においてではなく、他の人々において生み出す形態において、それをたどってみましょう。たいていの場合には、無力な否定性は芸術作品になります。この変貌の結果は現実的なものですが、通常の場合、この変貌は、歴史の完了が（あるいは、歴史の完了という考えが）もたらす状況に十分に答えることができません。芸術作品は、ごまかしながら答えるのです。あるいは芸術作品は、その答えが長引く限りは、いかなる個別的な状況に答えることもなく、もはやごまかすことが不可能になるとき（真理の時が訪れるとき）、終焉の状況にはもっとも答えられないものなのです。私に関して言えば、私に属する否定性は、もはや使い道がなくなったときに初めて、使用されるのを断念したのです。それは、もはやなにもするべきことがない男の否定性であって、することよりも語ることを好む男の否定性ではありません。しかし、行動から乖離した否定性が芸術作品として表されるという事実は――それは異論の余地がないように思えます――、私に残された可能性という面で非常に意義深いことです。そのことは、否定性が対象化されうることを示しています。さらに、この事実は芸術だけの特性ではありません。悲劇や絵画よりも、宗教はさらに否定性を瞑想の対象とします。しかし、芸術作品においても、宗教の情動的な要素においても、否定性はそのままでは「承認」されません。逆に否定性は、それを無効化する体系に導入されてしまって、ただ肯定性だけが「承認」されるのです。[215] したがって、過去の時代が知っていた否定性の対象化と、終焉においてもなお可能な対象化のあいだには、根本的な違いがあります。確かに、「使い道のない否定性」としての人間は、自分自身という問いへの回答を芸術作品に見いだすことができないのですから、「承認された否定性」としての人間になるほかないのです。

彼は、自分が抱く行動への欲求には、もはや使い道がないことを理解しました。ですが、この欲求は、いつまでも芸術によるまやかしに欺かれてはいられずに、いつの日か、そのままの姿で承認されるのです。つまり、中身のない否定性として。さらに、この否定性を罪として拒絶する誘惑がそれでも生じます――この解決策はあまりにも容易なので、最終的な危機を待たずに採用されました。ですが、この解決策はすでに行使されていますから、その効果はあらかじめ枯渇しています。「使い道のない否定性」としての人間は、もはやほとんどそれを用いることができません。罪の意識は、その意識に先立つものの結果である限り、彼のなかではもはや力を持たないのです。彼は、壁を前にするように、自分自身の否定性を前にしています。どんなにそのことで息が詰まろうとも、もはやなにも遠ざけられないことが、彼には分かっているのです。なぜなら、否定性にはもはや逃げ道がないからです[216]。

（認識、行動への投入、問いへの投入についての断章）

一方で[217]、私は実用的な認識の与件を検討して、もう一方で、人間による問いへの投入、つまり存在するあらゆるもの、自然、そして自分自身を問いに投入する行為を検討する（なぜなら、自然と対立して、自然を問いに投入する人間は、必ず自分自身と対立して、同時に自分自身を問いに投入しなければ、その対立を実行できないからである）。

実用的な認識の与件は、回答の土台であり、それらの回答は、問いへの投入を先送りにして、さらに先へ後へと延期していく。実際、問いへの投入は、本来は無限定な内容をもつにもかかわらず、まずは限定された形で行われる。われわれは、あれこれのものの起源、存在理由、説明を探し求める。そうして得た成果は、思弁的な認識において働く欲望に関していえば、夜へと導く階段の一段階を意味している……。しかし、そのことが見失われてしまうのだ。実際には、客観的科学、哲学、そしてそれらの運動を端的に示す弁証法は、実用的な認識——行動への投入と関係した確実性——と際限なき問いへの投入が相互に癒着する出来事である。しかし、この混成的な性格——意味、そして意味の喪失の——にもかかわらず、粗雑な成果を越えた認識の展開は、虚しい実践ではない。まさに実用的な有効性という観点で、弁証法的な認識は、少なくとも明確な領域に適用できるのだ。どのようにして、この二重の展開は意味をもつのか。別の言い方をするなら、どのようにして、そしていかなる限界において、結末なき問いかけの運動が、実用的な認識を豊かにすることができるのだろうか。

先験的に言って、異議提起の有効性は、驚かすためにできているのではない。形而上学的な問いかけは、われわれを消耗させるものであり、その性質はどうしても除去できない。しかし、問いへの投入がその投入だけを目的とする次元で不幸な努力がなされていても、その努力が、活動と粗雑な認識の次元にたどり着くこともあるのだ。そのとき、その真正さは、行動への投入によって証明されるのである。

粗雑な実用的認識、科学的認識そして弁証法

第一の明証性は、労働、道具、製作された対象の明証性、そして労働と対象の規則正しい関係の明証性であり、基本的な知は技能的な知である。自分が製作した対象に対する私の認識は、完全で満足のいく認識であり、私は、他の対象——自然な対象、私自身や宇宙——に対する自分の認識を、その認識と関係づけようと努める。しかし、技能的

な知から生じる命題は、論理的な言表である。粗雑な明証性から出発して、言語はそれと等価的な状況の連鎖を整序する。そうして言語は、技能的な知の基準を数学的な厳密さの基準に置き換えて、まず後者の基準は、まさに前者の基準を豊かにするのだ。この置き換えは、一方では、技術的な可能性をもっとも有用な仕方で拡大して、もう一方では、横滑りによって、明証性を行動の可能性の彼方へと（思弁の領域へと）導いていく。しかし、そのように言語の内部で動いている明証性は、すぐさま弁証法的な進展を受け入れることになる。まず初めに、形式的で厳密な明証性は、直接的な明証性と対立する。この明証性は、最初の直接的な明証性から、確信の感覚、「私はできる」の確実性を取り入れる。しかし、その外的な性格のほうは拒絶するのだ。この第一の操作は、すでに弁証法の可能性を展開している。つまり言語は、肯定的な命題を言表すると同時に、問いかけによって、われわれのなかに傷口を開くのである。二つの明証性の対立が表しているのは、すでに明証性の「問いへの投入」であり、いかなる問いへの投入も、自分のなかに無限の問いかけを担っているのである。その無限の問いかけには、回答などありえない。その問いかけにおいては、密かに回答の不在が望まれているのである。

粗雑な概念について、それは私を欺いていると言うとすれば、木片の硬さ——これは、頑丈な堅固さと明白な物質的現実の表現だ——に対する私の信頼についても、その同じ対象を学問的に表象するために、私はやはり同じ事を言うだろう。しかし、その新しい表象がどのようなものであろうとも、それは無限に問いに投入する弁証法へと巻き込まれていく。木片に対する素朴な確信がひとたび疑われれば、問いへの投入に基づく新しい確信は、やはり運動のなかに置かれ続けるのである。それぞれの段階で、「私はできる」という確信が、新たな形で見いだされる。つまり、現実を表すそれぞれの表象様式は、行動への投入、可能な経験に基づいているのである。

このように科学そのものが、問いへの投入に基づくという点で、弁証法的な性格をもっているのだ。

哲学

しかし、科学は、まだ外面的な問いへの投入しか行わない。科学は、直接的な確信と結ばれた感性的な質を拒絶しながら、それを量に置き換えることで満足してしまう。そして、厳密な測定ができる領域を離れるときも、連関関係の等価性を利用するのだ。しかし、けっして科学は、対象の根本的な理解を探し求めたりはしない。確かに科学は、自分の外面的な理解の様式を、全体へと拡張することはできないのだ——全体は、同等性による説明には還元されないし、技能的な知に基づく認識には、恣意的にしか従属しえない。この無力さは、無限に問いへの投入が行われる余地を残すが、それでも当然のように、取るに足りないものとみなされる。さらに科学は、自分が解決できない問題を嫌々ながら検討するので、この無力さは過小評価されてしまうのだ。このように、科学にとって問いへの投入は、活動に必要な不安の域を出ないのである。

ただ哲学だけが、際限なき問いへの投入を引き受けるので、奇妙な威厳を帯びている。哲学が、異論のありうる威光を授けられているのは、成果によってではなく、存在する万物を問いに投入せんとする、人間が抱くその熱望に単に哲学が答えているからである。しばしば哲学が無益であり、取るに足りない才能を生かす面白くもない方法であることを、誰も疑ったりはしない。だが、哲学に対する正当な先入観がどのようなものであれ、その「成果」がいかに人を欺くものであれ（軽蔑すべきもので、忌まわしくさえあっても）、哲学が消滅すれば、次のような障害が現れるのだ。つまり、この現実的な成果の欠如は、まさに哲学の偉大さを示しているのである。哲学の価値はすべて、哲学が絶やすことのない休息の不在にこそあるのだ。

（人間と自然の対立についての二つの断章）

I

人間が自然と衝突するのは、明確な事物としてではない（自然が人間と対立するのもまた、明確な事物としてではない）。

自律への努力としてである。

この努力は、偶然的な立場にしたがって、ある意味で、または別の意味で生じる。

原則的に、自然は錯綜したものとして現れるが、ならば人間存在は、その錯綜から抜け出そうとして、理性的な原理の純粋さに自らを還元しようとするものである。

この運動において、人間による自然の支配が確実なものとなる。自然を服従させる人々、自分の自律のために自然を役立てようとする人々によって、自然は行動へと投入される。

しかし、どのような立場にあろうとも（それぞれの立場は、かりそめのものだ）、人間存在は媒介項をよりどころにしている。人間存在は、自分自身の名において自律を要求することはできない。頭脳の明晰さ（見識）のおかげで、人間存在は、自分を形成している運動の虚しさに気づいている。なぜなら、自律に向かう運動として自分を把握すると同時に、自分の錯綜状態に気づき、錯綜した自然に自分が根深く従属していることに気づくからだ。そのため、神や理性といった理想的な媒介項に頼る必要が生じるのである。

　神や理性は、ひとがなにを望もうとも、どちらも錯綜状態と関係していて、錯綜状態の内部で把握できる秩序とかかわっているという意味で、媒介項である。

　神は、感性的な徴と関係していて、否定的な意味をまとうものとしての、錯綜した自然の解釈と関係している。キリスト教的な自然は、誘惑（乗り越えねばならぬもの）であると同時に、誘惑的な見かけに隠された命令（服従していなければならないもの）である。キリスト教は、この錯綜した与件の諸要素を整然と並べ立てていて、そのただなかでわれわれは、自分の自律を探し求めているのだ。そこでキリスト教は、善と悪を切り離すのである。

　この分離において、人間の頭脳による自律への意志は、悪とみなされる。頭脳は、遠回りをしなければ自律を実現できない――それでも頭脳は、自律を定められているのだが。頭脳は、神に従属するのであり、神の似姿である――神は、自然でもなく、自然のなんらかの否定でもなく、自然の錯綜状態において善の秩序をつかさどる者である。

　善の秩序をつかさどる者として、神はすでに理性である。だが神は、創造する理性、保証となる理性であり、自然を説明する理性である――それが説明するのは、自然のなかにある秩序ばかりでなく、あらゆる錯綜状態である。この錯綜状態は悪ではない。悪とは、この錯綜状態のなかで、神にしか属さない自律性を、なんらかの被造物が自分のために求めることである。

キリスト教的な立場において人間が否定する自然は、自然の逆説的な様相を示している。それは、本質的に人間的な自然《ナチユール》、人間的な性質《ナチユール》だ。そしてこの自然は、自然のなかにある自律への意志であり、結局のところ自然の否定にほかならないのだ！

この立場は、それ自体では想像もつかないものだ。実のところこの立場は、別の、もっと大ざっぱな立場と二重になっている。キリスト教は、人間が行う動物的な自然の否定を堅固にして、発展させた。その本質において、キリスト教は二つの立場を貼り付けたものとして定義される。

1．自然＝人間的な性質という自然、個人的な力への意志。
自律性＝神、つまり自然をつかさどる者。次の一点を除いて、完全に自然と調和している。この場合、自然は、人間的な自然の場合は自然の否定である。

2．自然＝動物的な（あるいは肉体的な）自然。人間のなかで自律への意志に向かっていないもの。たとえば、官能性。
自律性＝知的で道徳的な傾向。

1の立場において、神は、人間自身による人間の否定に還元されていて、自然の全般的な肯定をせざるを得ない。この自然においては、自律性の核心が失われる（本質的に、自律性は自然の否定であり、不寛容である）。この立場において、人間は屈服する。人間が神のなかで到達する自律性は、おとりにすぎず、人間はもはや、間抜けな神の腕に抱かれた子供にすぎない。

したがって、2の立場は、人間にとってのみならず、神にとっても不可欠である。実のところキリスト教は、自然——人間は、動物として自然に従属している——に対して人間が示すこの不寛容の運動に立脚しているが、しかしこの運動は、自律への意志に対する禁止に変貌してしまう。

これらの二つの立場は、不安定なものである。

第二の立場において、自然に対する対立は、存在したいと望みながらも存在していない実体による対立である。人間の頭脳が熱望するこの種の自律性は、人間自身の自律性ではなく、思弁的な実体（それは、言葉に存在を与える様態に基づいて構成される）の自律性、純粋な知性と道徳性である。自然への挑戦を行うのは、自分でそれを引き受けられる現実的な存在でなければならない。それは、実体化した欲望であってはならないし、人間の必然的な行動がはからずも示す純粋な道徳性であってはならない。すでにこの単純な立場において、自律性の条件は、到達不可能なものとして定義される。

神は、自律性の条件（それは、人間には到達不可能に思えた）に存在を与える試みにほかならない。しかし、神が神である限り、神は自然を肯定するのだから……、当初の運動は自然への隷属に陥ってしまう（正反対の方向に導かれた神学的な展開――つまり、自然を超越する神――は、自然を否定して自然に挑戦することの不可能性を、神の属性として強調している。つまり、厳密にいえば、神は自然を超越しているので、自然を問いに投ずることができない。したがって、権利上、自然は神の夜とはなりえないのだ）。

理性への依存は、人間の側の断念を表している。信者は、子供が人形に話しかけるように神に語りかける。その子供じみた戯れの後に続くのは、同種の行動（言葉に存在を与えることに基づく行動）であるが、しかしそれは、もっと素朴ではなく、より高貴であり、さらに高まることができる行動である。

理性に対する純粋な依存においても、状況はほとんど変わらない。人間は、自分が参与している（必然的にかなり不十分に）原理を、動物的な錯綜状態に対立させながらも、なお断念をしている。そしてこの原理は、ほとんど神自身に劣らず、自然のなかに参入しているのだ。この原理は、自然をつかさどる原理である。物事の展開を、歴史的に与えられる限りで洞察すれば、この原理は錯綜状態から陰画として抽出される。理性とは言語である。この言語は、物事に対して、少なくとも錯綜した自然（なぜなら自然は、物事において直接に与えられているからである）に対して、一般的な形態や共通尺度を突きつけ、偶然の状況に対して論理的な秩序の状況を突きつける。しかし理性は、神のように、人間を雑種的な立場に追いやってしまう。一方で人間は、自律への渇望を自分自身のなかで糾弾する（理性とは正反対に）。その一方で人間は、自分のなかにある

「動物的な」傾向に抗い続ける。それらの傾向が、人間自身の自律へと向かわない限り、そして人間を自然の錯綜状態に埋没させる限り、人間はそれらを非難するのである。このようにして人間は、最初の埋没を別の埋没と取り替えるだけなのだ。彼には自律的に思える理性も、それ自体が自然な与件にすぎなくなる。理性はまったく自律性などではなく、自律性の断念、つまり動物性への憎しみのなかで実現される、あの早すぎた、キリスト教的な自律性の断念なのである。

明らかに、どちらの場合（神、〈理性〉）も、そのように存在が非現実に入り込むのは、生の直接性を言語に置き換えたことに起因している。人間は、現実的な物事と自分自身を、言葉で二重化したのだ。そして言葉は、それらを想起させて、意味して、そして意味された物事が消滅しても残り続ける。そして、こうして作用し始めた言葉そのものが、正確に翻訳された現実に、非現実的な質や存在の純然たる想起を付け加えながら、整序された王国を形成するのである。直接的な存在というものが感性的な意識である限り、この王国は存在と入れ替わる。物事や自分自身に対する不定形の意識の代わりに、反省的な思考が現れて、その思考において、意識は物事を言葉で置き換えたのである。しかし、意識が豊かになったのと同時に、言葉――非現実的存在と現実的存在の想起――が感性的世界に取って代わったのだ。

このようにして、人間が自分のために探し求めた自律性は、神の名において、続いて理性の名において、非現実の王国でいくつもの仕方でやすやすと構成された。そして人間の生は、その王国に結びつけられているのだ。

しかし、まさに非現実的であるため、思考としての、つまり存在の形式としての言語の展開は、必然的に弁証法的になる。言語による諸命題は、矛盾した仕方で生み出される。それらの不変性は現実から遠ざかるのであり、それらの矛盾した展開だけが、幸いにも現実と関係することができるのである。ただ「弁証法」だけが、言語が想起させる現実に、言語――あるいは非現実の王国――を従属させる力をもつのである。

そのようなことは、まずは「ロゴス」の断念としては生じえなかった。まず初めに、ヘーゲルが現実について語るように、現実とは、その展開（それは矛盾している）の全体において考察されるなら「ロゴス」そのものである。ヘーゲルによれば、理性は非現実的な抽象ではなく、肉体的な人間存在が、受肉した理性なのである。初めてヘーゲルが、自律への要求を人間的な意味で解決したのだ。彼の目から見れば、人間の精神は絶対的存在である。自然もそれ自体で存在の自律を実現するが、しかし否定的な展開においてである。存在は、発展しながら、自然の否定を行う。あるいはむしろ、存在の発展はこの否定と同じものである。理性は、自分の反対物を否定しながら実際に実現される。自然というものは、この否定が実際に現実的になるのに必要な現実の障害である。つまりそれは、「ロゴス」の条件なのだ。弁証法的理性の合理性は、自然の非合理性を逆さまに反映している。自然がなければ、そして自然から自由になるために理性がなすべき努力をしなければ、その弁証法的理性は実際には実現されず、ただ可能なものとして存在するにすぎないだろう。

　実際のところ、神であろうと、純粋理性、あるいはヘーゲル的理性であろうと、それはつねに、自律性を探し求める人間に取って代わった「ロゴス」である。ヘーゲル的な理性と人間の同一化は不安定であり、不明確である。大ざっぱに言うなら、人間と自然を区別するのは、つまり人間を自然と対立させるのは歴史であり、歴史が完了すれば、人間は自然と同化して、もはや自然とは区別されなくなるだろう。さて、ヘーゲルによれば、人間と理性の一致は、完了した歴史を前提としている。そのときになれば、有意義なことはなにもこの世では起こりえなくなる。それまでのあらゆる発展は、人間がもはや理性と異ならなくなる地点を目指していたのであり、この地点への一段階にすぎなかったのである！　この地点に到達すれば、いかなる発展も可能ではなくなる。そして、動物的な自然におけるように、人間は限りなく自分自身に類似したものとなり、歴史的な出来事が生じる可能性は、すべて退けられるのだ。

　この空論的な考えから、核心を取り出そう。自律性（自然に対する独立）を探し求める人間は——言語の働きによって——この自律性を媒介項（非現実的な、論理的な）のなかに位置づけることになる。しかし、人間がこの非現実に現実性を授けるなら——自分自身がその現実となることで（その現実を受肉しながら）——、今度は彼が用いる媒介項そのものが、自然となるのだ……——もし、この展開の全体が、空論的な考えにすぎないのでなければ……。

人間が、自分が欲望する自律性を、なんらかの媒介項のなかに位置づけるやいなや、この媒介項は、それがどのようなものであれ自然の位置を占めてしまう。だが、そうなると自律性の帰結は、必ず純粋に否定的な仕方で現れるようになるのである。ただ真正さの現れ——積極的な差異——だけが、批判的な態度に意味を授けるのである。

人間の自律性は、自然を問いに投入する行為と結ばれているのであり、それに対する回答ではなく、問いへの投入と関係しているのだ。先ほど述べた原則を、より一般的な形で次のように言い換えることができる。自然の「問いへの投入」に対するあらゆる「回答」は、人間にとって自然と同じ意味をもっている。その意味は次のとおりだ。1. 本質的に、人間は自然の「問いへの投入」である。2. 自然そのものが、問いへの投入に対するあらゆる回答の核心——根本的与件——である。これらの言明のあいまいさは、次の事実に起因している。つまり、自然は、ある意味では明確な領域であるが、より深い意味では、まさしくこの領域は、人間が行う審問に対して示される（際限なき問いかけへの跳躍板として示される）根底的な回答である。別の言い方をするなら、根本的な問いかけに対するいかなる「回答」も、同語反復なのだ。私が与件を問いに投入するとしても、自分の回答において私は、新たな定義……そのような与件の新たな定義を示す以上のことはできないだろう。問いに投入されれば、しばらくは与件が、そのままの与件ではなくなる。だが、私が答えれば、その回答がどのようなものであれ、与件は再び与件となるだろう。

いかなる「回答」も、人間に自律の可能性を与えることはできない。どんな「回答」も、人間存在を従属させてしまう。人間の自律性——至高性——は、人間が回答なき問いである、という事実と関係しているのである[218]。

Ⅱ

人間存在が、「そこにはなにがあるのか」という問いに対して、「私と夜、すなわち無限の問いかけがあるのだ」という回答とは別の答えをするなら、人間存在はその回答に、すなわち自然に従属してしまう。別の言い方をするなら、人間存在は、自然から出発して自分を説明してしまって、そのことで自律性を放棄してしまう。ひとつの与件（あるサイコロの一振りに代わるなんらかのサイコロの一振り）から出発して人間を説明することは避けがたいが、その説明は無限の問いかけに答えているのだから、空虚である。この空虚を言い表すことは、無限の問いかけがもつ自律した力を同時に実現することである。

（キリスト教についての断章）

キリスト教は、結局のところ言語の結晶にほかならない。第四福音書の厳粛な断言、「み言葉は肉となった（*Et Verbum caro factum est*）」は、ある意味であの深い真実を告げている。つまり、言語の真実はキリスト教的なのだ。人間が存在していて、そして現実世界を他の想像物——想起によって利用できる想像物——で二重化する言語が存在するなら、キリスト教は必然的である。あるいは、さもなくば、なにか同じようなことを断言できるだろう。

（有罪性についての断章）

私は、人間が自分自身に抱く友愛に呼びかける——現在の（この瞬間の）人間への、そして未来の人間への友愛、人間の運命、人間が望んだ運命への友愛、自然な与件に対する憎悪への友愛、人間にとっては外面的な目的、人間が疲弊しながら従属する目的に対する憎悪への友愛に、私は呼びかける（愛や友愛には、このような憎しみが含まれるのだ）。

どのような「回答」も、外からの命令であり、人間存在を自然のなかに組み込む（被造物として）道徳となる。服従は人間を非-人間に、自然な存在に変えてしまうが、この自然な存在は自ら屈服して、もはや人間という不服従ではなくなってしまう（その点で苦行は、人間において人間性から残されたものであり、逆転した不服従、自分自身に向け返された不服従である）。

詩の（霊感《アンスピラシオン》の）全能性に対する信頼は、キリスト教においても維持されているが、しかしキリスト教の世界は、錯乱した霊感をごまかしてしまう。キリスト教世界が幻視者《アンスピレ》において肯定する要素は、結局は理性の言語にほかならない。

人間は有罪である。自然と対立する限り有罪である。恭順ゆえに人間は赦しを請うが（キリスト教がそうだ）、恭順さは、人間を無罪にすることなく打ちひしぐ。キリスト教の功績は、この宗教が告発する有罪性を少なくともより深刻にする点にある……。無罪を手にする唯一の方法は、意を決して犯罪のなかに身を置くことだ。つまり人間は、自然を肉体的に問いへ投じるのである——笑い、愛、恍惚の弁証法において（恍惚は、肉体的な状態とみなされる）。

現代では、すべてが単純になっている。精神はもはや対立する役割をもたず、結局のところもはや従僕にすぎない。精神は自然の従僕である。そしてすべてが、同じ次元で生じているのだ。笑い、愛、恍惚……といったものは、精神に抗う罪であるが、それでも私は、笑い、愛、恍惚……を罪なきものにできる。それらは自然（*physis*）を、精神が人間を打ちひしぎながら讃えていた自然を肉体的に引き裂くのだ。精神は自然への恐れであった。人間の自律性は、肉体的である。

否定性は行動であり、行動は事物を所有することにある。

労働による所有というものがある。
労働は人間の活動全般であり、

知的で、
政治的で、
経済的な活動である。

それに対立するのは、
供犠、
笑い、
詩、
恍惚、などなど……であり、

それらは、所有を獲得する閉ざされた体系の破棄である。

否定性とは、この二重の運動、行動への投入と問いへの投入による二重の運動である。
同様に、有罪性も、この二重の運動と関係している。
人間とは、この二重の運動である。

この二重の運動の自由さは、回答の不在と関係している。
両方の運動のあいだで生じる相互作用は、必然的であり、絶え間ないものだ。
問いへの投入は、行動への投入を発展させる。
精神、哲学、宗教[16]と呼ばれるものは、相互癒着の運動に基づいている。

有罪性は、相互癒着の領域で、自然とのあいだで試みられる和解の道程で生まれる（人間は有罪であり、赦しを請う）。

有罪性の感情は、二重の運動（自然に対する否定の）に対する人間の断念（むしろ――断念の試み）である。それぞれの相互癒着が、人間と自然の媒介項である。謎に対する回答は、有罪性に基づく生の体系（実用的な）とともに、二重の運動に対する歯止めとなる。相互癒着によって、人間は自然と再び和解しようと試みて、二重の運動を追求する人々を、そうして妨害するのだ（相互癒着は甘美であり、反動的だ）。

相互癒着のなかで停止することは、人間として偽りである（それは回答、有罪性、そして有罪性の悪用である）。

知的な与件は、行動に投入される面で意味をもつ――それらの与件は、問いへの投入（そこから、それらの与件は生じるのだ）に応えているが、それは相互作用が可能な限りにおいてであり、つまり、ひたすら行動への投入の面においてである。

その一方で、際限なき問いへの投入（それは、凡庸さ、相互癒着を削除する）は、究極の合理的な行動への投入と一致する（人間は、自分を自然の否定として定義して、有

16　この文章において、宗教は、既存の宗教から独立した宗教を意味するのではなく、他のさまざまな宗教のなかにある任意の宗教を意味している（一九六〇年の註）。

罪者の立場を放棄する）。そこから生じるのが、一種の非宗教的な供犠、笑い、詩、恍惚であり、それらは、社会的な真実を示すさまざまな公式からは部分的に解放されている。

行動への投入と問いへの投入は、際限なく対立する。一方は、閉ざされた体系のための獲得として、他方は、体系の切断と不均衡として対立するのだ。

私は、ひとつの見事に組み立てられた行動への投入を想像することができる。その行動への投入は、ある体系のために行われるのだが、あまりにも見事に組み立てられているため、その体系を問いに投入することがもはや無意味になってしまうのである。そして、まさにこの場合には、問いへの投入に際限はあり得ない。しかしながら、この限定された体系が、もう一度、問いに投入されることはありうる。そのときに批判は、限界の不在、そして獲得が無限に増大する可能性に向けられるだろう。一般的に言って、問いへの投入は、笑い、詩……である限り、エネルギーの過剰な総和の浪費、消費を伴う。さて、生産される（獲得される）エネルギーの総和は、生産（獲得）に必要なエネルギーの総和をつねに上回っている。問いへの投入は、もはや生産の視点ではなく、それ自身の視点（浪費、供犠、祝祭の視点）で、成功した行動への投入の成果に対して、全般的な批判を導き入れる。したがって、行動への投入は、自分が増大する可能性に問いへの投入が異議を唱えることから逃れるために、なんらかの回答を支持するかもしれない。

この場合には、行動への投入は、混乱した相互癒着の次元に――有罪者の範疇に――帰着するだろう。(すべてが絶えず混ざり合っている。それに私は、もし自分のなかで有罪な態度からなにも残らなければ、今のような激烈な理論家でありえるだろうか。)

私が述べるのは、回答の等価物ではない。私の断言がもつ真実は、私の活動と関係している。

否定性の承認は、肯定の行為としては、まさにそれが実用面でもたらす結果を通じてでなければ、意味をもたない(それは、さまざまな態度と関係している)。私が継続する活動は、まずは平凡な活動と関係している。私は生活をして、習慣的な務めを果たし、それらの務めが、われわれのあいだに重大な真実を確立する。その点から、それに対する代償が展開していく。つまり、問いに投じる方法は、私のなかで根本的な真実の確立を延長するのだ。私は、回答という罠から逃れて、哲学による批判を厳密な帰結へといたらしめる――対象を相互に識別する場合のように明瞭に。だが、否定的な思考を行動に投入することは、一般的な活動を延長するにとどまらない。その一方でこの思考は、生を修正しながら、自分の本質を実現するのである。否定的な思考は、束縛を破棄しようとするのだ。つまり、行動に投入された対象から、主体を解き放つのである。さらに、内奥的で強烈なこの種の活動には、基本的な重要性をもつ展開領域がある。それは、知的な操作から出発してはいるが、語りがたいような(それでも決定的な)、まれにみる奇妙な体験である。だがこの体験、恍惚の体験は、まず始めは途方もない例外的な性格によって定義されるが、そのような性格を結局はもっていない。この体験は、たやすく手に入るばかりでなく（宗教的な伝統は、そのことを通常は隠しているが）、他の平凡な体験と明らかに同じ性質をもっているのである。恍惚を特徴付けているのは、むしろ知的な性格であり、その性格は、比較的発展したもの――少なくとも他の形態と比べて――、いずれにせよ無限に発展可能なものである。供犠、笑い、エロティシズムは、それとは逆に素朴な形態であり、明晰な意識を排除するか、あるいはそれを外から受け取る。確かに詩は、さまざまな知的野心で取り巻かれているが――ときには、まさに詩は、詩の展開と「神秘主義的な」実践の違いを曖昧にさせておく――、だが詩の性質は、詩を素朴さへと連れ戻す（知的な詩人は、相互癒着の状態から――従属した、有罪な態度から――無意味な言葉遊びへと揺れ動く。詩は、大部分の詩人たちに抗いながら、目が見えず耳が聞こえない状態にとどまるのであり、詩は詩なのである）。

詩も、笑いも、恍惚も回答などではない。だが、それらに属する可能性の領域は、否定的な思考の顕現にかかわる活動を決定しているのである。この領域において、問いへの投入と結ばれた活動は、もはや問いへの投入に対して外在的ではない（科学や技術の進歩に必要な、部分的な異議提起の場合とは異なるのだ）。否定的な行動は、そのようなものとして自由に決定される（意識的にであろうと、そうでなかろうと）。にもかかわらず、この状況では、相互癒着が解消されるため、純粋に実用的な活動との一致も起こりやすくなる。こうして、人間は自分が何者であったのかをついに認識するのである。（しかし、そうして人間が、最大の危険を見いだすことはない、などとあらかじめ言うことはできないだろう。）自分自身との一致は、おそらく一種の死である。私が語ったことは、純粋な否定性として、無に帰すであろう。成功という事実そのものが、対立を取り除いて、人間を自然のなかへと解消するのだ。もし歴史が完了すれば、人間の実存は動物的な夜のなかへと入っていくだろう。これほど不確実なことはない。しかし夜は、根源的な条件を求めるのではないだろうか。つまり、自分が夜であるのを知らずにいることを。自分が夜であることを知っている夜は、夜ではなく、日没にすぎない……（人間が行うオデュッセイア的な遍歴は、『アミナダブ』として終わるのである）。

（笑いについての二つの断章）

I

われわれは、二つの交流を区別しなければならない。

——二つの存在を結ぶ交流（母親に笑いかける子供、くすぐること、などなど）。

——死によって実現される、もろもろの存在の彼方との交流（本質的に供犠における）。それは、虚無との交流ではないし、超自然的な実体との交流ではなおさらなく、無限定な現実との交流である（その現実を、私はときには不可能なものと呼んでいる）。それは、どのようにしても把握（*begreift*）できないものであり、われわれが自ら消滅しなければ触れえないものであり、神と名付ければ隷属化されてしまうものである）。さらに必要なら、この現実を、社会における上位の位階において（個人よりも上位の、諸存在の合成という規模で）、聖なるもの、神、創造された現実として実際に定義することもできる（その場合は、有限な要素との——一時的な——結合状態に落ち込むことになるが）。あるいはこの現実は、無限定な状態にとどまることもあるのだ（共同的な笑い、無限の笑い、恍惚において——そこへ、神のような形態は、砂糖が水に溶けるように溶けていく）。

この無限定な現実は、自然（人間的に限定できる自然）を凌駕しているが、それは無限定なものとしてであって、超自然的な規定としてではない。

自律性（自然に対する自律性）は、完成した状態においては到達不可能であり、そのような状態（それがなければ、自律性は考えられないのだが）を放棄することによって、つまり自分のために自律性を望む者が消滅することで実現される。したがって、自律性はひとつの状態ではありえず、瞬間なのだ（無限な笑いの瞬間、あるいは恍惚の瞬間……）。その消滅は、稲妻のような交流の時間において――一時的に――生じるのである。

Ⅱ

笑いにおける断絶、
交流、そして認識の相関関係
（笑い、供犠の不安、
エロティックな快楽、詩、恍惚における）

特に笑いにおいて、ひとつの共同的な対象の認識が与えられる（その対象は、個人や時間、民族にしたがって変化するが、それらの違いは程度の違いではなく、まさに性質の違いである）。この対象はつねに既知のものだが、しかし通常は外面的に知られている。それを内奥的に認識しようとする者は、困難な分析を行わざるを得ない。

比較的に孤立した体系、孤立した体系にみえるものがあるとしよう。ある状況が私に不意に訪れて、その体系が他の集合（定義できる、あるいはできない集合）と結ばれるのを見いだすなら、その変化は、二つの条件で私に笑いをもたらす。一．それが突然であるという条件で。二．いかなる抑制も作用しないという条件で。

ある任意の通行人が、友人であると分かると……。

ある人物が、袋のように地面に倒れる。その人物は事物の体系から独立していたのだが、その体系のなかに倒れ込み……。

自分の母親（あるいはまったく別人）に気づくと、子供は突如として母親からの伝染をこうむる。つまり子供は、母親と自分が似ていると認識する。そうして子供は、自分に外在するひとつの体系から、自分にとって私的な体系へと移行するのだ。

くすぐられて生じる笑いも、前の例に属するが、鋭い接触――個人的な体系の断絶（その体系が内部へと孤立しているかぎりは）――が際だった要素を形成している。

いかなる冗談においても、孤立した姿をしていた体系が液状化してしまう。その体系は、突然に別の体系の中に倒れ込むのである。

堕落は、狭義の意味では必要ないが、一方では、墜落の加速は、唐突さという意味で作用している。その一方で、子供のような状況という要素、突然の移行（大人の体系――成人たちの体系――が子供じみたものへと墜落すること）は、つねに笑いのなかに見いだされる。笑いは――一般的に――子供による承認の笑い――ウェルギリウスの詩句「*incipe, parve puer, risu cognoscere matrem*」[17]は、そのことを喚起している――に帰着する。突如として、子供を支配していたものが、子供の領域に落ち込むのである。これは称賛ではなく融合である。ここで問題となっているのは、できの良い人間が堕落した形態に勝利することではなく、互いに交流しあう内奥的な親密さである。本質的に言って、笑いの源は交流である。

逆の言い方をするなら、親密な交流は、言語という外面的な形態を利用するのではなく、笑いに似たひそかな輝き（エロティックな忘我の状態、供犠の不安、詩的な喚起……）を活用するのである。言語による狭義の交流は、事物への関心（事物に対するわれわれの関係）を対象としているのであり、この交流が表に外面化する部分は、初めから外面的である（言語が倒錯的に、滑稽に、詩的に、エロティックに……ならない限り、

17　「社会学研究会」の会合において、ロジェ・カイヨワは、笑いに関してこの詩句を引用しながら、意味に関しては慎重な態度を崩さなかった。「小さき子よ、お前の笑いで母親を承認し始めたまえ」と訳せるが、「お前の笑いで」ではなく「彼女の笑い顔に」と訳すこともできる（一九六〇年の註）。

もしくは伝染する運動を伴わない限り)。完全な交流は炎、あるいは雷の放電にたとえられる。この交流においてわれわれを魅惑するのは、断絶である。この断絶が、交流を成立させるのであり、断絶が深ければ深いほど、交流の強さが高まるのである。くすぐることという断絶は、意志にとっては耐えがたい形で現れるかもしれない――断裂と不快感が、形によって程度の差はあれ顕著に感じられる。断絶は、供犠においては激烈であり、ときにはエロティシズムにおいてもそうである。そして断絶は、ウェルギリウスの笑いにも見いだされる。つまり母親は、感覚を不安定にさせる身振りをしながら、子供を笑わせるのだ。彼女は、自分の顔を急に近寄せて、一生懸命に意表をつく百面相をするか、奇妙な軽い叫び声をあげるのである。

重要なのは、激烈な接触の瞬間である。そのとき、夢幻のような転倒の感覚にひたりながら、生命が一方から他方へと滑っていく。この同じ感覚が、涙にも見いだされる。それとはまた別の面で、笑いながら見つめ合うことは、エロティックな関係の形態となりうる(この場合は、愛の親密さが生まれるときに、断絶が生じたのである)。一般的に、肉体的にせよ精神的にせよ、エロティシズムにおいて作用しているのは、同じ「夢幻のような転倒」の感覚であり、この感覚は、一方から他方への横滑りと結ばれている。

このさまざまな形態においては、二つの存在の結合が基盤となるのであり、そこで断絶は、初めにしか生じないこともありうるし、そうなればその後は、接触が確立されたままとなってしまう。そのときには、強烈さは目減りしてしまう。接触の強烈さ、つまり夢幻的な感覚の強烈さは、それに対する抵抗に応じて決まるのだ。時には、障害の転覆が、甘美な接触のように感じられる。そこから、根本的な性格が生じるのである。つまり、それらの接触は、異質なのだ。融合が私のなかに導き入れるのは、他なる実存である（融合は、この他なるものを私のなかに私のものとして導入するが、しかし同時に、他なるものとして導入する）。融合は移動（状態とは正反対）である限り、融合が生じるには異質性が必要である。移動という局面がもはや有効ではなくなると、轟きながら混ざり合う二つの水の激流が消え失せて、もはやよどんだ水しか残らなくなってしまう。つまり、抵抗がなくなったために、融合が生気のない状態に変わってしまったのだ。そこから、次の原理を導き出すことができる。つまり、滑稽な（あるいはエロティックな）要素は、いつかは枯渇してしまう。水が混ざり合うときには、一方から他方への横滑りは激烈である。そうして抵抗——ひとつの存在が死に抗って行うのと同じ抵抗——は侵害される。だが、そうして似通った二つの存在は、際限なく同じ仕方で笑うことや、愛し合うことはできないのである。

さらに、笑いはまれにしか、相互浸透の図式に応えることはない。通常の場合、笑いが賭けに投じるのは滑稽な対象であり、その前には笑う人が一人いれば十分である（理論的には）。一般的には、笑う人は二人かそれ以上である。そして笑いは、一方から他方へと反響して高まっていくが、笑う人々はお互いを知らないこともありうるし、自分たち自身の相互浸透を取るに足りない要素とみなすか、意識しないかもしれない。断絶が起こって他者性が作用するのは、笑う人々のあいだではなく、滑稽な対象の運動においてである。

二人の笑いから数人の（あるいはただ一人の）笑いへの移行は、エロティシズムの領域と供犠の領域を一般的に隔てている差異を、笑いの領域のなかに導き入れる。

エロティックな葛藤は、（演劇において）見世物となることもありうるし、生贄の犠牲は、信心家と神の媒介項にもなりうる。それでも愛は、供犠が見世物と関係しているように、相互浸透（二つの存在の）と結ばれているのだ。見世物と相互浸透は、基本的な二つの形式である。両者の関係を、次のような公式で示すことができる。つまり、伝染（二つの存在による親密な相互浸透）は伝染する（際限なく反響することができる）。笑いの領域におけるこの二形式の展開は、笑いの性質が解きほぐせない一因となっている。その二形式の関連を、別の仕方で見いだすのはたやすいことだ。たとえば愛と供犠の違いにおいて、一方が他方の価値をもちうる、そしてその逆もまた起こりうるという事実に（愛における見世物的な関心、供犠における親密な相互浸透の要素）、それを見いだすことができる。

伝染する伝染が存在するなら、それは見世物的な要素が、その反響と同じ性質をもつからである。しかし、他人にとっての見世物は、二人の存在にとっては伝染が賭けに投じる相互浸透である。見世物において、さらに一般的には、他人の注意に向けられるそれぞれの題材において（言葉遊び、奇談、などなどにおいて）、相互浸透し合う諸要素は、それ自身の関心を追求することはないが、それらを提供する人は、他人の関心を追い求めている。二つの存在が賭けられる必要さえない。ほとんどの場合、相互浸透（伝染）は二つの世界を対立させるのであり、ただ移行過程にとどまり、ひとつの存在が他の存在に墜落する過程にとどまるのである。もっとも重要な墜落は、死である。

　この運動は、中間的な図式と関係している。そこで相互浸透は、まだ二つの存在を賭けに投じている。その片方、つまり凝視される存在（俳優）は、死を迎える可能性がある。まさに一方の項の死が、交流に人間的な性格を授けるのだ。そのときから交流は、もはやひとつの存在を他の存在に結合するのではなく、ひとつの存在を諸存在の彼方に結びつけるのである。

　くすぐることが引き起こす笑いにおいて、くすぐられた人は、平然とした状態から痙攣的な状態へと移行する――この痙攣的な状態は彼を狂わせ、彼はそれに甘んじて、生きた物質という非人称的な状態へと追いやられる。つまり彼は自分自身から逃げ出して、そうして他者（彼をくすぐる他者）へと身を開く。くすぐられる人は、くすぐる人にとっては見世物だが、彼らは交流するのだ。彼らのあいだでは、見世物とそれを見る人の分離は生じない（見世物を見る人もまた俳優であり、「観察者」ではない、などなど）。

　ここで次のような仮定をしてみたい。くすぐられた人が陶酔して、自分を攻撃していた人を殺害してしまう――冗談で、ふざけて。死は、笑いを禁ずるばかりでなく、二人が交流する可能性を消し去ってしまう。この交流の断絶は、単に否定的なばかりではない。この断絶は、別の面では、くすぐることに似たものである。くすぐることが繰り返し引き起こす断絶によって、すでに死者はくすぐられる人と一体化していた。同様に殺人は、くすぐられる人と死者を一体化する――あるいはむしろ、彼は死んだのだから、死者の彼方と一体化するのだ。その一方で、見世物がそれを見る人から引き離されるように、まさに死が理由で、くすぐる人はくすぐられる人と離別させられるのである。

ハレルヤ

ディアヌスの教理問答[219]

はっきりとした姿をまとうそれぞれのものが、さらに隠された姿を秘めていることを、まず始めにお前は知らなければならない。お前の顔は気高い。そこには目が宿す真実があり、その目で、お前は世界を把握している。だが、ドレスの下に隠れている、お前の毛むくじゃらな部分にも、お前の口に劣らぬ真実があるのだ。それらの部分は、ひそかに汚穢《おわい》へと開かれている。それがなければ、それらを用いるときの恥じらいがなければ、お前の目が命ずる真実も、しみったれたものとなろう。

お前の両目は星々へと開かれ、毛むくじゃらな部分は……へと開かれる。お前がうずくまるこの広大な地球は、夜のなかで、闇に染まった高い山々で満ちている。雪に覆われた峰のはるか高みに、大空の星をちりばめた透明さが浮かび上がる。だが、峰から峰のあいだでは、深淵が口を開けたままであり、そこではときおり、岩が墜落する音が響き渡るのだ。そして、それらの深き淵の晴れやかなどん底は、南にある空であり、その輝きは北の夜を染める暗闇に応えている。それと同じように、人間的な掃き溜めの惨めさは、いつの日か、お前にとって眩《まばゆ》い歓喜の兆しとなるだろう。

いまやお前の狂気が、自分の知っているそれぞれの物に、その裏面を見いだせる時がやってきた。いまやお前が、自分の存在の奥底で、味気なく悲しい世界のイメージを覆す時がやってきたのだ。私は、お前があれらの深淵にすでに呑み込まれていることを願っている。そこでお前は、恐怖から恐怖へと渡り歩きながら、真実へと入っていくのだ。悪臭芬々《ふんぷん》たる大河が、お前の身体のもっとも甘美な窪みから生まれている。その不浄さから遠ざかるなら、お前は自分自身を避けているのである。逆に、その流れの跡をつかの間でもたどるなら、解き放たれたお前の裸は、肉体の甘美さへと開かれていくのだ。

★

もはや平安も安らぎも探し求めるな。お前が生まれるこの世界、お前そのものであるこの世界は、お前の悪徳だけに捧げられている。心が深く倒錯していなければ、お前は、山頂近くで永遠に眠り込む登山家に似てしまうし、衰弱した重み、疲労にすぎなくなってしまうだろう。次にお前が知る必要があるのは、官能への欲望そのものを除けば、いかなる官能も欲望されるに値しないことである。お前の若さ、お前の美しさがお前を誘《いざな》う探求は、官能に溺れる者が抱く表象とも、司祭たちの表象とも異なるものではない。官能的な女の生は、あらゆる風へと開かれ、始めから欲望の空虚さへと開かれていなければ、いったい何になろうか。快楽に酔う淫らな女は、精神的な苦行者よりも真正なやり方で、あらゆる快楽の虚しさを感じているのだ。あるいはむしろ、彼女が口で恐怖を味わいながら感じる興奮は、さらに大きな恐怖を欲望する方法なのである。

聡明な探求から離れる必要はない。快楽の虚しさは物事の基底だが、始めからそれに気づいていたら、この基底に到達することはできないだろう。直接的な見かけは、お前が身を任せるべき甘美さである。

★

今度はお前に説明しなければならない。二つめの点で生じる困難は、お前をくじけさせるものではないのだと。かつての人々にみられた思慮分別のなさ、あるいはむしろ精神的な貧困こそが、虚しく思えたものから彼らを逃れさせたのである。これらの振る舞いの脆弱さに、いまではたやすく気づくことができる。欲望の道に足を踏み入れるなら、すべてが虚しく、すべてが幻想であり、神そのものが空虚の高まりなのだ。しかし欲望は、世界そのものへの挑戦として、われわれのなかに残っている。その世界は、欲望から対象を際限なくかすめ取っているのだ。われわれのなかで欲望は、笑いのようだ。われわれは裸になり、欲望する欲望に限りなく身を委ねて、世界を嘲弄するのである。

これは不可解な運命であり、運命を受け入れることへの拒否が（あるいは運命の受け入れがたい性格が）、われわれをそこへ導いたのである。ただわれわれにできるのは、空虚と結ばれた徴、そして同時に欲望の維持と結ばれた徴の探索に乗り出すことである。われわれは峰においてしか、漂流物によじ登りながらでなければ、生き残ることができない。ほんのわずかな緩みが生じれば、続いて快楽の味気なさや倦怠が生じるだろう。われわれは、身体が身を開く——あるいは欲望をそそる裸が淫らになる——世界の極限においてしか、息をすることができないのだ。

別の言い方をするなら、われわれには、不可能なもの以外の可能性がない。お前は、両足を広げて、お前の汚れた部分をさらけ出す欲望に支配されている。このような態度への禁止を感じなくなれば、すぐに欲望は枯れ果てて、それとともに快楽の可能性も消え去るのだ。

★

もはや快楽を求めなくなれば、そしてこれほど明らかな幻想に、苦痛からの癒やしと逃げ道を見るのを諦めてしまうなら、お前はもはや、欲望によって裸にされなくなってしまうだろう。お前は、道徳的な賢明さに屈するだろう。お前から残るのは、戯れから取り去られた生気のない形態だけとなるだろう。まさに快楽という考えがお前を誘惑するからこそ、お前は欲望の炎に身を委ねるのだ。いまや、いかなる残酷さがお前に必要なのかを、もはや知らずにはすまされない。許しがたいほどの大胆な行いを決意しなければ、お前は、快楽に飢えた女が感じるような、自分の渇望の生贄となるつらい感覚には耐えられないのだ。お前の知恵は、お前に諦めよと言うだろう。ただ聖性の、狂気の衝動だけが、お前のなかで欲望の暗い火を点し続けられる。その火は、狂宴のはかない閃光を、あらゆる点で乗り越えるのである。

戯れから生じたこの迷路、過ちを避けられず、必ず過ちが際限なく新たに犯されるこの迷路では、まさに無邪気さがお前には必要だ。おそらく、お前には無邪気になる理由などないし、幸せになる理由もほとんどない。それでも、勇気をもって粘り強く続けなければならない。状況に強いられる並外れた努力には、明らかに憔悴させられるが、お前には憔悴している暇はない。悲しみの掌中に陥るなら、お前はもはや屑にすぎなくなってしまう。まったく見せかけではなく、まったく偽りではない特異な陽気さ、天使の陽気さが、快楽の不安においては必要になるのだ。

なにも阻むもののない人々が、それでも味わうつらい試練のひとつは、彼らがえもいわれぬ恐怖を表現しなければならないことに、おそらく関わっている。だが、彼らがその恐怖と出会ったのは、まさに笑うため、さらにはむしろ楽しむためなのだから、そのとき彼らは、それを笑うことしかできないのだ。さらに、ついに彼らがそれを成し遂げたまさにその瞬間に、彼らが不幸に押しつぶされるように見えても、お前は驚いてはならない。一般的にこれが、人間的な物事の両義性なのだ。恐怖に対する確信は、それが全面的であればあるほど、すばやく歓喜にいたる。私のなかではすべてが、輝かしく官能的な生の熱狂へと消えていく。そしてただ絶望だけが、その熱狂を十分に表すことができるのだ。捉えられないというこの決定的な無力さ、このなにも取り囲めないという過酷な必然性に、子供の無邪気さがなければ耐えられるだろうか。

★

こうして、私がお前に期待するものは、絶望や虚しさといった聡明な解決策を超えている。お前は、過剰な明晰さから、明晰さを忘れる子供らしさ（無化する気まぐれ）を引き出さなければならない。おそらく生きることの秘訣は、生きる意欲をわれわれのなかで必ず破壊していたものを、無邪気に破壊することだ。それは、欲望に抗う障害を単刀直入に克服する幼児性であり、戯れの抑えがたい流れ、隠れ家の秘密である。その隠れ家で、少女だったお前は、スカートをたくし上げ……。

Ⅱ

お前の胸が高鳴るなら、一人の子供の猥褻な瞬間を考えよ。
子供にとっては、さまざまな瞬間が切り離されている。

無邪気さ
歓喜に満ちた戯れ
汚れ。

大人は、それらの瞬間を結びつける。大人は、汚れのなかで無邪気な歓喜に達するのだ。子供らしい羞恥心を失った汚れ、子供の歓喜をなくした戯れ、幼年期がもつ狂おしい衝動を欠いた無邪気さは、真面目さによって大人たちが陥る喜劇である。その一方で、聖性は、幼年期を燃え上がらせた火を点し続けているのだ。最悪の無力さは、真面目さの完成である。

乳房の裸性、性器の猥褻さには、少女のお前が、なにもできず、夢見ることしかできなかったことを実行する美徳がある。

身も凍るような恐怖に打ちひしがれ、生の厳《おごそ》かな恐怖に打ちひしがれている！　その高まりの限界で。今日、私は深淵の縁にいる。最悪なものの限界、耐えがたい幸福の限界に。私はまさに、目眩《めくるめ》く高みの頂きでハレルヤを歌う。お前が耳にできる、もっとも純粋でもっとも苦悩に満ちたハレルヤを。

Ⅲ

不幸の孤独は、お前が雌犬のような裸を覆い隠せる輝き、涙の衣だ。

聞きたまえ。私は、小さな声でお前の耳に語りかける。もう私の優しさを見誤るな。

この不安に満ちた、裸の夜のなかを、道の曲がり角まで進め。

しめった襞のなかに指を忍び込ませろ。快楽のとげとげしさ、粘りつき——濡れた臭い、幸せな肉のすえた臭い——を自分に感じられれば、それは甘美となろう。官能は、不安へ開かれんと渇望する口をひきつらせる。風が二度にわたって裸にした腰で、お前は、あの軟骨質の割れ目を、まつ毛のあいだに白目を滑り込ませる割れ目を感じるだろう。

森の孤独のなか、脱ぎ捨てた服から遠ざかり、お前は雌オオカミのようにゆっくりとうずくまる。

獣じみた臭いを放つ雷、夕立は、猥褻さがかきたてる不安の伴侶だ。

起き上がり、逃げ出したまえ。子供のように取り乱し、あまりにもおびえて笑いながら。

無情になるべき時がきた。私は、石のように非情にならねばならない。不幸な時代に、脅かされて存在すること……。揺るがされずに、自分を無防備にさせる突発事に立ち向かうこと、そのために自己のなかに沈み込み、石のように非情になること、これほど欲望の過剰さにふさわしいことがあろうか。

Ⅳ

過剰な官能は心を燃え立たせるが、だが心を荒廃させて、強いて無情にさせる。欲望の炎は、心を限りなく大胆にさせるのだ。

力尽きるまで享楽し、あるいは死ぬほど陶酔して、お前は生を臆病な延命から遠ざける。

情念は、か弱さを助長したりはしない。苦行は、肉の熱狂的な道と比べれば休息だ。

避難所などありえないお前は、不幸へと開かれる広がりを、いま想像したまえ。お前が期待しなければならないのは、飢え、寒さ、虐待、捕囚の身、救いのない死……。苦痛、絶望、窮乏を想像したまえ。この零落から逃れられると思ったのか。お前の目の前には、呪われた砂漠が広がっている。けっして誰も応えないあれらの叫びを聞きたまえ。忘れてはならない、お前は、いまやオオカミたちの狂乱に苦しむ雌犬なのだ。この悲惨な寝台は、お前の祖国、唯一の真正な祖国である。

ともかく、蛇の髪を振り乱す復讐の女神フリアイは、快楽の伴侶だ。彼女たちは、手を取ってお前に付き添うだろう――お前にたらふくアルコールを飲ませながら。

修道院の静寂、苦行、心の平安が、避難所をしきりに気にするあの不幸な人々には提供されている。だがお前には、どんな避難所も想像できない。アルコールと欲望は、ひとを冷気の激しさへと委ねるのだ。

修道院は、ひとを戯れから引き離すが、だがいつの日か修道女は、両足を広げようと燃え上がる。

一方では、快楽の追求は臆病だ。それは、和らぎを追い求めている。だが、逆に欲望は、けっして満たされないことを渇望するのだ。

欲望の幻影は、必ず偽るものだ。欲望をそそるようにみえるものは、仮面をかぶっている。仮面はいつの日か剝がれ落ち、そのとき、不安、死、はかない存在の消滅が、仮面を脱いで現れる。本当は、お前は夜を熱望しているが、しかし回り道をして、愛らしい人々を愛さなければならない。それらの欲望をそそる人々が予告した快楽の所有は、われわれを無防備にする死の所有にすぐさま行き着く。しかし死は、所有できない。死は、所有を奪うのだ。だからこそ官能の場は、失望の場である。失望は根源であり、生の最終的な真実である。心を憔悴させる失望がなければ――まさに心が失われる瞬間に――、お前は、享楽する欲望が死という非所有であることを、知ることはできないだろう。

臆病であるどころか、快楽の追求は生の極限的な前進であり、大胆さの錯乱である。それは、満たされることを恐れて、われわれのなかで用いられる策略である。

おそらく愛することは、もっとも深遠な可能事である。際限なく、さまざまな障害が、愛の熱狂から愛を遠ざけるのだ。

欲望と愛は混ざり合う、そして愛は、欲望の全体にふさわしい対象の欲望である。常軌を逸した愛は、さらに常軌を逸した愛へと向かわなければ意味がない。

★

愛にはこんな要請がある。その対象がお前から逃げ去るか、あるいはお前がそれから逃げ去るかだ。もし、それがお前から遠ざからなければ、お前は愛から遠ざかるだろう。

愛人たちは、引き裂かれるという条件で互いに出会う。どちらも、苦しむことを渇望している。彼らにおいて欲望は、不可能を欲望しなければならない。さもなくば、欲望は満たされ、死に絶えるだろう。

欲求不満の部分が勝る限り、欲望を満たすこと、えもいわれぬ幸福のただなかに埋没するのは、好ましいことだ。そのとき幸福は、いや増す欲望の条件である。満足感は、欲望が若返る源泉である。

V

自分が何者なのかを見誤るのはやめたまえ。お前が辱められること、自分を偽った姿で、義務のように他の人々に声をかけることなど、どうしてお前に望もうか。

お前は、礼儀にかなった振る舞いをして、屈従した者たちの敬意を味わうことができるだろう。際限なく偽装に努める側面を、たやすくお前に認めることができるだろう。お前が嘘をついているかどうかを知ることなど、どうでもいい。お前は、実存を情念から遠ざけて、多数の人々の隷属に隷属的態度で応えることができるだろう。そのような条件でいうなら、お前はN…夫人だ、そしてお前を讃える声が聞こえてくる……。

お前は、二つの道から選ばなければならなかった。人間が抱く恐怖が確立した人間性の一員として「推奨される」か。――あるいは、公認の限界を超えて、欲望の自由へと身を開くかだ。

第一の場合には、お前は疲労に身を屈するだろう……。

だが、お前に属する能力、お前のなかで存在そのものを賭けに投じる能力を、忘れることなどできようか。空の灰色のもとでお前を興奮させる血の過剰さを、慎んでみたまえ。そうしたらお前は、これ以上、それをドレスの下に隠していられるのか。これ以上、あの熱狂の、過剰な官能の叫びを抑えられるのか――他の人々なら、その叫びを、礼節が求めるあれらのささいな言葉に変えてしまったとは思うが。恥じらいに陶酔したお前は、夜の裸性に劣らず魅惑的ではないだろうか。

お前のドレスを脱がせる耐えがたい歓喜だけが、果てしなさにふさわしい……その果てしなさのなかで、お前は自分が失われることを知っている。果てしなさは、お前と同じでドレスを着ていない、そしてそこに失われるお前の裸には、死者たちの簡潔さがある。そこで、お前の裸は、お前を果てしなくさらけ出す。お前は引きつり、恥じらいで引き裂かれ、お前の猥褻さは、まさに果てしなくお前を賭けに投じる。

（沈黙した裸のお前を、まさに宇宙の内奥へ向かって、耐えがたい眩暈が開いていくのではないか、まさに終わりえない世界が、お前の両足の間で口を開けているのではないか。これは答えのない問いだ。だがお前は、ドレスを脱いで星々の無際限な笑いに身を開いているのだから、まさにそのときに、お前のなかに隠されたあの明かしえぬ内奥よりも、あの遥かなる空虚のほうが重大であるということを、お前が疑うことなどあるだろうか。）

横たわり、頭をのけぞらせ、大空に広がる乳色の流れに目をさまよわせ、星々にゆだねるのだ……お前の身体のこのうえなく甘美な流出を！

銀河に漂う硫黄のような臭い、そして裸の乳房の臭いを吸い込むのだ。そうすれば、お前の腰の清らかさが、お前の夢想を切り開き、信じがたい空間へと突き落とすだろう。

性器という裸になった芋虫の交接、あれらの禿頭とバラ色の洞窟、暴動のようなざわめき、生気を失った目。笑いに満ちた熱狂がもたらすあれらの長い喘ぎ声は、お前のなかで、大空の底知れぬ亀裂に呼応している瞬間なのだ……。

夜が隠れる割れ目に、指が忍び込む。心のなかに夜が満ち、お前の裸が大空のように開かれる夜に、流れ星たちが線を描き出す。

快楽のさなかに――肉体の甘ったるい恐怖のさなかに――お前のなかで流れ出るものを、他の人々は死の果てしなさから遠ざける……。彼らは、それを大空の孤独から遠ざけてしまうのだ！　だからこそ、お前は逃げなければならない、森の奥へと隠れなければならない。官能のさなかでお前を引き裂くものは、孤独の眩暈を招き寄せる。官能は、熱狂を求めるのだ！　お前が剝き出す白目だけが、冒瀆を見いだすことができる。お前の官能的な傷口を、星々が輝く大空の空虚へと結びつける冒瀆を。

夜の静謐な果てしなさを除けば、なにもお前の狂乱にふさわしいものはない。

制限された存在たちを否定して、愛は、彼らを無限の空虚に回帰させる。そして彼らに、彼らではないものをひたすら期待させるのだ。

VI

愛するという刑苦のなかで、私は自分自身から逃れ去る。そして裸になって、非現実的な透明さに達する。

もはや苦しまず、もはや愛さなければ、逆に私は自分の重々しさに閉じこもってしまう。

相手を選ぶ愛は、淫奔と対立する。浄化する愛は、肉体の快楽を味気なくするのだ。子供の汚らわしい好奇心がもたらすのは、激情であり、罠で満ちた無邪気さである。

無性生殖をする単細胞生物を見てみると、細胞の生殖は、開かれた組織をそのままでは保てないことから生じているようだ。微小生物が成長した結果として、横溢、過剰な裂け目、統一性の喪失が生じるのだ。

有性生殖をする動物と人間の生殖は、二つの段階に分かれていて、それぞれの段階が、横溢、過剰な裂け目、喪失という同様の様相を帯びている。二つの存在は、第一段階においてて、自分たちの裂け目を通して交流する。いかなる交流も、これほど激しいものではない。隠された裂け目（欠点のように、その存在の恥辱のように）が裸になり（それは露わになる）、むさぼるようにもう一つの裂け目に密着する。愛人たちが出会う点は、引き裂く錯乱であり、引き裂かれる錯乱である。

★

有限な存在たちの宿命は、彼らを自分自身の限界へとゆだねる。そしてこの限界は、引き裂かれている。（好奇心がもつ引き裂くような意味は、そこから生じているのだ！）

臆病さと憔悴だけが、それを遠ざけている。

空虚へと身をかがめて、その深淵にお前が見いだすのは恐怖だ。いたるところから、他の引き裂かれた身体たちが近づいてくる。彼らは、お前とともに同じ恐怖にさいなまれて、そして同じ魅力に襲われている。

割れ目は、お前のドレスの下で毛むくじゃらだ。情欲の無秩序へ開かれた空虚のなかで、快楽が放つ過剰な光の戯れは震えを引き起こす。

快楽の絶望的な空虚さは、われわれ自身の彼方へ、不在へとわれわれを際限なく逃れさせるが、この空虚さは、希望がなければ息苦しいだろう。ある意味では、希望はわれわれを欺くが、正反対の見かけが混ざり合っていなければ、誰も空虚に魅惑されることはないだろう。

忘我の状態において、空虚はまだ本当に空虚ではなく、ものであり、あるいは汚穢という虚無の紋章である。汚穢は、吐き気を催させるという点で空虚を生み出す。空虚は、恐怖のなかで露わになり、魅惑はその恐怖に打ち勝つことができない。あるいは、なかなか打ち勝つことができない。

真実、つまり放蕩における絶望の奥底は、吐き気を催すような空虚のおぞましい様相だ。

★

汚穢である死のイメージは、吐き気を覚えるような空虚を存在にもたらす。そのイメージをとりまく汚穢は、空虚を生み出す。私は、絶望の力によってそのイメージから逃げ出す。しかし、私の力ばかりでなく、恐れ、そして震えが、そのイメージから逃げ出すのだ。

虚無は、存在しないものではあるが、徴を手放すことはできない……。

存在しないものである虚無は、徴がなければ、われわれを魅惑できないだろう。

恐れさせるもの、そして吐き気をもたらすものから欲望が生まれるときには、嫌悪感、恐れは、エロティックな生にとって絶頂である。恐れは、卒倒する瀬戸際でわれわれを置き去りにする。しかし、空虚の徴（汚穢）だけでは、卒倒をもたらす力をもてない。その徴は、魅惑的な色彩と結ばれて、その色彩と自分の怖さを混ぜ合わせなければならない。欲望と吐き気が交代するさなかで、われわれを不安にさせ続けるために。性器は汚穢と結ばれている。それは汚穢のための穴だ。だが、身体の裸がわれわれを驚嘆させなければ、それは欲望の対象とはならないのである。

★

お前は若くて美しいから、お前の笑顔、声、輝かしさは男を魅了するが、その男が待ち望んでいるのは、お前のなかで快楽が断末魔の表現となり、彼を狂気の限界へと導く、まさにその時なのだ。

美しい、捧げ出されたお前の裸——それは底なしの空の沈黙であり、その予感だ——は、夜の恐怖に似ていて、その夜の無限性を指し示している。それは、定義し得ないものだ——そしてわれわれの頭上で、無限に続く死の鏡を掲げるものだ。

愛人には、彼を消し去るほどの苦しみを期待したまえ。誰も、自分を破壊する空虚を、自分のなかに開く力以上のものにはなれない。そのような力となるには、狂乱、反逆、そして憎しみに満ちた執拗さが必要だ。その執拗さは、同時にシニカルで、優しく、陽気であり、つねに吐き気すれすれだ。

この魅惑と恐れの戯れにおいて、空虚が、地面を覆い隠しながら限りなくわれわれを過剰な歓喜へとゆだね、逆に美しい見かけは、恐怖という意味を帯びる。この戯れは、こうして集めた正反対なものを結び合わせることができる。肉体をもつ存在は、代わる代わる服を着ては裸にされて、互いに幻影とならずにいられないが、そのさらに先では、必ずそれらの幻影を滅ぼして、彼らのなかにある不安、汚穢、死を露わにせずにはいられない。彼らは、自分たちを賭ける賭けによって破滅して、賭けが彼らを不可能なものへと引き渡すのだ。お前の愛がお前を不安へとゆだねるなら、その愛はお前の真実だ。そしてお前のなかの欲望は、ひたすら卒倒するために欲望していたのだ。だが、お前の前にいる一人の他者が自分のなかに死を宿しているなら、そして彼がお前を魅了する力がお前を夜へと引き入れる力であるなら、ほんのつかの間、生きるという子供じみた熱狂へと際限なく身をまかせたまえ。そうなれば、もはやお前に残されるのは、引き裂かれたドレスだけであり、汚れたお前の裸は叫びの刑苦を約束されているのだ。

二人の存在は、性の難破へと向かって、もっとも強烈な魅力に従いながら互いに選び合う。ただ彼らのあいだだけで、可能なものが完全に賭けられる。それに必要な力は、より大きなものだ。美、力、勇気は、卒倒の徴だ。しかし、勇気は皮相な美徳であり、結局のところ、存在の恐怖へとおぼれることが重要なのだ。

欲望は、美の空虚さからその充溢へと向かう。完璧な美しさ、その激しい、抑えがたく抗いがたい動きは、裂け目を燃え上がらせると同時に、それを引き留めてつなぎ止める力をもっている。そして裂け目は、美に死の光暈《こううん》をさずけるのだ。裂け目は、絶好の状況になれば、輪郭の純粋さに限りない混乱の可能性を結びつけるのである。

二人の愛人は、自分たちの裸を結び合わせながら、互いに自分を与え合う。こうして彼らは引き裂かれ、長い間、互いに自分たちの裂け目で結ばれたままだ。

美は他の世界のものであり、空虚であり、充溢に背いて根こぎにするものだ。

虚無、それは限定された存在の彼方である。

虚無は、厳密に言って、限定された存在ではないものであり、厳密に言って、ひとつの不在、限定の不在である。別の視点で考えるなら、虚無は限定された存在が欲望するものであり、欲望は、欲望する人ではないものを対象とするのだ！

最初の衝動において、愛は死への憧憬である。だが、死への憧憬そのものは、死が乗り越えられる運動である。死を乗り越えて、その憧憬は個別的な存在たちの彼方を目指す。愛人たちの融合は、それを露わにするのだ。彼らは、自分たちの愛を互いの性器への愛と混ぜ合わせていく。こうして、相手を選んで営まれる愛は、匿名的な狂宴の瞬間へと限りなく滑り込んでいくのだ。

孤立した存在は狂宴において死に絶え、あるいは少なくとも、つかの間だけ、死者たちの恐ろしい無関心がそれと入れ替わる。

一人の存在が狂宴の恐怖へと滑り行くさなかに、愛は、吐き気の限界で自分の内密な意義に到達する。しかし、逆の動き、可逆性の瞬間がもっとも激しいのかもしれない。そのときには、選ばれた人（個別的存在）が再び見いだされるが、しかしその人は、確実な限界と結ばれた把握できる見かけを失っているのだ。いずれにせよ、選ばれたからには、選ばれたものは脆さであり、まさに捉えがたさそのものである。ほんのわずかな好運でその人と巡り合えたこと、ほんのわずかな好運のおかげで別れずにいられること、その稀少さが、欲望を耐えがたいものにしながら、その人ではないものという虚無の上に、その人を宙づりにしているのだ。しかしその人は、ただ単に取るに足りない微粒子として、あらかじめ果てしなき空虚にゆだねられているのではない。まさに彼のなかにある生命の、力の過剰さが、自分を滅ぼすものの共犯者に彼を変えてしまったのだ。かけがえのない個別性とは指であり、その指は深淵を指し示して、その果てしなさを告げている。この個別性そのものが、自分が……であるという偽りを、挑発的に暴露しているのだ。個別性とは、愛人に向かって自分の卑猥な部分（*obscæna*）を見せる女の個別性だ。それは裂け目を、あるいは裂け目の花弁を指さす人差し指だ。

個別性は、裂け目を貪欲に求める者にとっては必要だ。裂け目は、ひとつの存在の裂け目、まさに充溢ゆえに選ばれた存在の裂け目でないとしたら、なにでもないだろう。その存在における生命の過剰さ、充溢は、空虚を際立たせる彼の能力だ。その充溢と過剰さは、それらが彼を破壊して、存在をあの空虚から隔てる防護柵を取り除くだけに、いっそう彼のものとなる。そこから、次のような逆説が生じる。つまり、われわれを強烈に引き裂くのは単なる裂け目ではなく、われわれを不安に突き落とすような、豊穣で不条理で錯乱した個別性なのである。

選ばれた存在の個別性は絶頂であり、同時に欲望の衰退である。絶頂に到達することは、そこから下降せねばならないことを意味している。ときには個別性は自ずと意味を失って、恒常的な所有へと滑って行き、ゆっくりと無意味さへと行き着くのだ。

無秩序な猥褻さにまつわる激情の彼方で、お前は、友愛が満ちあふれる広がりに達するだろう。その広がりのなかで、お前は再び無防備となるのだが、その広がりは、あの長くてか細い雷光がそこで宙づりとなっているだけに、より重々しいものである。その雷光とは、お前の意識と等しい苦悩の意識だ。この意識においてお前の欠乏を仕上げるのは、雷光が欠乏を望ましくするという確信である。共有された苦悩は歓喜でもあるが、それは共有されて初めて甘美になる。二人で欠乏の官能にふけることが、苦悩を変質させる。そのとき、愛人たちそれぞれの欠乏は、一方にとって他方が鏡となって、そこに映し出される。それは緩やかな、極めて心地よい眩暈となり、肉体の裂け目をさらに引き延ばしていく。愛される人の姿は、自分の悲痛な性格と常軌を逸した魅惑をそこから引き出すのである。

Ⅶ

欲望の対象は到達不可能であればあるほど、よりいっそう眩暈を交感させる。もっとも激しい眩暈を引き起こすのは、愛される人の唯一性である。

その唯一性が引き起こす眩暈は、単なる眩暈ではなく、耐えがたい眩暈が幾倍にもかきたてる歓喜である。そしておそらく最後には、個別性（唯一性）は失われ、空虚がすべてとなり、歓喜は苦悩へと変わる（愛は死に絶え、唯一性も歓喜も凌駕できなくなる）。だが、失われる唯一性の彼方で、さまざまな別の唯一性が生まれ始めて、苦悩に変わった歓喜の彼方で、さまざまな新たな存在が新たな眩暈を歓喜へと変えるのだ。

孤立した存在はおとりであり（それは、群衆の苦悩を逆さまに反映している）、最終的には安定してしまうカップルは、愛の否定である。だが、一方の愛人から他方へと移りゆくのは、孤立をお終いにする動き、少なくともそれをよろめかせる動きである。孤立した存在は賭けに投じられて、自分自身の彼方へと、まさにカップルの彼方へと、狂宴へと開かれるのだ。

VIII

今やお前に私のことを語ろう。私が示した道は、私が通った道だ。

自分が陥ったさまざまな不安を、どのように表せばいいだろう。私のなかで疲労に語らせてほしい。私の頭はまさに恐れに慣れ親しみ、心はあまりにも疲弊し、破滅にかくも頻繁に襲われたため、むしろ私は、自分を死者たちの一人とみなせるのだ。

日々、捉えがたいものを捉えようと努め、放蕩から放蕩へと探し求め……死ぬほどの虚しさをかすめながら、私は自分の不安へと閉じこもっていた。それは、娘たちの裂け目へ向かって、自分をよりいっそう引き裂くためであった。恐れを抱けば抱くほど、娼婦の身体が私に語らんとする破廉恥なことを、私は神々しく知ったのである。

娘たちの尻は、最後には、幽霊のような微光の輝きに包まれて現れた。私はその微光を前にして生きていた。

可能なものの遥かなる極限を割れ目のなかに探し求めて、私は、自分が引き裂かれ、自分の力を超えたことを意識していた。

不安は、欲望と同じものだ。私は、数々の欲望で憔悴しながら生きてきて、人生を通じて不安が私を打ちのめしてきた。子供の頃は、下校を告げる太鼓の音が待ち遠しかった。そして今は、待つことで精根尽き果てながらも、自分の不安の対象を待っている。激しい恐怖が私に取り憑き、きっかけがあれば私に襲いかかる。そのとき、私が愛しているのは死だ。私は逃げ去りたい、つまり現在の状態、孤独、自分のなかに閉じこもった生の倦怠から逃げ出したいのだ。

不安のなかで、私は自分の臆病さを認めて、自分にこう言うことがある。他の人々はもっと同情に値するが、私のように喘ぎながら八方ふさがりであがいてはいない。私は、急に恥ずかしくなって起き上がる。そうして、自分自身のなかに二つ目の臆病さを見いだす。明らかに、ほんのささいなことで不安に陥るのは臆病なことであったが、不安から逃げ出し、無関心のなかで保証と安定を探し求めるのも臆病なことだ。無関心とは正反対の極限で（それは「なんでもないことで」苦しむことだ）、カルメル山の登攀が始まるのだ。苦悩で満たされながら立ち上がり、恐怖に敢然と立ち向かうことも必要ではあるが。

絶頂に憧憬を抱かない人々が厳格な法を受け入れているが、その法は穏やかで好ましいものだ。だが、さらに遠くへ（できるかぎり遠くまで）進まねばならぬとしたら、穏やかさは消えてなくなるのである。

私は、自分が身を沈める空虚を彼方に求めてやまず、娘たちのドレスを脱がせたいと欲望する。

IX

子供の絶望、夜、墓、猛烈な風で揺れる樹、私の棺が挽き出される樹。指がお前の内奥に滑り込むと、お前は紅潮して、心臓がときめき、死がその心臓へ長々と入り込む……。

沈黙が、恐れが支配する領域へ向かって閾《しきい》を越えて……教会の暗闇では、お前の尻は神の口であり、悪魔のような悲しみを私に抱かせる。

黙り込み、長い時間をかけて死ぬこと。それが終わりなき裂け目の条件だ。そうして無言で待っていると、このうえなく優しい愛撫が快楽へと目覚めさせる。するとお前の精神は、突如として淫らな歓喜に達するのだ。そこから沈黙へと、底なしの衰退へと滑り落ち、お前は、どんな放棄、どんな死で世界ができているのかを知るだろう。お前がそれを想像すると、お前のドレスが覆い隠していたものが、その帰結を感じ取る。同じ深淵の縁で、数多くの輝かしい裸体が同じ歓喜でのけぞり、同じように不安に駆られている。

お前は札付きの女だ。もう逃げようとするな。ある種の安逸さは、おとりだ。お前の悪意も皮肉も、力の代わりにはならない。淫らさがお前の可能性となったのだから、お前がそれからどう逃れようとしても、お前は淫らさにつかまるのだ。お前が快楽に縛られているからではない。だがお前は、身体を開いて、幸せに、最悪なことの前へと進み出るほかない。時間の貧しさの彼方へ導くもの、お前の生を死の限界に変えた悲しみは、精神を虚ろなままにしておくはずがない。たとえ望もうとも、お前はもう降りていくことはできないのだ。

勘違いをしてはいけない。お前が耳にする、この私が伝授する教訓は、もっとも困難なものであり、眠りも充足も期待させたりはしない。

私は、お前に地獄の——あるいは、お前が望むなら子供の——純粋さを求めよう。その見返りに約束が交わされることもないし、いかなる義務もお前を束縛することはない。お前は、自分の運命へと導く声が、自分自身のなかから聞こえてくるのを耳にするだろう。それは欲望の声であり、欲望をそそる存在たちの声ではない。

快楽は、本当はほとんど重要ではない。快楽は、おまけとして感じ取られるのだ。快楽や歓喜、恐れに満ちて常軌を逸したハレルヤは、心が無防備となる広がりの徴である。

なかば夢のようなその彼岸では、それぞれの要素が蝕まれ、雨に濡れたバラの花々が雷雨の光で照らされている……。

私は、仮面をかぶった見知らぬ女にまた会う。彼女は、不安になって売春宿でドレスを脱ぎ捨て、顔を隠して、身体は裸になっていた。コート、ドレス、下着は、カーペットに散らばっていた。

私たちが快楽という跳躍板を使うのは、あの夢の領域へと到達するためだ。そしておそらく、慣習的なあり方を崩壊させて、ぞっとするような世界を生み出して初めて、快楽は見いだされる。しかし、その逆もまた完全に真である。快楽がわれわれの耐えがたい振る舞いを支えてくれなければ、真実を露わにする不吉な照明を、われわれが見いだすことはないだろう。

この世界でのお前の務めは、平安に飢えた魂の救済を保証することではなく、自分の身体に金銭的な利益をもたらすことでもない。お前の務めは、知り得ぬ運命の探求だ。そのためにこそ、お前は限界——それは、礼儀作法の体系が自由に対して突きつける限界だ——を憎みながら戦わなければならない。そのためにこそお前は、秘められた誇りと抑えがたい意志で身を固めるべきなのだ。好運がお前にもたらした特権——お前の美しさ、輝き、生の熱狂――は、お前の裂け目に必要だ。

　もちろん、この証言は、本当に明らかにされることはないだろう。お前から発する光は、眠るように静まりかえった田園を照らす月光に似ているだろう。それでも、お前の裸の悲惨さ、そして裸になって興奮したお前の身体の恍惚状態は、存在たちの制限された運命のイメージを十分に滅ぼすことができるだろう。落ちてくる雷が、落雷を受ける人々に自分の真実を露わにするように、肉体の甘美さにおいて啓示される永遠の死は、ごくわずかな選ばれし者に届くだろう。お前と一緒に、これらの選ばれし者は、人間的な事象が失われる夜へと入っていく。なぜなら、ただ暗闇の果てしなさだけが、昼の隷属を逃れて、あれほど鋭い輝きの光を隠しているからだ。だから、裸のハレルヤにおいて、お前はまだ、完全な真実が明らかになる絶頂に達してはいない。病んだ高揚のかたで、お前は死の影へと入り込みながら、まだ笑っていなければならない。そのとき、存在に安定を強いるあれらの束縛が、お前のなかで解消されてほどける。そして、大空に無数の姉妹を見いだしたお前が、泣くべきなのか笑うべきなのかは私には分からない……。

訳註

訳註への前書き

本書は、一九六一年に刊行されたジョルジュ・バタイユ著『無神学大全Ⅱ　有罪者　付録「ハレルヤ」』増補改訂版（Georges Bataille, *Somme athéologique II, Le Coupable*, édition revue et corrigée, suivie de *L'Alleluiah*, Gallimard, Paris, 1961）の翻訳である（以下では「増補改訂版」と呼ぶ）。本書を収録したガリマール社の『ジョルジュ・バタイユ全集』（以下では、おもに『全集』と呼ぶ）第五巻は、編者註において、草稿や初版本との異同を示している（Bataille, *Œuvres complètes*, V, Gallimard, Paris, 1973）。本訳書は、それを参照して、主要な異同箇所を選別して、訳註において引用した。また、その引用にあたって、あまりにも微細な情報は削除した。その引用文の原典は、以下の通りである。まず、一九四四年に刊行された『有罪者』初版本である（以下、「初版本」）。『全集』は、この初版本と増補改訂版の異同よりも、後述する草稿類との異同を重視して引用しているが、初版本との異同が大きい場合は、『全集』の編者註に準拠せずに、その異同箇所を引用した。次に、二冊の「手帖」である（以下、「手帖」）。その一冊目（三二一頁）は、一九三九年九月十四日から十二月八日にかけて執筆されたものであり、二冊目（四五頁）は、一九四〇年五月二六日から八月十四日にかけて執筆されたものである。これらの手帖は、第一部「友愛」全体と、第二部「現在の不幸」の第一章「集団避難」の素材になっている。出版用の草稿は、この「手帖」から切り取られるか、書き写されていた。次に、「草稿A」がある。これは、異なる四つの手帖からなる、日付のある四八〇枚のオリジナル原稿である。バタイユは、一九五〇年代にこの原稿に書き込みをしていた。次に、「草稿B」である。これは、オリジナル原稿の写しであり、修正が施されている。次に「C」である。これは、『オレステイア』用の一九四三年の手帖にある覚書と断章である。『オレステイア』は、バタイユが一九四二年に執筆を開始して、一九四五年に刊行したテクストである（その後、一九四七年に『詩への憎悪』に収録される）。『全集』には、初版本と増補改訂版の書評依頼状が収録されているので、以下に引用する。まず初版本の書評依頼状である。

成熟した——老いた、と言ってもいいが——ある男が、なんらかの形で死に近づいている。なにも理解していない自分という存在を、戦わずに墓にゆだねるのは彼には受け入れがたく思える。その存在は、夢のように、無意味な幻想のように大地を突きぬけていくが、最後にはその幻想に背いてしまう。彼は、溺れずにすむことを期待して、必死で戦っている。そうして不安を抱きながら、最後の可能性に問いかける。その可能性とは、恍惚、好運、笑いである。彼は、目がくらむような斜面を憔悴《しょうすい》しながらなんとか登っていく。そして頂上に着くと、それらの可能性が、あるがままのものにほかならないと気づくのだ……。彼は、他の人々のイメージであり、自分を彼らの使者であると思っていたが、そこで彼らのほうを振り返るとき、アイロニーなどなしに、自分が彼らからは隔てられていると気づくのである。頂上に到達したことを、彼らは過ちとみなしているのだ。そして彼は、その過ちで有罪者となったのである。だが、もしそうならないようなら、それは頂上ではないだろう。いかなる容赦もありえず、彼は休息を、他の人々にはある安らぎを失ってしまったのである。

そして、増補改訂版の書評依頼状は以下のものである。

「無神学大全」の第一巻『内的体験』は、一九五四年に刊行された。その第二巻は、二冊の既刊本の再版であるが、ところどころに改稿が施されている。その既刊本のひとつは、一九四四年に刊行され、もうひとつは一九四七年に刊行されたが、その内容は、作品の題名がもつ異様さに応えている。『有罪者』は、逆説的な「神秘」体験の物語である。この本は、日記のページをもとにして構成されているが、その日記は、一九三九年九月から一九四三年の夏にかけて執筆されたものである。この体験は、もろもろの出来事によって混乱した様子をしているが、特定の宗教に属するものではない。逆説的なことだが、この体験は、まったくエロティシズムとは対立しない。それでもこの体験は、恍惚において賭けられているのだ。この体験は背徳的であり、好運以外の可能性をもたない。それは、一種の逃げ場のない賭けであり、始めは錯乱、不安であるが、本質的には内に秘めた暴力である。『有罪者』には「ハレルヤ」が添えられている。これは、情夫が情婦に語ったエロティシズムへの燃え上がる誘《いざな》いである。

（1）この「序」は、最初は『NRF』誌（第九五号、一九六〇年十一月）に「恐れ」という題名で掲載された。雑誌掲載時には、地の文がローマン体、一部の単語がイタリック体となっていたが、単行本の「序」では、地の文がイタリック体、一部の単語がローマン体となっている（原註はその逆である）。この訳文では、凡例の原則に従わずに、イタリック体の部分を普通の字体で表し、ローマン体の部分に傍点を付した。
バタイユは、『有罪者』の増補改訂版を刊行するにあたって、複数の異なる序文の草稿を執筆している。その草稿のひとつが、ガリマール社の『ジョルジュ・バタイユ全集』第五巻に収録されているので、それを以下に引用する（cf. O.C., V, p. 494）。また、他の草稿は、『ジョルジュ・バタイユ全集』第六巻に「[無神学大全の計画」」という題名で収録されている。この「「無神学大全の計画」」は、バタイユが一九五八年から一九六〇年にかけて「無神学大全」をめぐって執筆した計画を、『全集』の編者がまとめたものである。「無神学大全」については、「訳者解題」を参照されたい。

『有罪者』序文

神とは一人の人間であろうか。つまり、死を、あるいはむしろ死についての省察を、驚くべき楽しみとする人間であろうか。

これは、まさに不正確な語り方だろうか。おそらくそうであろう。

これは、むしろ笑い方であろうか。しかし、笑いと言葉は（言葉のあらゆる結果を前にしても、罠に陥らずに逃げ出さない言葉という意味だ）、最終的には調和できないだろうか。

この本は、ある男のひそかな、そしてそれだけに根強い爆笑である。その男は、好都合な状況で死の眺望に閉じこもろうと（だが、すぐさま生が彼を取り返した。それはもっとも激烈だが、しかし時にはもっとも引き裂かれた生だ）したのである（彼は、なんとかそれをしたのだが、全体的には虚しく終わってしまった）。

これらの状況は（それは、作者の個人的な生とは無関係だ）、三九年の宣戦布告に起因している。実質的に作者は、自分が書いた「日記」からこの本を作成した。彼は、戦争が勃発した日から、自分には抑えられない衝動に駆られて、それを書いたのである。当時は四二歳だった作者は、それまでは一度も日記を書いたことがなかった。しかし、やがて執筆したページを前にして、彼は気づいた。これほど自分にとって大切なもの、これほど完全に自分を表現したものを、今までに書いたことは一度もなかったと。ただ彼は、第三者について（とくに、彼の友人であるミシェル・レリス[訳註1]が『ゲームの規則』ではほのめかしているあの死者[訳註2]について）語った部分を削除しなければならなかった。この本は、涙によって荒々しく導かれている。あの死者によって情熱的に導かれているのだ。

今では作者は、『有罪者』が、涙と死者ばかりでなく、同時に神の表象によって導かれていることに衝撃を受けている。

《訳註1》ミシェル・レリス（一九〇一―一九九〇）は、作家であり民族学者であった。彼は、一九二四年の秋にバタイユと知り合ってから、生涯にわたって友人関係を結んだ。彼は、バタイユが一九二九年に創刊した雑誌『ドキュマン』に参加した後、一九三七年には、バタイユ、ロジェ・カイヨワとともに「社会学研究会」を創設した。

《訳註2》「あの死者」は、ロール（コレット・ペニョ）を指している。バタイユは、レリスと協力して彼女の遺稿を出版した。ロールについては、「訳者解題」を参照されたい。

（2）この傍点がついた文章は、『有罪者』一九四四年版における「緒言」の全文である。この初版本では、その最後に「G. B.」というイニシャルが記されている（「ジョルジュ・バタイユ」のイニシャルである）。

草稿Bでは、この緒言の後に以下の文章が続いているが、線で削除されている（それらの文章は、Cから抽出されたものである）。

私は、この緒言は数行にとどめたいと思っていた。公表されるこのテクストの奇抜さは、私を困惑させるのだ。

「現在の不幸」の始めで——一九四〇年五月二七日という日付のある一節で——、作者は「使い道のない否定性」に関する書簡に言及している。この否定性は、歴史の完了から結果的に生じるものである（この公式は、ヘーゲルを典拠としている——ヘーゲルにとって、否定性は行動であり、完了した歴史は知の条件であった）。そのとき作者は、この書簡を破棄したか喪失したと書いていた。だが、それは「刊行のための」書類に紛れていた。このような主題を取り上げるのに選ばれた日付は、作者の態度に不可解な性格を感じさせる。それは、本の終わりになると、彼が行動の方向へ向かうだけになおさらである。しかしこの矛盾は、おそらく意図的なものだ。そのため私は、この作品の謎めいた性格を強調せざるをえない。ときには挑発的な告白という見かけの下で、作者は姿を隠したのである。彼の姿を見たくても、彼の挑発的な恥じらいと道徳は、このうえなく度を越しているのだ。見誤ることになれば、面白みがなくなってしまうだろう。

作者は、自分のことを見抜いて欲しいと思っていた。彼は、あるときは不安のなかで、またあるときはにこやかな鷹揚さで、人間的な問題の矛盾を表現した。だが、私の見る限りでは、彼ほど子供たちのことを、この世界の厳しい現実を、社会問題を配慮した人は誰もいないのである。

さらにここで、別になっていた（おそらく、なんらかの前書きのために）二つの覚書を、付け加えなければならない。

空、なんたる地下牢で！　誤解しないでいただきたい。私は惨めだとは感じていない……一羽の鳥のように、からかい好きで魔法のような神的な歓喜が、刑苦のなかで私についてくる。しかし……私は、奇妙にも巧みに、夢見るように先ほど想像していたのだ。私は死んだと。そして一冊の本だけが残ると（それが失われることさえあるのだ）。一冊の本の読書は――その本に「好運」（秘密）があるとしてだが――、餌になる身体を墓穴のなかで与えられた虫たちに似ている。まさにたとえば……もっと後で、まさにすぐに（私は、人間世界がひとつの虚無に墜落するのを、その透明さにおいて目にする）われわれから残るのは記憶の不在だけだ。それは、われわれを凌駕するあの時間を、われわれが考えられないという記憶の不在である。この考えられない世界に私が入ることができるのは、ただそれを考えるのを拒絶することによってだけであり、そして自分自身を笑い、自分を否認することによってだけである。

　だが、今からすぐにであろうか。これ（この本）は、なにを意味しているのか。これは、人間の知性にとっては――すでに――、その知性を打ち砕くあの世界というものなのではないか。これは裏切りだ！　世界による人間の、あるいは人間による世界の裏切りだ。私は、人間であることを――すでに――やめたのだろうか。訳の分からぬ、油断のならぬ、少なくとも、まさにわれわれのなかでは重々しい人間であることをやめたのだろうか。引き剝がすのだ！　この場合、私にとって、彼らの重々しさにはどんな意味があるのだろうか。それは、不安が私を縛り付ける地下牢なのだ！　不幸な私は、それぞれの点であなたがたに似ているのではないか。ひとつひとつの大失敗の共犯者なのではないか〈訳註〉。

　弱者たちに抗うこと――彼らは、
　一般的に土台を必要としていて、
彼らには大胆さも精神的な公正さもなく、

可能なもののなかでしか立っていられず、不可能なもののなかでは崩れ落ちてしまう。
彼らには、どんな生の規則もないか、あるいは、原理に基づいたひとつの規則しかない。
深淵の上で笑うことができず、有用に行動して、深淵を精神的な脅威（命令）と混同せざるをえず、精神的に弛緩していなければならない。
あらゆる種類のだらしなさに全般的に抗うこと。そのだらしなさには、自分自身を罰するだらしなさ、そして精神的な緊張という見かけの下で、凡庸さに陥るだらしなさが含まれる。
人間が人間自身に抱く大胆な友愛の方向に進むこと。
人間というもの、すなわち、
言葉なき謎、回答なき問いかけ、
自然の要素だが、自然とともに砕け散る要素であり、
あらゆる可能なものの果てまで進む存在である（ひとたび存在すれば、他にはなにもすることがない存在である）。

Cには以下の文章もある。

刊行者による緒言（終わり）。——なぜ彼は、矛盾（冒頭部との矛盾）を告白するどんな徴も残さなかったのだろうか。彼は、戦いながら危険を生き抜いたのだと私は想像している。戦いのなかでは、戦う理由は必然的に純粋な理由ではなくなる。終わりの完全さ——彼が笑いについて語っていること——を保つために、彼は冒頭部——配慮の不在——を自由なままにしたのである。彼は遠慮なく、単刀直入

に矛盾したことを語った。この図々しい自由さには――私はそこに、希望と生きる陶酔を読み取っている――、誤解を招くものがある。緒言で、そのような誤解をあらかじめ防いでおきたい。
(緒言の冒頭部は「〔現在の〕不幸」の一節を対象としているが、そこでは歴史は完了したものとして表されている。)

《訳註》この第一の覚書は、Cにはない。草稿Aにはあるが、草稿の本体からは切り離されている。

(3) ここで「賭ける戯れ」と訳した単語は「jeu」である。本書では、おもに「賭け」と訳したが、場合によっては「戯れ」などと訳した場合もあり、どちらの訳語も適切な場合が多い。この用語は、「労働」の対立概念である。バタイユにとって「労働」は、「企て」の思考、「推論的思考」によって実現される「行動」である。労働は、未来の目的のために現在を犠牲にして、計画的に行われる。そして有用性を原理として、無益な消費を省き、生産と蓄積を旨とする。それに対して「戯れ」は、未来ではなく現在の喜びを享受するために、今に「賭ける」行為である。そうして戯れる(賭ける)者は、労働が蓄積した成果を、有用ではない「戯れ」において「賭け」に投じて消費してしまう。「戯れ」とは、偶然に訪れる好運のために「賭ける」行為なのだ。その意味で、戯れは賭けであり、賭けは戯れである。

(4) バタイユが執筆した詩『大天使のように』の「墓場」からの引用(「大天使のように」生田耕作訳、『思潮』第一巻、第一号、思潮社、一九七〇年六月、一三六頁)。その詩では、この後に「一九四三年九月十三日」という日付が続いている。また、この引用句は、ガリマール社の『全集』第五巻では「序」の前に収められているが、初版本でも増補改訂版でも、この位置に掲載されている。

(5) 草稿Aには、「一九三九年九月六日」という日付がある。

（6）フォリーニョのアンジェラ『幻視と教えの書』「第二〇章　巡礼」。フォリーニョのアンジェラ（一二四八―一三〇九）は、イタリアの神秘家である。バタイユは、エルネスト・エロによる訳書から引用している。

（7）草稿Aでは、この段落は以下の文章になっている（草稿Bでは線で削除されている）。

九月七日。

ひそかに方向が失われた、一種の燃えるような薄明のなかで、そのすべてが――なによりも私の欲望が――生じる。世界を襲う悪は、私には捉えがたく思われる。その悪には、なにか沈黙した逃れ去るものがあり、それが激しさを増して高揚させる。昨日、電話がかかってきて仕事を中断した。そして、担架のところへ行くように言われたが、ずっと前に決まっていた訓練なのだと思った。「女性の偽の病人」が座っていた。彼女は、担架のそばでほほ笑んでいた。われわれは、彼女をそこに静かに寝かせて、それから広々とした部屋に二人がかりで運んだ。その部屋は、床が大理石のタイル張りで、鏡と金で囲まれていた。彼女は動かないままでいた。頭に帽子をかぶって、粗い羊毛でできたとてもシンプルなコートを着ていて、傍らにハンドバッグ、足元にマスク入れのケースがあった。一瞬、私は彼女と二人だけになった。そのとき、私は同僚の一人を見かけた。それで彼のところへ行って、笑いながら言った。彼のほうが重いから、われわれがしている訓練のためには、彼が「病人」の代わりをしたほうがいいと。そのとき、一人の女性が、白いタイプ用紙を一枚もってやって来た。「病人」が彼女に一言を言ったと思ったが、私にはなにも聞こえなかった。この女性は、その用紙を病人の顎の下に置いた。するとすぐに、彼女の口から白い泡の塊が三つ四つ出てきて、混ざらずに紙の上に滑り落ちた。私の同僚は立ち去った（その後で彼は、それらの塊が、自動販売機から出るように彼女の唇から出てきた、と唖然として私に言った）。その女性も、できるだけ話をしないようにと私に言いながら、立ち去った。私は、「病人」のそばに一人で残されて、大理石のタイルの上を行ったり来たりしていた。ときおり、鏡に映った自分のシルエットが目に入った。いつ代わりが来るのかと自問していたが、それは長くは続かなかった。この思い違いには落胆したが、しかし私はそれが気に入った。その思い違いは、ひとつの悪夢を経験していると、私に意識させてくれたのだ。この悪夢を理解しようとすることは、虚しくて不適切なことであろう。〈原註〉

陰鬱な天気のなか〔……〕

〈原註〉この出来事は、六日の午前中に起こった警戒警報の後で生じた。そのとき、「女性の病人」は地下鉄の「パレ＝ロワイヤル」駅で降りていた。続いて彼女は、国立図書館へ行った。そしてすぐに彼女は、とても具合が悪くなった。彼女は、毒ガス《ホスゲン》中毒の症状を示していると思われた。パリの東で、爆弾やガス気球が落ちた午前の間中、騒ぎが続いたのである。もっとも奇妙なのは、この「病人」が、普段は神経質な反応をしそうになかったことだ。ただひとつ確かなのは、ガスがなかったことである。

（8） 草稿Aでは、「F」は「サン＝ジェルマン〔アン＝レイ〕の谷」である。そこに以下の註記がある。「刊行版では、実際の名をF…で置き換えたが、これはフルキューのことである。谷の反対側の斜面にある村であり、私が住んでいた家の正面にあった」。

（9） 草稿Aには、「九月八日」という日付がある。

(10) 草稿Aには、「九月九日」という日付がある。

(11) エルンスト・ユンガー(一八九五―一九九八)は、ドイツの小説家で評論家である。第一次世界大戦における戦闘経験に基づいた作品で知られる。ここでバタイユが言及しているのは、ユンガーの著書『内的体験としての戦争』(一九二二年)である(フランスでは、『戦争、我が母』という題名で一九三四年に翻訳された)。バタイユは、未完の草稿である『呪われた部分あるいは有用性の限界』(一九三九―一九四五年頃)において、ユンガーのこの書物を引用している(バタイユ『呪われた部分　有用性の限界』中山元訳、ちくま学芸文庫、二〇〇三年、一六七―一七三頁)。

(12) 「一緒に上階に上がった娘は」からここまでの文章は、草稿Bでは線で削除されている。草稿Aでは、以下の文章が続いている。文中で単語が抹消されている箇所は、「〔…〕」で示す。

　昨晩、数時間前に私が〔…〕Xと夕食をとっているときに(Xは〔…〕召集されて、今日出発するが、彼は〔…〕出発する)、私はすでにワインをたくさん飲んでいた。私は、自分が持ち歩いていた本から、一節を読んで欲しいとXにお願いした。そして彼は、大きな声でそれを読み上げた(私が知る限り、彼ほどの厳しい簡潔さで、情熱的な偉大さで朗読をできる人はいない)。私は酩酊しすぎていたので、もう正確にその一節を思い出すことができない。彼自身も、私と同じくらい飲んでいた。飲み過ぎた男たちがしたそんな読書は、挑発的な逆説にすぎないと考えるのは誤りだろう。Xについて私が言えるもっとも真実なことのすべては、〔…〕私の人生の瞬間において、彼が〔…〕ことである。われわれはお互いに、破壊の力に無防備に――誘惑によって――開かれている点で、共に結ばれているのだと思う。しかしそれは、大胆な人としてではなく、臆病な無邪気さからけっして見捨てられない子供としてである。

彼の顔は、目鼻立ちがはっきりして、冷ややかな礼儀正しさを示していて、同時に緊張して、熱を帯び、ありえないような内面の動揺でつねに引き裂かれて傷ついている。その顔と丸刈りの頭（それは木か石でできているように、ほとんど一様な色をしている）は、おそらく私がかつて出会ったなかで、もっとも矛盾したものを形作っている。それは、明白な臆病さ（私の臆病さよりも明白だ）だが、非常に厳粛さを刻み込まれていて、まさに救い出すのが不可能であるため、見ていてこれほど痛ましいものはないほどである。過ちを犯す少年であると同時に、敬うべき老人であり、当直の無邪気な船乗りであると同時に、岩でできた頭を雲の暗闇に失う愚かな神である……。〔X〕と私のような存在は、どんな場合にも聖性を熱望することはできない。われわれがなにを熱望できるかを、私は知っているだろうか。われわれが、他の人々よりも聖人たちの近くにいるとするなら、それは、われわれが「皮を剝がされたちっぽけな神」である限りでのことだ。神にならずには、もはや同時に笑い、酔い、裸の娘たちを楽しみ、そして恍惚を知ることができないのが本当だとすれば、なぜ私がちっぽけな神にならずにいられようか。

九月十日。

神は、人間が政治に取り組むように〔……〕

(13)　草稿Aでは、以下の文章が続いているが、線で削除されている。文中で単語が抹消されている箇所は、「〔…〕」で示す。

〔…〕と〔…〕のあいだで戦いが始まるが、しかし〔…〕は対等〔…〕ではなく、まさに一人の男しかいない。

神々の根拠〔…〕は、〔…〕の爆発によって表される。たえず怒り
「手帖」では、以下の文章が続いているが、線で削除されている。

自分の力にはあまりにもわずかな神性しかないことに対して、たえず怒りが爆発する。そのような怒りは、神の性質にとって本質的であるはずだ。しかし、現在の紛争は、明らかにそれらの公式を必要としていない。それらの公式は、神的な夜に生きる人々にとって意味をもつのだ。しかし、一度もその夜に入ったことのない人々にとっては、意味をもたない。私はあえて戦うだろう（だが、なぜ私は、その点について完全に自分の考えを説明しようとするのか。私は、自分の感情と方法を知っている。私は自分と争ったりはしない。私は、狂人のように、命から残るものを好きに使えるだろう——だからといって、褒められたものではない。臆病ではないのとほとんど同じように、私には決断力が欠けている。そのため、自分はこんなにも自由であると感じているのだ）。きっと私は、あえて戦うだろうが、戦争に取り憑かれてはいない。〔以下の文章が線で削除されている。「その点について、クラウゼヴィッツについて考察する理由は、私にはない。私の狂気は、「狂気」というものがあるなら、現在の軍事力の動向において、考え抜かれて生じた緊張状態や軍事的な命令と同じくらい、巧みに形成されている。私の狂気は、神的な夜にほかならないが、だが」〕私は、原則的な宣言をする必要をまったく感じないが、むしろ逆の必要を感じている。私が手にしているたぐいの力は、権利と理性に基づいた精神的な決断と同じように、現在の戦いに意味を見いだすと思われる。権利と理性は、まさに自由、つまり私が表現しているものに、若々しい愛に達するのである。神的な自由は、虚栄に満ちた征服に自分の努力を捧げる

人々を、屈服させるのに必要である。私は、いつか自分が、新しい「神性」を導入できると考えている。だが、その神性はもはや下卑たものではないだろう。なぜなら、その時には、もはや神も善も残らないからだ。そのような「神性」は、「泥棒のように」忍び込むだろう。

草稿Aでは、以下のように続いている。

神性（「神的なもの」という意味であり、神という意味ではない）〔……〕

(14) 草稿Aには、「九月十一日」という日付がある。
(15) 草稿Aでは、以下の文章が続いている。

人間の不充足は、あらゆる形で見いだされる。ヒットラーは、戦争を始めた日には充足していなかった。それが、戦争が表す一般的な形態である。人々は、充足が征服と勝利を求めることを想像するが、充足が不可能なことは想像しない。ただその先にいたって初めて、人々は、偉大さが、自分が充足できないと認めることにあると気づき、そして、そのような条件で偉大さが、充足させてくれるもの、つまり征服やなんらかの計画を戦争になにも見ないことにあると気づくのである。まさに戦争は、平時よりも悲劇的な意味に満ちた瞬間であり、なにも――けっしてなにも――鎮めることができない動揺を強力に表しているのである。あらゆる政治的な要請は――外的であれ内的であれ――見せかけにすぎず、その見せかけの下には、そのような強烈な不安が隠れていて、絶えず変化と破壊を求めているのである。

（16）草稿Aには、「九月十二日」という日付がある。

（17）「手帖」では、以下の文章が続いている。

九月十四日。

昨日、ロールの墓のほうへ行ったが、家のドアをまたぐやいなや、夜の闇があまりにも黒々としていたため、道を歩いて行けるだろうかと思った。夜はあまりにも黒々としていたため、私は他にはなにも考えられなくなり、息苦しかった。そのため、いつもはこの道を歩くたびに、なかば恍惚とした状態になり始めていたのだが、その日はその状態になることができずにいた。長い時間が過ぎてから、丘の中腹あたりでますます道に迷っていると、エトナ山を登山した思い出が蘇り、私は動揺した。ロールと私がエトナ山の斜面を登った夜のあいだも、すべてが同じように真っ暗で、やはりひそかな激しい恐怖で満ちていたのだ（このエトナ山の登山は、われわれにとって究極の意味を帯びていた。われわれは、そこへたどり着くために、ギリシアへ赴くのを諦めたのだった――すでに一部の支払いを済ませていた航海の代金を、払い戻してもらう必要があった。夜明けになって、広大で底なしの噴火口でできた山頂に到着した――われわれは消耗していて、あまりにも奇異で、あまりにも無残な孤絶感に驚愕して、いわば目を見開いていた。それは裂け目の瞬間であり、そのときわれわれは、ぱっくりと口を開けた傷口に、われわれが息をしていた惑星の亀裂に身をかがめていたのだ。アンドレ〔訳註1〕は、われわれがその話をした後、灰と炎の絵を描いた。その絵は、ロールが亡くなったときに彼女のそばにあったが、いまもまだ私の寝室に飾ってある。その道中のなかばで地獄のような領域に入ったときに、火山岩でできた長い谷の先に、やはり遠くから火山の火口が見えていた。事象の恐ろしい不安定さがこれほど明らかに現れる場所を、想像することなどできなかった。するとロールは、突如として不安に襲われ、狂乱して、走って目の前に逃げ出したのだ。われわれが陥った激しい恐怖と深い悲しみの状態が、彼女を錯乱させたのである）。昨日、同じように夜の恐怖で満ちた思い出に動揺しながら（その思い出は、同時に地下に隠れた栄光、あの砕け散った夜の栄光で満ちていた。あの栄光には、本物の人間ではなく、ただ寒さに震える影たちだけが到達することができるのだ）、私は彼女の墓がある丘の斜面を登り続けた。墓地に入ったときに私は、気がふれるほど興奮していた。私は彼女のことが怖くて、もし彼女が私の前に現れたら、もう恐怖の叫びをあげるしかないと思えた。猛烈に暗かったにもかかわらず、いくつもの墓石、十字架、石畳を見分けることができた（それらは、まわりよりも白い不鮮明な形となって立ち現れていた）。ツチボタルの幼虫も二匹見えた。だが、ロールの墓は植物に覆われていて、なぜかは分からないが、完全な暗闇の広がりを形作っていた。その前に着くと、もうなにも分からなくなり、自分の両腕に苦しみを感じた。そのときは、まるでひそかに自分が二重になって、彼女を抱きしめているようだった。私の両手が自分のまわりから消えていって、私は、彼女に触れ、彼女の香りをかいだような気がしていた。すると、すさまじい甘美さが私をとらえた。それは突然、われわれが互いを見いだしたときのように、まさに生じたのだ。二つの存在を隔てる障害が崩れ去るときのように。そのとき私は、重々しい必要事に限定されたあの自分にまた戻ることを思い浮かべて、嘆き悲しみ、彼女に赦しを請い始めた。私は悲嘆の涙を流し、もはや何をするべきかも分からなかった。なぜなら、彼女をまた新たに失うことが、私にはよく分かっていたからだ。私は、自分がこれからまた何になるのかを考えて、たとえば執筆するときの自分のような人間、そしてもっとひどいものを思い浮かべて、耐えがたい恥ずかしさに襲われていた。私はただひとつの確信だけを抱いていた（しかし、その確信は陶酔をもたらすものだった）。つまり、失われた存在たちを感じる体験は、行動の習慣的な対象から解き放たれるなら、いかなる意味でも制限されることはないのである。

　昨日、私が経験したことは、他の形、つまりさらに不明瞭か非人称的な形で現れる不可解なものとの出会いに劣らず、熱烈で、真正であり、存在たちの運命にとって意味に満ちたものであった。存在は、夜を通じて存在から存在へと燃え上がり、各人を閉じ込める監獄の壁を愛が打ち壊せただけに、ますます燃え上がるのである。しかし、あの割れ目よりも大いなるものなどありうるだろうか。あの割れ目を通じて、二つの存在は、無限が招き寄せる俗悪さと凡庸さから逃れて、互いを認め合うのだから。少なくとも墓を越えて愛する人（その人は、日常的な関係に特有の俗悪さからも逃れることができたのだ。だが、あまりにも緊密なあれらの縛《いまし》めを、ロール以上に断ち切った者などけっしていなかった。苦痛、激しい恐怖、涙、錯乱、狂宴、熱狂、そして死は、ロールが私と分かち合った日々の糧であり、この糧は、恐ろしいが莫大な甘美さの記憶を私に残してくれた。それは、ひとつの愛が、事象の限界を超えようと渇望して身にまとう形であった。だが、実現できない幸福の瞬間、星月夜、流れる流出に、われわれは何度も一緒に到達したのだ。夜の帳《とばり》が下りた〔リヨン＝ラ＝フォレ？〕の森で、彼女は黙って私のそばを歩いていた。彼女は私を見ていなかったが、私は彼女を見つめていた。生が、もっとも計り知れない心の動きに応えてもたらすものを、私はかつてこれほど確信したことがあっただろうか。私は、自分のそばで、私の運命が暗闇のなかで進むのを見つめていた。どれほど私がその運命を認めていたかを、言葉で表すことはできない。そして私は、ロールがどれほど美しかったかを、言い表すこともできない。彼女の不完全な美しさは、燃え上がる不確かな運命の揺れ動くイメージであった。同じようないくつもの夜の衝撃的な透明さは、やはり名状しがたいものである）。少なくとも墓を越えて愛する人は、自分のなかで愛を人間の限界から解き放ち、考え得るいかなるものとも同じだけの意味を、ためらうことなく愛に授ける権利をもつのである。

われわれがイタリアから帰ったとき、一九三七年九月（あるいは十月）にロールがジャン・グレミヨン〈訳註2〉に宛てた手紙の一節を、ぜひ書き写したいと思う。

「私たち、ジョルジュと私は、エトナ山を登山しました。それは本当に恐ろしいものでした。あなたにそのことをお話ししたいと思います。あのことを、動揺せずに考えることはできませんし、私はあの幻視的な光景を、今の自分のあらゆる行為と関連づけています。ですから私は、以前よりもたやすく歯を……とても激しく――顎が砕けるほど――食いしばるようになりました」。

私は文章を書き写したが、これらの文章が隠している真実を、もはや本当に理解することはできない。もはやそれを探し求めてさえいない。なぜなら、私がそれを探求できるのは、ほとんど到達不可能なものに到達しようとするときだけであり、そのようなことは稀にしか試みることができないのだから。

草稿Aでは、以下のように続いている。

九月十五日。

実体と呼ばれるものは〔……〕

《訳註1》「アンドレ」は、アンドレ・マッソン（一八九六―一九八七）である。マッソンは、元々はシュルレアリスムの画家であった。バタイユは、一九二五年頃にミシェル・レリスを介してこの画家と知り合い、親密な友情関係を結んだ。バタイユが文章を書き、マッソンが挿絵を描く形で、『眼球譚』（一九二八）を始めとするいくつもの共同作業を行っている。マッソンの妻であるローズ・マクレスは、バタイユの最初の妻であったシルヴィア・バタイユの妹である。

《訳註2》ジャン・グレミヨン（一九〇一―一九五九）は、フランスの映画監督である。最後の監督作品は、ドキュメンタリー映画『アンドレ・マッソンと四大』（一九五七―一九五八）であった。

(18)　初版本では、次章「Ⅱ「満たされた欲望」」はこの段落で始まっていて、その後に三八頁の第二段落「私は、いつもマドレーヌ寺院の前を通る〔……〕」が続いている。また、『全集』の編者註によれば、草稿Aと草稿Bでは、この段落は三八頁の「〔……〕そうしてその美徳を枯渇させてみせる」と「私は、いつもマドレーヌ寺院の前を通る〔……〕」のあいだにある（訳註24を参照）。

(19)　「手帖」では、この第二章は以下のように始まっている（われわれが「～章」と呼ぶものを、バタイユは「～部」と呼んでいる）。

第二部

満たされた欲望

九月十九日。

これは、私だけが一人で感じた感覚ではない。破局しか出口のない興奮状態が、一ヶ月前からすでに存在していたのだ……。

九月二〇日。

……だが、今は新たな神経の引きつりが生じている。九月十七日から、それはひどくなった。今朝は、その引きつりから逃れられた。今朝は、私は自分を取り戻している。もっとも……な現実と天使のように融和して。今朝、もうすぐ手放さなければならないこの部屋では、すべてが成し遂げられてしまった。すべての鎧戸が、きちんと開け放たれた。空にはかすかに靄《もや》がかかっているが、雲はなく、窓の前の菩提樹はほとんど動いていない。大木に囲まれたこの家、ロールが、亡くなる前につかの間の安らぎを見いだした唯一の家、近くには森があり、彼女の墓、カラス、そして人のいない場所……多くの呪い、多くの驚異的な暗闇、だが今朝は、明るい靄で太陽が弱められ、すぐに決定的な出発をすることになるのだ。光の、無秩序の、死の透明な秘密、終わりを迎える生のあらゆる威厳、私の幸福な官能性、私の倒錯、私は、この自分というものを捨てたりはしない。それは、このひび割れた世界の果てしない甘美さと混ざり合っているのだから。けんか腰な態度、群衆どもの下劣な激高、好運に対する恐怖に満ちた悲惨さによって、この世界はひび割れている。私は、自分というものをどれほど愛していることだろう！だが、私は死に忠実なままでいたのだ（一人の恋人のように）。

この第二章の構成は、初版本と増補改訂版とで大きく異なるが、バタイユはその理由を、草稿Aで説明している。

今となっては、なぜ自分が覚書の順序を変えたのかは思い出せない。たぶん間違いで、小さな用紙に日付をまったく書かずに書き写したときに、それらが混ざってしまったのだ。〔……〕正確な順序は、おそらく一九五九年に出る次の版で復元されるだろう。

(20)　ウィリアム・ブレイク「[手帖]からの詩と断片」[四二]『ブレイク全著作』1、梅津濟美訳、名古屋大学出版会、一九八九年、三二五頁。この引用文から、三八頁の第一段落の最後「[……]その美徳を枯渇させてみせる」までは、初版本では、第一部第三章「天使」の中盤に位置している（訳註37を参照）。バタイユは、後に『文学と悪』（一九五七年）の第四章をブレイクに捧げることになる。

(21)　草稿Aには、「九月二二日」という日付がある。

(22)　以下の中断符の部分は、「手帖」では次の文章になっている。

それは、ダンスのように生じる。そのダンスのさなかに、無に帰するそれぞれの現存は、ますます生で燃え上がりながら、すぐに別の場所へと消えていく。Lの現存、夜中にきらめく斧のように甘美な現存が、「泥棒のように」突如として現れ、夜のそよ風のように深く、軽やかに鮮明な抱擁をもたらす。だが、私はまた、張り詰めた意志の力で、この現存から外へ出て行かなければならないのだ。この現存そのものが、やはり張り詰めた意志でそれを求めているのである。

(23)　草稿Aには、「九月二二日」という日付がある。

(24)　草稿Aでは、線で削除された以下の文が続く。「そうして私は、このうえなく下劣な汚れを通り抜けていく」。この後に、訳註18で示した段落が続く。

(25)　「世界精神」は、ナポレオンを指している。ヘーゲルは、ニートハンマー宛ての書簡（一八〇六年十月十三日）で、ナポレオンをそのように形容した。アレクサンドル・コジェーヴは、この事実を重視している。コジェーヴによれば、ヘーゲルは、馬上のナポレオンに、フランス革命の理想を実現して完成した者を見いだし、そこに世界史全体が完成する「歴史の終焉」を見いだした。コジェーヴについては、「訳者解題」を参照されたい。

(26) 草稿Aでは、この文から以下の文章が続いている。

〔……〕鳴り響く太鼓のように……サイレンのもっと現実的なうめき声のように亀裂を感じさせた。六年前に私は、オベリスクと広場を、連続した夜間の騒動と結びつけたことがあった。その騒音は、私のすすり泣きでできていた。まだ覚えている思い出は、夢のように不可解だ(この二重の連想が、私にとって、どうしてギロチンの刃が落ちる簡潔さをもてたのかが、今の自分には分からない)。私は、一九三三年の終わり頃に、自分が感じた感動を表した一ページを書いた。その原稿は、後で気に入らなくなったため(単なる行き詰まった絵空事なのだ)、破棄したはずだ。だが、私はまさにオベリスクに魅了され続けた。一九三六年に、三人の友人と、その土台のところに大きな血の海を広げる計画を立てた(自分たちから採血しようとしていて、医学生であった仲間の一人が、それに必要な条件の手はずを整えていた)。われわれは、報道機関に声明を送ろうとしていた。サド侯爵の署名が入ったこの声明書は、(陰謀のようであったにもかかわらず)好奇心をもった何人かのジャーナリストを、「犠牲者が埋められた」場所まで導くはずであった。われわれの計画では、自分たちがもっていた人間の頭蓋骨を包みにして、パリの近くに置き捨てることになっていた。そしてなんと、この頭蓋骨には巧妙な下準備が施されることになっていた。それは、ある薬品に浸けられるはずであった。その薬品は、二週間経つと頭蓋骨の堅さを柔らかくして、骨よりも海綿の堅さに近いものに変えるのである。そうして処理を施された骸骨の奇妙な有り様は、その包みに入れる申し立てに、不条理にも注意を引きつけるものであった。ルイ十六世の本物の頭蓋骨を見つけた、と主張することになっていた。発見の状況をでっち上げるのは簡単であった。この計画は、まったく実現しなかった。それにこの計画は、いざ実行するとなると、いかがわしい魅力の大部分を失ってしまったのだ。私はただ、長く続いた妄想の証拠として、そのことを書いておこう。

九月二四日。

昨日、コンセール・マイヨールで、戦闘が始まってから初めてパリで行われた興行を見た。それは、裸の美女、いや裸よりも素晴らしい姿の美女たちの、ときには巧みな見世物であった。ひとつの場面だけが、戦争を思わせた。それは、避難所で、月並みな数人の人物が、低級な悪ふざけに存分に興じる場面であった。数人の美女が、仮面をかぶらずにそこにいる。一人の看護婦が、彼女たちに綿の塊を配り、声を潜めて、「毒ガス警報」のときの使用法を説明する。その警報の笛が吹き鳴らされる——間違いで。娘たちが、綿におしっこをするために、舞台裏に駆け込む。そして、それで口と鼻の穴をふさいで戻ってくると、グループのリーダーが駆けつける。彼は間違えたのだ。大きな叫び声がわき起こる。幕が下りる。一人の酔っぱらいが、グループのリーダーを呼ぶ。彼は、彼女たちに香水をつけた。そして、この不幸な女性たちを抱擁する。

この最後の段落は、草稿Bにもあるが、そこでは線で削除されている。

(27)　ここでバタイユが言及しているのは、ミルチャ・エリアーデ（一九〇七—一九八六）の『ヨーガ——インド神秘主義の起源に関する試論』である（Mircea Eliade, *Yoga, essai sur les origines de la mystique indienne,*

P. Geuthner, Fundaţia pentru literatură, Paris, Bucarest, 1936)。

（28）草稿A、草稿B、初版本では、「その唯一の真実とはつまり〔……〕」から後は、以下の文章である。「その唯一の真実とはつまり、そこに在るものを知的な範疇に閉じ込めようとすれば、結局は神の観念に応じた軟弱な服従に陥ってしまうことである」。

（29）草稿Aには、「九月二五日」という日付がある。

（30）草稿Aでは、以下の文章が続いている。

〔……〕結ばれているのだ。裸の燃え上がる体験を導くのは、恍惚の点の探求である——その点はつねに外にあり、人々が自分の外部性に身を消すときに、恍惚とさせるのである。

九月二六日。

われわれが立ち会う騒々しい出産から生まれる子供（世界）は、彼を操っている計算など気にもとめない。なんであれ、鉄の潮が引いたときに残るものは、自分の滑稽な父親になど似てはいない。いかなる場合にも、一九〇〇年のなくなった世界を復元することなどできないだろう。勝利者である古い民主主義の人間たちは、ナポレオンの敵たちが神々しい君主制を復元できなかったように、その民主主義を復元できないだろう。人間という巨大な漂流物は〔……〕

（31）草稿Aには、「九月二七日」という日付がある。

（32）草稿Aには、「九月二八日」という日付がある。

（33）この最後の文章は、草稿Aでは以下の文章である。

私は、自分の運命という暗闇に問いかけずにはいられない。なぜ、子供の頃の私は、あんなにもおぞましい苦行者を見なければならなかったのか。

この後、「手帖」では以下の文章が続いている。

　同じように私をおびえさせたものがある。ロールの顔は、あのかくも恐ろしく悲劇的な男の顔と不可解なことに似ていた。あれは、空虚な、ほとんど狂ったオイディプスの顔だ。この類似性は、彼女が長い断末魔に苦しむあいだに強まっていった。熱が彼女を蝕んでいくあいだ、そして、おそらく特に、私に対して彼女が恐ろしく怒り狂い、憎しみを爆発させていたあいだに。私は、そうして自分が遭遇したものから逃げ出そうとした。私は、かつては父から逃げ出した（二五年前に、ドイツ軍が侵攻してきたときに、母親と一緒に逃げ出して、父をそんな境遇のまま見捨ててしまった。父は、家政婦の手にゆだねられて、たった一人でランスに残された。彼は目が見えず、麻痺していて、ほとんど絶えず叫び声を上げるほど苦しんでいたのに）。そして私は、ロールから逃げ出したのだ（私はおびえて、精神的に彼女から逃げていたが、しばしば彼女と向き合い、彼女を最期まで看取った。自分の力が限界になろうとも、そうしないことなど考えられなかっただろう。だが、彼女が臨終に近づくにしたがって、私は病的な麻痺状態に逃げ込んでいった。ときには酒を飲み……ときには放心したようにもなっていた）。

ここでバタイユは、実父の遺棄に言及しているが、この「手帖」には、その出来事を記した別の用紙も添えられている。以下に引用する。

自分は見捨てられて死ぬだろう、と私はときおり想像する。あるいはまさに、生きながらも無力で、たった一人のままでいるだろうと想像している。なぜ私は、我が父の運命を避けようとするのだろうか。私はあえて、父をたった一人の状態で見捨てたのだ。私の父、盲者で、麻痺患者、苦痛の叫びをあげながらもがき苦しみ、くたばったように肘掛け椅子に釘付けになった狂人を。母と私は(私は十七歳で、母は、もうほんの数日で狂気に陥ろうとしていた)、一人の家政婦とわずかなお金を残して、父をそこに置き去りにした。われわれは、八月十四日に起こった侵攻を前にして逃げ出した。父がいた町は侵略され、続いて解放された。そして町から二キロのところに砲列線ができた。爆撃のあいだに、大聖堂と多くの家が燃え、倒壊した。私は、戻りたいと思った。だが母は、まさにそれが原因で狂気に陥った。春になると、母は狂気から癒えたが、それでも〔「まだ帰ることを」が線で削除されている〕拒絶した。彼女は、私が離れることも望まなかったので、私は待った。一九一五年十一月に、父は亡くなった。父が亡くなったので、埋葬しに行くことを母は承諾した。まさにその年、

また、この出来事は、バタイユの小著『息子』でも語られている(バタイユ「W.-C.——「眼球譚」序——」『眼球譚　太陽肛門/供犠/松毬の眼』生田耕作訳、二見書房、一九七一年)。

(34)　この段落は、草稿Aでは以下の文章になっている。

九月二九日。

私は、苦行の最初の形態を思い描くことができる。それはまったき簡潔さだ。高揚と抑鬱の一日が過ぎて、私のこのうえなき流動性が、すっかり意味を奪い去ってしまった。燃えるような動きとイメージが、あまりにも素早く連続していくこの調和のなさは、精神に憎々しい空虚を残していく。私はそこに、ひとつの悲惨さを認識しなければならない。その悲惨さに、私の生そのものがゆだねられていて、その悲惨さは、精神的な孤独のなかで極端に広がっていく。大部分の人にもたやすい簡潔さを思い描くのでは、十分ではない。私は、その簡潔さに必要な条件を手に入れなければならないのだ。しかし、禁欲とは、必要な条件が私に与えられる前に、私が簡潔に振る舞うことにあるだろう。

「手帖」では、以下の文章が続いている。

簡潔さの自然な条件は、行動である。さて、行動には、明らかな矛盾を遠ざけるひとつの残酷な命令が必要となる。だが、いったい私に行動することなどできるだろうか。私を襲うもろもろの命令が、ロールの突発的なパニックと断末魔にほかならないとしたら、あるいは、私の前で父が陥った、苦痛の叫びが響き渡る夜にほかならないとしたら。

九月三〇日と十月一日。

私がさまざまな雑誌に寄稿した著作のなかで、「聖なるもの」という題名で『芸術手帖』誌に掲載したものは、私からみて、自分を駆り立てている決意が、ある程度の明晰さで現れた唯一の著作だ。このテクストは、おそらく冷ややかなものである。私が公にした大部分の著作と同じように、そこで「交流」は不器用に縁遠いものとなり、実現しがたくなっている。それでも説得力のある部分は、私が実際に語りかけていた人の何人かを感動させたのである。〈原註1〉無知と不確かさが残っているが、それはどうでもいいことだと思う。いまや、希望を制限することはもうできない。生が必然的に長い嵐——それは、ただ雷によってしか与えられることはない——に等しい人々にとっては、望まれているものは、聖なるものと同様に錯乱しているはずなのだ。

本質的な変化が生じるなら、その理由が書かれたものにあると考えてはならない。文章が意味をもつとしても、それは探し求められていたものを集めているだけだ。自由に叫び声を上げる文章は、自分の輝きで死んでいく。必要なのは、書かれたものを、それが表している現実の影に隠して、消してしまうことだ。あの論文に関していえば、この誠実さが私にとってよりも不可欠になることなど、いかなる場合にもありえないだろう。

〔線で削除された以下の文章が続いている。「私は昨年、八月から九月にかけて、デュテュイ〈訳註2〉と合意の上でそれを執筆した。彼は、この論文が掲載された『芸術手帖』誌のその号を担当していた。それが起こった状況に関しては、ここで詳細を報告しなければならない」〕

私は、自分がこの論文を執筆した状況のひとつを、ここでどうしても報告したいと思う。ロールの病が進行した最後の日々に、十一月二日の午後、私はあの一節までたどり着いていた。その一節で私は、われわれが探索している「聖杯」が、宗教における対象と同一であると述べていた。そして、次の文章でこの一節を締めくくったのだ。「キリスト教は、聖なるものを実体化してしまった。しかし聖なるものに、今日のわれわれは宗教の熱烈な存在を認識しているのであり、その性質はおそらく、人間のあいだで生じるもっとも把握しがたいものである。聖なるものは、共感的な一体性の特権的な瞬間、通常は押し殺されているものが痙攣《けいれん》的に交流する瞬間にほかならない〈訳註〉」。私は、最後の数行の意味を少なくとも自分自身にはっきりと示すために、すぐさま余白に次のように書き加えた。「愛との同一性〈原註2〉」と。

私は覚えているのだが、ほぼそのとき、窓から百歩ほどのところで、紅葉した木がとても高くまで輪郭をなしていて、まばゆいばかりに美しいひとつの陽射しが、つかの間だけそこを照らし出した。私はさらに、次の一節を書き始めようとしたが、難儀して二つの文章を下書きするにとどめた。ロールに寝室でまた会える時がきていた。私は彼女に近づいて、すぐに彼女の容態がはるかに悪化していることに気づいた。私は彼女に語りかけようとしたが、彼女はもうなにに対しても反応を示さなかった。彼女は、支離滅裂な言葉を口にして、とてつもない錯乱に沈んでいた。もう私を見ることもなく、私が誰なのかも分からなかった。私は、すべてが終わりなのだと理解した。もはやけっして彼女に語りかけることはできず、そうして彼女は数時間後に亡くなり、われわれはもはやけっして語り合うことはできないのだと、私は理解した。看護婦が、もう最期です、と私の耳元で言った。私は泣き崩れてしまった。だが、彼女はもはや私の声など聞いていなかった。世界が無情に崩れ去った。私はあまりにも無気力になってしまって、彼女の母や姉たちが家に、寝室に入り込むのを、もう押しとどめることさえできなかった。

彼女は、四日間のあいだ死に瀕した状態にあった。四日間にわたって放心状態のままで、予測できない気まぐれで誰彼なしに声をかけ、突然に激するかと思うと、またすぐに倦《う》み疲れたようになる。どんな言葉も、彼女にはもはや届かなかった。だが、ほんのつかの間だけ和らぎの時が訪れて、彼女の言葉が理解できるようになった。彼女は、自分の鞄、書類のなかから、なにか絶対に見つけなければならないものを、私に探して欲しいと頼んだ。私は、そこにあったものをすべて彼女に見せたが、彼女が望むものを見つけることはできなかった。そのときに初めて、白い紙でできた小さな紙挟みを目にしたので、それを彼女に見せた。その紙挟みには、『聖なるもの』という題名が記されていた。私は希望を感じた。つまり、彼女が残す書類を読むことができるなら、彼女は死の彼方でまだ私に語りかけることができるのだ。彼女が多くの文章を書いたことは知っていたが、彼女は、私にはなにも読ませてくれなかった。だから、彼女が残したものを読みながら、あの明確な問い——飢えに苦しむ野獣のように私のなかに隠れている問い——への解答と出会おうとは、けっして思いもしなかったのだ。

彼女が探しているものを見つけるのは、諦めなければならなかった。「時間」が、今にも彼女の「首を切り落とそう」としていた。そして時間は彼女の首を切り落とし、私は、自分は生で満ちながらも、彼女の死以外のなにものも把握できず、そこで生じる出来事の前にいた。彼女の死がどのように起こったのかを語る必然性が、このうえなく「恐ろしい」仕方で私のなかに存在しているのだが、今はそれを語るつもりはない。

すべてが終わったとき、私は彼女の書類の前にいた。そして私は、彼女が臨終を迎えるときに見つけたページを、読むことができた。まったく知らなかったそれらの文章をすべて読むと、間違いなく生涯でもっとも激しい感動のひとつがわき起こった。だが、彼女が〈聖なるもの〉を語った、テクストを締めくくる一文ほど、私の心を打ち、私を引き裂くものはありえなかった。それまで私は、あの逆説的な考えを、いちども彼女に述べることができなかった。それは、聖なるものは交流である、という考えだ。私がこの考えにたどり着いたのは、ロールが死に瀕しているのに気づく数分前、まさに私がこの考えを書き表したときが初めてであった。かつて私が彼女に語ったことは、まったくこの考えに近づくことはできなかった、となによりもはっきりと言える。以前から、私にとってこの問いは非常に重要であったため、それに関することはまさによく分かるのだ。さらにわれわれは、ほとんどまったく「知的な会話」をしなかった（まさに、そのことで彼女が私を非難することはあった。彼女は、私が軽蔑していると危惧しがちになっていた。実際には、私が軽蔑していたのは、「知的な会話」がもたらす避けがたい破廉恥さだけであったのだが）。

　ロールが書いたテクストの終結部で、乱雑に書かれた数行を、なんとか苦労して判読することができた。

「詩的な作品は、核心を突く出来事、つまり剝き出しの裸と感じられる「交流」の創造である点で、聖なるものである。詩的な作品は、自分自身への侵害、裸になることであり、生きる理由を他者たちに伝える交流である。しかるに、その生きる理由は「移動する」のだ」〈訳註4〉。この文章は、私が自分のテクストから引用した最後の数行と、まったく異なるところがない。（「共感的な一体性」という考えそのものが、ロールの表現していたことの本質である。）

　この長い物語を中断して

草稿Aでは次のように続いている。

　ひとつのイメージを書き留める。それは、私が先ほど見た、魅惑的な――今にも恍惚の叫びを引き起こさんとする――幻視を表している。「遠くに、ひとつの点のようにかすかに見える一人の天使が、雲のような夜の深さを貫いて現れる。だが、この天使は、かならず奇妙にも内面的な微光として現れるのだ。それは、閃光の捉えがたいほど微かな揺らめきとして生じる。その天使は、水晶の剣を自分の前で高く掲げ、剣は沈黙のなかで砕け散る」。

十月二日。

この天使は、おそらく「諸世界の動き」にほかならない〔……〕

〈原註1〉〔この原註は、線で削除されている。〕交流そのものに劣らず不明瞭で遥かなる同意が、私の望むことができたものに応えていた。しかし、すぐにためらいが続くような、本物の軽率さ以上のものを予想するのは、子供じみたことだろう（傷口が深くならない限り、そして死にいたるまで傷つけてはならない限り）。エリュアール〈訳註1〉は、そこに新たな「救済」の道が見いだされることを懸念している、と語って私を驚かせた。

〈原註2〉私は、しばしばするように、これらの数語を余白に書いた。また少し後でそれに言及するためだった。だが、そうすることはなかった。それに私は、続きを書いたときには、ロールの原稿を読んでいたのだ。

《訳註1》ポール・エリュアール（一八九五―一九五二）は、シュルレアリスムの詩人である。

《訳註2》ジョルジュ・デュテュイ（一八九一―一九七三）は、美術史学者である。『芸術手帖』誌の寄稿者であり、「社会学研究会」で発表を行っている。妻は、画家アンリ・マチスの娘であった。

《訳註3》バタイユ「聖なるもの」『ランスの大聖堂』酒井健訳、ちくま学芸文庫、二〇〇五年、八九頁。

《訳註4》ロール「聖なるもの」『バタイユの黒い天使――ロール遺稿集』佐藤悦子ほか訳、リブロポート、一九八三年、七〇―七一頁。

(35) 草稿Aでは、「だが、私は彼を天使としても〔……〕」からの文章が、以下のようになっている。

だが、私は彼を天使としても、認識できる神性としても愛することはできないが、私が彼に見た砕け散る水晶の表象は、あの泣き叫ぶような内的な愛、死にたくなるような愛を、私のなかで解き放つのだ。

この後、「手帖」では以下の文章が続いている。

私には分かっている、〔以下の単語が削除されている。「このひび割れた水晶について語りながら、泡立つ頂点に」〕このような死への欲望が、存在の不可能な極限に位置していることが。だが、他のことについてはなにも話すことができない。ロールの棺を覆う地面を突きぬけて、彼女の生と私の生を結ぶ二つの文章を口にしてしまった後では。確かに、あれらの文章そのものが、同じ地点にしかありえないものなのだ。

私たち、つまりロールと私は、自分たちを分かつ障壁が砕け散るとしばしば思っていた。同じ言葉、同じ欲望が、同じ瞬間にわれわれを突きぬけていった。そして、その理由が心を引き裂くものでありえただけに、ますますそれに心をかき立てられていたのだ。ロールは、その出来事を、ときには自分を無に帰する喪失のように感じて、憤ってさえいた。私の記憶は、それらの符合をまったく覚えていなかったが、それらのどれひとつにも、「交流」についての文章にある極限的な性格はなかった。

二つの合致する文章の意味について、私は、自分が考えていることを語るのはとても困難であると感じている。それらの文が決定しているものを、私は示さなければならない。しかしまずは、それらが表現していることのなかで、なにが作用しているのかを、すべて語らなければならない。〔以下の文が削除されている。「今日は言い添えるだけにするが、これらのテクストがほとんど同時に発表されたため、ロールや私と同じ渇きに苦しむかもしれない人々に、私は言わなければならなかった」〕

　この戦争の勃発時に私が執筆を始めたとき、私がたどり着きたかったのは、今、こうして達している地点である。この地点に、別のやり方で到達することはできなかった。そしてそのことは、ずっと前から分かっていた。今の自分がしていることを、私は、戦争が勃発する数週間も前にしようと決めていた。だが、まだ終わってはいない。やっと始めたばかりだ。さらに言いたいことを前にして、私はまるで「舌が切られた」ようだ。

〔その一方で、今日、私に起こった出来事は、夢と同じくらい筆舌に尽くしがたいと同時に、現実の条件とはほど遠いものだ。動物のように厳しくならなければ、私のなかのなにものも、この妖精譚のような出来事をくぐり抜けてはいけないだろう。これほどはかない幻影は、ほんの少しの気がかり、ほんの少しの不注意な気のゆるみがあるだけでも、霧散してしまうだろう。

　ロールのそばにいたときを除けば、これほど軽快な純粋さ、これほど寡黙な率直さを感じたことは一度もなかった。だが今回は、まさに空虚のなかに生じたきらめきである。まるで一匹の蛾が、妖精のような自分の美しさも知らずに、眠り込んだ男の頭にとまりにやって来たかのようだ〔訳註〕〕

　十月三日

　続けることが、私には難しくなった。私は、あの「王国」に入らなければならないだろう。国王たち自身が雷に打たれて入り込む、あの「王国」に。だが、そうするべきであるばかりか、私はこの「王国」について、裏切ることなく語らなければならない。さらには、その核心に届く言葉を見いださなければならない。私が成し遂げるべき征服は、自分を失う不可解な欲求がなしうる、もっとも遥かなる征服行為である。私が進んでいく「砂漠」には、完全なる孤独があるのだ。それは、亡くなったロールが、よりいっそう砂漠じみたものにした孤独だ。

★

今からほぼ一年前に、この「砂漠」の入り口で、魔法がかかったような陽光を見いだした。十一月の靄《もや》をかろうじて貫きながら、腐った植物と夢幻的な廃墟を通じて、この陽光は、廃屋の窓から見えるガラスケースを私の前で照らし出していた。そのとき私は、恍惚とした錯乱状態にあった――人間的な物事の絶望的な極限にいた。ロールの棺を墓掘人たちにまかせて、森を突きぬけたところだった。約一世紀の埃《ほこり》に包まれたそのガラスケースを、私は外から見ていた（私は、石積みの大きな出っ張りにそって、カビの生えた窓まで滑り込んでいた）。死のゆっくりとした荒廃にゆだねられたその場所で、もし腐敗や零落のなんらかの幻視が現れていたら、私はそれを、自分自身の不幸を表す忠実なイメージとして見つめたことであろう。私自身が、見捨てられたものとして彷徨《さまよ》っていた。私は、自分が悲嘆する世界が、おそらく驚異的なものとして、だが耐えがたいものとして、自分の前に開かれるのを待っていた、限りなく待ち望んでいた。私は待ち、そして震えていた。錯乱によって導かれた窓から見えたものは、逆に生のイメージであり、生のもっとも楽しげな気まぐれのイメージであった。手の届くところ、ガラスの向こうには、西インド諸島の鳥がならぶ色とりどりのコレクションがあった。埃に埋もれて、枯れ枝の後ろ、荒れた石の後ろにいるこれらの鳥ほど甘美なものを、私はなにも想像することはできなかった。それらの鳥は、この家の消え去った主人から忘れ去られてそこにいて、沈黙していた（明らかに、大昔の死が起こってから、なにも手を触れられていなかった。埃におおわれて、机の上に紙がなかば無秩序に置かれていた。まるでこれから誰かがやって来るかのように）。同時に私は、ガラスケースから遠からぬところに、この家の主人が写った写真があるのに気づいた。白髪の男性で、その眼差しは、天使のような好意と高貴さという印象を与えた。彼は、第二帝政時代のブルジョワが着る服、あるいは、おそらくもっと正確にいうなら、学者が着るような服を身につけていた。

そのとき、自分が苦しんでいるこのうえない悲惨の奥底から、私は感じた。ロールは私を見捨ててはいなかった。彼女の驚くべき甘美さが、相変わらず死のさなかから透けて見えていた。生きていたときに、彼女がもっとも憎しみに満ちた暴力をふるうときにすら、その甘美さが透けて見えていたように（あれらの暴力を、私は恐怖を覚えずに思い返すことはできない）。

十月四日。

今日は、秋か冬になる本当の、寒くてどんよりとした最初の日だ。そうして私は、突然、昨秋の砂漠のような世界に再び帰っていく。私はまたもや、海のただなかで見失われたなんらかの地点のように、いかなる岸からも遠ざかり、自分自身とも無縁になり、凍りついてこごえている。再び、単調で放心した一種の恍惚が私に襲いかかり、去年のように緊張で歯がきしむ。そうして突如として、私の生とロールの死のあいだに横たわる距離が、霧散したのだ。

★

街を歩きながら、私はある真実を見いだした。この真実は、私の心を落ち着かせないものだ。私の生全体が収縮するような、その種の苦痛に満ちた痙攣は、私にとってはロールの死と結ばれていて、秋の荒涼たる悲しさと関係している。そして、私にとってこの痙攣は、自分に「磔刑の苦しみを味わわせる」唯一の方法でもある。

九月二八日に私は次のように書いていた。「私は気づいたのだ。自分のエロティックな習癖を諦めるには、我が身に磔刑の苦しみを味わわせる新たな方法を編み出さなければならないと。その方法は、アルコールのように陶酔をもたらさなければならない」。そのときにかいま見たものは、私をおびえさせかねないものだった。

《訳註》バタイユは、十月二日に、ドゥニーズ・ロラン・ル・ジャンティと知り合い、以後、愛人関係を結ぶ。ここで語られているのは、おそらくその出会いである。ドゥニーズについては、「訳者解題」を参照されたい。

(36) 草稿Aでは、線で削除された以下の文章が続いている。

神秘的な体験の痛ましくて無力な点は（私はすでに、別の形でそれを語ったのだが）、それがけっして砕け散ることがなく、完了や絶頂まで導かない点にある。その体験において不可能なものの部分を表しているのは、それが時間の長さのなかに組み込まれているという事実である。

十月六日。

フォリーニョのアンジェラは言う〔……〕

(37) 訳註20で指摘した第一部第二章の文章は、初版本ではこの後に位置している。

(38) 草稿Aには、「十月八日」という日付がある。

(39) 五四頁の第二段落における最後の文「私は、この運命によって死にたいと思っている」からここまでは、草稿Aでは、以下の文章になっている。

私は、この運命のためにすぐさま死ねるだろう。そして私は、他の人々もこの運命のために死ぬ覚悟ができていることを、望んでもいるのだ――死ぬほどに。

十月九日。

私が切望したもの、見いだしたものは、恍惚の可能性だ。私はこの明白な運命を《砂漠》と呼び、これほど乾いた神秘を人に強いるのを恐れない。さて、私が到達したこの砂漠は、この砂漠が欠けている人々にとって、到達できるようになるべきだ。子供たちが、他人たちの国ではなく、父親たちの国でもなく、自分たちの国を探し求めるべき時が到来する。

この本のなかで、この砂漠への到達を明瞭に語るのは、私には難しい。だが、恍惚の問題について、できるだけ簡潔に説明したい。私がそこにたどり着いた道を、ぜひまざまざと描き出したいと思っている。私の後で、他の人々がそこにたどり着けるように。

十月十日。
生は不安定さ〔……〕

(40) 草稿Aには、「十月十一日」という日付がある。
(41) 「手帖」では、以下の文章が続いている。

ロールが臨終を迎えるあいだに、私は、そのころは荒れ果てていた庭で、枯れ葉やしおれた草花のまんなかで、かつて見たなかでもっとも美しい花のひとつを見つけた。それは、一輪のバラ、咲き始めたばかりの「秋の色」であった。私は、正気を失ってはいたが、そのバラを摘んでロールのところへ持っていった。そのときロールは、自分の心に埋没して、言うに言われぬ錯乱に没していた。だが、私がバラを渡すと、彼女はその奇妙な状態から抜け出して、私にほほ笑んで、理解できる最後の言葉のひとつを口にした。「うっとりするわ」と彼女は私に言った。それから彼女は、唇のところへバラを持っていって、とてつもない情熱で口づけをした。まるで、自分から逃げ去るあらゆるものを、引き留めようとしたかのように。しかし、それも一瞬しか続かなかった。子供がおもちゃを投げ捨てるように、彼女はバラを投げ捨てて、自分に近寄るあらゆるものにまた無関心になり、痙攣するように息をしていた。

十月十二日。
昨日、仕事の同僚の事務室で、彼が電話をかけているあいだに、私は不安を感じていた。そして、なにも気づかれることはなかったが、私は自分自身のなかに沈潜して、ロールの死の床を凝視していた

(今では私が、毎晩そこに寝ているのだ)。このベッドとロールは、私の心の空間そのものに潜んでいた。あるいはもっと正確には、私の心は、このベッドに横たわるロールであった――胸郭という夜のなかで――。ロールは、息絶えようとする瞬間に、自分の前に広げられたバラを一輪取り上げた。彼女は、いらだったような動きで、それを自分の前に持っていき、放心したような果てしなく苦痛に満ちた声で、ほとんど叫ぶように言った。「バラ！」と。(これが、彼女の最後の言葉であったと思う。)その事務室で、夜のあいだしばらく、持ち上げられたバラと叫び声が、長々と私の心に残った。ロールの声は、おそらく苦痛に満ちたものではなかった。おそらく、ただ単に心を引き裂くものであった。それと同じ瞬間に、私は、その朝に感じていたことを想像していた。つまり、「一輪の花を手に取り、それと一体になるまで見つめること……」を。それはひとつの幻視、内的な幻視だ。その幻視は、私が沈黙しながら耐え忍ぶ必然性によって維持されていた。それは、自由な省察などではなかった。

草稿Aでは、この後は次のように続いている。

十月十三日。

恍惚の道は、必然的に無人の領域を通過していく。〔……〕

(42) 草稿Aでは、この段落は以下の文章になっている。

「交流」の条件とは、未完成、傷口、悲惨さであり、完成ではない。だが、「交流」そのものは完成ではない。

十月十四日。

私は、うまく自分の考えを表現できない。しかし、――うまくできることを期待するよりも――うまく表現しない決意をしてから、自分の道を切り開ける希望を以前よりも抱いている。秩序立てること（私がかつて試みていたこと）は、妥協、不満、息が詰まる停滞に行き着いていた。

〔…〕がニーチェについて述べたこと。私はまさに、今日から、もっと自由でもっと不定形なものを想像している。物事を簡単にして説得する配慮は、日々少しずつ私に欠け《デフォ》ていく。

十月十五日。

交流は、ひとつの欠損《デフォ》を〔……〕

(43)　草稿Aには、「十月十六日」という日付がある。

(44)　これらの写真は、バタイユが、最後の書物『エロスの涙』（一九六一年）に掲載する「百刻みの刑（陵遅刑）」の写真である。この書物におけるバタイユの告白によれば、彼は一九二五年に、精神分析を受けていたアドリアン・ボレルから、これらの写真の一枚を渡された。その後、これらの写真は、バタイユにとって内的体験を誘発するイメージとなる。バタイユは、『内的体験』においてもこれらの写真に言及しているが（バタイユ『内的体験――無神学大全』出口裕弘訳、平凡社ライブラリー、一九九八年、二七三―二七四頁）、「中国の刑苦を見つめること」については、すでに『ドキュマン』一九三〇年度第四号に掲載された「審美家」において言及している（バタイユ『ドキュマン』江澤健一郎訳、河出文庫、二〇一四年、一九〇頁）。また、バタイユは、未刊となった『ルイ三〇世の墓』においても、この刑苦に言及していて、その写真を図版として掲載する予定であった（cf. O.C., IV, pp. 165, 386）。

(45) 前の段落からここまでとほぼ同じ内容の文章が、『内的体験』第四部「刑苦への追伸」に引用されている（『内的体験』前掲書、二七九―二八〇頁）。当該の引用文は、「友愛」（一九四〇年）からのものである。バタイユは、この「友愛」を『有罪者』初版本に収めるにあたって、若干の改稿をしているが、増補改訂版の刊行にあたって、さらに改稿を施している。

(46) 草稿Aには、「十月十九日」という日付がある。

(47) 草稿Aでは、この「ただ人民だけが〔……〕」という文は、以下の文章になっている。

ただ人民だけが、それらを耐え忍ぶことができる。栄光に服従して堅固になった人民、彼らを引き裂く栄光と笑いを渇望する人民だけが。

草稿Bでは、以下の文章になっている。

ただ人民だけが、それらを耐え忍ぶことができる。私が想像する人民は、栄光の荒廃に耐えて堅固になり、笑い、栄光、現実になる夢を糧にして生きているのだ。

(48) 「放出」の原語は「émission」であり、文脈的には「発声」と訳すこともできるが、初版本では、「わずかな精液の吐出」となっている。

(49) 「手帖」では、以下の文章が続いている。

十月二一日。

昨日、絶縁状を彼らに送った。私は彼らを当てにしていたが、間違っていた（まさに私は、自分が間違っていたと、始終ひそかに考えていた〔以下の文章が線で削除されている。「ロールの激しい呪いの言葉に、私はしばしば反論した。しかし私は、生の可能性にしがみつくように、この悲惨な出来事にしがみついて、苦しみながら耐えていた。今では、自分が出会った、そして自分が愛するあらゆるものを見ていると、自分の不可解な忍耐がなければ、すべてが失われていたのだと私にも分かる。しかし、その忍耐の限界にきてしまった人々は、私が彼らと創設したものを、もはや破壊することはできないのである」〕）。

その一方で私は、ひとつの教説に、できるだけ質素で、できるだけ簡潔になった姿を与える決心をしている。この決意は、直接的な結果を伴うだろう。つまり私は、もはや自分の時間の一部だけを、この本に捧げるのである。

こうして、私は見捨てられている。不可解にも乱暴に見捨てられている。私は、見捨てられることを期待していた。私は抗議したりはしないし、まさにこうなった必然性を感じている。だが、その無分別さと乱暴さが、私を傷つけるのだ。確かに私は、ほとんど彼らのことを誰も愛していなかった、と気づいている。そして、まさに私が彼らに抱いていた信頼は、つねに拒絶されんとしていた、と気づいている。絶縁にいたったヴァルドベルグ〔訳註1〕との決定的な会話のすぐ後で、クノー〔訳註2〕が私に会いに来てくれたのは不思議だ。一九三四年に私を見捨ててから（この言葉は、ほとんど不正確ではない）、彼が自分から会いに来てくれたのは初めてである。クノーが最初に私を見捨てたのだ。〔線で削除された以下の文章が続いている。「彼が私に会いに来たことは、本当に私にとってもっとも思いがけないことであった。なぜなら」」彼は、八月末から動員されていて、それからはパリに立ち寄っていなかった。彼が私を待っているのに気づいたときほど、驚いたことはなかった。われわれは、隣のカフェに行った。しばらく経ってから、軍服姿のフランケル〈訳註3〉が道を渡っているのに気づいた。これにもとても面食らった。なぜならフランケルは、クノーと同様に、パリから離れたところに動員されているからだ。彼は、われわれと一緒に座った。戻ってきた人、かつての友愛、激変によって暗くなった全生活、そしてこの新しい世界、陰鬱に荒廃した世界で、忘れ去られた三人の旧友がカフェのテーブルを囲んでいる。十一年以上前になるが、フランケルは、ポケットにリボルバーをしのばせて、リシュリュー通りで私を待っていた（私は、いつもよりも早く出かけていたので、偶然に命拾いをした。なぜなら、さもなくばフランケルは、私を正確に撃ったはずだから）。

この引用文の冒頭で言及されている「絶縁状」は、秘密結社「アセファル」のメンバーに宛てられた書簡であり、結社の終焉を告げていた。これらの書簡は、バタイユ『聖なる陰謀——アセファル資料集』に収録されている（吉田裕ほか訳、ちくま学芸文庫、二〇〇六年、四二六—四三一頁）。

《訳註1》パトリック・ヴァルドベルグ（一九一三—一九八五）は、「民主共産主義サークル」でバタイユと出会い、バタイユとアンドレ・ブルトンが結成した革命的知識人闘争同盟「コントル＝アタック」の創設に参加して、その後、「アセファル」と「社会学研究会」にも参加した。一九三九年には、妻のイザベルとともにバタイユの家に同居していた。

《訳註2》レーモン・クノー（一九〇三―一九七六）は小説家である。バタイユとの共著で、『社会批評』誌に「ヘーゲル弁証法の基底への批判」（一九三二年）を発表したほか、彼と一緒にアレクサンドル・コジェーヴの講義に出席して、後にその講義録を編集した。

《訳註3》テオドール・フランケル（一八九六―一九六四）は、元ダダイストで医師であった。一九二四年にバタイユと出会った。妻のビアンカは、バタイユの最初の妻シルヴィアの姉である。

(50) この文は、初版本では以下の文章になっている（草稿Aと草稿Bでもほぼ同様である）。

個別的でなかったら（個別的でなくなったとはいえ）、なにも聖なるものとはならない。哲学は、個別的なものと同時に聖なるものから逃げようとするなら、完了しえない巧妙な逃避にすぎない。

(51) この段落は、草稿Aでは以下の文章になっている。

私は、できるだけ簡潔に「恍惚の方法」について語りたかった。しかし私は、ありうる簡潔さから遠ざかってしまった。今や、その簡潔さに到達すべき時なのだが。

十月二二日。

恍惚の方法は、要するに供犠の方法である〔……〕

(52) 六八頁の後ろから二行目「刑苦のイメージを目にすることになれば〔……〕」からここまでは、草稿A（草稿B）では以下の文章になっている（また、初版本の文章も異なっている）。

そうして、私が刑苦のイメージを追い払うと、その抑圧によって私は自分に閉じこもる。このイメージの抑圧は、私の個別性を閉じる役に立つ扉のひとつである。もし私が、自分の前にイメージを再び置けば、そのイメージは扉を開く、あるいはむしろ、扉を引き剝がすのだ。

しかし、だからといって、その後で私が外部に到達できるわけではない。心を引き裂くイメージは、私が閉じ込められた領域の表面でいつも形成されている。私は裂け目にしか到達できず、ただ閃光の可能性をかいま見るだけであり、傷口は再び閉ざされるのである。精神集中が必要だ。深い裂け目、長引く雷光の線は、その領域を打ち砕くはずだ。恍惚の点は、苦しみに満ちた執拗さがなければ、裸の状態で到達されることはない。

個別性の限界から逃れようと決断するなら、「衝撃的な」イメージを増殖させながら、それらの戯れに身をゆだねて、出口を探し求めるのが当然だ。それらのイメージは、痛ましくてとらえがたい非現実性のなかに、ほのかな光を現れさせる。それらのイメージは郷愁を与えるのである。だが、雷が落ちた地点に到達させてはくれない。

十月二四日。

まず最初に、通常の運動に対して、眠りと等しい穏やかな状態を対置しなければならない。いかなるイメージも拒まなければならず、あらゆる偶然のイメージがむなしく表面を滑っていくように、完全に自分自身に没入しなければならない。しかし、この没入が生じるには、まだひとつのイメージが必要である。平和、沈黙、夜の不明瞭な唯一のイメージが。

十月二六日。

最初の運動は、欺瞞に満ちていて、いらいらさせるところがある。それは、生が外へと向かう自然な動きと対立する〔……〕

(53) 草稿Aには、「十月二七日」という日付がある。

(54) 草稿Aでは、この文は以下のようになっている（草稿Bでは線で削除されている）。

野蛮な気質（「ひどい日に遭おう」として、最後に酒を飲んだ日に感じたことだ）よりも上等なものなど、私はなにも持ち合わせてはいない。

(55) 「手帖」には、この冒頭の文章の代わりに、以下の文章が記されている。

第五部
共犯

十一月四日。

今日から五日前に、私の生活は変わった。さらに言うなら、それは、私が飲み過ぎた日に始まっていた（最後に私が語ったことだ）。それは、十月二日から始まっていたのだ。〈訳註〉その日に私が経験した「はかない幻想」は、まったくはかないものでも、錯覚でもなかった。ドアのガラスに近づくだけで十分だ。私に見えるのは、離れなければならないと思った部屋だ。その部屋の窓からは、小修道院の古い屋根、その上には丘と森が見える。そしてその部屋のまんなかで、行ったり来たりしながら、私のほうを見ずに、玉虫色の昆虫のように美しく、空のように盲目的な彼女が……。彼女は、一ヶ月前にこの部屋に入ってきた。他のどんな女も、ここに入れるほど十分に物静かで、美しく、静かに侵しがたい存在にはなれなかっただろう。少なくとも、澄んだ鏡が曇れば苦しむように、私が苦しまずにすんだのは、彼女だけだった。

★

今日、私のまわりに存在しているものは、数時間後には消え去るかもしれない。少なくとも私は、この夢のような場所から自分の身体を遠ざけることができるだろう。しかし、秘められた意味で満ちた世界、つまり窓、木、押し入れの扉を、不安を感じずには見つめられない世界で、こうして動き回る必然性が私にはあるのだ。これほどまでに美しい必然性が、ロールの運命に刻み込まれていたように、私にも刻み込まれていたのである。彼女も私も、この世界がわれわれのまわりに形作られるために、なにもしたりはしなかった（あるいは、ほんのわずかなことしか）。この世界は、霧が少しずつ晴れていったときに、おのずと現れたのである。その世界は、夢に似ているのに劣らず、災厄に似ていた。なぜなら、美を美として求める人は、このような世界にはけっして入っていかないからだ。狂気、苦行、憎悪、不安、恐怖による支配が避けがたく、愛はあまりにも激しくあらねばならぬため、入り口まできている死が笑うべきものに思える。窓、木、押し入れの扉は、心を引き裂く動きと破壊を表していなければ、なんでもないものである。

十一月五日。

さらにもう一度、今夜になって、私は「舌が切られた」状態になった。戦争状態は、ここまでは私に究極の好運をもたらしただけだ。容赦のない一種の解放感を。運命が睡眠中に訪れるように、乗り越えがたい障害が、夢のなかのように簡単に取り除かれる。探し求めなかったのに訪れるものを、いっときだけ望ましいと思えば十分であったように思える。愚かな安易さだけが、不可能性を忘れさせてくれた間だけでも。私は、これまで努力していたにもかかわらず、生きている。いつも戦いの、つらい必然性の、不快の感覚があった。私がこの本を書くのと同じくらい簡単に、この夢は、私の欲望の罠に落ちたのだ。だが、おぞましくなった世界で、こんなにも魔法にかかったような好運が、私を震えさせている。歓喜で震わせるのだ。なぜなら、ほんの数日で、私にとって空の暗さが引き裂かれ、私は、目が見ることができるもっとも大いなるものを見たのである。私は、悪徳で破滅しながらも、純粋さと無邪気さを再び見いだした。私は、自分の地獄から出ていかなければ、死ぬことはできないだろう。もし今日、死ぬとすれば、生気のなくなった私の身体は、解放された存在の身体となるだろう。

十一月七日。

今日から一年前に、ロールは亡くなった。

日曜日に受け取ったレリスの手紙を、書き写しておく。彼は、いままでは自分の気持ちをこのように表すことはなかった。

「コロン＝ベシャール、一九三九年十月二九日。

親愛なるジョルジュ、

まさにもうすぐ、一年のあの時期になります。そのときが来れば、われわれは後ろを振り返って見つめて、一年の内に起こったあらゆることを、激しい恐怖を抱きながら考えることができるでしょう……。

はっきりしたことは、なにも言いたくありません（いかなる明確さも、ここでは冒瀆となるでしょう）。ただ単に言いたいのは、私には、憂鬱なときに、自動的に思い出すいくつかの思い出があるということです。そして、それらは要するに、絶望するよりも希望を抱く理由となるものなのです。

われわれを何人かの人に結びつけるあらゆるものが、人間的に価値をもつ唯一のものではないということはありえません。その唯一のものは、どんな変遷があっても残り続けられるのです。

ここで私は、とても厳粛な言葉を述べています――普段の私からはとてもかけ離れた言葉を――。これは、慎みや人間的な敬意という理由で（もう一度、すべての価値を引き下げる私のこだわりに従うためにも）、すこし恥ずかしくなる言葉です。

私は、君が許してくれると思っています。そして、私の言葉を通じて、君に語りたいすべてのことを、涙の激発や爆笑のように率直なことを、君が見いだしてくれると考えています。

たぶんゼット〔レリスの妻〕が言ったと思いますが、ここで私は、「聖者」というあだ名をつけられました。偶然につけられたこの異名に、私は一種の客観的な認識を見いだしています。それは、君、私、そして他の数人が、多かれ少なかれ思い描いているものの認識なのです。今は困難な時代ですが、私はこのことを、われわれ全員にとって縁起の良い徴であると考えています……。

出版物の進捗については、必ず知らせてください。物理的に私にできることでしたら、なんなりとお申し付けください。

もう一度お願いしますが、とても堅苦しくぎこちない今回の私を、大目に見てください。そして私のとても忠実な、そして親愛以上の気持ちに満ちた友情を信じてください。

ミシェル」

《訳註》この十月二日に、バタイユは、愛人になるドゥニーズ・ロラン・ル・ジャンティと出会った。そしてこの日記を書いていた頃に、二人は同棲生活を始めたと考えられる。バタイユとロールがかつて暮らした部屋で。

(56) 草稿Aには、「十一月八日」という日付がある。

(57) 前段落の最後の文からここまでは、草稿Aでは、以下の文章になっている。

〔……〕ゆっくりと、無垢さ、気まぐれ、あのような崩壊した輝きが、私を高揚させる。私は、自分に起こっていることを望んではいなかった。しかし私は、生のこんな壮麗さには、法悦にいたるほど合意している。

今朝、悪運が窓の下を通った。兵隊の大群が、丘の傾斜で歩みを重くして行進していたのだ。歌声とざわめきが、他のものよりも不安をかき立てる秋の憂愁を帯びていた。彼らの何人かは、悲しげでゆっくりとした調子で歌っていた。

憲兵なんてうんざりだ
近衛騎兵隊もうんざりだ。

私は、部屋着を着て窓の近くに立っていたので、彼らは私を見たかもしれない（だが、幸せな美しい女が、ベッドで私を待っていたのは、彼らには見えない）。好運は一杯のワインであり、陶酔させるが、しかし無言にさせる。歓喜の絶頂で好運を見抜く者は、それで息が切れる。

十一月十一日。

私は、写真に写った中国の死刑執行人のイメージにさいなまれている。〔……〕

(58) 草稿Aには、「十一月十二日」という日付がある。

(59) 草稿Aと草稿Bでは、次の文章が続いているが、線で削除されている。以下の文章は、その後、改稿されて『ルイ三〇世の墓』(生前未発表)に収められた。

私が体験した最初の「瞑想」のひとつ——麻痺状態に陥ったときの——、そして最初のイメージ。突然、疑うべくもない激しさで、自分が勃起した性器になった気がした(前日には、同じように、なにも望んでいなかったのに暗闇のなかで、私は一本の樹に変わった。私の腕は枝のように、自分の上に突き上げられていた)。もはや自分の身体そのものと頭部が、剝き出しで充血した怪物のようなペニスにほかならないと考えると、あまりにも不条理に思えて、笑いで卒倒するかと思った。そのとき私は、こんなにも張り詰めた勃起の結末は、射精しかあり得ないと思った。これほど滑稽な状況は、厳密にいって耐えがたくなっていた。さらに私は、笑うことができなかった。それほど身体の緊張が激しかったのだ。あの受刑者のように、私は白目をむいていたはずだし、頭は後ろにのけぞっていた。このような状態で、刑苦の、恍惚とした眼差しの、剝き出しになった血まみれの肋骨の残酷な表象は、私を引き裂くように痙攣させた。光が噴出して、性器のなかを精液が流れるように官能的に、私の頭を下から上に貫いた。

★

それとは別の時にも（だが、それは一年経つまで起こらなかった。なぜなら、私はけっして、そのような変化を自分から繰り返そうとは思わなかったからだ）、同じことが私に起こったが、しかしそのときは、最後まで味わえなかった性的興奮の後でのことだった。その話はもうした。私は裸になり、立ったまま、想像できるもっともいかがわしいエロティックなイメージを思い浮かべ始めた。私は、描写できないような状態に入り込んだ。その状態は、狂宴よりも悪夢に似ていたが、激しい怒りの動きによって支えられていた。怒りと麻痺状態が、ひそかに、痛ましく、私のなかで手を結んだ。私はトイレに下りて、激しい排便が自分を解放してくれると期待して、便器に座った。私は、痙攣的に身をよじり、叫んだかもしれない。だが私は、まったく同じように緊張して、乾ききった状態で部屋に帰った。まさにそのとき、私の身体が再び弓なりになったのである——一年前のように。再び、恐怖にひきつる供犠のイメージが生じて、私は唐突に身震いをして床に崩れ落ちた。

私は打ち砕かれたままだったが、しかし夜になると、森に赴いた。《訳註》〔……〕

《訳註》草稿Aの余白に、「十月十八日」という日付がある。バタイユが最後に言及している森での体験は、続いて本文で語られているが、すでに本書の六四頁で言及されている。

（60）草稿Aには、「十一月十八日」という日付がある。

（61）草稿Aには、「十一月二五日」という日付がある。

(62) 草稿Aには、「十一月二六日」という日付がある。
(63) 草稿Aでは、ここは以下の文章になっている。
一つ、二つ――三つ、四つ――五つ――六つ、七つ。私はカフェに、クリテリオンのカフェにいる。これらの数は、頭の数、対になった、あるいは対になっていないピンの頭だ。

一本のパイプ〔……〕
(64) 草稿Aには、「十二月二日」という日付がある。
(65) 草稿Aでは、線で削除された以下の文章が続いている。
「隠者たち」に教えるべきこと。
通りで自分たちの尻を見せること。
かみつくこと。
渇きを感じずとも飲むこと。
笑うこと。辛辣な笑いを。
彼らが毎晩落ちていく井戸のなかで。
(66) 草稿Aには、「十二月三日」という日付がある。
(67) 草稿Aには、「十二月七日」という日付がある。

(68) 草稿Aでは、以下の文章が続いている。

至高者は、自ら進んででなければ、共通の法に従うことはない。

十二月八日。

良き行政は、それを指揮する人の注意力が放心していることを必要とする。完全に身を捧げると、偏愛に似てしまう。それは下役たちには良いことだ。同じように、なんらかの仕方で政治家たちは、公共的な物事に無関心でなければならない。彼らが用いる言語に対して、深く内面的に超然としていなければ、彼らは表現されない。無邪気になにかを信じていたら、彼らは生きられないだろう。ところが、無邪気さがなければ、真の確信はありえないのであり、確信に関しては、それを認められるのは子供だけである。それゆえに、政治家たちは、かろうじてエレガントで疑り深く、あいまいな脳みそをもつ凡庸な人でしかありえない。あるいは――より稀な場合には――行動を渇望する野蛮人であり、彼らの渇望は、彼らの言葉に明白な確信の調子を与えるほどである(だがその場合には、この確信は、彼らを信じる人々の確信と比べると、どれほど非現実的に見えることだろう)。実のところ、凡庸な放心した人々は、穏やかな行政に必要であり、復讐、大きな変化、権力を渇望する放心した人々は、戦争と革命に必要なのである。どちらの場合も、絶頂へと導かれる行動は、至高性の場所を、すなわち服従、有用性の価値に対する暗黙の否定を取っておくのである。

自分の職務ゆえに従属させられる人々が、議論においてより多くの部分を占めるのに従って、人間の至高性(栄光に対する、人間の無邪気で野蛮な欲求)は、有用性の価値のために否定されてしまう。だが、このような動きは、けっして優勢になることはありえない。大衆の関心事は、絶頂における放心した雰囲気において解消される。その雰囲気のなかで、大衆が命ずる窮屈な原則など信じずに、人々は大衆に応えるのである。あとは、指揮権を手にしたあらゆる人が抱く、窮屈な公益性に対する健全な無関心を隠す――あるいは正当化する――だけである。

そのように、指揮することは、自分のために生きる人々――指揮することを正当化するか隠す人々――を前提とする。同様に、自分のなかで人間を裸にする――そしてその裸を賛美する――欲望を糧に生きる聖人たちは、大衆の重々しい関心事から、自分たちがどれほど放心しているのかを、見えるようにしなければならないだろう。一種の薄暗がりにおいて、少なくとも近くからは見えるようにしなければならない。その薄暗がりにおいて、聖人の現存は、爆笑の幸福な意地悪さをもつだろう。

聖性は、存在が淫奔〔……〕

(69) 草稿Aでは、この段落は以下の文章になっている。

聖者の友愛は、裏切られることをよく知っている信頼、裏切られることを大いに喜び、そうなることを熱望する信頼である。それは、どうなるかをよく知りながら、死ぬと分かりながら、自分に抱くことができる友愛だ。そして死ぬことは陶酔させるし、望ましいことだ(死の傲慢さに埋没しないという条件で。死に背くほうが望ましい……)。

絶頂にあるのは、明晰で軽やかな笑いだけだ。そしてその笑いは、暗闇なき深淵を足元に切り開く。

「手帖」では、以下の文章が続いている。

私は、ここまでの文章をすべて、灰色のフランネルのスカートを頭にかぶって、ベッドで書いている。こうしていると、彼女をより近くに感じる。彼女は、私を抱きしめようとして、これを脱ぎ捨てた。最近は毎日、ヴェルモット酒、ジンを飲んで、二つの身体が裸でいた。あるいは、私は彼女の赤ん坊と遊び、あるいはその子が泣き、その涙や激怒の爆発を前にして、どうにもならずに恐れおののき、興奮して、あるいは、しなければならない仕事があった。また長いあいだ書けるようになるには、長い不眠が必要であった。だが、まだときおり、私はひそかに恍惚へと滑り込んでいく。一種のはかない噴出が彼方で生じて、その鎮めがたさが私を眩惑する（それは、あまりにも強烈な鎮めがたさであるため、私の内的な動揺は一瞬のあいだ満たされる）。

未完了で、鎮められない、それが彼方だ。その彼方では、私の個人性、そして名前すらもさまよい始める。この彼方は、まさに私の限界を、脆い限界を超えている。それらの限界のおかげで、私は生きながらえているのだが。

ここで第一の「手帖」が終わっている。

（70）草稿Aには、「一九四〇年一月一日」という日付がある。

（71）テントウムシは、フランス語では「神様の動物（*bête à bon Dieu*）」と呼ばれる。そして、ヘーゲルが論じる「不幸な意識」は、「キリスト教の意識」である。また、原文では、この段落におけるヘーゲルの用語は、本文中ではドイツ語で、そして脚註においてフランス語で示されている。

（72）草稿Aでは、この段落は以下の文章になっている。

一月二一日。

『ベーダーンタによる瞑想』に関するスワミ・スィッデシュワラナンダの「講話」を二つ読んだ。こんな文学は、西洋人の道徳的思考に順応していて気が滅入る。

二月。

これから述べることを、はっきりと表明して〔……〕

(73) 草稿Aには、「二月二六日」という日付がある。

(74) 草稿Aには、「三月二六日」という日付がある。

(75) 草稿Aと草稿Bには、「一九四〇年五月二〇日」という日付がある。

(76) 草稿Aでは、以下の文章が続いている。

許してくれ！　私は、一緒に寝ていた女の近くでうめいていた。彼女は、私を落ち着かせようと、優しく抱きしめてくれた。われわれは警報で目を覚ました。われわれは、長い間もつれ合っていた。陽射しに照らされた庭に私が下りたとき〔……〕

(77) 「手帖」では、以下の文章が続いている。

五月二六日、レ・ゾブレ。

今日はかつてないほど悲しい気持ちで、私は自分のなかに好運の戯れを感じている。究極の好運は、なんと残酷になることか。苦悩、歓喜、奇跡の感覚が、窓やドアをがたがたいわせる嵐の風のように、私の生活に侵入した（だが、私は、自分の不安に対するもっともかけ離れた、もっとも起こりそうもない回答として、ドゥニーズを欲望していた。そしてドゥニーズは、運命の盲目的な甘美さをまとって、私の寝室に入ってきた）。ある日、その存在がもっとも私の心を打つ女性、だが、出会う理由もなかった女性が、私のテーブルの前に座っていた。まるでずっと前から、こうして暮らすのが習慣になっていたかのように、私がいることなど忘れて座っていた。そして彼女は、一晩だけでなく、何ヶ月も私に身をゆだねた。われわれはけっして会話をしなかった。彼女は、最後の日まで残りたがった。そして今日、私の幼少期のなにかがつなぎ止められている唯一の地方に、出発した。彼女をオーヴェルニュに連れて行く車に乗って、私は、ロワール川を越えるところまで彼女に付き添っていった。そしてそこで、われわれは泣きながら別れたのだ。車が再び出発して、私は車道に立ったまま残された。まさにその瞬間に、ほかでもない車の発車が始動させたかのように、サイレンが鳴り始めて、とてもどんよりとした空を満たし始めた。そのときの状況のせいで、もっとも臆病な予感が私に——私自身に向かって——襲いかかってきた。まるで好運が、運命的にドゥニーズとともに私を見捨てたか、正反対のもの——激しい不運——になるはずであるかのようだった。だが、この臆病な不安を、あまり長いあいだ感じることはなかった。サイレンは、実際には警報の始まりではなく、終わりを告げていたのだ。半時間前に鳴った警報は、誰も混乱させなかったし、田舎道を車で走っていたわれわれには聞こえなかったのである。

私が先ほど書いたことは、なんてどうでもいいことなんだろう。暗合だろうか。もしそうだとしたらどうなんだ。まだ私に残っているのは、不安の確信だけだ。怒りを感じないとしたら、それは私が立ち止まらないからだ。それに、私はなにも知らない。私よりもひどく無知なものなど、この宇宙に存在しないのではないか。たぶん私は、もはやひとつのうめき声にすぎない。そしてまさに、そのうめき声は自分の真実を失ってしまったのだ。しかし、一挙にドアと窓をばたばたと鳴らすような、家のなかの風に似ているのは、ドゥニーズとの出会いではなく、われわれの別れである。

★

私はあまりにも重々しい。どんな恐怖の重みが、私を押しつぶしているのかは分からない。私は、歓喜の叫びを上げた。私という重々しい存在は、不安にさいなまれた者だ。不安が締めつける神経の結び目なのだ。私がもっている唯一の勇気は、いかなる出口も見いださないこと、そしてくつろぎを渇望しながらも、それよりも不安を好んでいることにある。そのことが意味しているのは、くつろぎは、どんな場合にも、不安という渇望を鎮められないということである。

五月二七日。

昨晩、子供のように悲嘆に暮れて、絶望してすすり泣いた。たとえドゥニーズが帰ってきても、それを抑えることはできないように思えた。まるでこのすすり泣きは、もはや終わるべきではないかのようだった。生の全体があまりにも美しかったが、だが、素晴らしいドレス、縦横に引き裂かれてぼろぼろになったドレスのようだった。魅惑する輝きという意味で、こんなことを言っているのではない。昨日、もし私のなかで、すすり泣きの苦しみに続いて断末魔の苦しみが生じたとすれば、それは、恐怖を終わりにする唯一の方法となっただろう。私は、まさにあまりにも死の近くにいると感じている。つまり、唯一の出口としての死が私を興奮させない限り、もはや動揺することなどありえないのだ。私はずっと後になって理解したのだが、ドゥニーズのほとんど常軌を逸した残酷さは、このうえなく完全な愛によるものだった。その愛は、生ぬるい見かけには耐えられないのである——すべてに出口がない状態だ。長くて生ぬるい平穏さという見通しを抱いているなら、愛は幸福に似ている。だが、さもなくば、それは荒れ狂うことなのである。

(78) 草稿Aでは、「コジェーヴ」となっている。

(79) 草稿Aでは、この最後の文から先は、以下の文章になっている。

聖性は、明晰にならねばならず、それ自体のなかに破壊の必然性を認めなければならない。すなわち、聖性は、切り離された諸存在を孤立から解放して、実存の混ざり合う奔流へと、それらの存在を復帰させる必然性を認めなければならないのだ。政治活動や戦争（戦争は、政治活動の延長にすぎない）から、ひとびとは宗教へと帰る。なんらかの逃げ口上によってではなく、行動の不在から生じる明晰さによって、そこへ帰るのである。

　いつの日か歴史において、一種の完成が生じると認めるとしても、この完成は、存在のなかには見いだせないだろう。存在を作り上げる歴史の作業と、完璧で充足したひとつの存在を生み出すことを混同するなら、それはもっとも重大な無意味となる。人間が、行動による否定を完了させて、もはや行動する新しい可能性をもたなくなるなら、人間は、なんらかの点で神になる必要があるかもしれない。しかし神とは、このうえなく激しい不安以上のものであろうか。それは、供犠の犠牲獣である。この獣の喉元を、短刀ばかりでなく、短刀についての明晰な意識、そして短刀が断ち切る必然性の明晰な意識がつかまえているのだ。この事実は、ヘーゲルが、否定性を自分の生の外に捨て去ろうとしたため、知らずにいたことだ。彼は理性的に生きたのである。聖性が求めるのは、情念によって激しく呑み込まれることである。

明晰さと情念がもっとも強烈な段階にいたるこの原理は、ほんのわずかな存在にとってだけ、ひとつの可能性となっている。

しかし、これは必要な条件であり、それがなければ、「お前はすべてを再び生きるのか」という永遠回帰の恐ろしい問いかけは、意味がなくなるだろう。この問いかけが、目の見えない人や熱意のない人になされても、そんなことはなんにもならない。ひとつの諾による断末魔の偉大さは、大きく見開かれた両目から、死ぬほど血を流す心臓から生じるのである。

五月三〇日、パリからリオン＝エス＝モンターニュへ。今日、数時間のあいだ、自分自身も故郷に帰る。〔……〕

(80) 「偶発事」と訳した単語は「échéance」である。他の箇所では、おもに「偶発性」と訳した。この単語は、通常は「支払い期日」「決着のつく日」「最終期限」などを意味する。その意味では、ここでは「決着」と訳すこともできる。しかしバタイユは、本書の全体にわたって、この用語を特殊な意味で用いている。この名詞の動詞形である「échoir」は、やはり「支払い期限になる」ことを意味しているが、それ以外にも「偶然〜に舞い込む」を意味している。つまり、企てによってではなく、偶然の好運にしたがって手に入ることを意味しているのだ。この動詞は俗ラテン語の「excadere」(古典ラテン語の「excidere」)を語源とするが、このラテン語の動詞は「落ちる」を意味する。そして、バタイユが本書で頻繁に用いる用語「好運(chance)」の語源は、俗ラテン語の「cadentia」(古典ラテン語の「cadere(落ちる)」の現在分詞中性複数形が女性単数名詞化した形)である。つまり、「échéance」と「chance(好運)」は、同様に「落ちる」という意味の語源をもつ単語であり、バタイユはその語源的な意味を重視している。したがって、「échéance」が意味するのは、偶然の戯れにしたがって、賭けのように「期日」が舞い落ちること、「偶発事」「偶発性」である。バタイユは、一九四五年に刊行する『ニーチェについて――好運への意志』において、その意味を以下のように説明している。「好運は、偶発性と同じ語源(*cadentia*)をもっている。好運は、偶然に手に落ちるもの、落ちるもの(そもそもは、好運でも不運でもあった)なのだ。それは、運、サイコロの落下である」(バタイユ『ニーチェについて――好運への意志』酒井健訳、現代思潮社、一九九二年、一四四頁)。

(81)「手帖」では、以下の文章が続いている。

このうえなく突拍子もないことだ。なぜなら、私はついにこの地点にやって来たのだが、自分に偶発する役割を果たす力が、もはや私にはないからだ。すべてが力ずくでも燃え上がるべき瞬間に、私は無気力になってしまうだろう。ドゥニーズ、すでにわれわれは、どれほど激情に燃えていることか! いやそうじゃない! このうえなく荒れ狂う炎が、お前と私のあいだで燃え上がらないことなど、どうしてありえようか。まさに恐怖のせいで、自分はもう駄目だ、と私は考えてしまったのだ。

一九四〇年六月一日、リオン＝エス＝モンターニュ。

後は死ぬだけだ。いくつかの理由があるのだが、それを示すのは虚しいことに思える。それらの理由は、私の生のように閉鎖的で、複雑だ。私は、まったく生を呪ってはいない。生をとても愛してはいるが、しかし、もし事態があまりにもひどくなり始めたら、そうもいかない（もし、狂うほどに愛していながら失われた女の目の前で、もう自分を正当化できなかったら）。だが、この文章は、在るものと比べるとなんと単純なことか。在るものによって、私は全面的に追い詰められていると感じている。私は、もうそれに耐えられない。さらに、誘いかける状況があることを見抜けるようにならなければ。たとえば、決断することで心が穏やかになるとき、おそらくひとは、まさに運命を解き明かしたのだ。

草稿Aでは、次の文章が続いている。

六月二日、ドリュジャックからパリへ。

不可能なもののなかへ遠くまで進んでいくと、感じられる穏やかさや不安がなにを意味するのかが、分かりがたくなる。一種のヴェールがあるのだ。もはや、霧がかかったような輝かしい不毛さしかない

〔……〕

（82）「手帖」では、以下の文章が続いている。

六月三日。

パリが、爆撃を受けたところだ。〔線で削除された以下の文章が続いている。「そしてボワロー街の病院に、爆弾が落ちたと耳にした。ロールは、彼女が亡くなったサン゠ジェルマンの家に、一九三八年七

月十五日に私と一緒に行ったのだが、その前にあの病院で二ヶ月を過ごしていた。病院のどの建物が破壊されたのかは分からない。サン＝ジェルマンの家も、そのうち壊れてしまうのだろうか。ロール自身が、レリス夫妻に宛てた手紙で書いていたのだ。彼女が軽蔑して「尼さん」と呼んでいた家は、災厄のなかで終わりを遂げなければならないと。私がこのことを書いている今日、すべてが「鳴り響く、不条理で激しい混沌」に変わってしまった。彼女は、世界がそのような混沌を運命づけられている、と考えていたのである」。」

★

私が書いているときに、一人の兵隊が、私の座っていた待合室に入ってきて、取り乱した様子で、ほとんど意味不明な口調で、「誰か、パ＝ド＝カレーの人はいませんか」と尋ねた。誰も返事をしなかったので、彼は口ごもりながら言った。「だって、僕の母親がそこにいるんだ……パ＝ド＝カレーに」と。そして彼は立ち去った。ブロンドでハンサムな若い男性だったが、農民たちのように茫然自失していた。最近は何度も、私は、避難者たちの決定的な苦しみをはっきりと想像して、涙を流していた。

私は、『嵐が丘』を見てエルデール〔パリにあった映画館〕から出た。キャシーの亡霊と生きるヒースクリフ——私が、ロールの亡霊と生きたかったように……。ラ・ヴェスネで、土曜日に、私はすでに『嵐が丘』のことを考えていた。フェルリュックでも、やはり考えた。「喜劇」に対する嫌悪を忘れるには、この山の家々の遍歴が必要であったと推測している。だが、そう推測しているだけだ。結局、だんだんと私は無知になっていく。

少し努力をして、ロールを思い出すのをやめた。生きているドゥニーズへの思いが、私を完全に虜にしている。混沌のただなかで、夢にも思わなかったほど美しい（私には、獣のように美しく思える）あのドゥニーズの重々しい純粋さに陶酔して、私はまだ生きている。こうして、死の冷たさをもつ心の不安を感じるまでドゥニーズを愛さなければ、私は、すべてを裏切ったように思ってしまうだろう。そんなことは考えがたい。植物が発芽と生長をやめるなど、考えられないのと同じことだ。

草稿Aでは、以下のように続いている。

六月三日、あるいは四日。
いくつもの重大な恐ろしい出来事は〔……〕

（83）　草稿Aでは、この段落は以下の文章になっている。

ときおり、私は自分が臆病であると感じる。悪い可能性を考えるたびに、息ができなくなる。誰よりも早くアンリ・ミショー〈訳註〉が、近郊で目にした戦災の話を先ほどしてくれた。彼が近くにいたときに、爆弾が落ちてきたのだ。

《訳註》アンリ・ミショー（一八九九―一九八四）は、詩人であり画家である。メスカリンを服用して描いたデッサンで知られている。

(84)　この段落と次の段落は、「手帖」では以下の文章になっている。

モーリス・エーヌ《訳註1》が亡くなった。私は彼が大好きだった。彼が、ほとんど亡霊が忍び込むように現れるのを、しばしば私は目にしていた。このうえなく深刻な状況でのことだ。私は、彼とは偶然に会うことがあったが、さまざまな出来事がネズミのように彼を苦しめていた。彼は、苦しむのに耐えられなかったのだと思う。彼は、力ずくの厳しい〔「戦争の」が線で削除されている〕現実に対してあまりにも憎しみを抱いていたが、その憎しみで判断が狂っていた。

六月四日。

モーリス・エーヌの精神においては、いま起こっているあらゆることは幻覚であり、悪い夢であった。恐怖が彼の喉元をつかんでいた。これほど恐怖の好みにかなう奇妙な生贄は、他には見つからなかっただろう。これほど嘲笑的な生贄もだ。しかし。

私は、何度もコンコルド広場を横断した。それは、恐怖政治の場所だ。私は、人民があらゆる権利をもつことを認めている！　人民は、それが栄光に満ちていようがいまいが、自分の必要のために、ひとつひとつの命を生贄にするのだ！　人民には、自分たちがもたらす苦しみを知らずにいる権利すら、残されている。〔以下の文が線で削除されている。「生は、平和に飢えた個人の動乱にこそあり、倦怠のなかにはない」。〕今日、モーリス・エーヌが人生を全うしたのは、つらい赤裸々な事実だ。

一九三七年の十二月に、モーリス・エーヌは、ロールと私の求めに応じて、サドが埋葬場所として選んだ場所にわれわれを連れて行ってくれた。「その上には、ドングリがまき散らされ……」〔サドの遺言状の言葉〕。コナラの根に蝕まれ、雑木林の土のなかで無になって……。その日は雪が降っていて、車は森のなかで道に迷ってしまった。ボースでは、野蛮な風が吹いていた。モーリス・エーヌと別れて帰ると、ロールと私は夜食の支度をした。われわれは、イワノフとオドイエフツォーワを待っていた。予定通りに、夜食は風に劣らず野蛮なものとなった。裸になったオドイエフツォーワが嘔吐し始めたのだ。

一九三八年の三月に、われわれは、ミシェル・レリスとゼットとともに同じ場所に戻った。モーリス・エーヌは一緒ではなかった。そのときに、エペルノンで、ロールは人生最後の映画を見た。『限りなき旅』〈訳註2〉が上映されていたが、彼女はこの映画を知らなかった。昼のあいだ、彼女は、まるで死に蝕まれていないかのように歩いた。そしてわれわれは、かんかん照りのなかで、サドが指定した沼のほとりに着いた。ドイツ人たちがウィーンに侵攻したばかりであり、空気はすでに戦争の臭いで満ちていた。われわれが帰宅する晩に、ロールは、われわれが気に入っていた道に、ゼットとレリスを引きずり込もうと夢想していた。われわれが買った夜食を、ロールと私は、イワノフ夫妻の夜食を注文したところであえて購入した。だが、帰宅するやいなや、ロールは最初の病の発作に襲われた。彼女を殺した病の発作だ。彼女は高熱を出して床についたが、そのときはまだ、自分がもはや起き上がれなくなるとは知らなかった。サドの「墓」を再び見てから、ロールは、八月の終わりに、たった一日だけ外出することができた。私は、彼女を車で、サン＝ジェルマンの家から森へ連れて行った。彼女は、たった一度しか車から降りなかった。それは、雷に打たれた樹の前であった。往路で、モンテギュ平原を横切ったが、そこで彼女は、丘と田園の美しさに陶然としていた。だが、森に入るやいなや、彼女は左側を見て、死んだ二羽のカラスが、雑木林の木の枝につるされているのを目にしたのである……。

私は、いつもこの鳥が私についてきて
私の前を飛んでいくのを望んでいた

騎士とその伝令官のように

われわれは、「家」から遠からぬところにいた。数日後に、私は同じ場所を通って、二羽のカラスを見た。そのことを彼女に言った。すると彼女は震えだし、息が詰まって声も出なくなり、そのあまりの有り様に私は怖くなってしまった。彼女が亡くなってからやっと、私にも理解できた。彼女は、死んだ鳥との遭遇を前兆と思ったのである。そのときのロールは、まさに生気のない身体と化していた。私は、彼女の原稿に目を通したところだった。そして、最初のページをめくる私が読んだのは、「カラス」であった。

《訳註1》モーリス・エーヌ（一八八四—一九四〇）は作家であり、サド侯爵の研究家として知られている。「コントル＝アタック」にも参加していた。

《訳註2》『限りなき旅』は、ティー・ガーネットが監督した一九三二年のアメリカ映画である。

《訳註3》ここで引用されているのは、ロールの詩「カラス」である（ロール『バタイユの黒い天使』前掲書、八三頁）。

（85）「手帖」では、以下の文章が続いている。

打ち破るんだ！　死ぬんだ！　血を流すのを覚悟したランブール《訳註》の日焼けした険しい顔。彼は、レッツの無人地帯の近くに閉じこもっている！「打ち破る、あるいは死ぬ」という鳥が、長くて黒い羽を広げる。もしこの鳥が、けっして空を暗くしないとしたら、どうすれば生を耐えられようか。

しかし、戦いが始まる条件は、私に敗北以外の結末を考えられなくしている。

〔ここで、以下の文章が線で削除されている。「今日、私は、一人の処刑された「平和主義者」を想像して、彼の死の必然性が刻み込まれた世界を見つめている。眠り込むことしか望めなかった人に災いあれ！　私は、その人の苦しみの広がりを思い描き、彼を殺そうと近づく人々の前で、彼が抱く嫌悪感を思い描く。彼の叫び声がどれほど激しくても、その後で生じる沈黙のほうが強力になるだろう。なぜなら、「平和主義者」が放つ死の叫びは、まさに偽りであるからだ。

陽気に死ぬ勇気が、私にあるかどうかは分からない」。〕

（86）《訳註》ジョルジュ・ランブール（一九〇〇―一九七〇）は、詩人、小説家である。シュルレアリスムに属していたが、追放された。『ドキュマン』刊行時には、編集次長を務めていた。

「手帖」では、次の文章が続くが、線で削除されている。

六月六日。

私には使い道がない。私には、使われない猛烈な力がせいぜいあるだけだ。昨日、私はマビーユ《訳註》と話をしていた。武装した人民、死を望まず、敢然と戦って血を流す人民のエネルギーが爆発するなかで。

《訳註》ピエール・マビーユ（一九〇四―一九五二）は、医師であり、シュルレアリスムの作家であった。

（87）草稿Aには、「六月七日」という日付がある。

（88）草稿Aでは、「自律性と交流の弁証法」は、「孤立した存在とその喪失の弁証法」である。

「手帖」では、以下の文章が続いている。

「しかつめらしい老人」は私に言った。自分は、この戦争を一種の「予備校」とみなしていると。それは、ヨーロッパの白人という知的障害児向けの学校なのだと。彼は次のように説明した。

彼は、どこかで次のようなことを読んでいた。ときには戦闘の騒音があまりにも激しくなるため、顎を緊張させなければならないと。そのためには、チューインガムをかむか、木片をかじらなければならないのだ。ヨーロッパ人は、ラビやヨガ行者が用いるそれらの技術を生かしていない、と彼は言った。しかし、この戦争は、この意図せざる形で、これらの技術を再びもたらしたのだと。そのためヨーロッパ人は、意に反して、機械的な組織とは無縁な道に進んでいるのだと。

私は、ある実践を自分で思いついて試してみた、と彼に言った。その実践の第一原理は、暴力的なイメージ（刑苦、戦争）を用いて、自分の頭を破裂させようとすることである。外因的な爆発が生じる特定の場合には、それが有効であると想像していた。非常にまれな人々だが、恍惚の交流が生じる瞬間を、戦闘中に体験する人がいるのである。

草稿Aでは、以下の文章が再び続いている。

「老人」は、自分がフランスに期待しているすべてのこと、他のどの国にもできないことを、さらに私に語った。

六月十一日、八時。

老人は、六月五日にも私に長々と語りかけた〔……〕

(89) 草稿Aには、「六月十一日、八時」という日付がある。

(90) 草稿Aでは、以下の文章が続いている。

十一時、駅のホーム。

紆余曲折を経て、いくぶんか疲労で憔悴して駅に着いた。これは集団避難であり、好運と不運の分かれ目がもたらす恐怖だ。ここまでは、まさに好運が私についてきている。一時間前には、街道を通って徒歩で出発しようと思っていただけに、それは明らかだ。

六月十二日、五時、シャトールーからモンリュソンへ。

過剰な疲労、打ちのめすような〔……〕

(91) この断章は、草稿Aでは、以下の文章になっている。

六月十三日、モンリュソンからドリュジャックへ。

避難民としての私の旅が終わる、あるいはもう少しで終わる。

私は、サン＝ジェルマンの家を永久に放棄した。おそらく、あの家は破壊されてしまっただろう。

あの「しかつめらしい老人」。私が書いている今、死が彼に近づいている、本当にそうらしい。〔次の註記がある。「数ヶ月後に、死が彼にやって来た——彼は自殺したのだ」。〕

六月十四日、フェルリュク。
人間の顔のなかでは〔……〕

(92)「手帖」では、以下の文章が続いている。
ドリュジャックからフェルリュクへ行く道すがら、私は、ドゥニーズがよく子供に歌っていたオペレッタの歌を思い出した。

厚い雲にまたがって
おまえさんはどこへ走って行くのさ
旅の疲れをとるために
一寸、私たちの家へお入りなさい

月がこの言葉を太陽に語り、呼びかけられた太陽は、以前にもこの「褐色の髪の女の子」に出会ったことを思い出す……。ひとつの天体が、人間的な条件の愚かさに取り巻かれ、当惑している様を想像することには、なにか明白なものがある。
〔この最後の文章は、草稿Aに書き写されていて、その後に次の文章が続いている。〕
私に笑うことを忘れさせるものなど、なにも知らない〔……〕

(93) この段落は、草稿Aでは以下の文章になっている。

六月十五日。

こうしてわれわれは、生きたまま羽をむしられた鳥たちのようだ。われわれには羽があったが、飛び立つことさえしなかった。そして今やすべてを、翼も羽も失ってしまった。

われわれがどんな裸の状態になってしまうのか、想像してみたまえ。身体からは骸骨が透けて見え、骨のあいだに心臓が見分けられるだろう。

「手帖」では、以下の文章が続いている。

〔以下の文章が線で削除されている。「もうすぐ、もはや「心臓の透明さ」しか残らなくなり、他にはなにも残らなくなる」。〕

六月十六日。

不運、困難な生活、子供の病気、外科手術、叫び声。もはや生が力の減退を逃れられないときには、すべてが崩れ落ちていく。私が触るものはどれも汚れていて、無秩序が広がっている。それは私を困らせたりはしないし、私は文句も言わずにそれを受け入れるが、だが私は衰弱していく。

草稿Aでは、以下の文章が続いている。

どうすれば、カフカの「予言」を避けられるのだろうか。明日は、仕事を始めるために、また「市長秘書官」と会う予定だ。市長秘書官は太った人で、かなり背が高く、とても小さな灰色のパナマ帽を後ろにずらせて被っている。私は、彼に話をする。彼に、自分の娘が虫垂炎の手術を受けなければならないと説明する。彼の明白な親切さは、確実な無関心、そして穏やかな残酷さという印象を私に与える。一種の数百年の厚みが、われわれを隔てているのだ。彼は、愛想良く私に繰り返し言う。「なんなりとお申し付けください」と。だが、間違いなく、彼はうわの空である。

六月二〇日。

十八日ほど事態が混乱したと思ったことは、ほとんどない。町から町へと〔……〕

(94)「手帖」では、以下の文章が続いている。

誤解、続いて憎しみ、非難が生じる。このフェルリュクの家で、私はオアシスを見いだしたと思ったのだが、ここでの生活は一種の恐怖と化している。大騒ぎ、女たちの叫び声。一人の母親は、子供たちを愛するあまり、彼らの病気、彼らが彼女にもたらす不幸な出来事を披露して、他の全員の憎しみによりいっそう曝される。そして彼女は、憎しみでひどく怒り出し、威張って、憎しみに満ちていることに胸を張る。不快感と不幸が彼女のまわりに広がり、彼女はそれに耽っている。彼女を取り巻く人々は、いまや彼女の境遇に縛り付けられ、自分に罪があると感じなければならなくなる。仕返しの虐待が激しくなり、あの必然性が弱められずに露わになる。つまり、生活をしていると、あの瞬間が訪れるのだ。その瞬間とは、憎しみが違反によって突如として正当化されて、盲目的な呪いとして現れる瞬間だ。すべてが、山にある古い台所の汚い無秩序のなかで起こった。（私自身はどうなのか。なぜ私は、私のまわりで、もはや止むことなく続く騒動を強いられているのか。まるで私がいることで、混乱が引き起こされるかのように。私の直接的な反応。それは、不条理、隔たりの感覚、そしてまさに怒りの再来だ。しかし私は、それをなだめるために、できる限りのことをした。そして結局は、そうしてすべてが混乱するのを受け入れることになった。恐怖に関しては、一種の残酷な好意を抱いている。力というものは、つねに盲目的な怒りの側にあって、誠実な善意の側にはない。だから、主導権をもてなければ、諦めなければならないし、動かしがたい受動性を示すしかない。もっとも惨めなのは、嘆くこと、自分が泣き叫ぶこと、非難をやり返すこと、不安の陰鬱な至高性に気づかずに、有罪者たちの味方をすることである。その至高性が求めるのは、息が詰まること、そしてその条件である。）

草稿Aでは、以下のように続いている。

一昨日、車は山道を〔……〕

（95）草稿Aでは、この最後の文は、以下の文章になっている。

しかし、この裸の山々がみせる野蛮さ（それは高みの陶酔と混ざり合っている）と結ばれた不安だけが、山々の前でわれわれを喘がせ続けた。抱擁におけるように喘がせ、密着させた。同様に、裸の娘は、われわれを意地悪に不安で苦しめるだけにますます美しいのだ。**不安は唯一の道である。**

「調査員殿」は、昨日、家から家へと進んだ。私は、避難した人々、女たちや子供たちがひしめき合ういくつかの部屋に入った〔……〕

(96) 一〇四頁の後ろから二行目「Aによれば」からここまでは、「手帖」では以下の文章である。

夜になると、くつろげる瞬間があった。アンドレ、ドゥニーズ、それと私は、食事をしてワインを飲んだ。アンドレは、カフカが予言したあの真実を体験し始めていた。しかし彼は、カフカが諦めてしまったことを非難していた。彼はキルケゴールのほうを好んでいたが、彼によれば、キルケゴールは、ヨブにひとつの権利を与えたのだ。それは、空まで叫ぶ権利だ。私としては、叫び声を憎んでいる。叫び声は、いつも正義に訴えかけるからだ。私は「測量士」の条件を受け入れよう。それは、アンドレによれば、不可能なものにいくばくかの可能なものを導入する賭けである。少なくとも、この賭けにおいてはなにも、言葉や言語のカテゴリーによって決定されてはいない。それはとらえがたい運命だ。カフカの「予言」は、単語がまとわせたものを裸にするのである。

この村における私の奇妙な生活にもかかわらず、私はすべてに埋もれてしまいたくはない。優しさからだろうか。諦めゆえだろうか。決定的にカフカなのではないか。無関心だ。私は自分が笑っていると感じる。私は、自己であることで、死なないことで有罪だ。もし人々がそれにこだわるなら。私は私だ、そういうことだ。そしてそれを償う、償うのを承諾する。どうして、それを笑わずにいられようか。

私の陽気さは、比類なき力で放たれた矢のようだ。

この後、草稿Aでは、以下のように続いている。

破局が広がり続けている。〔……〕

(97)「手帖」では、以下の文章が続いている。

溶岩の流れ。「胸がむかつく偽りの家」が煙のなかに崩れ去り、消え去るには、それが必要だった。私が執筆している村のカフェには、敗走に疲れ果てた三人の兵士がいて、その向こうで、ひげを生やした毛深い田舎者が、ぼろぼろの服を着て酔っぱらっている。私は、兵士たちの会話を聞く。「ある道路を初めて見たとき、そこは三〇メートルにわたって血まみれになっていたんだ。――馬たちはどうだった。――……沈黙。――馬たち！　女たち、すべて……俺は恥ずかしくなった。もうあえて見つめることはできなかった」。それは、日焼けした雄々しい男で、泥だらけの短靴をはき、革の上着を着ている。自分を生み出したこの世界を、いったいどうすればまだ耐えられるだろう。私はこの世界を憎む、とくにその言葉だけの安易さを憎む。それぞれのものが厳しくなり、力と慎重さを求めるなら、それは幸いだ。

六月二二日。

私は、自分がしようとすることを、はっきりと決めないように気を付ける。行動において私が憎んでいるのは、明確な、限定された、誰にも手が届く部分だ。しかし、私のなかで必ず浮かび上がるのは、柔弱で意志薄弱なもの、有効な効力をもたないもの、ためらうものであり、もはやこの世に居場所のないものだ。

鋭い緊張に支えられていないような、いくぶんか厳かなあらゆる言語は、吐き出さなければならない。人間において悪質な傷口は、大げさな言葉たちがいる傷口だ。大げさな言葉は膿《うみ》であり、ウジ虫だ。疲れ果てて憎しみに満ちた兵士の前では考えないようなことは、ジャーナリストたちに任せるべきだ。それは、知的な臆病さである。それは、人々が考えることを、男も女も臭い真実から守ることであり、真実が露わになるや、もはやあえてそのことを考えないことである。他人たちの悲惨さよりも残酷な必然性を、自分に見いださなかった者に災いあれ！

草稿Aでは、以下のように続いている。

六月二三日。
不安は、キルケゴールの真実であり〔……〕

(98)「手帖」では以下のように続いている。

私の生活については、先ほど物語った。この死の名は《ロール》だった。

草稿Aでは、さらに次のように続く。

六月二五日。

額まで灰に覆われたようではないか。〔……〕

(99)「手帖」では、以下の文が続いている。

六月二六―二七日。

力の崩壊には、通常は想像もしないような美徳がある。打ち破られたギリシア、そして崩れ落ちたローマは、精神的な帝国をもっていた。この国の運命は、ギリシアやローマの運命とはまったく比べものにならない。だが、見知らぬ美徳が、くすんだ雲に隠れた雷の可能性のように、この国に潜んでいて、国が崩壊するときに、それらの美徳が燃え上がると私には思われる。

すでに述べたことだが、人間世界は、それぞれに発展して解体される。すなわち、その存在の聖なる基盤を覆してしまうのだ。しかし、人間世界は、以前に劣らぬ聖なる新たな土台を見いださなければならない。それは、災いが過大になる前になされねばならない。それを明快に具現した軍事力は、決定的な役割を果たす。軍事力は、服従と戦闘による一体感のなかで、共有的な信仰を再構築するのだ。軍事力は、生命の組織化を確立する美徳への信仰を復元するのである。だが、軍隊には、死と崩壊がもつ灼熱の意味が欠けているのだ。軍隊は、人間を、自分を殺すものに一体化することはできない。軍隊は、供犠の神秘とは無縁なままである。

軍事的な成功が復元する世界は、宗教的な不安へと捧げられている。その世界は、必ず二つの時間において再構成される。それらの時間は、どちらも同様に必要であり、矛盾したものでありうる。ニーチェだけが、このうえなく奇妙な仕方で、二つの時間を結び合わせたのだ。彼の多くの明白な矛盾は、この予言的な結合によるものである。

これらは私にはおなじみの考えだが（現在の災厄が、これらの考えを、単純な形ではっきりと露わにしていることを、言っておかねばならない）、それをすべて、私はアンドレに長々と説明した。

ニーチェについて、アンドレは言った。ニーチェが初めて、宗教的な力で自分を表現したのだと。そして、そのためニーチェは、他のどんな人とも異なっているとみなされたのだと。ニーチェが、戦争とその残酷な掟に決定的な意味を与えたとすれば、なによりもまずニーチェは、宗教的な真実を一変させたのである。その真実は、生命力の過剰さが花々を起き上がらせるように、大空の下で人間を立ち上がらせるものである。そしてそれは、栄光と輝き以外には、いかなる現在の目的ももたないのである。

草稿Aでは、以下のように続いている。

六月二八―二九日。

宗教と戦争を分かつもの。九月から六月にかけて〔……〕

(100)「手帖」では、以下の文章が続いている。

第三部

フェルリユク、七月三日。

最後に書いていたときに、私は、書き始めた文章を終わりまで書かずにやめてしまった。戦争中の自分の態度に困惑したように……

望んでしたことではないが、私は、前のページを未完成のままにするだろう。私は、暗闇のなかにとどまらないように、あまりにも、あまりにも深く笑う。

私は、自分に似た人々のために書いている。彼らのために、私は説明をする必要はない。彼らが、愚かさや忘却が原因で不安を経験しているなら、玩具のように翻弄されることを笑えるなら、自分の弱さを喜ぶなら、表には出さずとも強靱であるなら、彼らはおそらく見抜くだろう。

あるいは、見抜かないだろうか！

〔ここで、以下の文章が削除されている。「私はさらに第三部を書く。それが、かろうじて理解可能なことを望んでいる。

最初の二部そのものも、それを読んでも病気にならないような人々には、手にとってほしくない。自分の病気を正当化しようと、それをうまく使う人々には、なおさら手にとってほしくない。

私は、不安と厳しさ、歓喜、そして自分のなかで恍惚に達する精神的な要請を伝授する。究極の不安を伝授するのだ。充足は、恍惚を憎んでいる。充足は、自我を、自分という牢獄のなかで安定させるのだ」。〕

フェルリユク、七月四日。

ためらいだ。昨日、一節を書き終えないままにした、だが……。ためらいだろうか。たぶん、いやまさに、おそらくそうなのだ！　自分をあるがままに、あけっぴろげで、陰険で、怒りっぽく、ためらいがちな自分としてとらえるとき、私のなかで十全さが生まれ始める。書きながら、できるだけ遠くへと進むことが重要だ。その方法の惨めさなど、ほとんどどうでもいい。

私は、望まれる目的についても、追求される計画についても語らない。ひとつの限界が存在するのだ。そこを越えると、「交流すること」が怒りを、暴力を要求して、説明というものを、〈神殿〉にいる商人のように鞭で追い払うことを要求する。

(101) この段落は、草稿Aでは、以下の文章になっている。

遠くで、すり減ったような山々、人気《ひとけ》のない禿げ山が、人間世界の喧噪など意に介さずに、谷間の影から頭を出している。初めて、自分がもっとも愛するものを山に見いだしたとき、私は子供だった。私が愛しているのは、一種の暗い沈黙を命じる偉大さである。

十五歳の時には、よく分かっていなかった。今では、もっとよく分かる。それは、この広がりの陶然とする冷たさに、私を投げ込む内的な沈黙である。広大な草深い山の背中、手が閉じ込められないもの、惑星の大地を揺らすゆるやかな変動、それこそが、私が自分の人間的な形によって結ばれる世界なのだ。それこそが、私を生み出す粘土質の沼地なのだ。永遠が更新されるたびに、地球と私の形を襲う広がりの眩暈が、ゆっくりと私を支配する。その支配がゆるやかで、それだけに強力になるように、山々が年老いていて水ですり減っているのが、私は好きだ。

★

不安は、もっとも悲惨な道から入り込んでくる。荒野で、先ほど私は思い出した。お金、われわれがもっている全額を、開いたままの引き出しに入れてきてしまった。私は盗難を想像して、引き続いて生じる極度の経済的困難を想像した。私は、あまり根拠のない心配を払いのけたが、しかし影が通過するだけで十分であった。不安が魔法を使い始めた。物事の秘められた力が、もはや私から離れなかった。このうえなく虚しい不安が……不安が、空の下で、私を一種のエロティックな傷口に変えた。炎を上げようと燃え立つあらゆるものが、すでに私に近づき、私に染みこみ、私を人間らしく変えていた。

私は、「不安を抱く人間」に向けて書いている。しかし不安は、ひ弱な臆病さへと導くのであり、ただ意志だけが解放をもたらす。だが、意志をもたずに、いったい誰がこの本を読むというのか。

ヴィシー、七月二八日。

二ヶ月の崩壊状態にもう一度言及するなら〔……〕

(102) 草稿Aでは、この文から先は以下の文章になっている。

過剰さに驚きながら、私は受け入れる。だが、私には分かっている。私は、これらの幸福な、粗野な男たちのことを知りすぎるほど知っているので、彼らに迷惑をかけるようなことはないのだ。もし、彼らが私をあるがままの姿で見れば、おそらく彼らは自分自身を目にするのである……。

クレルモン、七月三一日。

偽善者！〔……〕

(103)「手帖」では、以下の文章が続いている。

アンドレという存在――キャトル＝ルートの予言者だ！　もし彼がもっと侮蔑的で、ガチョウの前で半ズボンを引き上げて、ボタンをしめられたらだが。あまりにも予言されている。黙らなければならない。同類に話すということが「交流すること」、血を流すこと、自分を失うことであるなら。他の時間には、自閉しなければならない。饒舌さが、われわれを打ち砕いたのだ。

私が苦闘している相手は苦行であり、邪淫だ。ここ、火山岩でできた黒くて厳粛な高校で。私からみるとこの高校は、内的な誘惑で、厳しく支配的な掌握のイメージで飾られている。ブレーズ・パスカルの名が、私のベッドカバー（足元にある）に赤い字で書かれている。

一九一五年に、私の父が死を迎えるあいだに、私はクレルモンにいた。そのとき、ラ・ガランディの近くを通った。そこは私の父が暮らした村、木も教会もなく、噴火口の斜面に築かれた村で、悪魔のような景色のなかに家が集まっているだけだった。

〔以下の文章が線で削除されている。「自己制御は、自分自身への復讐だ。怒り狂う暗い鳥たちを、私はもう呼び求めたりはしない。私は生きている。私は、呪われた翼の影にもっと滑り込もうとして、邪淫で身体を壊したいとはもう思わない。

不安がいる場所で、不安を捕まえなければならない。なぜ野生の刺草《いらくさ》を栽培するのだ。生きるのは、愛するのは、望むのはいいことだ」。〕

(104)　草稿A（草稿B）では、以下の文章が続いている（初版本でもほぼ同様である）。

生の騒音が、ある唯一の点で消滅すれば十分である。数多くある十字架は、無力さの告白である。

八月二日。

衰弱。へとへとにさせる空虚さ。別離と苦痛。〔……〕

(105) この段落は、草稿Aでは以下の文章になっている。

突如として私は見る、そして叫ぶだろう。それは……にほかならない。まるでひとつの力が私をさいなみ、私の心臓を引き剝がしたかのように、私は息も絶え絶えにそれを笑う。私が見ると言うときには、まさに私のなかの恐ろしい叫びが見ているのだ。私は、ドゥニーズと別れると考えると、死によって隔てられ、息が詰まると考えると、そのような叫び声を上げるのだ。そのとき私はすべてを見て、私を殺すものから隔てられてはいない。だが、自分は生きていると思い描くなら、私は零落して、再び生きて存在して、もはや喉元をつかまれず、もはや……を見ることもなくなる……幸福で穏やかな存在が知らずにいるものを見ることもなくなり、恐ろしいものとしてばかりでなく、美しいという以上の、幻覚を生じさせ、狂気に陥らせるものとして、息を断ち切るものを見ることもなくなるのだ。

八月三日。

私は、苦行に抗って数日前に書いたものを線で消す。厳格さのなかには〔……〕

(106) 「手帖」では、以下の文章が続いている。

八月四日、七時、ボールからドリュジャックへ。

靄《もや》で息苦しい奈落の底で——私自身がこの底で、事象の恐怖と混ざり合い、目立たない悲しい亀裂が惑星にひびを入れ、そこで私の現存は、希望なきひとつの叫びのようになる。それは、恋人を——ドゥニーズを——呼び、とらえがたいものへの欲望で砕け散る、盲《めし》いた獣の叫びだ。

ドリュジャック、九時。

昨日、ドゥニーズは発った。私が彼女と再会しようと出発していたときに。こんなに残酷な、めったにない不運があるだろうか。あらゆる意味で、今や私の叫びは奈落の底から響いている。

ドリュジャックからエギュランドへ、夜の七時。

私は、自分の旅についてアンドレに話した——少なくとも、その一部分について。省庁の局長たちがヴィシーの庭にいたこと。クレルモンへの私の到着、どうやって高校に泊めてもらったか、醜い小さな看護婦が私を迎え入れて、夜中に夕食を食べさせるために、バーからバーへと連れて行ってくれたことを。高校の老教師の長い剝き出しの脚は、隣のベッドのシーツに入ろうとして、持ち上がり、曲げられた。だがとりわけ、私が耐え忍んだ長く際限のない「審判」は、私に吐き気をもよおさせ、死にたい気持ちにさせた。それは、殺害する一撃の表象、私が恐ろしい叫び声をあげるという印象だ。アンドレには言わなかったが、この叫び声は、その最後の瞬間にドゥニーズに聞かせるべき叫び声だが、彼女が聞くはずはないと、私にも分かっている叫び声である。唯一の真実が、どれほど涙のなかにあるのか、私はアンドレに気づいて欲しかった（私は、一種の恍惚とした絶望のことを考えていた。その絶望が求めたのは、ドゥニーズの愛が私に恐怖の叫び声をあげさせた瞬間に、私があらゆるものに対して、死と同じくらい美しく、解放的な幻視を見たことである）。

さらにアンドレに言いたかったのは、今ではわれわれが、もはや自分たちが何者なのかも知らなかったことである。だが、私はうんざりした調子で、科学者のように明確に、冷たく自分の考えを表した。アンドレは、率直で開けっぴろげであった。彼は、ひげもじゃで、ずんぐりした、いつもの様子をしていた。下町人らしい彼の率直さの傍らでは、他の人はみんな俗悪に見えてしまう。

明日までドゥニーズに会えないと考えると、苦しい。彼女は私に不安を与える——叫び出すほどに……。

ドゥニーズへの愛は、私のなかであまりにも大きくなってしまったため、この愛は、墓のように完全に私を捕まえている……。

長い悪夢、満員の列車、疲労。不条理な複雑さ、たぶん出口はあるが、その代償はなんであろうか。そしてなにも決めることができずに、待たなければならない。

しかし今朝、電話でドゥニーズの声を聞いたので、私は前よりも落ち着いている。〔以下の文章が線で削除されている。「結局のところ、私にはまだ、そこまで苦しむ理由がない……。唯一確かなことは、私が自分の頭を、ドゥニーズがはいた靴のかかとの下に置きたいということだ」。〕

エギュランド、夜の十時。
ドゥニーズと私のために予約しておいた屋根裏部屋で、一人で寝た。

クレルモン、八月八日。

私は、一息ついているときにはもう書いていない。しかし……一歩ごとに再び不安が始まる。クレルモンからパリへ行き、ドイツ軍の検問所で止められる危険を冒す。暗い地平線、どんよりとした空……。

パリ、八月十四日。

……いや、すべてに欺かれているのでない限り、軽快さが私を照らし出し、歓喜に浸ってはいないが、動揺した状態にする。八月二日に、瀕死の傷、〔「から流れる」が線で削除されている〕血のように、一種の啓示があった瞬間から、好運が——まずは正反対の見かけで——やってきた。それは、もっとも満ち足りた瞬間、息苦しい破壊のように死を招く苦しい閃光、だが曙光のような閃光であり、もし……でなければ……。部屋着——ドゥニーズが私を眩惑した最初の時——、おとぎ話のような部屋着が、私がこの本を書いていたテーブルの前を通って行った。今では、その部屋着には染みがついて、色あせて輝きもくすんでしまったが、今朝、ドゥニーズと私は、もっと貴重な別の部屋着を購入した。

この野獣たちの生活にある知られざる秘密のひとつ。それは、夢の毛並みが、その深い水であるということだ。

ここで二つ目の「手帖」が終わっている。草稿Aでは、以下のように続いている。

八月十五日。

一種の輝き、肉体的な、私が思うにもっとも激しい幸福。〔……〕

(107) 一九四〇年九月以後の日記を記した用紙が、「手帖Ⅰ」に添えられていた。以下に引用する。

九月一日。

〔以下の文章が削除されている。「安逸な世界が、死を迎えたところだ。すべてが剥き出しになっている。私には後悔の影もない」。〕

自分が入る世界のことを知らなくてもかまわない。〔以下の文章が削除されている。「あるがままのもの――私が知らないもの――として、私はその世界を望み、選んだ。私は、世界があるがままのものであることを、厳しくて、曖昧模糊として、私を息苦しくする世界であることを望んだのだ。私は、「人間」を眠りから引き剥がしたいだけだ。私が望んでいるのは、人間が打ち砕かれ、血を流し、あるがままの自分に吐き気を催すことだ。その人間が、私と一緒にあの砂漠に入るなら、笑いは、彼を解放する輝き、力、嵐となるだろう」。〕私は、世界があるがままのものであること、霧に包まれた知り得ぬものであることを望んだのだ。

なぜ私は、三つ目の本を書くのか。「私という」動乱の「意味」について、語らねばならないのだ。自分のなかで起こった激変を「明らかに」しなければならない。私は、人生を変えてしまったものを、それが私をどうやって裸にしたのかを示すべきである。

私の生、この個人的な生は、まったく重要ではない。私は、自分の弱さにかかずらってはいられない。ニーチェについてさえ語らない。少なくとも一度は沈黙が、裏切らない人を愛する唯一の方法になるのである。

二八日に、サン＝ジェルマンの家に最後に帰った。引っ越し業者が家具を運び出していた。ロールのドレスや下着を、私はタンスから出さなければならなかった。そうして私は、彼女が隠していたものを見つけた。網目やレースのストッキング、長い黒ストッキング、長い白ストッキング、それから糊のきいた襟。彼女は、その襟を、少女用のエプロンと一緒に身につけようと購入していた。私は、六月十日に、すでに黒いビロードの半仮面《ルー》を持ち帰っていた。

〔以下の文章が線で削除されている。

「十月。

ブリュノ《訳註1》の質問に対する答え。

私は彼にこう言った。「恍惚が耐えられるもの（恐ろしくないもの）になるのは、人々が恍惚に似た後でしか、その力を発見できないからだ」。すると、ブリュノは私に尋ねた。「どうやって恍惚の対象に似たものになるのだ。ほとんど耐えがたいその力とは、いったい何であるのか」と。

恍惚の対象は、孤立した存在の否定である。少なくとも孤立の否定である。孤立がなければ、私という明瞭な存在は存続できないだろう。しかし、この明瞭な存在は、恍惚をひとつの充実化、獲得とみなそうとする。この事実から、恍惚を経験する人に究極の変化が生じることが予想される。その人は、死なないという意味で、孤立した明瞭な存在であるのをやめない。しかし彼は、激烈に、ぶれることなく、次のように思うだろう。「私は孤立して存在していて、それを望んでいる。しかしそれは、私のなかで燃え上がり打ち砕くものが、熟考されて認識されるように、まだ私を打ち砕いてはならない限りでのことだ。しかし、それは一時的な必要にすぎない。なぜなら、もし私が、なにか他の理由で死ぬとしても、避けがたい私の死は、私に次の事実を教えてくれるからだ。つまり、私のなかに認識されるこの破壊的な暴力は、私の惨《みじ》めな孤立を確実に越えていくのである。もし、その暴力が私にはないことがあろうとも、もし、私が過剰さ以外の理由で死ぬことになろうとも、やはりこの暴力は、外から私を襲うだろう。こうして私が、自分のなかの暴力と呼んでいるもの、それは実際には、一種の不安な閃光、広大な閃光である。私は、宇宙全体が、その閃光の領域であると感じている。それなのだ、すべての現状を変え、私の死を確実にするのは、あの万物の抑えがたい眩暈なのだ。私は、自分が孤立することを望んでいるが、だが、それには条件がある。その条件とは、この孤立が、あの目眩《めくるめ》く戯れのなかで生じるほんのつかの間の一息にすぎないことである。私は、その戯れの、このうえなく奇妙な気まぐれにすぎない」。もし、おびえて生にしがみつくのをやめないなら、どうして恍惚がありえようか。しかし、その前提となるのが、まずは不安の段階である。なぜなら、われわれが変化する前に恍惚の対象が透けて見えるなら、それに「魅了される」にもかかわらず、次のことが明らかになるからである。それは、安堵させる快適な存在の孤立から何も残らなくさせてしまうのである。「それ」は、一種の死のように荒々しく現れるのだ。そしてまさに不安が消え去るときには、人間は、ひとたび宇宙に対して残酷になり、同時に宇宙の運動で活き活きとなって、不安を引き起こすあの絶望的な落下のなかに、歓喜を見いだすのである。

われわれは、それを望むこと——望まないこと——ができるが、しかし、われわれの信仰が滅びるかどうかは、もはやわれわれ次第ではない。キリスト教の信心が残り続けることは、喜劇的でも、ショッキングでもない。明らかに起こった事実をそれでも避けるのが、どれほど簡単なことかを毎日われわれは目にしている。それは、明白な事実が起こらなかったという意味ではない。そうではなくて、ある人々は、他の人々よりも、それをなかなか直視しないということだ。まさにありうることだが」」

十月二七日。

五時に目が覚めて、次のような夢を思い出した。ロジェ・カイヨワ《訳註2》と再会する（彼とは、一九三九年六月に別れた。それから彼は、アルゼンチンに滞在している）。カイヨワは、いつものように皮肉屋であったが、普段よりも陽気だ。彼は、明らかに私のことをからかっている。私はそれが嬉しくなって、彼に、大昔から実存はなぞなぞなのだ、と言う。われわれは笑う。彼は説明を求める。私は続けて言う。「それで、謎を見抜いたのは私だ」。――「どうやって？」彼は私の主張を嘲笑して、回答を要求する。私は笑い、なんとか逃げようとする。なぜならそのときには、なにも分かっていなかったからだ（そのことで不安を感じていたが、比較的にわずかにであった）。私は、いっそう激しく断言する。「私はオイディプスだ」と。彼は私を追い詰める。私は、もうすぐ答えが見つかると感じている。そして、ためらうことなく、それは死だ、と答える。私は、彼にそれを言う。私には、自分が謎を見抜いたことが分かっている（ずっと前から）。しかし、自分のなかでは、本当の答えを言ったのか確信をもてない。カイヨワは驚き、明らかに私を軽蔑する。私は、死に立ち向かう生の話をして反駁する。夢を見ながら、それがどれほど痛ましいことであるのか、私は感じていない。確かに私は、自分が見抜いたと、オイディプスであると確信している。私の回答の悲惨さが、私を救ってくれる。私は、もうカイヨワを見ていないが、この私の同志はそこにいる。彼は、軽蔑するのではなく、憤慨している。彼は、激怒するばかりでなく、苦しんでもいるのだ。

十一月十七日。

私は、一人の娘——美しい娘——を思い描く。彼女は、まぶしい光の下で、いくつかのテーブルの前で踊っている。彼女の乳房が、ボレロから飛び出している。言葉のもっとも甘美でもっとも悲痛な意味で、この裸は私の祝祭である。明るく心地よい生が乳房から漂ってきて、傷口から真っ赤になって流れ出す血と同じように、私の目を引きつけて離さない。私は思い描く〔以下の文章が線で削除されている。「私は、闘牛の傷口を考えている。そしてまた、夜のなかで青みがかった息苦しいような、硫黄の火の激しさを思い浮かべている」。〕闘牛の雄牛を、血まみれの肩と脚を。達成されるもの、それは歓喜、美しき露出、活き活きとした動きの優美さだ。そしてまた、豪奢さだ。まるで、あふれ出る乳房に応えて、私のなかでもっと刺激的な湧出が、こわばる唇のあいだで息を凍らせるように、すべてが起こるのである。娘は、裸になりながら堕落し、身をゆだねる。そして私もまた堕落して、飢えた獣になる。ボレロが閉ざされると、娘も閉ざされるが、しかしボレロが開かれると、彼女は自分の秘密（美しき獣性）を明け渡すのである。どんな影のなかでも炎が輝いている。私はその炎で、人々が苦しむのと同じくらい心地よく燃え上がる。苦しむ代わりに——苦しんでいるにもかかわらず——、私は、無言だが痙攣的な歓喜に身を開く。

私の「恍惚」にある目立った非現実性、不自然な性格は、私を不安にしたりはしない。自分の秘密を見抜くことは、人間の戯れをとらえることを意味している。この戯れは、幻影を求めているのだ。合一、融合、恍惚は、障壁が決壊することを要求する。だが、実用的な生活が、それ自体が実用的な障壁を整序しているのである。障壁（踊り子の服）が、金銭ずくで破られようが、そんなことはどうでもいい。

たとえ私が冷静に見つめて、医者や着付け係が見るもの、肘と同じらい関心を惹かない乳首を本当に見ることになっても、そんなことはどうでもいい。

★

耳の聞こえない人々のために書くのはうんざりだ。改めて、私の生がひたすら沸騰する熱い部屋に閉じこもりたい。そこで私の生は、ほとんど狂気のような自由、逸脱しか知ることはない。必要ならば、私の熱情が外の冷気と釣り合う日がやってくるだろう（そうすると新たに、熱気があまりにも少なくなり、凍るような寒さという悲惨な事態になる）。だが今日は、私はひたすら陶酔して、活き活きとしていたい。なぜ私は、彼らの長い眠りをかき乱そうとするのか。私の本？　私の計画？　もう私は、自分の自由な生、荒々しく、痙攣的で、いかなる「労働」にも無関心な踊り以外の情熱はもちたくない。私の無関心さは、私の〈帝国〉である。

★

たぶん、付け加えられることはすべて、すでに言ってしまった。私は、ヴェールを引き裂きたい――それは、私のために引き裂かれる。私の生の重々しい動きが、私を押し流していく。私はたびたび考える。なぜ私は、そんなことを望むのか。おそらく、私は私ではなく、人間の一部なのだ。そして私は、そのことを笑う。そうして、私は〈大海〉の一部になれるのだ。私の疲労と堅固さのなさは、その称賛である。

★

そしてまた、私の意志は、夜を貫く叫び声のようになるべきだ。私から湧き出る叫び声が、私をどこへ連れて行こうとも、それは重要ではない……。どんな説明も惨めだ。間違いに間違いを重ねるだけだ。私のなかで筆をとっているのは、すべて愛、扇情的な愛である。私が持ち上げる重みの下で、私の力は涸《か》れはてるが、また回復する。私が抱えている真実は、叫ぶ。ゆっくりとぎこちない言葉を口にする力をもって。

私は、その力を孤独のなかで手にしている。その孤独において、砂漠のような私の祝祭が生じる。もしあまりにも素早く他人に語りかけるなら、私にはその力がなくなるだろう。私は、説得する術を知らない、生きることしかできない。今、私は、自分の汚れを洗い流すために書いている。私は、炎ではない方法で到達するという欲望に屈したのだ。だが、私は書き続ける。じっと待ちながら書く文章によって、たとえさらに苦しむことになろうとも、私は到達するだろう、忍耐強くなるだろう。私のなかでは、すべてが私よりも強くなるのだ。

《訳註1》ジャン・ブリュノは、バタイユが勤めていた国立図書館の同僚である。論文として、「ジョルジュ・バタイユにおける啓示の技法」がある（*Critique*, n° 195-196, août-septembre, 1963, pp. 706～720）。

《訳註2》ロジェ・カイヨワ（一九一三―一九七八）は社会学者である。「コントル＝アタック」結成のアイデアは、カイヨワのものであったといわれているが、彼はそれには参加しなかった。その後、彼は、バタイユが創刊した『アセファル』誌に寄稿して、バタイユやレリスとともに「社会学研究会」を創設した。その後、一九三九年にアルゼンチンに出発して、第二次世界大戦の終戦まで帰国しない。

(108) この第二章「孤独」は、草稿Aにおける日記を元に構成されている。使用された日記の日付は、一九四一年五月二三日、五月二六日、六月十一日、六月二二日、六月二三日である。バタイユは、これらの日記を改稿するにあたって、時系列に従わずに、複雑な構成を行っている。この草稿と初版本の異同に関しては、煩雑であるため、訳註における指摘を行わない。初版本と増補改訂版のあいだにも、若干の異同が存在するが、その点に関しても指摘しない。ただし、草稿Aにある利用されなかった日記のみ、ここに引用する。

七月十四日。

私は、これから引用するメモを見つけた（私の本の第四部に対する反応だ。おそらく、一月か二月のものである）。

個人的には、私は戦争が好きではなかった。この話をするときに、私はある感情を抱いている。それは、自分に多くを求める務めを、徹底的に果たそうとする男が抱く感情だ。私の意図は、戦争を賛美することではなかった――戦争を憎むべきだと思うことを、よくないと思うことはなかった。だが、しばしば私は、自分を踏みにじりながら事態を見つめたのだ。ときには、私は疲労困憊していた。私は、「こんなものはなんでもない。こんな疲労は」と自分に言い聞かせながら、また立ち上がっていった。

まるで、一人の女を愛していて、その女をひたすら探し歩く男のようだった（私が探し求めていたのは、人間が自分の弱さに勝利することだけであった）。叫ぶほどの愛が、私を支えてくれた。だが、私は叫ばない。死ぬときにも叫ばないと思う。私が愛しているのは、人間の好運である。そしてまさに死ぬときに、私は自分自身に、すでに死者となった自分に言えるようになりたい――私はその好運を愛していたと――死ぬまでそうでありたい。そしてそのときに私は死ぬ、死ぬことができるだろう。

私の生は、好運に対する長い燃えあがる敬愛にほかならず、これからもそうであると期待している――私は好運を愛するあまり、戦争にほんのわずかな愛をさえ与えてしまう。しかし、人間が成し遂げた重大なあらゆることの偉大さを知らなければ、誰も十分に「好運に身を捧げる」ことはできないだろう。私がいる地点から見れば、戦争は、人間が自分の不運を軽蔑する方法だ。好運は、この種の試練を通過せずにはありえない。だが、その試練そのものは、私が渇望する「過剰な好運と栄光」ではない。

戦争が好きではなかったと言うときに、私がなによりも言いたいのは、戦争が追い求めるその種の解放感を私はけっして感じなかった、ということである。勝利する連隊に戦争がもたらす陶酔感や誇り高き輝きは、まさにその機会が与えられても、私にもたらされることはなかったと思う。それらに似た（あるいは共通点をもつ）いかなるものも、私が個人的に刺激されるやいなや、私のなかでは消え去るのだ。それらについて語ったのは、外側から理解するためである。

私が戦争に魅力を感じていないことを、簡単に分かりやすく示すことができる。ここ数年に活発である戦闘は、もっと衝撃的な塹壕戦ほど私の関心を惹かない。戦争において私の関心を惹くのは、不安に満ちた瞑想の方法である。そのことは、私にとって恍惚状態への憧憬と関係しているが、しかしその憧憬は、今ではいかがわしく陰惨なものに思われる。それに、この憧憬には、積極的な価値はなかったのだ。私は、巻き込まれる可能性があったいかなる戦争においても、戦うことはなかったのである。

九月九日。

究極の謎、最終的にそこに在ること、問いかけること、答えを聞かないこと、だが「無限の空間の永遠なる沈黙」。いや、そうではない、まだそれでは違う。私のすすり泣きと関係した永遠なる沈黙など、どうでもいい。その代わり、もし私が泣くことができなかったなら、私の乾いた沈黙の問いかけ、私のこのちっぽけな現存、「習慣」と関係した私の好奇心は、計り知れない謎を深めただろう。世界は、この不可能な問いかけという〔…〕に達するためになにをしたのか。熟慮された活動がもたらす、あらゆる人間的な無秩序、努力……。

十二月一日。

友人たちについて確信できた。私と絶交しなかった友人は、もはや一人もいないと。私はおびえてはいなかった。

(109) 草稿Bの冒頭では、自作の物語である『マダム・エドワルダ』からの次の引用文が削除されている。

……そうして存在はそこにある——それが私だ——なぜかも分からず——寒さで歯をがちがち鳴らしながら。

ピエール・アンジェリック

草稿Aは、次の章「賭けの魅惑」から始まっているが、余白に次の記述がある。

「好運」の第一章をなす「罪」は、部分的に『マダム・エドワルダ』の草稿のなかにある。『マダム・エドワルダ』の草稿にある文章が、草稿Bでは二枚の用紙に書き写されている。その文章を以下に引用する。この文章は、『マダム・エドワルダ』の草稿においては、本文を中断する形で挿入されている(Bataille, *Romans et récits*, Gallimard, Paris, 2004, p. 1128を参照)。この文章は、その後で『呪われた部分』草稿の書類に挿入された(バタイユ『呪われた部分　有用性の限界』前掲書、二四三―二四四頁)。

現象学者たち(ハイデガー、ヤスパース)との違い。客観性に対する私の態度だ。その点について、強調しなければならない。笑いを、内面から知ることはできない。笑いの「現象学」は想像できない。生きられた体験を説明すると同時に、笑いの存在理由を説明する現象学という意味だ。おそらく不安の存在理由は、われわれの不安の経験からさらに遠ざかっていくが、それは、それほど突然のことではない。家具の下で逃げるハツカネズミの尻尾のように、われわれはその理由に気づき、あるいは気づいたと思う。だが、われわれは熟考しなければ、笑いの存在理由をまったく察知することができない――しかし、熟考はわれわれを戸惑わせる。笑いの源は、それを熟考する人に外部から与えられる。それは客観的な与件であり、主観的な結果からは明らかに切り離されている。なぜならわれわれは、滑稽な要素がわれわれを笑わせることを簡単に認識できるが、しかし、なぜそれがわれわれを笑わせるのかは認識できないからである。そこでは、主体から客体へと導く鎖に、輪がひとつ欠けているのである。したがって笑いは、供犠に劣らず外部から与えられる与件である、と言える。

単に生きられた体験からではなく、ひたすら外部の与件——供犠、戦争、祝祭の経済、笑い——から出発することを、私が求められたのは偶然ではない。私が描写したあらゆる運動において、生きられた状態は、与件をいわば越えていく。あらゆる真の「交流」においても事情は同様であり、「交流」の現象学はやはり存在しないのである。それはありえないのだ。ヤスパースは、現象学の名の下で、直接的に把握できる諸関係、毎日、人間のあいだで結ばれる関係について語っている。

したがって、私の分析の大ざっぱに客観的な性格には、人々が与えたがる意味はない。その性格は、科学的な精神の平静さ《アタラクシア》への還元を意味してはいない。重要なのは、現象学には閉ざされている不可解な領域を決定することであり、「交流」に達することなのだ。私が初めて「交流」を描写して、交流と不安の関係を描写したのである。おそらく、ハイデガーとヤスパースの成果に、私が付け加えることはほとんどない。私は、まだキルケゴールの地平にいるのかもしれない。だが私は、その地平に「交流」の陽が、栄光の陽が昇るのを目にしたのである。

しかし、純粋に客観的な方法ではなく、逆に、凝視する目である……その目が凝視するのは、あらゆる方法、まさにとりわけ消耗させる方法によって、新たになった生きられる体験である（机上の文化には、ほとんどそんな時間はないのだが）。

現象学者たち（キルケゴール、ヘーゲルも含まれる）。本質的なものが逃げ去っていく（まさしく秘められた生と死の結婚が）。ニーチェただ一人が、栄光と笑いの側にいる。キルケゴールとハイデガーやヤスパースの場合と同様に、ニーチェと〔「『呪われた部分』」が線で削除されている〕私の体系の関係という問題が残る。ニーチェ（笑いについて）は、キルケゴール（不安について）より明確ではない。ニーチェは、私が背いているなんらかの要請に応えていたのだろうか。新たに交流の夜明けが、栄光の夜明けが始まるには──昼に続いて夜の後で別の昼が続くように──、今度は明瞭な意識のなかで、夜明けが始まる必要があったのである。

私は、ハイデガーやヤスパースの貢献をまったく軽視するつもりはないし、キルケゴールの著作が投げかける不安の光を軽視するつもりはなおさらない。この光もまた、私を啓蒙する、などなど。成果の暗合は、異なる方法によるものだ。《訳註》

解剖学者の俗悪さ。私が語ったこと。私は自分を慰めたい。人々は、起こっていることを、太陽のようにつかの間だけ目にしている（さもなくば、盲目になるか狂人になってしまうだろう）と私は思う。

しかし。

われわれは盲目に、そして狂人にならずにすむのだろうか。確かに、一般的なもののほうを見て、個別的なもののほうを見なければ、そうならずにすむ。自分を個別的だと思おうと望み、そう思わなければならない個別的な人間は、天才になることを宣告される。私は、宣告も弁明も受け入れたくない……〔『マダム・エドワルダ』の草稿では、「……」の部分は、線で削除された次の文章になっている。「だから私は、笑いながら逃げていく。非人称的な無垢へと逃れ去る」。〕

初版本では、この章「罪」は、この引用文最後の段落（「われわれは盲目に〔……〕」）で始まっている。

《訳註》『マダム・エドワルダ』の草稿では、この文から先は以下の文章になっている。

そして私は、この成果の暗合は、一貫性を与えることができる異なる方法によるものだと思う（私は、とくにヤスパースについては、それ以前に無知だが）。〔以下の文章が線で削除されている。「私は、大胆さと性格の偉大さを熱望する人々に語りかける。ひとは、自分一人のためには大胆になれないし、偉大さは、自分の姿を消す人々に属している――固有財産として所有できない諸力が、彼らのなかに入り込むために」。〕ルター、フランクリン、〔クワキウトル？〕について。解剖学者の俗悪さ。細部を死んだ状態でよりよく見いだすために、起こること、存在することを知らない人。しかし、それは〔仕方のないことだ？〕。私は自分を慰めたい〔……〕

(110) ジャック・カザノヴァ『カザノヴァ回想録　第七巻　占星術とぺてん師』窪田般彌訳、河出文庫、一九九五年、三〇九頁。

(111) マルセル・モース／アンリ・ユベール『供犠』小関藤一郎訳、法政大学出版局、一九八三年、四〇頁。マルセル・モース（一八七二―一九五〇）は、フランスの社会学者である。バタイユは、モースの『贈与論』（一九二五）を重視して、そこで論じられた贈与行為「ポトラッチ」について、自著『呪われた部分――普遍経済学試論Ⅰ　消尽』（一九四九）で論じることになる。アンリ・ユベール（一八七二―一九二七）

は、フランスの考古学者であり宗教社会学者である。

(112)『マダム・エドワルダ』の草稿では、同頁五行目「だがまさに、不安とは蛇であり、誘惑なのだ」からここまでの部分は、以下の文章になっている。

　しかし、まさに不安は蛇であり、誘惑である。そうして至聖所に入り込む者――キルケゴールのようには躊躇《ためら》わない足取りで――の前で、神秘は裸にされる。その脅威にさらされない者に災いあれ。「前へ進もうとする」者には、三つの能力が必要だ。それは、子供の陽気な無邪気さ、雄牛の無益で不幸な力であり、そして陶酔にいたるほどの、冷たさ、孤独、沈黙への愛である。
　私は、交流は罪である、と語った。しかし、これは明白ではない。逆に、利己主義こそが、孤立こそが罪である。〈訳注〉この激しい狂気の沙汰は、なにを意味しているのだろうか。

この後、以下の文章が続くが、草稿Bでは線で削除されている。

　認識に到達すること、さまざまな認識から受け継いだ領域に最大限の凝集力をもたらすこと、それは受刑者の冗談にほかならない（必要な冗談という意味だ）。交流はつねに唯一であり、最終的に解明不可能で、侵しがたいとつねに言わねばならず、そしてなにも保証する必要がない。共感的な認識と推論的な認識の関係は、一段階にすぎない。次には、それを覆して言わねばならない。私があなたをそこへ導いたのは、ただ受け継がれた惨めさに応じてのことなのだと（人間というこの夜は、自分を明晰だと信じているのだ！）。夜の明晰さから、われわれは交流の昼へと移行するが、もう戻ることはできない。

最初の明断さは、濃密な夜となって現れるのである。笑いそのものが、ここでは権利を失う（没入ゆえに）。だがついに、君が戻ってきた、と人が私に言う。まさに、それが奇妙なことなのだ。私はこうして戻ってきた。そして、さらに説明をする。しかし、どうして私が戻ってこないことがあろうか（確かに、いつの日か私はもう戻らなくなり、死ぬのだ）。なぜなら、あなたという人間は私であり、私はあなたであり、あなたは私なのではないか。

そして、人間というものはわれわれのなかにある、と私が言うとしたら、それは交流がわれわれのなかにあるからだ。なぜなら、人間というものは、さまざまな人間が互いに交流する限りで存在するからである。さて、いったいどうやって、語らずに交流するというのか。あるいは、語ってしまわなければ、どうやって私は、自分の言葉を遮れるというのか。あるいは、あなたと私のあいだに、なにか招待客の椅子がなければ、どうやって私は、椅子を引き抜くことができるというのか。

説明可能なもののなかでも最悪なものは、おそらく偽りの陽の光だ。〔……〕

《訳註》同じ用紙の裏に、次の文章が書かれている。

イエズス会のダニエルー神父との会話。私は彼に次のように語った。白紙状態《タブララサ》（それは、私にとって想像しうる唯一の明瞭さだ）から出発して、救済の観念については語らずに——私は彼に、それは「冒瀆」であるとはっきり言った（なぜなら、救済の観念が意味しているのは、調和が生まれる場、存在するすべてのものが容認され、安らぎの状態に、最後の和らぎへと入り込む場だからである）——罪の観念をすっかり考え直さなければならないと。そして私は彼に、本質的に罪ではない「交流」は存在しない、と言った。供犠の場合がそうだ。彼は、供犠が、神と人間が交流する基盤であることを否定できない（そこでは、基盤となる本質的な運動が問題であることも、彼は否定できない）。供犠は、教会にとって単なる罪であるばかりでなく、こう言ってよければ、完璧な状態の罪、完全に純粋な状態の罪そのものなのである。他の「交流」（笑い、エロティシズム、そしてもちろん非キリスト教的な聖なるもの）においても事情は同様である。最後に、自分に個人的に生じた「体験」に触れて、私は、その体験は罪を意味すると言った。そして、他人の場合も事情が異なるとは思えない、と言った。

〔次の文が線で削除されている。「しかし、私が一人だったので、このイエズス会士は私に反論した」〕

(113) 「偽りの陽の光」は、モーリス・ブランショ『アミナダブ』からの引用である（清水徹訳、書肆心水、二〇〇八年、三一七頁）。ブランショについては、「訳者解題」を参照されたい。

(114) 初版本では、この文は以下の文章であり、この後で段落が終わっている（『マダム・エドワルダ』草稿、草稿Bの文面も異なっている）。

これらの言葉を書いている私自身のなかでさえ、いかがわしい知性の働きが続いている……明断であることの責め苦が。

(115) 初版本では、この文は以下の文章になっている（『マダム・エドワルダ』草稿、草稿Bの文面も異なっている）。

連関は、考え得る偽りの陽の光のひとつにほかならない。そこには絶頂はない。人間は、主体を否定する多様な形態を、好きなように手にしているようだ（知性の範疇が、歯が痛みを感じる過敏さを通常は持てないことが、どれほど残念なことか……苦痛に苦しむ脳みそが私の宿命だが、しかし私だけだ）……。

知性は、自分の哀れな状況を〔……〕

(116)　草稿Bでは、この段落とその前の段落には、「一九四二年六月三日」という日付がある。続いて、次の文章が削除されている。

一九四二年五月二四日。

ジャネが論じた努力の理論について。私は、努力を命令と関係づけることしかできない。荷馬車の御者が、荷物を運ぶ馬を叩くとき、その動物は緊張して、努力をしている印象を与える。しかし、御者は叫び声によっても、そして同時に叩くと脅すことや、命令の兆しによっても、同種の結果を得ることができる。だが、人間的な命令には、まずは脅しとは無縁な要素が関与している。それは、交流の力（共感、伝染）であるが、この命令において伝えられるのは、つねに「劇化」である。しかし、そうしてわれわれは、異なる二種類の命令に気づくのである。第一の命令においては、命令をくだす人自身が、命令される人を脅す（命令が、努力を引き起こすために、主人の殴打の代わりとなる）。第二の命令においては、主人は、自分とは無関係な外面的な脅威、しばしば他者ばかりでなく自分にものしかかる脅威に言及する。原則的に、人間のあいだで生じるさまざまな命令は、つねにこの二つの要素を含んでいる。もっとも典型的なのは、軍隊の命令である。もちろん、社会において命令は、場合によっては生じる一種の行為であるばかりでなく、なによりもまずひとつの審級である。個人においても同様であるが、だが、個人のほうが中心化されている。

私にとって重要なのは、二種類の脅しの違いに、あるいは、いわば劇化する言語全体にすべてをまかせることである。第一の脅しは、主人－奴隷、御者－馬の組み合わせに属していて、そこでの連帯関係は、想像しうるもっとも小さなものである。第二の脅しは、演説家－聴衆の組み合わせに属していて、そこで指導者は、まさに劇化できるという条件で、命令をくだすのである。

（117）草稿Bでは、以下の文章が削除されている。

努力の理論において、命令の彼方、動物の闘争にさかのぼる必要がある。動物が闘争する段階からすでに、努力が見られる。そして、命令から始まるのは、意志的な努力だけであり、意志的な努力とは、すなわち選んだときに努力を始める能力である（さらに、一般的に努力と呼ばれるのは、この最後の形態だけである）。もちろん、個人的な、社会的な命令は、まさにまったく劇化をしなくても、ひとたび構成されるとさまざまな努力を生み出す――たとえば遊びにおいて（遊びは、深みはないとはいえ劇化をともなうにもかかわらず）。しかし、「体育」は遊びでもないし、劇化されてもいない。あるいは体育は、本物の努力のトレーニングを表している。あるいは、そこで努力は、目的であると同時に手段である。いずれにせよ、体育は軍事演習から生まれるのであり、まったくそこから解放されていないのである。

(118) 草稿Bでは、「自分のなかに」は「口のなかに」である。

(119) ここでバタイユが言及しているニーチェの原理は、おそらく、ニーチェ『ツァラトゥストラ』(第三部、一二三)の次の言葉を指している。「また、われわれは、一の哄笑も伴わなかった真理は、どれもこれも、にせの真理と呼ぼう!」(『ニーチェ全集10――ツァラトゥストラ 下』吉沢伝三郎訳、ちくま学芸文庫、一九九三年、一二八頁)

(120) 草稿Aには、「一九四二年十一月二九日」という日付がある。

(121) 草稿A、草稿B、初版本では、この後に以下の文章が続いている。

私は、虚しいと知りながら書いている。助けてもらいたかったのだ。だが、私は今でも助けてもらいたいのだ。なぜなら、私は書いているのだから。

(122) ゴーゴリ「ソロチンツイの定期市」『ディカーニカ近郷夜話』前篇、平井肇訳、岩波文庫、一九三七年、八九頁。

(123) 草稿Aでは、この文は以下の文章になっている(草稿Bでは線で削除されている)。

私が認識の亡霊を一掃した厳密さにはしばしば、好運の変転から価値を守ろうとする福音的な意志があった。しかし――人間存在の実存がひとつの好運であるなら、人間存在にとっては、その好運に基づかない価値はありえない。逆に言えば、偶然性のない価値を求めれば、生を不運と形容することになるのだ。おそらく一人の人間は、人間全般が好運であるか不運であるかを知ることはできない。〔……〕

(124) 草稿Aでは、この後に以下の文が続いている（草稿Bでは線で削除されている）。

しかし、明確な判断においては、肯定される好運は、不安をもたらす不安定さをそれと同じものにもたらすのである。

(125) 初版本では、一三三頁の八行目「人間の精神は、好運を除去する計算が好運を忘れさせてくれて〔……〕」からここまでの文章が大幅に異なっている。その箇所を以下に引用する。

精神は、好運がとても苦手であるため、私の考察は位置づけがしがたい。これらの考察について、これほど厳しいものも、これほど深いものもすることはできない、と自分で言わなければならない。生の流れは、必要な結果に通常は従属しているが、この生の流れが好運によって宙づりとなり、不安に満ちた広がりのなかに置かれるのである。

好運の単純な表明は、同時に不運を表明する。私が、人間の生は好運であると言うとすれば、私はまさに人間の生を、それが受け入れる好運と結びつける。そのとき好運は、不運に対して優位を占めると思われるが、不運が否定される必要はない（個々の場合においては）。それは演繹された表明ではない。この表明における演繹の部分は、演繹された他の公認の言表が否定されることに由来する。好運の単純な表明は、もっとも自然な言表であり、存在を剝き出しの状態にして、無防備な状態で運命の試練にさらすのである。

私は、理性によって獲得したものを捨てて、最初の点に帰ろう。単なる自然に帰ることなく、それを捨てるなら、私は打ち砕かれるだろう。しかし、私が主張している判断は、最初の人間のものではない。確かに私は、それについて明晰な意識をもっているのだ。ある意味でこの意識は、私を解体してしまう。そして同じ瞬間に、この意識は私を陶酔させる。

(126) 草稿Aには、「一九四二年十二月一日」という日付がある。

(127) 草稿Aでは、この行は「私は陽光に耳を傾ける」である。

(128) 草稿Aでは、この行は「私の雷、私の甘美さ」であり、草稿Bでは、「好運を呼ぶ」である。

(129) 草稿Aには、「一九四二年十二月二日」という日付がある。

(130) 草稿Aでは、この文は以下の文章になっている（草稿Bでは線で削除されている）。

好運の合意を得られず、あるいはそれを探し求めないため、群衆は美を売春へと沈み落としてしまう。一種の不吉な美が、まだ売春の巣窟を照らし出している。

(131) 草稿Aでは、次の文章が続いている（草稿Bでは線で削除されている）。

内的体験は踊りのようなものであり、もろもろの欲望の暗合を求める。

一九四二年十二月十一日。

われわれの奥底で生じる葛藤は、なんらかの重大な決定に到り——つねにひそかに——、生活を巻き込んでいく。ほとんどの場合、それは否定的に、投げやりな態度によってである。またしばしば、それは仮の決定であり、一日に約六回まで取り消すことができる。逆に、ある重大ではない決定は、厳密な注意力の対象となる。ある歴史家は、七百年前に生きていた研究対象の王が、ある日にエタンプにいて他の場所にはいなかったと確信するまでに、数年の研究を行うのである。そのようなことが「重大な決定」に関して行われるのは稀である。学識豊かな人が、忘却によって、自分が知らない言葉遊びによって、自分の人生の意味を決定するのである。

重大ではない決定は、かつては、重大な決定と同様に配慮されずになされていたが、ひとつの方法が導入された。その結果、生に関するなにか無意味な科学的真実を定める場合と同様に、生を決定する瞬間にも、同じ厳密さを適用することになるのだろうか。しかしその一方で、厳密さを適用するのは、無意味なことに対してでなければならない。根本的に重要なことは、正確な計算を失敗させるだろう。決定的な決断は、右か左の舗道を選ぶときに、われわれがときおり犯すような不注意を必要とする。好運によってでなければ、恩寵状態に達することはできないし、場違いな計算は、正反対の結果をもたらすだろう。
今日、いくつかの大きい頑丈そうな鉤型のものが、傾斜した屋根のなかばに、私の窓の前にあるのに気づいた。〔……〕

(132) 草稿Aには、「一九四二年十二月十二日」という日付がある。
(133) 草稿Aには、「一九四二年十二月十三日」という日付がある。
(134) 草稿Aには、「一九四二年十二月十四日」という日付がある。
(135) 初版本では、この後に一行文の空白があり、その後で以下の段落が続いている。

好運は、不運という自分の代償を必要とする。好運には、不幸と似た面がある。不運が欲望である限り、好運が死を欲望する必要はない。不運が（不幸の欲望ではなかったため）偶然の失敗であるなら、欲望の欠如は、埋め合わされるべきである。選ばれし好運は、ときおり自分を犠牲にする。幸運と不運の全体的な連関は、無数の姿を形作った……。ただひとつの特徴が、それらを結び合わせている。それは、好運の肯定であり、不運は好運の派生物である。

草稿A（草稿B）では、この段落最後の文章から先は、以下の文章である。

好運は恩寵状態である。
多くの不運が、好運の存在には必要だ。不運には、不幸と似た部分がある。不運が愛である限り、好運が死を愛する必要はない。だが、不運がたまたま好運の失敗であるなら、愛の欠如は、いわば埋め合わせられるべきである。ときおり、輝きゆえに選ばれる好運は、自分を犠牲にする。好運と不運の全体的な連関には、無数の姿がある……。ただひとつの特徴が、それらを結び合わせている。それは、好運の称揚であり、不運が、好運の派生物以上にはなれないという不可能性である。つまりそれは、好運に悲劇的な色合いを与えるために要求された犠牲なのだ。

いまや、なんと完了は軽蔑されることか！　そしてまさに、なんたる無関心だろう！　完了の魅惑は、その到達不可能な性格に由来している。〔……〕

(136) 草稿Aには、「十二月十五日」という日付がある。

(137) 草稿Aでは、この引用文の後で段落が変わって、以下の文章が続いている。

笑いは、好運の二重の転倒であり、敵意という鏡に映し出された転倒したイメージだ。この場合、二つの否定が明確にされるに値する。

（笑いを引き起こす）滑稽な要素には、好運の（転倒した）性格があり、逆に滑稽な人物は、好運が（そして不運が）ないことによって指し示される。

涙においては、好運とみなされる人物が、なんらかの不幸をこうむっている。

（苦痛は三つの部分で構成される。

一．好運

二．ニーチェの苦痛

三への序。そこで私は、ニーチェの笑いが生じた状況、関係、そして必要なら、アミナダブの解釈を物語る予定だ。

あるいは、おそらく四．　一．天使
二．好運
などなど）

三．神殿の屋根

(138) この段落のここまでの文章は、草稿Aでは以下のようになっている。

V

一九四二年十二月十九日。

宗教は、内的体験を問いに投じることと関係していて、より一般的には、実存そのものを問いに投じることと関係している。結局のところ、それは、自己自身を問いに投じることと関係しているのだ。宗教は、回答による大建造物を構成している。それらの大建造物のただなかで、問いへの投入が続けられているのだ。教会に守られたキリスト教の魂は、それ自体が問われ続けている。異なる諸宗教の混乱した歴史から、答えるべき問いが完全に残り続けているのだ。〔……〕

(139) 初版本では、この後に一行文の空白があって、以下の段落が続いている（草稿Aと草稿Bもほぼ同じ内容である)。

私の好運が失われると、私は外側の好運を使い尽くすが、自分の好運から離れることはない(それは失われるにもかかわらず)。だが、もし私が、外側に好運を見いだすことができず、あるいは、好運を見いだしながらも、それを使い尽くすことができず、失敗するとしたらどうだろうか。そこには、真の恐怖が隠れているのだ。それは、苦しみを上回るもの、恩寵状態の喪失である。外側の好運を使い尽くすなら(焼き尽くすなら)、最悪へと導かれずにはいられない。

(140) この段落は、初版本では以下の文章になっている(草稿Aでもほぼ同様である)。

常軌を逸したこの愛は、黙って好運に飛びついて、好運を生み出す。好運は、空の高みから雷のように墜落した。そしてそれは、

私の雷であった。

私は、どうしてもそれを自分のものにできなかった。私は、空に身を投げた。私は錯乱した。私はなにでもなかった。ほんのつかの間に、雷の切っ先で砕かれる小さな滴であった。太陽よりも輝かしい滴であった。

(141) ブランショ『アミナダブ』前掲書、二九一頁。
(142) ブランショ『アミナダブ』前掲書、三一七—三一九頁。

(143) 草稿Aと草稿Bでは、この段落の後に次の文章が続いている。

Ⅵ

十二月二一日。

取るに足りない好運の探求には、知性を（偶然の巡り合わせを期待させて）休業させるという長所がある。知らずにいることができて、知らずにいなければならなかった好運という対象は、好運の探求が始まるやいなや、投入行為の全体によって、それでも明るみに出されていた。賭け金そのものにささいな限界をもうけることは、考えられないし、不安にさせることであった。その対象が全体的なものであるという性格は、投入行為における全体性を求めていた。つまり、存在は熱中しながら、あるいは忘却しながら、留保なしにその投入の全体性に身を投じなければならなかったのである。おそらく、それに必要な意図は、忘れられなければならない。しかし、留保付きの意味では、人間の意図の核心を背負い込まない賭けもまた、やはり賭けである。真面目なものそのものが、最後には賭けに参加しなければならない。ほんのわずかな部分も残さずに、賭けなければならないのだ。たとえそれが、見たところは取るに足りない部分であろうとも。

(144) 草稿Aと草稿Bでは、この段落は以下のようになっている。

傷つかずには、憔悴せずには、その点に達することができないという事実がある。生をそのような高みで維持することの準不可能性がある。飛び跳ねて逃げる足元から、つねに大地が奪われていく。それが好運なのか最悪の不運なのか、疑いが生じる。人間の足元が燃え上がる。

（純粋体験との関係

私は、価値という観念から、純粋な好運という観念に移行した

風景における好運）

続いて、「十二月二三日」の日付があり、ジャック・カルティエの文章が引用されている。

(145) アモクは、マレーシアにおける精神錯乱で、残酷な殺人を引き起こす。

(146) 草稿Ａ（草稿Ｂ）では、以下の文章が続いている（初版本でも、その第一段落とほぼ同様の文章が、一行分の空白の後に続いている）。

好運と関係をもてるのは、賭けに投じられた認識だけである。それらの認識は、非-知の夜から、好運を口実にして現れる。さらにこの夜、理性のこのアモク……。

これほど明瞭なことはない。大いなる秘密に導かれることは、夜のなかに沈み込むことだ——夜が唯一の秘密なのだ。

(147) 草稿Ａでは、この最後の文から後は、以下の文章になっている（また、この段落の文章は、初版本とも若干異なっている）。

もし神が存在するとしたら、われわれ各自が、世界の全体をもう一度賭けなければならないのだろうか。しかし、賭けられなければ、賭けの不確実さのなかで宙づりにされなければ、なにも存在しないのである。

十二月二四日。

不安における二重の賭け。私がブランショに説明したこと。

もはや自分を愛することなく〔……〕

(148) 初版本では、この文から先は、以下の文章になっている(草稿Aと草稿Bでも、内容的にはほぼ同様である)。

これは、個別的な存在の大群という問いだが、どうすればこの問いを担えるだろうか(無にできるだろうか)。好運においてだろうか。それぞれの存在は、誰が投げるサイコロの一振りなのか……もしこだわるなら、それは神によるサイコロの一振りといえるが、その条件は、神をあの自己への憎しみにすることである。その憎しみは、絶えず無に墜落する激高だ。神は、好運にしか耐えられないだろう。神自身は、好運がはき出すものなのだが。(神について語ることは――まるで神が存在するかのように――、私の文章において開かれた扉を閉ざすことにほかならない。)

(149) 草稿Aでは、この最後の文は以下の文章になっている(草稿Bでは線で削除されている)。

われわれが無と呼ぶものは、それ自体が夜にほかならない。確かにわれわれは、「存在」と「見かけとして現れること」のあいだに違いがあることを想像する。それらの違い──存在のための──は、われわれが夜と愛を──あるいは死を──営むようにさせる夜の鉄砲だ。だが、夜がわれわれを殺すことは、夜が存在することを意味してはいない。

夜は、存在よりも豊かな概念だ。〔……〕

(150) この最後の文から後は、草稿Aでは、以下の文章になっている。

好運は存在の彼方である。見かけは、存在を前にした劣等感と関係した概念であるため、好運は見かけには還元されない。夜は、好運の条件である点で、好運に劣らず豊かな概念である。夜のなかに夜とは違うものがあれば、好運はなくなり、ただこの違うものによる歪曲や適合が存在するだろう。そして、歪曲するにせよ適合するにせよ、存在しなければならない──断固として──のであり、賭けられる必要はないだろう。

これらの命題の真実は、それらが戦っているという点に表れている。つまり、これらの命題そのものが、好運のように賭けられているのであり、存在が偽りであること(存在そのものの観点の偽り)に賭けているのである。これらの命題は賭けられるが、しかしそれに勝っても、また賭けられなければならない。存在に関するもろもろの真実のほうは、固定した不変なものであるべきであったのと同様に、人間が自分自身の思考に対して抱く不寛容と一致する。存在は、言語の死を確実にしていたが、これらの真実によって言語は、言語そのものの攻撃的な倒錯として幸い生き延びるのである。

もし神が存在するなら、神ではないことは不運ではないだろうか。

恍惚という事実の真実。

神と一緒にいても気ままに振る舞うこと。

絶対に不幸などない。

精神に可能なものを拡大する命題の真実。この可能なものは、遠ざかるものであり、不可能なもののなかでしか本当に可能になることはない。というのは、そのように獲得される可能なものは、死だからである。

過去に書いたものを破棄すること。

聖人は、教義が彼を選んだときに、存在できるようになった——カトリック教義に従って。

科学との一致。科学と一致しないものはすべて不快に感じられる。

唯一の言いわけ……宗教的な問題を、練り上げられた命題に還元する必要性。

苦痛が好運への賭けと結ぶ関係。一方には、好都合な立場があり、賭けることで勝たなければならない。しかし、負けることもあるのだ。そうすると、われわれは深淵の上にいることになり、苦痛

一九四三年一月十七日。

神学者は、省察の深さがどこまで進むのかを、なかなか想像できない。違うのだ。神は、神学が考えているようなもの——諸存在の分類を保証するもの——ではありえない。私が言うことを理解してほしい。「私は誰それのようになれたのに……」などと問うて、なんの意味があるのだろうか。〔……〕

(151)　この段落は、草稿Aでは以下の文章になっている（草稿Bでは線で削除されている）。

自我の両足を、文章という紐にからませて身動きできなくさせること。自我の窮屈な墜落ほど、親密な浸透力で欲望に応えるものはない。神という自我の墜落、このうえなく心地よい墜落。神を開示しないものは存在しないし、神の本質は比較できないものである。神、それは神という自我の墜落だ。神はまさに死んでいるため、斧の一撃によってでなければ、神の死を理解させることはできない。

自我などけっしてなかったのだ。

(152) 草稿Aでは、以下の文章が続いている(草稿Bでは線で削除されている)。

サイコロの一振り――それは偶発性だ――一匹の犬がそこにいる。だが、他の犬ではない。偶発性――それについて、われわれは大げさに語った。私がけっして存在しなくなるような、あらゆる好運があったのである。私の家族が送った時間ごとの、分ごとの歴史を思い出して〔……〕

(153) 草稿Aでは、以下の文章が続いている(草稿Bでは線で削除されている)。

神は、ひとつの偶発性にほかならないのではないか。

だが、さらにもっと滑稽だ。人間は神を考え出したが、なんと人間は、神を殺さずに、われわれが自分に欠けていると感じている必然性を、神に担わせたのである――偶発性として、それがわれわれを破壊することに気づかずに。

サイコロの「さらなる栄光のために（*ad majorem gloriam*）」と言おう。その轟きは、事後に見いだされるなら、もっと重々しそうな雷鳴の轟きとは別の意味で不安をもたらすのである。

（154）　草稿Aと草稿Bでは、訳註153で引用した文章に続いて、以下の文章がここまで続いている（この文章と初版本の文章は若干異なっている）。

神が、偶発性から生じずとも明瞭な自我を備えるのを望むことは、われわれが自分自身に抱こうとする観念を、全体の規模に拡大することにほかならない。人々は、結局のところ神は狂気の時間であったと、理解するだろう。自我が、自分を消滅させる世界に滑りゆく運動が、その時間のなかにわれわれを投げ込むのである。その狂気の時間に、人間は永遠に結ばれている。それは、人間の時間なのだ。まさにその輝き、眩暈、叫びにおいて、自我は、自分がもはや存在しないところへ滑っていく。しかし自我は、もはや存在しなくなることの眩暈を、自分から逃れるものを完成させる存在の夢と、混同してしまうのである。

神は、偶発性の束、頂点にほかならない。

われわれは、狂ってしまわなければ、神について語ることはできない。正気に戻るやいなや、くすんだ点しか残らなくなる。それは、賭けに投じられる恐怖が刻まれたイメージだ（賭けから引き剝がされた生への憧憬である）。

(155) この最後の文は、草稿A(そして草稿B)では、以下の文章になっている(初版本でもほぼ同様である)。

雲のなかで、待機状態で宙づりになった雨や雷のように、まだ可能態の存在しかここにはない。交わり合いのなかで、再び存在が偶発する。こうして、偶発性から可能態へ、可能態から偶発性へと進むのだ。私は、死のすべてを欲望するが、それには条件がある。その条件とは、可能態の存在——それは偶発していない——から出発して、偶発によって生まれた私自身へと進みながら、偶発性が停滞した状態から、嵐が私を引き剝がしてくれる道をとらえることである。死にいたる交流が偶発性には含まれていて、もし交流が欠けてしまえば、停止した偶発性は、結局は実体と化してしまうだろう。

私は、神が自分自身に抱く憎しみについて語った。神は、偶発性に落ち込んで、自分を問いに投じなければならない。そうなれば、神はいなくなり、われわれだけが残るのだ——神から見捨てられて。そして、われわれが自分は神とともにいると思い込むときには、われわれは、神が抱く至高な意志に背くことになる。その意志とは、存在したくない、自分を賭けたいという意志であり、ダイスカップに入った無数のサイコロのように、われわれの悲惨さのなかに落ち込んでしまいたいという意志である。

供犠のなかには、この主題がある。不運が「好運を嵐のように消尽して」〔……〕

(156) 草稿Aでは、以下の文章が続いている(草稿Bでは線で削除されている)。

愛し合う男と女は、そのためにお互いに好運によって指名されていて、二つの幸福な裸の身体のあいだに、一人の娼婦を導き入れる。そして、彼女によって過剰な歓喜（それはつねに逃れ去るものだ）に達しようとして、彼女を利用するのだ。娼婦たち、快楽のための生殖器は〔……〕

(157)　エミリ・ブロンテ「戒めと答え」『エミリ・ブロンテ全詩集』藤木直子訳、大阪教育図書、一九九五年、二六五―二六六頁。バタイユは、エミリー・ブロンテの『嵐が丘』（一八四七年）を高く評価していて、『文学と悪』の第一章をこの作家に捧げている。

草稿Aでは、この引用文の後に書きかけの文章が続いていて、線で削除されている。その文章は、後日、『内的体験』の書評依頼状の一部として利用された。その依頼状に従って、補って訳出する。

われわれは、おそらく傷口であり、自然の病だ。それならわれわれは、この傷口を祝祭に、病の力に変えなければならない――しかも、それは可能であり、簡単なことである。このうえなく多くの血が失われる詩は、もっとも強力なものだ。それは、もっとも悲しい夜明けだろうか。その夜明けは、昼の歓喜を予告している。

詩は、さらに激しい内的裂傷を告げる徴であろう。人間の筋肉は、恍惚とした忘我の状態においてしか完全に賭けられることはなく、その力の高み、「決断」――ともかく存在はそれを求めるのだ――の完璧な運動に達することはないだろう。

(158)　初版本、草稿A、草稿Bでは、前段落の「人間は問いかけるのであり」からここまでは、以下の文章になっている。

人間は問いかけるのであり、傷口を閉じることができない（不安が、その傷口を彼のなかに開いたのだ）。世界における私の存在は、「私は誰なのだ」という問いかけの形で表される。別の言い方をするなら、人間は、存在の問いへの投入である（あるいは、問いへの投入の存在だ）。

(159)『ニーチェについて』に収められる詩「時代は継ぎ目からはずれる」（『ニーチェについて』前掲書、一六四―一七〇頁）の草稿に続いて、線で削除された次の文章が記されている（この草稿は、手帖から切り離された八枚の用紙でできていて、一九四三年一月二五日と二六日という日付が記されている）。

「笑いの神性」の続き

三月一日。

いつも私は、偶発性を前にして尻込みをした。私は怖かったのだ。私は、……であることが怖かった。自分という存在、笑いそのもの！《笑いそのもの！》であることが怖かったのだ。

ツァラトゥストラの欲望にかんして、この後で続くこと

ニーチェの動きによって緩やかになって

また、草稿Aでは、以下のように記されている。

〔「「笑いの神性」の第三部」という文字が線で削除されている〕笑う欲望

ヴェズレー、三月十八日。

いつも私は、偶発性を前にして尻込みをした。〔……〕

(160) 初版本では、このカッコから以下の文章が続いている（草稿Aと草稿Bでもほぼ同様である）。

（ときおり、私はそうしたくなったが……）。私は、いたるところで不安を、不安の網目を、喉を締めつける縄の網の目を見抜くのだ。

引用文中の中断符（……）の部分は、草稿Aと草稿Bでは、「自分の期待にうんざりしてしまった」である。

(161) 草稿Aでは、以下の文章が続いている。

もし悲惨さが私を見逃して、そのまま……。

三月末。

夜の帝国の至高者（私の父）について。

南の地の星、樽の海綿、重い錫《すず》のジョッキ、希望の中心である南にある案山子《かかし》の姿をした避雷針、黒ワインの革袋、ビセートル病院のごわごわした袋、フィンガービスケットなしで牡蠣の白ワイン焼きをどうやって食べるのだ、武器を捨てる、すっかり青ざめて四つん這《ば》いになる、バラ疹があっても青いひげを生やして、私は出し抜けにジャヴェル地区の地面に身を沈める。
四月二日。
ああ、願わくは〔……〕

(162) 草稿Aでは、以下の文章が続いている。
うとうとしながら「私は樽と愛を交わす」(私は、分析家たちの巧みさに身を任せる)。先日、私は「blarbu」を書き始めていた。「青い延髄のひげ(blarbe-bleue)」、それは私の父であった《訳註1》。バラ疹。私の母には、湿疹ができていた(父は梅毒を病んでいた)。ジャヴェル地区の地面に関していえば、私の母は家事に専念していたのだ《訳註2》。ポーとボードレールは、子供たちのように不可能なものに立ち向かった。〔……〕
《訳註1》「blarbu」は、おそらく英語の「延髄の(bulbar)」のアナグラムであり、同時に「ひげ(barbe)」を含意している。また、「青い延髄のひげ」は、シャルル・ペローの童話に登場する殺人鬼「青ひげ(Barbe-Bleue)」を思わせる。
《訳註2》ジャヴェル村(現在はパリ十五区の一部)で生産されていた「ジャヴェル水」は、漂白や消毒に使用される水溶液であり、「家事」において用いられる。

(163) 草稿Aでは、以下の文章が続いている。

分析の続き。

「南の地の星」。――〔単語がいくつも削除されている〕ガラス板で挟まれた丸い地図に覆われた小さなナイトテーブル。南の空の地図、南と地下の星。足の下にある死が、南の星を覆う。盲者の眼差し。

「樽の海綿」。生理用ナプキン。

「錫のジョッキ」。地下室にある火の消えた燭台。ジョッキ、つまり手に握られるということ。

「重い」。私の父は、鈴や色鮮やかな安っぽい飾りで覆われた熊と同一視されていて、その父が、やはり地下室に、ロウソクを手に持ってやって来る。そして彼は、私が兄と寝ている家畜小屋に入ってくる。

「南の地の星」からすぐに、地下室へ降りることが関係してくるが、これは子供の頃に何度も、不安になりながら繰り返し見た夢と関係している。この夢は、七月十四日〔革命記念日〕の花火――死の星――と関係している。地下室に、父親と一緒に降りた記憶がある。それは、おそらくもっとも遠い昔の記憶だ。偽物の記憶だろうか。私の父は盲目であったが、地下室へ行かなければならなかった。私は二歳半か三歳で、父を連れて行くことができた。われわれは、ワインを探しに行っていた。ランスにあったその地下室は、深かった。ピラネージの絵のような階段や廊下を通って、そこへ行っていた。扉のところで、怖くて震えたことを覚えている。

「避雷針」。灰色の空の下で、私が不安を感じるなか、それは雷鳴を引き起こす。私がランスで住んでいた家で、それは地下室とともに、私の不安が凝縮した場所のひとつであった。

私の父は、地下室のなかを探し歩いていたが、麻痺状態になってからは、火の消えた燭台に変わってしまった。それでも父は避雷針であり、雲のなかで空を挑発して、不安を与えていた。

「案山子《かかし》」。どれほど案山子のようであったことか！

「希望の中心である南にある」。避雷針は、暗い空の下で、その中心に入り込んでいる。しかし、希望は、破壊する雷だ。彼が両目を失わなかったら、まさに立っている力を失わなかったら。希望とは、破壊するものである。

アイオーンの隣人を明るい歯でかじる
歴代志が、〈牛のような頭をした軍馬〉の足のあいだで爆発する。
屠畜場　屠畜場　いとわしい　比較的

〔……〕

この草稿の文章はまだ続くが、以下は割愛する。ここで言及されている父親をめぐる記憶について、バタイユは、一九二七年六月頃に書いた短い未発表原稿でも言及している（«[Rêve]», O.C., II, pp. 9-10）。

(164) 草稿Aには、「四月三日」という日付がある。
(165) 草稿Aでは、「一冊の本」は、最初は「『呪われた部分』」であったが線で削除された。
(166) 草稿Aでは、「N」は「サン＝ジェルマン」である。
(167) 草稿Aには、「四月五日」という日付がある。
(168) 草稿A（草稿B）では、以下の文章が続いている（初版本もほぼ同様である）。

……そしてまさに金持ち全般の生活だ）。

四月七日。

有用な行動に与えられる部分と、喪失に与えられる部分の割合……

かつて人間は〔……〕

(169) 草稿Aには、「四月八日」という日付がある。

(170) 草稿Aには、「四月十二日」という日付がある。

(171) 草稿Aには、「四月十三日」という日付がある。

(172) 草稿Aには、「四月十四日」という日付がある。

(173) 草稿Aでは、以下の文章が続いている。

好運、それは善良な意識である。明らかな無根拠さ、足元の奈落がなければ、それは凡庸さと同等になってしまう。

四月十五日。

私は、自分が探し求めているものを〔……〕

(174) 初版本では、この文章は以下のようになっている。

もっとも厄介なのは、成功だ。成功が生み出す状況においては、成功へと導いた道——否定的な道——が否定されてしまう。

(175) 草稿Aには、「四月十八日」という日付がある。

(176) 草稿Aには、「四月十九日」という日付がある。

(177) 草稿Aでは、以下の文章が続いている（草稿Bでは線で削除されている）。

四月十九日。

われわれがパリから来て家に入ったとき、黒い喪のヴェールが、日当たりの良い庭の木に干してあった。この陰鬱な「予兆」は、私の心を締めつけた（私の不幸を予告したI《訳註》の長くて黒い幟《のぼり》を思い出させたのだ）。

家で寝た最初の日には、われわれが夕食をとった台所には明かりがなかった。夕暮れになると、暴風がとてつもなく激しくなり、庭の木々は、ぼろきれのように揺さぶられて、風がうなり声をあげるなかで撓《たわ》んでいた。夜がふけると、家中の明かりが消えた。私は、暗闇のなかでクリスマス用のロウソクとマッチを見つけた。明かりが再びつくと、私はロウソクを吹き消した。ちょうどそのとき、もう一度、電気が消えた。もうマッチはなかった……。しばらく暗闇になった後で、ようやくまた明かりがついた。

このちょっとした障害は、私を力づけて、まさに魅了している。嵐のなかの静けさは、私の生のもっとも激しい意味なのだ。外で起こる断裂は、私を落ち着かせてくれる。私は、自分の深い沈鬱さからやって来るものを、なにも恐れてはいないと思う。

《訳註》「I」は「インスブルック」（オーストリアの都市）の頭文字である（cf. Laure, *Écrits, fragments, lettres*, Pauvert, Paris, 1979, p. 306）。ちなみに、バタイユの小説『空の青み』にも「黒い幟《のぼり》」への言及がある（バタイユ『死者／空の青み』伊東守男訳、二見書房、一九七一年、一二〇頁）。ただし、この小説中の舞台はウィーンである。

(178) 草稿Aには、「四月二〇日」という日付がある。

(179) 草稿Aには、「四月二一日」という日付がある。

(180) 草稿Aには、「四月二三日」という日付がある。

(181) 初版本では、以下の文章が続いている（草稿Aと草稿Bでもほぼ同様である）。

美学より遠くへ進むことを望むなら、震えて当然だ。困難のなかで、私の精神的な明瞭さ、無頓着な明断さが再び見いだされる。もう長い間、私は休息を好んでいない。私が専念する征服行為は、逆説的であり、所有を排するものだ。（最近は毎日、真の困難に陥らずとも、グラス一杯の水に溺れるように、わずかな困難に挫折していた。）今晩の私の明断さは、さらに先へと進んでいく。その明断さのなかで、私は自分の力を、方法を回復するのだ。

(182) 初版本では、この第三章「笑いと震え」は独立した章ではなく、前章「笑う欲望」の一部である。

(183) 草稿Aには、「四月二九日」という日付がある。

(184) 草稿Aには、「四月二五日」という日付がある。

(185) 草稿Aには、「四月二六日」という日付がある。

(186) 「ダナオスの娘」は、ギリシア神話に登場するアルゴス王の娘たちである。生前の罪の報いとして、冥府で、穴のあいた甕に水をくむという苦役を強いられている。

(187) 草稿Aには、「一九四三年四月二七日」という日付がある。

(188) 草稿Aでは、以下の文章が続いている。

〔以下の文章が線で削除されている。「間違いなく、表現に最大限の表現可能性を与えないのは下劣なことであり、そうして表現の問題を鍵にして……。

四月二九日。

書くことは、ひとつの行動である――私の場合、それは表現されていることと矛盾してしまう」。〕

四月三〇日。

私は、自分に別れを告げる（我を失う）〔……〕

(189) 草稿Aには、「五月三日」という日付がある。

(190) 草稿Aには、「五月四日」という日付がある。

(191) 初版本では以下の文章が続いている（草稿Aと草稿Bでもほぼ同様である）。

いずれにせよ、私のなかにある不滅なものが、私自身のなんらかの完全な消尽に私を投げ込み、欲望に値する唯一の永遠に私を結びつける。春は、過去を夢のように一掃するのだ。

(192) 初版本では、この文章は、以下のようになっている（草稿Aと草稿Bでも同様である）。

そのとき、私はお気に入りの服を着ていないのを残念に感じて、曲がり角で棒にしがみつくように、自分の自然な優雅さ（?）にしがみついていた。

(193) 初版本では、一行分の空白を空けて、以下の文章が続き、その後にまた一行分の空白がある（草稿Aと草稿Bでもほぼ同様である）。

しかし、もし世界がなにも望まなかったら、自分を賭けるとしたらどうだろうか。私は決定的な重要性をもつのである。

(194) 草稿Aには、「五月五日」という日付がある。

(195) エッカーマン『ゲーテとの対話』（上）山下肇訳、岩波文庫、一九六八年、二〇八頁。草稿Aでは、以下の文章が続いている。

私は、これほど途方もなく不安がないことの弱さ、「理性の欠如」、ブルジョワ的側面を示すだろう。しかし人間は、自分自身という謎に宙づりになって生きている。〔……〕

(196) 同書、同頁。

(197) ヘーゲル『精神現象学』長谷川宏訳、作品社、一九九八年、十七頁。

(198) エッカーマン『ゲーテとの対話』前掲書、二〇九頁。

(199) 草稿Aには、「五月六日」という日付がある。

(200) 草稿Aでは、以下の文章が続いている（草稿Bでは線で削除されている）。

私は糞をしない神を想像する……笑わない神を想像する……。

(201) 草稿Aの裏面には、線で消された次の詩が書かれている。

無数の頭にまぎれて
目のない私の頭はにこやかだ
私は太陽ではない
頭たちは墓穴《トンブ》へと落ち込んで《トンブ》いく

大きい余分な頭
熟れた頭、膨れ上がった頭、柔らかい頭
風に吹かれる赤スグリ色の頭
夜と昼がそれを空っぽにする

(202) 草稿Aでは、ここは次の文章になっている。

死んだ盲目の星であった
そして疥癬にかかったような十二個のタマネギ
黄色い犬〔……〕

(203) 草稿Aでは、以下の文が続いているが、線で削除されている。

空はうんちをした
空はうんこをした
川の鳥たち
そして海の池が
眠りで満ちて
喜びを甘くささやく
美しき喉が涙を流し
そして長い黒髪が
口づけをしてふざけている
蝿たちミツバチたち
小牛たち象たちが
鳴いて愛を交わす
私は一頭の象

私は一頭の小牛、私はひとつのグラス
白ワインの
私は、輝かしさによって、人間の貧しさから立ち直るが、しかし輝かしさは、悲惨さが生み出す挑戦と関係している（挑戦がなければ消えてしまうだろう）。

(204) 草稿Aでは、以下の文章が続いている。

行動の優位、その議論の余地なき全能性は、キリスト教的な観念論によって虚しい異論にさらされた。現実的な関係の表現ではない正義は、喜劇である。

(205) 草稿Aでは、以下の文章が続いている。

サマデ、ヴィルデルメット。人！　その反対にはオセールの馬。
誰も、自分の頭を捨てることは〔……〕

(206) 初版本では、二二四頁の二行目「物質は、人間を解体して、腐敗によって人間の不在を示すという点で存在している」からここまでが、以下の文章になっている（草稿Aと草稿Bでもほぼ同様である）。

物質は、人間を解体して、腐敗によって、人間における私の不在を明らかにするという点で存在している。

不可解な自我は、おびえて不可解さを保ち続ける。それを改善しようとしても無駄だ（キリスト教的な恭順は汚らわしい）。私は、自分が、自分ではないものとの関係であると、ただ気づかなければならない（私の維持という意味ではなく、私としての神と共にある魂たちの不死性、無限の虚しさにおいてでもない）。人間は、自然と（光と）関係していて、自分が否定するものと関係している。自分が否定するものと関係をもつことは、まさに笑うことであり、解体され、崩れ去ることである。

あらゆる人間は、他者たちにとっての限界である。笑いによる否定は、人間全般が絡《から》みつかれている自然を否定するばかりでなく、各人がまだ絡みつかれている人間の悲惨さを否定するのである。「あらゆる人間は、他者たちにとっての限界である」は、実際は笑うべき主張だ（しかし、笑いは個別性を必要とするし、さらには個別的な諸要素の素早い衝突を必要とするのである）。

草稿Aでは、この後に以下の文章が続いている。

私は一本の樹、一つの石、一つの雑音だが、頭脳があると、危うくそのことを見なくなりそうになった――識別することに酔いしれて――そのため、自分が決定的な断絶であると、まさに基盤であると信じ込む――その結果、識別を失うことになってしまう。頭脳は、自分を光であると――光の誕生であると――思い込むルーぺだ。

(207) 初版本では、この後に以下の文が続いている。

だがそれは、観念論的な笑いだ＝馬鹿げた、偽りの笑い、スケープゴートだ。

(208) 草稿Aでは、以下の文章が続いている。

不可解な肉体、その欲望、そして血の恐怖が私を支えている。肉体、欲望、恐怖は空っぽになってさまよい、あるいはむしろ、衰えた亡霊が引きずる鎖のように街をうろついている。苦しまないこと、面目を失わないこと……そして好みと関係した平凡な義務、疲労……私は単純で愚かだ。もう天まで昇る理由などない。恍惚の高みは、私を苦しめる。私が恍惚となる体験は、ひとつの跳躍であったはずだが、その跳躍は、持続すれば否定されてしまうのである。

(209) 初版本では、二二六頁の後ろから三行目「(私には、それを笑い飛ばす力がある)」の後からここまでは、以下の文章になっている。それ以外にも、この章には、初版本との多くの異同が存在する。

どうあろうと、私にとって空は逃げ場ではない。地上や空にはいかなる逃げ場もない。そのことを厳しく立証しよう。神は、ひとつの逃げ場（逃げ場の見かけ）にほかならない。そして、逃げ場の不在と比べれば、神はなにでもない。神という観念、それと結ばれた優しさ、法悦は、神の不在の予感である。夜と比べれば、無味乾燥さや見かけだけの優美さは——それらはしばしば、動揺を伴う——惨めだ。神のなかで混ざり合う恐ろしい偉大さは、人間を唖然とさせる不在を、神のなかで告げているのだ。私が神と言うときには、神について神秘家たちが行う（そして私自身が笑いながら行う）体験を指しているのである。

人間は唖然として、引き裂かれ、茫然自失する。人間は神そのものだ——存在の絶頂だ——しかし、ひとつの現存（神という観念の基盤にある、人間とは異なる現存……）を必要とする感覚を考えるなら、人間は眠りであり、不在だ。

私と全体の弁証法は、不寛容において、全体と同様に（全体である必要性と同様に）私を全面的に問いに投じるなかで解消される。この弁証法において、問いへの投入が、存在に（神そのものに）取って代わるのである。

この弁証法は、袋小路へと通じている。私は、非-私の預言者なのだ。私は、私という神の蔑視者、大いなる道化だ……。

私は消え去ることはできない。〔……〕

（210）　ラ・フォンテーヌ「カシの木とアシ」『寓話』上、今野一雄訳、岩波文庫、一九七二年、一一一頁。

（211）　初版本では、二三〇頁の十一行目「私は書く、そして死にたくない」からここまでは、以下の文章である。

私は、死なないことを願って書いている。

「私は死ぬだろう」という考えは、息を詰まらせる。私の不在は、すでに外の風だ。滑稽だ！　苦痛や悲惨さのように。私は自分の寝室で、安全な場所にいる。だが墓が、とても近くに迫っていて、とても甘美なのではないだろうか。私の態度の途方もない矛盾。これほど愚かに、死の単純さを受け入れられた人が他にいるだろうか。だが、インクは不在を意志へと変えてしまう。外の風が、この本を書いたのだ。書くことは、自分の意志を押しつけることだ。私は、自分の哲学を組み上げていた。それは、「頭は空の近くにあったが、足は死者たちの帝国に触れていたものの」哲学だ。そうして、一方にも他方にも入り込み、空と大地に広がり、昼の輝きと夜の深さに広がっていく。突風が根こぎにしてくれる時まで。その時、人間は縦横無尽に可能なものに到達する。人間そのものが、存在の反対物に触れるという、存在がもつ必要性なのである。不可能であると同時に可能だ。ここで、《私》と私の死は——笑いにいたるまで——、《私》の影もない外の風へと向かっているのである。

(212)　草稿Bと初版本では、「(……大学の哲学教授Xへの書簡)」と題されていた。ここに収録された書簡とは一部の文面が異なる下書き（以下、下書きB）が、バタイユの書類から見つかっている。刊行版とその下書きの異同は、ガリマール版全集の編者註で指摘されている。また、ドゥニ・オリエ編『社会学研究会一九三七—一九三九』(Denis Hollier, *Le Collège de Sociologie 1937-1939*, Gallimard, Paris, 1995, pp. 75-82) には、後者が収録されている（『聖社会学』兼子正勝ほか訳、工作舎、一九八七年、一六〇—一六八頁）。

(213)　下書きBは、以下の文面で始まっている。

これから述べることをあなたに宛てて書く理由は、これが、われわれのあいだでさまざまな形で続いた会話を、さらに継続する唯一の方法に思えるからです。まず始めに、次のことを申し上げねばなりません。あなたから非難されたおかげで〔……〕

(214) 下書きBでは、この文は以下の文章になっている。

しかし、私は事態を異なる形で思い描いています（私は、ファシズムと共産主義の違いをあまり重視していないのです。その一方で、大いに時間が経てば、すべてが再び始まることがあり得ないとはまったく思えません）。

(215) 下書きBでは、「しかし、芸術作品においても〔……〕」から後は、以下の文章になっている。

しかし、芸術作品においても、宗教の情動的な要素においても、否定性は、生命の大いなる反応への刺激として実存の戯れに入り込むときにさえ、「そのままの姿では承認」されません。まったく逆に、否定性は無効化される過程に導入されてしまうのです（ここで、マルセル・モースのような社会学者による事象の解釈は、私にとって大いに重要です）。ですから、過去の時代が知っていた否定性の対象化と〔……〕

(216) 下書きBでは、以下の文章が続いている。

しかし、彼が自分のなかに否定性を見て感じる恐怖は、芸術作品の場合（宗教は言うに及ばず）に劣らず、満足に変わる可能性があります。なぜなら彼は、まさに行動する欲求に否定性を承認したからです。そして、この承認は、否定性をあらゆる人間存在の条件にする見解と関係しているからです。この探求を途中でやめるどころか、彼は、「承認された否定性」としての人間になることに、全面的な満足を見いだします。そして、否定性を徹底的に承認するために始めた努力を、もはや止めることはありません。したがって科学は、人間の否定性を対象とする限り――とくに左の聖性を――、意識化する過程にほかならないものの中間項になります。そうして彼は、もっとも情動的な価値で満たされた表象を活用します。それは、肉体的な破壊やエロティックな猥褻さ、笑いの対象、肉体的興奮の対象、恐怖や涙の対象といった表象です。彼は、それらに毒されることもありますが、しかしそれと同時に、こういった表象を見えなくしていた不純な覆いから、表象を引き剝がすのです。そして、あらゆる不変なものに抗って荒れ狂う時間のなかに、これらの表象を客観的に位置づけるのです。そのときに彼は理解します。もはやなにもするべきことがない世界に彼を招き入れたのは、彼の好運であって不運ではないと。そして、彼が意に反してなった存在は、いまや他人の承認へ向けて差し出されているのだと。なぜなら、彼が「承認された否定性」の人間になれるのは、そのようなものとして自分を承認させる場合に限られるからです。そうして、行動の観点ではもはやなにもなされない世界で、彼は再び、なにか「するべき」ことを見いだします。そして、彼が「するべき」ことは、することから解放された実存の部分に満足を与えることなのです。まさに、余暇の利用が問題となります。

しかし、だからといって彼が出会う抵抗は、彼に先行した行動する人間が出会う抵抗よりも少ないわけではありません。その抵抗は、始めから現れるわけではありませんが、彼は、あるひとつの罪をひとつの美徳としなくても、一般的に罪というものを美徳というものにしてしまうのです（たとえ彼が、罪を客観化して、そのことで、罪をかつてと変わらず破壊的なままにするとしても）。抵抗の第一段階は、確かに単なる逃避に違いありません。なぜなら彼は、盲者たちの世界にいる見者のように他人と対立していますから、誰も彼が望んでいることを理解できないからです。彼が自分のまわりで出会うのは、遠ざかる人々、すぐに盲者たちのほうへ逃げたがる人々です。そして、かなり多くの人が承認したときになって初めて、その承認は、現実的な抵抗の対象になります。なぜなら、なにかが排除されるべきであると盲者が気づくには、多くの人が関係して、その現存が明らかになる必要があるからです。

ただし、そのときに起こることは、「承認された否定性」の人間が自分のなかに否定性を承認するときには、彼にとって重要ではありません（少なくとも、事態がまとう明確な形に関しては）。なぜなら、彼にとって重要なのは、まさに自分が打ち破らなければならず、あるいは自分を認めさせなければならないという事実だからです。彼は、起こりうる闘争の二段階において打ち勝たなければ、自分の破滅は確実であると理解しています。まず、逃避する抵抗の段階では、彼は孤立して、精神的な崩壊を定められるかもしれません。この崩壊に対しては、彼は最初からなすすべがまったくありません（彼は、自分にとってはメンツを失うのは死ぬのと変わらない、と思う人々の一人かもしれません）。物理的な破壊が問題となるのは、第二段階だけです。しかし、どちらの場合でも、一人の個人が「承認された否定性」の人間になる限り、他人に打ち勝たなければ、彼は消滅することになるのです。彼が用いる力が、まずは逃避の力よりも強力でなければ、そして次に対立の力よりも強力でなければ、彼は消滅するのです。

ここで私は、まるで自分だけの問題ではないかのように、「承認された否定性」の人間について語りました。確かに言い添えたいのですが、私は、自分に起こることを完全に意識した場合にだけ、自分がまったく孤立していると感じています。しかし、このフクロウの物語を終えるには、次のことも言わなければなりません。「使い道のない否定性」としての人間は、多くの人の苦悩によってすでに表されています。そして、実存条件としての否定性の承認は、整理されない状態で、すでにかなり先の段階まで進められてきました。私自身のことに関して言えば、私の実存が決定的な立場に達してからは、私はひたすらこの実存を描写してきました。私が、「承認された否定性の人間」の承認について語るときには、私は、自分が要求されている状態について語っているのです。描写は、事後になって初めて行われます。ミネルヴァは、ここまではフクロウを理解できるように思えます。

まさにちょうどここから、一般化が始まります。そして一般化は、すべてを与件として表します。その後の事態は、決定された力の戯れが安定状態になるように起こります。ヘーゲル自身も、それと同じような一般化を行いました。さらに、後にも残りうる否定性を彼が巧妙に避けたことは、すでに生じた実存形態について私が行っている描写よりも、受け入れがたいと思います――それらの実存形態は、私自身のなかでは非常に明確な仕方で、そしてまさに事後的な描写とは無縁な仕方で生じましたが、ごく一般的な意味では、不明瞭な仕方で生じていたものです――。最後に、次の考察を付け加えておきます。現象学が意味をもつには、ヘーゲルがその作者として承認されることも必要でした（おそらくそれは、真剣な意味では、あなたによって初めて行われました）。そしてヘーゲルは、「承認された否定性」の人間という役割を、徹底的には引き受けなかったのですから、明らかに彼はまったく危険を冒さなかったのです。したがって、彼はまだ、ある意味では〈動物の国（Tierreich）〉に属していたのです。

最後の用紙の裏に、以下の文章が書かれている。

ミネルヴァのフクロウで始める

名前をあげる

続いて、歴史が終わったという観念を詳しく論じる

(217) 草稿Aには、「一九四三年五月八日」という日付がある。

(218) 草稿Aでは、以下の文章が続いている。

おそらくこの奇妙な様相は、まさに言語の奇妙さが帯びる外観である。問い、回答は、語る方法、言語の形態である。問いという形で言語の次元で表されているのは、言語そのものの失敗である。すなわちそれは、この論述の観点から言えば、人間の自律性を非現実の領域に横滑りさせる試みの失敗である。しかし、言語の失敗は、否定的な哲学（自律性を否定する哲学）が表そうとしているものだが、そればかりではない（しかも、自律性の否定は、回答の不在ではなく、自然だけが存在するという肯定的な回答になってしまう）。言語の失敗は、いくつもの仕方で、積極的な心理的反応によって表されるのだ——そのもっとも人間的な反応が、笑いである。

言語の失敗、推論的な範疇から解放された肉体的存在の流出は、ある観点から考察すれば、自然な事

実として現れる。見たところ、この失敗は人間を自然へと連れ戻し、人間から自律性を剝奪する——自律性は、通常は理性の行使と同一視されている。しかし、それは二次的な様相にすぎない。まさに大ざっぱに言えば、笑いほど自然ではないものは、まったく存在しない。そして、徹底的に考えようとすれば、笑いは、自然な条件に対する人間の挑戦なのである。人間は、自分の歓喜の核心を、この挑戦に込めているのだ……。

笑いは、自律性（原則的に、隷属の言語としての自律性）がどのようなものなのかを表現している。笑いは、精神的な隷属の排斥に対応している。そして同時に笑いは、その限界を意味している。それらの限界は、ある点で乗り越えられる。しかし、笑いの条件とは、その限界の網の目が残ることなのだ。限界は人間的であり、一般的に言語のなかで示される（言語のせいで）。笑いは、言葉による想起と混ざり合った事物——あるいは行為——を対象としている——　それらの事物や行為は、したがって、観念的な要求に応えなければならない——しかし突然、それらの要求に対応しなくなると——すると奇妙なことに想起とは異なるものになるのだ。違いを強調したがる嗜好は非常に強いので、わざとらしい違いを持ち出すのもよくあることだ（しばしば、まさに言葉による新しい想起が、輝かしい戯れに基づいてそのような違いを生み出すのである）。しかしながら、重大な事態はそこからなにも生じてはならない。一人の男が突然に地面に倒れてしまえば、彼はもはや人間の観念に対応しなくなるが、彼が死んでしまうと、その違いは笑えるものではなくなる（笑いは抑制される）。

［「こうして王国は破壊される」が線で削除されている。］笑いを通じて瞬時に現れるのは、まさに人間の実存であり、それは人間の核心、人間において自然から逃れ、自然に立ち向かうものである。しかし同時にそれは、一般的に現れるそのような実存、聞く耳を持たない各人の我関せずな態度と関係した実

存ではない。それは、内的な孤独と個人的な自律性から解放された実存であり、ひとつの波が他の波と混ざり合うように、他の人々と混ざり合う実存である。他の形態――陶酔、恍惚、エロティシズム、涙、英雄性――においても笑いと同様であり、そこでは交流が同じ性格を示しているのである。そのさまざまな生理的状態においてもっとも奇妙に思われることは、まさにそこでは交流が、笑いにおけるように、言語の範疇との断絶と関係していることである。原則的に言語は、人間的には根本的な交流の方法である。以上のことから、二重の逆説が浮かび上がる。一方で私は、交流（自己の喪失）が特徴付ける状態を、自律性の道として示した。その一方で私は、重大な交流の形態を表したが、それは、それでも交流の土台となるものの抹消と関係しているのだ。

もっと後で私は、存在が自律性へ向かう運動が、その性格（存在において宙づりにされている、際限のない不在なもの）を引き出すことしかできないことを示すだろう。だが、私は書いているし、言葉を用いている。私の思考そのものが、言葉に対する言葉の戦いのようにできているのだ。いまや、この戦いの準備がすっかりできている。

言語の破壊

詩（すべてを壊す）

概念

言語、言語の果てまで進む必要

まず、それでは言語とはなんなのか。私は、言語を使わなければ、それと戦うことはできない。その一方で、言語が根本的な位置を保つのは明らかである。言語と戦うこと＝言語にその位置を与えること。

(219)『ハレルヤ――ディアヌスの教理問答』は、一九四六年に執筆された。そして、一九四七年一月にオーギュスト・ブレゾ書店から、九二部の限定本として刊行される（ジャン・フォートリエの挿絵入り）。続いて、同年三月にK出版から、限定本として再び刊行された（挿絵なし）。そして最終的に、一九六一年に『有罪者』増補改訂版に再録された。それらの版には、おびただしい数の異同が存在する。『全集』第五巻の編者註は、それらの版と草稿の主要な異同を指摘しているが、内容的には根本的な違いが存在しないため、本訳書ではそれを取り上げない。

(220) 草稿、ブレゾ版、K版では、章番号を示すローマ数字は、「断章」と題されている（「断章I」など）。以下、同様である。

訳者解題
誘惑する書物『有罪者』

私は、お前の裂け目で一杯やる
そしてお前の裸の両脚を広げよう
一冊の本のように広げよう
私を殺すものをそこに読むのだ
バタイユ『ルイ三〇世の墓』(1)

一．バタイユという作家

ジョルジュ・バタイユ（一八九七―一九六二）は、フランスの作家である。生前の職業は、基本的には図書館員であった。しかし彼は、その本職を仮面として、大量の著作を執筆した。彼は、『内的体験』（一九四三、一九五四）や『エロティシズム』（一九五七）といった、二〇世紀思想史に残る思想書を発表して、『眼球譚』（一九二八、一九四七）や『マダム・エドワルダ』（一九四一）を代表とするエロティックな虚構作品を匿名で発表した。それ以外にも、『ドキュマン』誌（一九二九―一九三一）や『クリティック』誌（一九四六―）といった複数の雑誌の創刊にかかわり、主導的な役割を果たし、そこに多数の論文を寄稿している。また、死後には、未発表の大量の草稿が残され、それらはガリマール社が刊行した『ジョルジュ・バタイユ全集』（全十二巻）に収められた。そして、彼が思考の対象とした領域は、実に広大である。文学、哲学、宗教学、社会学、民族学、美術史学、古銭学、古文書学、歴史学、精神分析、政治学、経済学、物理学、生物学……それらの多様な領域を横断しながら、バタイユは、特異な思想を圧倒的なスケールで形成した。まさに知の、あるいは非‐知の巨人である。そして『有罪者』は、彼の代表作のひとつである。

二．神秘的な体験

一九三九年九月五日、バタイユは、『有罪者』の元になる日記を書き始めた。四日前の九月一日には、ドイツ軍が、宣戦布告をせずにポーランドに侵攻、九月三日には、フランスとイギリスがドイツに対して宣戦布告を行った。第二次世界大戦の勃発である。だからこそ、出来事が起こったからこそ、バタイユは書き始めた。しかし、奇妙なことに、戦争について直接に語るためではない。「私は、戦争についてではなく、神秘的な体験について語るとしよう」（本書二五頁）。それは、どのような体験であろうか。

神秘的な体験というと、宗教的な教義に基づいた見神の体験を想起せざるをえない。

実際にバタイユは、本書のなかで、イタリアの神秘家、フォリーニョのアンジェラ（一二四八―一三〇九）が語る見神の体験に言及している。しかし、バタイユの神秘体験は、けっして信仰に基づいた体験ではない。確かに彼は、一九一四年八月にカトリックに入信して以来、厚い信仰心を抱き、一時は聖職者の道に進むことも考えていた。だが彼は、その後、信仰を決定的に放棄する。それにもかかわらず、彼には神秘的な体験が残り続けた。信仰とは無関係に、我を忘れる笑いのただなかで、あるいはエロティックな恍惚のさなかに、また、見るに堪えない残酷なイメージを見つめて心を引き裂かれながら、彼は対象が対象として失われ、対象を前にした自分も、我を忘れて失われる体験に陥っていく。それは、信仰時代の彼が宗教的な対象に見いだしていた体験、しかもさらに強度を増し、とらえがたい未知へと巻き込まれる体験である。『有罪者』でバタイユが語るのは、このような神なき神秘体験、信者が見ていた神が消え去った後に、対象が消え去った後に、それでも残る果てしなき「夜」の体験である。それは、外的な対象なき体験、つまりバタイユが、『内的体験』において「内的体験」と呼ぶ出来事だ。ここで「内的」という言葉は、けっして主体の内面的な自閉を意味することはない。逆に主体は、未知なる夜を前にして、「脱自《エクスターズ》（恍惚）」の体験に陥り、内面的な自閉を引き裂かれ、外へとさらけ出されて夜と交流する。そのとき外は、もはや外在的ではなく、すべてが内的なものへと、内的体験へと呑み込まれていくのだ。

バタイユは、『有罪者』において、この体験への道を、そして体験そのものを思考して、記述しようと試みる。この内的体験は、現在の自分を賭けに投じることによって、予定不調和な好運にしたがって偶発的に到来する。それは、私の企図、私の知の外から訪れて、私の内を外へと引き裂く望外な体験である。それは、私を恍惚とした沈黙へと突き落とし、言語を抹消する体験であり、論証的な言語活動によっては語ることができない。しかしバタイユは、その語り得ない体験を語ろうと試みる。言葉によっては伝達できないものを伝達しようとする。つまり、ここで書くという行為は、そのような不可能な試み、しかし、その不可能性を通じて実践される試みなのだ。『有罪者』とは、バタイユが歩んだ体験への道行き、そして体験そのものを示す書である。そしてこの書は、それと同時に読者に体験を交感させて、「交流《コミュニケーション》」を実現する導きの書である。これは、誘惑する書物なのだ。

われわれは、裂け目を開くようにこの書物を開く。そして「私を殺すものをそこに読む」のである。

三．有罪者

それにしても、これは奇妙な書物だ。哲学書でも、小説でも、私記でもない。それらの要素を孕《はら》みながらも、断章形式、アフォリズム形式で構成され、哲学的な思索、宗教的な思索、体験をめぐる描写、夢の記述、回想、詩、書簡……そのような多様で異質な要素が、構成《モンタージュ》されて一冊の本を形成している。つまりこれは、破格の書物である。正統的な文学の規範に照らせば、この書物そのものが、分類不可能な罪深い「有罪」なものである。それにしても、この『有罪者』という不可解で曖昧な題名は、なにを示しているのだろうか。

ここで問題となる「有罪性」は、けっして刑法上の犯罪を指すものではない。問題となるのは実際の犯罪ではなく、否が応でも、なにもせずとも、あるいはなにもしないがゆえに、社会において「有罪者」という烙印を押されてしまう人間の性質だ。バタイユは、戦争中に兵役にも就かず、肺結核を患い、疎開して『有罪者』を書く社会的な役立たず、有罪者であった。そして、バタイユという作家には、常に罪深いイメージがつきまとっている。彼は、国立図書館に勤務する傍ら、破廉恥な遊蕩に耽り、既婚者でありながら複数の女性と性的な関係をもつ罪深き者だ……あるいは彼は、最愛の恋人ロールを放蕩の道に引きずり込み、おそらく彼女の死期を早めてしまった有責者だ……そして、秘密結社「アセファル」や「社会学研究会」といった集団を結成したあげく、仲間たちから見捨てられた張本人だ……あるいは、若き日に、戦火のなかに父親を遺棄して、その自責の念にかられる罪人だ……つまりバタイユ本人が、題名が告げる有罪者であると言えよう。さらに本書によれば、有罪者は不安にさいなまれる消極的な存在であり、有罪性とは「栄光の不在」である（本書一九〇頁）。しかし、本当にそれだけであろうか。実はこの題名は、単に作家の個人的な生を指し示すものではないし、さらには、けっして単なる消極的な性質を指すものでもない。むしろ有罪性は、バタイユが本書で語る神秘的な体験と深く関係しているはずだ。彼が語る神秘体験は、いかなる宗教的な教義にも基づかない純粋体験であり、なんの役にも立たない。つまりそれは、功利的な社会から見れば、根本的に無用な、有害な出来事、罪深き悪である。ならばその体験者は皆、有罪者だ。

この書物『有罪者』は、一九四四年二月十五日に刊行されたが、バタイユは、その直後、三月五日に「罪について」の講演と討論を行っている(2)。有罪性について考察するとき、この講演を思い起こさずにはいられない。その講演原稿は、後に『ニーチェについて』(一九四五)という著書の一部となるが、「罪」という主題は、当然のように『有罪者』とも深く関わっているはずだ。そこでバタイユが語る罪は、生における「絶頂」の契機であり、「悪」の発現である。それに対して彼は、「衰退」を対置するが、「善」と呼ばれる傾向は、生をむしろこの衰退に導く。この衰退は、存在の個体性の維持に関わる原理である。人間は、確固たる自己の個体性を保全しようとして、有用性の原理を尊重して、自分の生を組織する。未来の目標を優位に置き、現在の生をそれに従属させて、企ての回路を作動させる。そこで重視されるのは、自己保全であり、経済的に言えば有用性であり、富とエネルギーの蓄積である。それに対して「絶頂」が指し示すのは、個体性の侵害であり、衰退の経済が確立する有用性の侵犯である。内的体験はその絶頂だ。この体験において、個体は自己を失い、「脱自《エクスターズ》(恍惚)」の状態に陥る。そのとき個体は、自己の死に臨み、自己を消尽して、自己の無へと投入される。これは、衰退の経済が蓄積して確立したものの破滅、非有用な消費である。(3) 恍惚、祝祭、供犠、笑い、エロティシズムといった出来事は、この絶頂を指し示している。そしてこの絶頂は、功利的な道徳の観点では悪であり、人間の罪深き部分に他ならない。だからこそ、『有罪者』の紹介文が語るように、その頂きを体験する人を見て、まわりの人々は、「頂上(絶頂)に到達したことを、〔…〕過ちとみなしているのだ。そして彼は、その過ちで有罪者となったのである」(本書三一三頁)。

このような絶頂に導く行為を、『有罪者』のバタイユは、回答なき「問いへの投入」、あるいは「賭けへの投入」と呼んでいる。つまり、有用な行動に従事していた存在が、問いに投入されると、その存在は自己の限界を問われて賭けに投じられる。こうして回答なき問いにさらされた存在は、自己の外へとさらされてしまう。そのとき、個体の限界を破る「交流」が生じるのだ。宗教的体験において、たとえばキリストの磔刑を前にした瞑想においては、人間の罪がもたらすキリストの傷と、神に対する罪で傷ついた人間が、傷口を通じて交流していた。それがキリスト教的な神秘体験だが、これは、罪深い体験であり、有罪ゆえに可能になる交流である。そして、この神という対象が無神学的に消失するとき、問いに投入された人間、悪によって個体性を引き裂かれた人間は、彼のように個体性を引き裂かれる他者たちとの交流を体験する。そしてこの交流は、衰退の道徳から見れば、かくも罪深い出来事であり、「交流とは罪であり、悪である」(本書一二二頁)。『有罪者』の話者が探究し、語ろうとするのは、そのような体験である。だからこそ、この書物の話者は有罪者なのだ。そしてその話者の名は、これから論じるように「ディアヌス」である。

四・『有罪者』初版本

『有罪者』は、ジョルジュ・バタイユが本名で出版した二冊目の単著である。一冊目は『内的体験』であり、一九四三年一月にガリマール社から刊行されている。それに続く『有罪者』の初版本は、一九四四年二月十五日に同社から刊行された。裏表紙と題名のページには、「第四版」と記されているが、これは虚構的な情報である。この初版本は、「緒言」、四部に分かれた本文(「友愛」「現在の不幸」「好運」「笑いの神性」)、「補遺」で構成されていた。その内容は、バタイユが一九三九年九月五日から一九四三年にかけて執筆した戦中日記が素材となっている。彼は、『有罪者』の序文草稿で語っているように(本書三一五—三一六頁)、この日記から、私生活に関わる記述や不要な部分を削除している。それればかりでなく、彼は、そうして切断した文章を断章化して、加筆によって磨き上げながら、断章を構成《モンタージュ》して一冊の書物を作り上げた。

この初版本刊行に先立って、バタイユは、第一部「友愛」の原稿となる日記を元にして、同名の「友愛」というテクストを構成していた(この二つの「友愛」は、構成が異なっている）。本書の「序」で彼が言及するように、この原稿は、『ムジュール』誌に一九四〇年四月（十五日）に掲載された。実は、彼は一九四三年の時点では、『有罪者』となる本そのものを、やはり『友愛』という題名にするつもりであった。しかし、レーモン・クノー（一九〇三―一九七六）の助言で、現在の題名へと変更することになったようだ。[4] この「友愛」を一九四〇年に雑誌に掲載したときには、バタイユは、本名ではなく筆名を用いていた。その名は「ディアヌス」である。そして、『有罪者』初版本の著者名は、確かに「ジョルジュ・バタイユ」となっているが、「緒言」では、このディアヌスが執筆者であると語られていた（本書十一頁）。したがって、書物の形態としては、ディアヌスの手記と断章をバタイユが編纂して刊行した形をとっている。しかし、表紙に記された著者名はあくまでもバタイユであり、執筆者とされるディアヌス、つまり書物の語り手である「私」は、著者である彼の分身であるといえよう。

　バタイユは、生前にさまざまな筆名を用いていた。『眼球譚』のロード・オーシュ（便所の神、オーシュ卿）、『マダム・エドワルダ』のピエール・アンジェリック（天使のようなピエール、ペテロ《ピエール》、石《ピエール》……）、『息子』（一九四三）のルイ・トラント（ルイ三〇《トラント》世、公会議の都市トレント《トラント》……）、破棄された『W・C』のトロップマン（有名な殺人犯の名）……そしてディアヌスである。ディアヌスは、『有罪者』初版本ばかりでなく、一九四七年に発表された『ハレルヤ――ディアヌスの教理問答』（後に『有罪者』増補改訂版に収録される）にも登場するし、やはり同年刊行の『詩への憎しみ』（一九六二年に、構成を変えて

『不可能なもの』として再刊）にも現れる。(5)このようにディアヌスは、筆名であるばかりでなく、登場人物として、一人称話者として、バタイユのテクストにたびたび現れている。バタイユは、国立図書館司書という職に就いていた手前、筆名に隠れてエロティックな物語を少部数発行していたと言われるが、おそらくディアヌスは、単に本名を偽るための筆名ではない。司書として社会生活を送るバタイユが、夜のパリで放蕩生活を送りながら、恍惚とした脱自の体験をしたように、あるいは疎開先の地方で、人知れず、我を忘れる好運の体験に打ち震えたように、つまり「私」であるジョルジュ・バタイユが、その瞬間には忘我の「非-私」となるように、執筆するバタイユは、ディアヌスとなることで、この『有罪者』という体験の書を書くことができたのだろう。だが、この名は、厳密にはなにを意味しているのだろうか。

『有罪者』第四部の最終章は「森の王」と題されている。ディアヌスは、まずはこの王と関係している。これは、バタイユが読んでいたジェームズ・G・フレイザー（一八五三―一九四一）の浩瀚《こうかん》な大著『金枝篇』（一八九〇）に登場する名称である。(6)そこでフレイザーは、「森の王（Rex Nemorensis）」と呼ばれる祭司職を問題としていた。イタリアのアリキア（アリッチャ）にあるネミ湖の湖畔には、女神ディアナの聖域とされる聖なる森と聖所があった。「森の王」はその祭司である。この祭司権は、奇妙な規定によって継承されていた。この聖所の神域には、一本の神聖な樹が生えていて、その枝を折ることは固く禁じられていた。しかし、例外的に逃亡奴隷だけが、可能ならばその枝を折ることが許されていた。それを実現した奴隷は、この樹を守る森の王（祭司）と一騎打ちを行い、それに勝利して相手を殺害すれば、前任者の代わりに自分が森の王となることができた。しかし彼は、その後は絶えず死の恐怖におびえることになる。なぜなら、次に殺害されるべきは、森の王となった自分であるからだ。フレイザーは、この森の王が、ディアナの男性配偶者である「ディアヌス（ヤヌス）」を具現している、と考えていた。そして、ディアヌスとディアナの組み合わせは、本来はゼウスとディオネ、ユピテルとユノー、ヤヌスとヤナなどの組み合わせと同じ性質をもつと論じている。だからこそ、『有罪者』のディアヌスは、「私は森の王、ゼウス、犯罪者……」（本書二二八頁）なのだ。彼は、神聖であると同時に、殺人者として有罪者である。

以上のように、ディアヌスという名は、この森の王を表している。そして、この奇妙な祭司継承制度が表しているのは、供犠の儀式にほかならない。つまり、逃亡奴隷は、森の王を殺害することによって、供犠の儀式を実行するのである。そして、この供犠によって彼は新たな森の王となるが、この出来事は、彼が来《きた》るべき供犠の生贄となることを告げているのだ。つまり森の王とは、供犠執行者であると同時に、その対象であり、供犠の主体にして客体なのである。バタイユにとって、供犠はもっとも重要な宗教的操作であった。彼にとって、宗教的な聖なるものは、名付けえぬ非事物である。しかし、制度化された宗教的なものは、命名され、なかば事物化されてしまっている。供犠は、その神聖な対象を殺害することによって、その事物性を破壊して、名状しがたい聖なるものを再生させる儀式である。そして、この儀式を行う執行者は、目の前で生じる対象の死を模擬的に体験して、自分自身も模擬的な死を迎える。そのとき、主体の側の事物性もまた破壊されるのである。つまり供犠とは、実質的には対象の供犠であると同時に主体の供犠であり、供犠執行者は、同時に供犠の生贄とならざるをえない。まさにディアヌスは、その供犠の原型を体現しているのだ。したがって、この名は、森の王の供犠、さらには、それが象徴する神の供犠を形象化しているのである。そして、『有罪者』を執筆するバタイユが、エクリチュールによって供犠を実行する主体であるとすれば、彼は執筆しながら自ら犠牲となり、ディアヌスとなるのである。

　それればかりでなく、ディアヌスという名は、さらに重層的な意味を徴候的に示している。この名をフランス語的に発音すれば「ディアニュス」となるが、この発音は、フランス語ではまず、「十個の肛門（Dix anus）」「「肛門」と言え！（Dis «anus»!）」などを想起させるだろう。あるいはこの名は、まさに「肛門神《ディウ・アニュス》（Dieu anus）」を連想させずにはいない。つまりこの名は、神という高貴なものを下劣な肛門へと転倒して、神を汚し侵犯する名前なのだ。そしてさらに、奇妙なことに、というよりも好運な奇跡のように、ディアヌスは、『有罪者』執筆中にバタイユが出会う女性、彼の妻となる「ディアーヌ（「ディアナ」を意味する）」の名を、予兆的に告知していた(7)。

五．『有罪者』増補改訂版

一九四四年に『有罪者』初版本を刊行したバタイユは、その約十七年後、一九六一年一月二〇日に、『有罪者』の増補改訂版を刊行した。それが本訳書の原書である。初版本と増補改訂版のあいだには、多くの異同が存在する。まず、表紙には、『有罪者』という題名の上に「無神学大全Ⅱ」という総題が追記された。この「無神学大全」は、バタイユが計画していた連作であり、この題名は、トマス・アクイナス（一二二四頃―一二七四）の浩瀚な大著『神学大全』（一二六七―一二七四）を転倒したものである（原題では、「神学的」を意味する「théologique」に、欠性辞「a」が付加された「athéologique（無神学的）」という造語が用いられている）。『神学大全』は、「大全」の名にふさわしく、論証的言語によって構築された体系を示している。しかし、バタイユの「大全」は、むしろ論証的言語を解体しながら再構築するエクリチュールによって、体系なき体系を形成しているといえよう。この無神学大全に、バタイユは、第二次世界大戦中に刊行した三冊の書物を組み込もうとしていた。第一巻は『内的体験』であり、一九五四年一月に増補改訂版が刊行された。第二巻が本書『有罪者』であり、一九五四年の第一巻刊行時には絶版であったが、増補改訂されて一九六一年に刊行された（バタイユは、翌年の一九六二年七月八日に死亡する）。第三巻として、『ニーチェについて』（初版本は一九四五年二月二一日にガリマール社から刊行された）の刊行が予告されていたが、作者の生前に日の目を見ることはなかった（この本は、『有罪者』増補改訂版の刊行時には絶版であった）。一九五四年の『内的体験』増補改訂版に掲載されたバタイユの著作目録によれば、この時点での「無神学大全」は次のような構成になっていた。「第一巻『内的体験』、第二巻『有罪者』（絶版）、第三巻『ニーチェについて』（絶版）、第四巻『純然たる幸福』（近刊）、第五巻『非－知の未完了な体系』（近刊）」である。第四巻と第五巻は、残念ながら著者の生前に書き上げられることはなかったが、さまざまな関連原稿が残されていて、ガリマール社の『ジョルジュ・バタイユ全集』に収められている。最終的な「無神学大全」の構成は、一九六一年の『有罪者』増補改訂版の刊行時に告知されたものであり、先に言及した三巻のみによって構成されることになった。この「無神学大全」は、まさにバタイユの著作群における核を形成している。既刊未刊を問わず、さまざまな著作が、「大全」の計画に組み込まれていて、バタイユは、この計画を繰り返し練り直していた。おそらくそれは、終わりなき、未完了を定められた計画であった(8)。そのようにして編まれたこの大全は、彼の多様な著作群が、直接的にせよ間接的にせよ深く関わり、巻き込まれ、そして放出される計り知れない渦である。『有罪者』は、『内的体験』や『ニーチェについて』とともに、まさにその巨大な渦巻の目を形成している。そこで共通して問われているのは、「神秘的な体験」である。

こうして『有罪者』を「無神学大全」第二巻へと編み直すにあたって、バタイユは、「神秘まず増補を行っている。彼は、一九六〇年に『NRF』誌（第九五号、十一月）に発表した「恐れ」を「序」として収録して、それから「補遺」の後に、単著としてすでに刊行していた小品『ハレルヤ――ディアヌスの教理問答』を増補した。『ハレルヤ』は、本人名義で、一九四七年一月三日にオーギュスト・ブレゾ書店から九二部限定で、ジャン・フォートリエ（一八九八―一九六四）の挿絵入りで刊行されていた。同書は、その三ヶ月後の三月三日に、別の版元であるK出版から、挿絵なしで早くも再版されている（番号入り限定版である）。その後、このテクストを『有罪者』に収録するにあたって、バタイユは多くの改稿を施している。この『ハレルヤ』は、副題にあるとおり、「ディアヌス」が「お前」に教えを説く形式をとっている。「教理問答《カテキズム》」とは、キリスト教の教義を問答形式で解説した入門書を指すが、『ハレルヤ』は転倒した教理問答であり、極めてエロティックな教えが扇情的に告げられる。ディアヌスらしき人物「私」が、おそらく一人の女性に二人称単数形（フランス語では親密な関係で用いられる）で語りかけるが、それを読む読者は、自分が語りかけられ、誘惑されている気持ちにならずにはいられない。

以上の増補を行うのみならず、バタイユは、初版本の文章全体に無数の加筆をして、大幅な改稿を行った。この改稿作業によって、文章は研ぎ澄まされ、強度を増している。間違いなく、この増補改訂版こそが、読まれるべき最終形である。

こうして初版本と増補改訂版の刊行経緯を概観すると、バタイユが行った改稿作業の特異性に注目せずにはいられない。彼は、初版本を構成するにあたって、日記の文章を切断しながら断片を抽出して、文章の冗舌さをそぎ落とし、極度に難解な文章を精錬していった。しかもそれらの言葉は、ときには中断符（……）によって、沈黙へと消えていくように構成されている。さらに彼は、そうして断章化した言葉の破片を、空白の行を介して構成《モンタージュ》していく。増補改訂版は、その構成物をさらに再構成した成果である。こうして接合された断章、そしてその接合面である空白は、構成の異質性を際立たせている。断章化した言葉は、神秘体験、哲学的思索、日々の出来事などを語り、夢や回想を描写し、ときには詩となるが、これらの異質な断章は、それでも書物として構成されて関係を結び合う。断章間の空白は、異質な断片が、それでも連動していく交流の空間を形成しているのだ。この非合理的な構成において、断章の言葉は、空白という恍惚に陥り、沈黙の試練にさらされるが、その間隙を介してまた別の断章が語り始める。バタイユは、時系列的な説話を切断し、合理的な論述を分断して、それらの断片を注意深く接合していく。その接合面は、空白や中断符によって際立たされるが、その言説の中断面は、けっして単なる無ではない。空白は、断章の非関係的関係、異質なものが交流する空間であり、言葉が沈黙へと失われ、沈黙が言葉へともたらされる閾、思考が恍惚へと失われ、恍惚から思考が生じる閾を形象化しているのだ。そして読者は、これらの断章を読みながら、自らの文学体験においてそれを構成し直し、伝達される言葉を解読しながら、同時に言葉にならない叫び、そして沈黙を聞き取り、空白をコミュニケーションの場に変え、空白を貫いて言葉を結び合わせ、言葉と沈黙、思考と恍惚、知と非－知を体験する。『有罪者』を読む行為は、読者をそのような体験へと誘《いざな》っていくのだ。

六．交際と移動

そうして構成された『有罪者』の本文は、先ほど言及したようにバタイユの日記を素材としている。彼は、そこから固有名や私的な記述を削除しているが、その削除された箇所もまた、やはりこの本を醸成する土壌をなしていたはずである。刊行されたテクストに直接的には顕在化せずとも、削除された手記が、テクストに潜在して、その徴候を発しているのをわれわれは感じずにはいられない。とりわけバタイユは、第一部「友愛」を構成するにあたって、ひとりの女性に関する記述を全面的に削除している。それは、コレット・ペニョ（一九〇三―一九三八）、通称「ロール」にまつわる回想である。

バタイユとロールが知り合ったのは、一九三一年のことである。「最初の日から、彼女と私のあいだに、私は完全な透明性を感じた[9]」と、バタイユはその日の印象を鮮烈に記している。その頃、バタイユは「民主共産主義サークル」（旧マルクス・レーニン共産主義サークル）に加入して、その機関誌である『社会批評』誌に寄稿をし始めていた。このサークルの代表は、ボリス・スヴァーリン（一八九五―一九八四）であった。当時ロールは、スヴァーリンの恋人であり、『社会批評』誌の出資者にして寄稿者であった（クロード・アラックスという筆名を用いていた）。バタイユとロールは、その後、一九三四年七月頃から愛人関係を結び始める。一九三四年末か三五年始めに、バタイユは妻であった女優のシルヴィア・バタイユ（一九〇八—一九九三）と別れ（正式な離婚は一九四六年）、一九三五年にはロールと同棲生活を始める（パリのレンヌ街七六番地の二にあったバタイユの住居で）。そして一九三八年十一月七日午前八時、ロールは、病苦の末に死亡した。パリ郊外のサン＝ジェルマン＝アン＝レーにあった、バタイユの自宅（マレーユ街五九番地の二）でのことである。そのとき、「ひとつの死が、彼を引き裂いた」、とバタイユは回想している[10]。その翌年に、バタイユは『有罪者』となる日記を書き始めるが、刊行本から削除された手記では、ロールの死をめぐる回想、二人で行ったエトナ山登攀の思い出（『有罪者』には、その記憶にまつわる重要な断章が、第一部「友愛」の終わりと第四部「笑いの神性」の終わりに二度現れる）などが綴られている。本訳書においては、刊行本から削除されたそれらの記述を、訳註において訳出して引用した。その悲痛な文章を読む者は、心を引き裂かれずにはいられないだろう。また、ロールが残した遺稿はバタイユに衝撃を与え、一九三九年春に、彼はミシェル・レリス（一九〇一—一九九〇）と協力して、彼女の遺稿『聖なるもの』を非売品として刊行した（二〇〇部）。一九四三年五月にも、彼女の遺稿『ある少女の物語』を、やはり非売品として出版している（三三部）[11]。

　そしてロールと死別してから、バタイユはおもに二人の女性と深い関係を結んだ。一人はドゥニーズ・ロラン＝ロト＝ル・ジャンティ（一九〇七—一九七八）、もう一人は、先ほど言及したディアーヌ・ジョゼフィヌ・ウジェニ・コチュベ・ド・ボアルネ（一九一八―一九八九）である。この二人との交際期間は、『有罪者』の執筆時期と重なっているため、以下では、バタイユの滞在地、著作などの主要な出来事を箇条書きにしたい。

バタイユが『有罪者』の元になる日記を書き始めたのは、一九三九年九月だが、翌月の十月に、彼はドゥニーズと出会い、ロールが亡くなった家で同棲を始める。『有罪者』第一部「友愛」は、一九四〇年三月までの日記が元になっている。

一九四〇年五月十四日、ドイツ軍がパリに侵攻。五月二六日、バタイユは、ドゥニーズをオーブレ（ロワレ県）へ連れて行き、ドゥニーズは、そこからリオン＝エス＝モンターニュ（オーヴェルニュ地方のカンタル県）へ移動。バタイユは、五月三〇日にパリからリオン＝エス＝モンターニュへ行き、またすぐパリに戻るが、六月十一日に再びオーヴェルニュ地方へ出発。十二日にシャトールー、モンリュソンを経由。十三日にモンリュソンからドリュジャックへ。十四日にフェルリュクに着き、そこにドゥニーズと滞在。七月二八日にヴィシー、三一日にはクレルモン＝フェラン。八月四日、ボールからドリュジャックへ。八日、クレルモン＝フェラン。その後、ドゥニーズとパリに戻る。八月二八日（もしくは九月二八日）にサン＝ジェルマン＝アン＝レーの家からの引っ越し。『有罪者』第二部「現在の不幸」の第一章「集団避難」は、移動が激しかった一九四〇年五月から八月の時期に該当する。

一九四一年、バタイユはパリのサン＝トノレ街二五九番地、ドゥニーズはルール街三番地に住む。バタイユは、九月から十月にかけて『マダム・エドワルダ』を執筆。十一月、『呪われた部分あるいは有用性の限界』の執筆を断念して、「刑苦」を書き始める（「刑苦」は『内的体験』に収録される）。十二月、ピエール・アンジェリックの筆名で『マダム・エドワルダ』を刊行。この冬に、『内的体験』を構成し始める。『有罪者』第二部第二章「孤独」は、この年の日記に基づいているが、『内的体験』の執筆に集中していたためか、分量が少ない。

一九四二年三月七日、「刑苦」を脱稿。四月二〇日に肺結核になり、国立図書館を休職。夏に、ブシー＝サン＝タントワーヌに住むマルセル・モレの母親宅で、『内的体験』を完成させる。九月から十一月、ノルマンディー地方のパニューズ（ウール県）に滞在。おそらくこのころ（あるいは翌年、もしくは翌々年の前半に）『死者』を書く（物語の舞台キリーは、ティリーという小村を元にしているとされる）。また、「オレステイア」を書き始める（後に『詩への憎しみ』に収録）。十二月、パリに戻り、『沈黙の修練』誌に「ニーチェの笑い」を発表。十二月十四日、六ヶ月の病欠を願い出て、その病欠は、最終的には一九四六年九月三〇日まで続く。

一九四三年一月、『内的体験』を出版。『有罪者』第三部「好運」は、一九四二年からこの一月までの日記をおもに元にしている。三月末にパリを発ってヴェズレーに滞在（十月まで）。ドゥニーズとその息子が同居して、サン＝テティエンヌ街五九番地に住む。六月、『有罪者』出版について、クノーと合意がなされ、夏の間はこの本を仕上げる作業を行う。『有罪者』第四部「笑いの神性」の元になった日記が、最終的にいつまで執筆されたのかは不明だが、確認できる最後の日付は、五月六日となっている。おそらく六月に、ルイ・トラントの筆名で『息子』を刊行。この六月にディアーヌと出会い、恋愛関係を結ぶ。彼女は、ブザンソン近くの強制収容所から解放されて、四月から娘のカトリーヌとともにヴェズレーに滞在していた。八月から十二月にかけて『大天使のように』を執筆（一九四四年四月三〇日刊行）。九月、ディアーヌがパリへ発つ。十月初旬、バタイユはドゥニーズとパリに戻り、ほどなくして彼女との関係を絶つ。彼は、バルテュス（一九〇八―二〇〇一）のアトリエに住む（ロアン小路三番地）。

一九四四年一月、シナリオ『焼けた家』の最初の稿を執筆。二月十五日、『有罪者』刊行。三月五日、マルセル・モレ宅で、「罪」についての講演と討論を行う。最後に付け加えるなら、この年の八月に、バタイユは、ディアーヌの質問への答えとして、『ハレルヤ』を書き上げている（おそらく一九四三年末に着手）。二人は一九五一年一月に結婚した。(12)

バタイユは、以上のような生活を送りながら、『有罪者』を日々執筆していた。だが、この書物は厳密に言えば日記ではない。バタイユは、単に第三者や自分自身の個人情報を隠すために、日記を改稿したのではない。彼は、固有名や執筆当時の具体的な背景を削り落としながら、文章を錬磨して、私的な日記ではないディアヌスの手記を作り上げた。このアフォリズム的な、精錬されて極度に難解になった言葉たちは、確かに削除された言葉たちのささやき、叫びをひそかに響き渡らせている。しかしそれらの声は、もはや匿名的な夜のざわめき、沈黙したざわめきなのだ。そして残された言葉が語るのは、もはやディアヌスによる探究であり、恍惚、好運、笑いをめぐる思考の軌跡である。

七．ブランショとの出会い

以上の三人の女性との出会いに加えて、一人の男性との出会いにも言及しなければならないだろう。その男性とは、モーリス・ブランショである。ブランショは、言わずと知れたフランスの作家である。『文学空間』を始めとする重要な文学論を執筆したほか、小説《ロマン》や物語《レシ》をいくつも発表した。彼は、長年にわたって顔写真を公開しなかったため、顔のない謎めいた作家として知られていたが、近年は伝記も出版され、顔写真も公開され、その著作をめぐる重要な研究が積み重ねられてきている。

バタイユは、ブランショと、生涯にわたって深い友愛の関係を結んでいた。彼は、一九四〇年の終わりか一九四一年の初めに、ピエール・プレヴォ（一九一二―二〇〇三）を介してブランショと知り合い、「即座に称賛と合意で結ばれる」[13]。一九四一年の秋頃、バタイユは、二つの会合を並行して始めるが、ブランショは、その両方に出席して、中心的な役割を果たしたとされる。それらの会合では、バタイユが執筆していた『内的体験』の検討が行われていた。おそらくその場で、バタイユは、信仰なき神秘体験である内的体験には、それを正当化する目的も権威もないことを論じて、この体験は、それでも残る空虚であると主張した。そして、このような体験が、なぜ権威もなにもなしに可能なのか、と彼は問うた。それに対してブランショは、「体験そのものが権威である」「だが、その権威は償われなければならない」と語った。つまり、体験は、外的な権威によっては根拠づけられない純粋体験だが、それでもそれ自体で価値をもつ権威そのものである。だが、その権威は、既存の権威のように不変なものではなく、体験が終わるとともに消失して、償われるはかないものなのだ。このブランショの回答は、内的体験を論じるバタイユに衝撃的な確信をもたらし、彼は、『内的体験』のなかでこの回答を引用した。(14)そしてバタイユは、『内的体験』の第四部「刑苦への追伸」では、ブランショの小説『謎の男トマ』（一九四一年初版、一九五〇年に第二版刊行）を引用して称賛しているが、『有罪者』においてもまた、ブランショの小説『アミナダブ』（一九四二）から長い引用をしている。

その『アミナダブ』の主人公は、『謎の男トマ』と同様にトマと呼ばれている。ある村を訪れたトマは、建物の四階にいるひとりの女性から手招きされて、その建物に入り込む。そうして彼は、その女性を探して建物のなかを延々とさまようのだが、バタイユが長々と引用しているのは、その終わり近くの場面である。トマは、建物の上の階で、ひとりの女性と出会う。それが自分の探し求めていた女性かどうかは、分からない。だが、その女性はトマに語りかける。夜が訪れ、夜がすべてを包みこむときに、彼女は彼に真実を啓示すると、そしてそのとき二人は結ばれると。そうして物語の最後に、とうとうすべてが夜へと消えていく。これは、バタイユにとっては、内的体験の夜であろう。

　この「アミナダブ」という名は、ディアヌスのように謎めいていて、複数の要素を指し示している。この名は、小説のなかの会話で一度だけ言及される。それは門番の名であり、建物の地下にある大門を守っているという。あるいはこの名は、実在の人物の名、ブランショの親友であったエマニュエル・レヴィナス（一九〇五―一九九五）の弟（ナチスによって銃殺された）の名前であり、「わが民族は偉大なり」、あるいは「さまよえる民族」を意味している。そして、聖書に登場する二人の人物、アロンの義父（「出エジプト記」）、ダヴィデの先祖（「歴代志」、「ルカによる福音書」）がこの名で呼ばれている。最後に、この名は、十字架の聖ヨハネ（一五四二―一五九一）の『聖霊頌歌』に登場する悪魔的な人物を示している。『アミナダブ』の訳者である清水徹は、「訳者解説」において、この小説と『聖霊頌歌』の類似性を指摘しているが、十字架の聖ヨハネは、まさにバタイユが、『内的体験』で重要視したカルメル会の神秘家である。(15) バタイユによれば、十字架の聖ヨハネは、信仰の極限において、「形態も様態もないひとつの神の把握(16)」を体験するが、そこから神を徹底的に抹消したものが、未知なるもの、夜であり、バタイユの内的体験である。バタイユが『アミナダブ』の夜に見いだしたのもまた、そのような夜であろう。

八．使い道のない否定性

この夜の体験は、いかなる既存の権威とも無縁である。つまりそれは、役に立たず、使い道のない体験であり、なにかのための、なにかの体験ではなく、単なる体験、純粋体験である。しかしこの内的体験は、生じずにすむものではない。この体験は、企てずとも、あるいは企てに抗って、偶然の好運にしたがって生起してしまう。この体験は、他に使い道のない否定的なものである。そして、それを体験する人間は、「使い道のない否定性」にほかならない。

バタイユは、『有罪者』の「補遺」に収めた「(ヘーゲルに関する講義の講師Xへの書簡……)」で、自分自身をそのように形容している。この書簡の宛名である「X」は、アレクサンドル・コジェーヴ（一九〇二―一九六八）を指していた。「一九三七年十二月六日付け」のこの書簡は、単なる補足資料ではない。バタイユはそこで、コジェーヴが論じたヘーゲル哲学への反論を試みているが、『有罪者』という書物そのものが、ある意味では、その反証として存在しているのだ。

コジェーヴは、モスクワ出身の哲学者である。フランスに来た彼は、アレクサンドル・コイレ（一八九二―一九六四）の後任として、一九三三年から一九三九年にかけて、パリの高等研究院でヘーゲル（一七七〇―一八三一）に関する講義を行った。彼が主題として取り上げたのは、ヘーゲルの主著『精神現象学』（一八〇七）である。当時はまだ、この書物のフランス語訳は存在していなかったが、コジェーヴは、自分でフランス語に訳しながらその文章を読み上げ、明晰に、緻密に解説しながら、大胆な解釈を提示して聴講者を魅了した。この講義はゼミナール形式であったため、出席者の数は多くはなかった。[17]しかし、教室には、後のフランス思想界を代表する錚々《そうそう》たる面々が集まっていた。精神分析家のジャック・ラカン（一九〇一―一九八一）、哲学者のモーリス・メルロ＝ポンティ（一九〇八―一九六一）、エリック・ヴェイユ（一九〇四―一九七七）、社会学者のロジェ・カイヨワ、レーモン・アロン、シュルレアリスムの詩人アンドレ・ブルトン（一八九六―一九六六）、小説家のレーモン・クノー、芸術家の岡本太郎（一九一一―一九九六）……そしてそこには、バタイユの姿もあった。バタイユは、一九三四年から三九年にかけて、この講義に出席した。クノーの回想によれば、彼は出席を欠かさない熱心な聴講者とはいえず、ときには講義中にうとうとすることもあったという。だが、この講義は彼に衝撃をもたらし、「引きちぎり、粉々にして、十回も殺害したのだ[18]」。

すでにバタイユは、自分が中心になって刊行した『ドキュマン』誌の時代から、ヘーゲル哲学に対して批判的な言及を行っていた。それに続いて彼は、『社会批評』誌の第五号（一九三二年三月）に、クノーとの共著で「ヘーゲル弁証法の基底への批判」を発表した（そこですでに『精神現象学』に言及している）。その後、彼はコジェーヴの講義に出席して、ヘーゲルへの理解を決定的に深化させる。その教室でバタイユは、本格的に『精神現象学』のヘーゲルを理解して、そこに「絶対知」の哲学を見いだすが、同時にそこに彼が見いだしたのは、彼を魅了する「死の哲学」[19]、「否定性」の思想であった。

コジェーヴは、最初の一九三三―三四年度の講義において、「ヘーゲル哲学における死の観念」を論じていた。そこで彼は、『精神現象学』の「序文」を引用している。そこで問題となるのは、死を見つめる行為である。精神は、死という否定的なものを前にして、それから目をそらす肯定的なものではなく、逆に絶対的に引き裂かれながらもそれに耐え、否定的なものと対面しながら凝視して、そこにとどまることによって、「否定的なものを存在へと変える魔力」[20]である。そうして人間は、人間的な生を生きる死(否定的なもの)、行動する死となる。人間主体は、所与存在を否定して、死を与え、無化しながら、さらに高次の対象へと高める力となるのだ。コジェーヴは、この否定性の展開を「歴史」として語り、その歴史は終焉を迎えるものであり、そのとき否定性はその役割を終える、と論じていた。そして、彼が語る歴史とは、「主人と奴隷」が弁証法的に闘争する歴史、「承認」を求める闘争の歴史である。

人間は、動物とは異なり、自然的ではない「存在しないもの」を欲望して、所与存在から自分を解き放つ。つまり人間は、「他者の欲望」、存在の欠如、存在のなかで無化を行う無を欲望するのである。この他者の欲望の欲望は、自己が他者から価値を認められて欲望されること、つまり他者によって「承認」されることを求める闘争へと発展する。ヘーゲル的な主人は、自然的な死を恐れず、闘争に勝利し、奴隷という他者から主人として承認される存在となる。それに対して奴隷は、死を恐れ、主人に奉仕する存在となってしまう。しかし、奴隷による主人の承認は、一方的な承認であり、双方が双方に「自己」を認める相互承認、「自己意識」が成立していない。それに対して奴隷は、死を恐れて、主人が体現する死の威力の下で、強制労働に従事する。奴隷は、死への動物的不安を体験して、自己が無となる恐怖を味わい、自分が存在のただなかで維持された無、止揚された無であることを知る。そして奴隷は、無化する無として労働行為を行い、所与存在を否定して変革し、自己の観念を対象として実現する。つまり彼は、死の威力を自分のものにして、「否定する否定性」として労働して、他なる世界を自己として実現する自己意識となっていく。こうして対象を廃棄しながら保存して昇華する行為（止揚）を行いながら、奴隷は、自らの奴隷性という所与状態を否定して、止揚する。つまり奴隷は、革命行為によって主人を打倒するのである。こうして奴隷は、主人を死に至らしめて廃棄するが、この革命行為において自らを死の危険にさらし、奴隷に主人の契機を導入して、奴隷であることを止揚する。そうして奴隷は、「普遍的で等質的な国家」を実現して、その公民へと自らを止揚するのだ。こうして、公民における相互承認が実現されて、互いを自己として承認する自己意識が実現される。コジェーヴによれば、そのとき否定性はその働きを終え、人間という「否定的なものは、否定的なもの自身を否定する否定的なもの」[21]として、行動としての自己を廃棄するのだ。こうして、否定性の展開であった歴史は終焉する。そして、この下部構造の変化は、上部構造においては、賢者の言説による実在するものの総体の開示として現れる。つまり「絶対知」が成立するのであり、それはヘーゲルによる絶対的な学、哲学の実現なのである。

しかし、実のところヘーゲルは、『精神現象学』において「歴史の終焉」を明示的には論じていない。そのため、コジェーヴのヘーゲル論には異論の余地があるが、それでも彼は、隙のない立論を展開しながら、ヘーゲル哲学の論理的帰結として、「歴史の終焉」と「絶対知」の成立を導き出す。だが、バタイユは、この結論に同意することができない。なぜなら、コジェーヴが語る歴史の展開が終わるとしても、否定性はけっして消滅しないからである。なぜなら、バタイユ自身が、それでも残存する使い道のない否定性だからだ。彼の内的体験は、外的権威に依存しない、同一性をもたない、「なにでもない」否定的なものである。『精神現象学』の「序文」で論じられた、死を前にして絶対的に引き裂かれる体験が、行動する否定性に転ずることなく、引き裂かれたままである体験、この有用性のない、用途のない体験が内的体験なのだ。この体験は、それでも望外な好運の体験としてバタイユを襲い、けっして消滅することはない。仮に、否定性の展開としての歴史が、所与存在という「他」を「同」へと否定して還元する行動の歴史が、最終的に終了するとしよう。そうして歴史が「同」の絶対的な実現として、完成した円環、全体性として完了するならば、まさにそのとき、なにでもない否定性が、それでもその外として露呈するのである。それがバタイユの内的体験である。

そして、この内的体験は、ヘーゲルの絶対知に対して非‐知としてその姿を現す。

『内的体験』でバタイユが論じるように、仮に絶対的な知という円環が成立するとしよう。「しかし、この円環的な思考は弁証法的なのだ。それは、最終的な矛盾をもたらす(円環全体にかかわる矛盾だ)。つまり、絶対知、円環的な知は、決定的な非‐知なのである。実際、私がそれに到達するとしたら、私はいまや自分が知っている以上に知ることはまったくない、と知ることになるのだ[22]」。弁証法は、矛盾と総合によって展開する思考の形態だが、総合の完了によって最終的な円環が成立するならば、そうして成立した総合の全体に対して、さらなる弁証法的な矛盾が発生せざるをえない。弁証法の運動は、終焉によって終わることはない。知の完了による終焉は、それ以上は知ることができない、という非‐知の露呈となる。そのとき、完了は終わりなき未完了へと転倒する。ここでバタイユが導入するのは、この終わりなき弁証法である。知が完了するとき、そのときに初めて、「なぜ私が知っているものが存在しなければならないのか[23]」という問いが、完了した知を宙づりにして、絶対的な未知へとさらす。そのとき、絶対知は決定的な非‐知へと転落する。内的体験とは、この知の喪失、非‐知の体験である。

さらに、この使い道のない否定性は、バタイユの外で、ヨーロッパを、そして世界を襲う戦争として荒れ狂おうとしていた。この第二次世界大戦は、「普遍的で等質な国家」を実現する「使い道のある否定」というよりも、むしろ世界を無意味に破壊して焦土と化す、無残な否定になろうとしていた。だからこそ、彼が『有罪者』を書き始めた「日付(一九三九年九月五日)は、偶然の一致ではない」(本書二二三頁[24])。

九・交流の共同体へ

先ほど言及したバタイユのコジェーヴ宛て書簡は、『有罪者』執筆開始の二年弱前、「一九三七年十二月六日付け」のものである。この二日前の十二月四日土曜日に、コジェーヴは、「ヘーゲルの諸概念」をめぐる発表を、高等研究院とは別の場所で行っていた。バタイユの書簡は、直接的にはその発表への応答として執筆されたものである。その発表は、バタイユたちが主宰していた「社会学研究会」において行われた。残念ながら、当日の記録は残っていないものの、出席していたロジェ・カイヨワの証言によれば、そこでコジェーヴは、ヘーゲルをめぐって歴史と哲学の終焉について語ったという(25)。

この社会学研究会は、バタイユ、カイヨワ、ミシェル・レリスが中心となって結成した集団である。この集団は、一九三七年三月にその原型が形成され、同年七月に設立宣言が公にされて、同年十一月二〇日から実際の活動が開始された。そこでは、主宰者の三人のみならず、ピエール・クロソウスキー(一九〇五—二〇〇一)を始めとするさまざまな人々が発表を行い、多様な聴講者が参加して討論を行った。聴講者のなかには、ヴァルター・ベンヤミン(一八九二—一九四〇)や岡本太郎の姿もあったという。社会学研究会の活動は、一九三九年の夏まで続いたが、最終的に空中分解してしまう。

この集団は、「社会学」の研究を標榜しているが、社会学は、当時のフランスにおいて、未開と呼ばれる社会の分析を行って、重大な学問的成果を積み重ねていた。とりわけ、エミール・デュルケーム（一八五八―一九一七）やマルセル・モース（一八七二―一九五〇）の仕事が重要であるが、社会学研究会の参加者たちは、その学問的遺産を継承して活用しながら、目の前にある社会、つまり同時代のヨーロッパ社会を分析することを野心としていた。そして、この「社会」という存在、個人を越えた集合的な力を形成する核となるのが、宗教的な「聖なるもの」である。社会学研究会は、この聖なるものを探求する「聖社会学」を標榜していた。さらに彼らは、人間の共同体を探求するこの研究会そのものを、精神的な共同体へと編成していくことを目論んでいた。

そしてバタイユは、社会学研究会の結成に先立って、一九三六年から、友人たちとともにひとつの秘密結社を結成していた。その名は「アセファル（無頭人）」である。この秘密結社の実体は謎に満ちているが、アセファルは、新たな宗教の創設と共同体の創造を希求して、パリ郊外の森で秘密の儀式までも行っていたという。そして同時期に、やはりバタイユが中心となって雑誌『無頭人《アセファル》』が刊行されるが、それは秘密結社の表の顔であった。この「無頭人」という名称は、頭のない共同体を表している。当時のヨーロッパでは、ファシズムが急速に勢力を増し、ヒトラーやムッソリーニを「頭部」として掲げる国家形成が行われていた。それらの社会、共同体は、唯一の頭部を中心として全体を形成し、その等質化を行い、異質なものを否定し、排除し、抹殺せんとする共同体として台頭しつつあった。それに対してアセファルは、唯一の求心的頭部を原理としない共同性、排他的な同一性を原理としない共同性の探求を目指していた。しかし、結果的にこの試みは挫折する。そして結社のメンバーは、バタイユを見捨てて離散していった。最終的にバタイユは、一九三九年十月二〇日に、秘密結社アセファルの解散を告げる書簡をメンバーに送るが、実質的にはその前から、結社は崩壊状態にあったと推測される。つまり、『有罪者』が書き始められた一九三九年九月とは、この二つの共同体の試みが失敗に終わり、バタイユが友人たちから見捨てられて、一人になった時期であった。そして、ロールもまた、すでに彼をおいてこの世を去っていた。(26)

こうしてひとりになったバタイユは、すでに述べたように、神秘的な体験の探究に乗り出す。彼は孤独に、体験を実践し、それを記述しながら、体験をめぐる思索を深めていく。しかし、この孤独な試みは、けっして自閉した営みではなかった。内的体験とは、自閉した個が、忘我の状態に陥り、自閉の殻を引き裂いて、自己を非我へとさらけ出す体験であった。つまりこの体験が暴き出すのは、人間は孤立した自己ではありえず、ひび割れた存在であり、外と共にある存在であるという事実である。バタイユは、この脱我の体験を「交流(コミュニケーション)」と呼んだ。「コミュニケーション」という用語は、通常は人間同士のあいだで行われる情報伝達を意味する。その場合は、情報の発信者と受信者がそれぞれ個として存在していて、そのあいだで意味内容をもつ情報が伝達され、その同一物の共有によって、両者のあいだに共同性が成立する。そこで成立するのは、同一性の所有による共同体である。しかし、バタイユが語る「コミュニケーション（交流）」の主眼は、情報伝達にはない。彼が重視するのは、異質な個が、未来の企図に従属することなく、現在時の瞬間に向かって、それぞれに自己を賭けに投じ、偶然の戯れのなかで自己を失い、他へと身をさらし、交流し合うことである。ここで生じるのは、同一物の共有ではなく、相互の喪失であり、所有ではなく消費である。したがって、交流は、共有的な共同体を形成するものではない。しかし、だからといって、バタイユが論じる交流において、共同性が問われないことにはならない。そこで彼が問うのは、共有的な共同体をもたない人々が、それでも交流し合う共同性、共同体なき人々の共同体である。脱我の恍惚において交流が生じるとき、たとえ交流する人々が見知らぬ者たちであろうとも、彼らのあいだには共犯の絆が結ばれる。それが友愛の関係だ。この友愛は、愛国者や同郷者たちが抱く共有の絆ではない。交流するわれわれは、なにも共有することなく、自己を消尽して共に外へとさらされる。そのとき、友愛という接触の絆がつかの間だけ結ばれるのだ。この深い友愛は、未知なる人々とさえ結ばれる。彼らは、目の前にいない、未だ友人とは呼ばれない人々、「空の星々」のような来《きた》るべき存在だ（本書一一五頁）。その来《きた》るべき人々とは誰か。われわれ読者である。

バタイユは、『有罪者』を書きながら、語りえぬ非‐知の体験を語ろうとする。彼は、伝達しがたい体験を伝えようとする。これは、失敗を運命づけられた試みだ。しかし、われわれはこの難解な言葉をたどりながら、その伝達不可能性を通して、彼の言葉、そこに生じる沈黙、叫び、裂け目を通して、「夜」をかいま見て共振し、自分なりに体験へと導かれる。そのとき、われわれは交流の共同性へと身を開くのである。

バタイユは、社会学研究会とアセファルの失敗をくぐり抜けて、『有罪者』を執筆した。そこで彼は、実在する共同体ではなく、見知らぬ読者との交流を希求しながら、明かしえぬ共同体の探求へと乗り出していく。それは、未だない来《きた》るべき共同体だ。それは、けっして現働化して実体化することなく、潜在的な共同体として、われわれの前に深淵のように開かれている。『有罪者』という書物は、われわれをそこへと誘《いざな》っていく。この書物を通じて、バタイユは、われわれを交流へと誘惑している。彼は、われわれに共犯を呼びかける。だからこそ、この書物を読むわれわれもまた有罪者である。(27)

註

（1） Georges Bataille, *La Tombe de Louis XXX*, *O.C.*, IV, p. 161.

（2） この講演と討論は、マルセル・モレ（一八八七―一九六八）宅で行われた。その記録が、一九四五年に『デュー・ヴィヴァン』第四号に掲載され、後に『ジョルジュ・バタイユ全集』第六巻に収められた。そのテクストの邦訳が存在する（「討論　罪について」恒川邦夫訳、『バタイユの世界　新版』青土社、一九九一年）。

（3） バタイユは、一九三九年から一九四五年にかけて『呪われた部分あるいは有用性の限界』と題された大量の草稿を執筆していた。そこでバタイユが考察したのは、有用性の限界を超えた非有用な消費の問題である。この草稿は放棄されたが、バタイユは、その主題を、後に『呪われた部分――普遍経済学試論Ｉ　消尽』（一九四九）という書物としてまとめている。

（4） クノーは、一九三八年からガリマール社の査読委員を務めていた。バタイユが、一九四三年六月二一日にクノーに宛てた書簡では、この原稿はまだ『友愛』と呼ばれている。「『呪われた部分』に関しては、ほとんど集中して作業をしていませんが、一ヶ月後には（遅くとも二ヶ月後には）『友愛』の原稿がすべて準備できるでしょう」（Georges Bataille, *Choix de lettres, 1917-1962*, Gallimard, Paris, 1997, p. 190）。だが、一九四三年六月二六日にクノーがバタイユに宛てた書簡で、クノーは、「ベルギーで出る短縮版が「友愛」という題なら、それを補完したわれわれの本は、別の題にした方がいいと思います」と勧めている（*ibid.*, p. 196）。そのため、バタイユは、同年七月五日にクノーに宛てた書簡では、「題名の変更に関しては了解しました。『友愛』を『有罪者』（どんな副題もなしで）にします」と書いていた（*ibid.*, p. 196）。

雑誌掲載された「友愛」は、バタイユにとって重要なテクストであり、彼は、『内的体験』の第四部「刑苦への追伸（あるいは新たな神秘神学）」において、それを引用している（バタイユ『内的体験――無神学大全』出口裕弘訳、平凡社ライブラリー、一九九八年、二七九―二八〇頁）。また、同書の第三部「刑苦の前歴（あるいは喜劇）」において、内的体験への道程を示すテクストとして、この「友愛」を引用する計画もあったようだ（cf. O. C., V, p. 445）。

（5）『詩への憎しみ』における「鼠の話」という章の副題は「ディアヌスの日記」であり、それ以外にも「ディアヌス」という章もある。また、バタイユは、この本を再刊するさいに、関連する覚書のなかに「ディアヌス＝私」と記していた（cf. Georges Bataille, *O. C.*, III, p. 509. *Romans et récits*, Gallimard, Paris, 2004, p. 565）。また、未刊の「自伝的物語」である『ジュリー』も、ディアヌス名義にする予定であった（cf. *ibid.*, pp. 483-484）。

（6）バタイユは、一九三四年十二月十日に、勤務先の国立図書館で、『金枝篇』第三版の『スケープゴート（金枝篇、第六部）』を英語の原書で借りていて、一九三九年一月十四日には、そのフランス語訳を借りている（cf. O. C., XII, pp. 598, 612）。また、彼は一九三八年一月十九日に、社会学研究会においてロジェ・カイヨワ（一九一三―一九七八）の代理で発表を行った際に、フレイザーの『金枝篇』を取り上げて、「ネミの祭司」について論じていた（ドゥニ・オリエ編『聖社会学』兼子正勝ほか訳、工作舎、一九八七年、二二八―二二九頁）。

（7）「ディアヌス」という名称については、西谷修『不死のワンダーランド（増補新版）』（青土社、二〇〇二年）の第三章「死の不可能性、または公共化する死」を参照。西谷氏は、この名に、「可能な死」と「不可能な死」の二重性を見いだして、この問題をモーリス・ブランショ（一九〇七―二〇〇三）の『文学空間』（一九五五）が提示した死の問題へと接続している。また、この名と森の王の関係については、Bataille, *Romans et récits*, *op. cit.*, pp. 1219-1223、ならびにGilles Ernst, «*Le Coupable*, livre de Georges Bataille», *La culpabilité dans la littérature française* (*Travaux de littérature*, VIII), Adirel, 1995, pp. 427-442も参照。ちなみにバタイユは、『内的体験』の草稿でも、「ディアヌス」に次のように言及している。「ディアヌスという筆名は、ひげ女、そして喉を血まみれにして死ぬ神の味わいを、併せ持っているように思えた」(*O. C.*, V, p. 437)。ここで言及される「死ぬ神」は、神の供犠を意味しているが、「ひげ女」がなにを指すかは不明である。おそらく「ひげ女」は、縁日の見世物にされた「ひげの生えた女性」、つまり女性にして男性的な矛盾した存在、そして神とは対極的な卑俗で奇形的な存在、いわば社会における肛門的な存在を指している。

（8）「無神学大全」に関しては、ジョルジュ・バタイユ『純然たる幸福』（酒井健編訳、ちくま学芸文庫、二〇〇九年）の「訳者あとがき」、ならびに『［新訂増補］非－知　閉じざる思考』（西谷修訳、平凡社ライブラリー、一九九九年）を参照されたい。また、ガリマール社の『全集』第六巻に収録された「［無神学大全の計画］」も参照されたい（«[Plans pour la Somme athéologique]», *O. C.*, VI, pp. 360-374）。

（9）バタイユ「ロールの生涯」（ロール『バタイユの黒い天使――ロール遺稿集』佐藤悦子・小林まり訳、リブロポート、一九八三年、二八二頁）。

（10）バタイユ「自伝ノート」西谷修訳、『ユリイカ』一九八六年二月号、一一四頁。

（11）ロールが執筆したテクストは、後に一冊にまとめられて『ロール著作集』として刊行された（Laure, *Écrits*, Pauvert, Paris, 1977）。その邦訳書も存在する（ロール『バタイユの黒い天使』前掲書）。

（12）以上の伝記的事実に関しては、ミシェル・シュリヤ『G・バタイユ伝』（上下、西谷修ほか訳、河出書房新社、一九九一年）の本文と下巻巻末の年譜、ならびにBataille, *Romans et récits*, *op. cit.* に収録された年譜（マリナ・ガレッティ編）を参照した。

（13）バタイユ「自伝ノート」前掲書、一一五頁。ちなみにブランショは、バタイユと別れたドゥニーズ・ロランと、一九四五年から恋愛関係を結ぶことになる。

（14）バタイユ『内的体験』前掲書、一三〇―一三一、二三五―二三六、四二三―四二四頁。ただしバタイユは、ブランショと出会う以前の一九三九年に、すでに似た言葉遣いをしている。「生と運命への愛そのものが、彼がまずは自分のなかで権威という罪を犯し、そしてそれを償うことを求めるのだ」（バタイユ「ニーチェの狂気」『無頭人《アセファル》』鈴木創士ほか訳、現代思潮社、一九九九年、二一三頁）。この事実を指摘しているのは、ミシェル・シュリヤである（『G・バタイユ伝』下、前掲書、一一三頁）。バタイユとブランショの関係については、クリストフ・ビダン『モーリス・ブランショ――不可視のパートナー』（上田和彦ほか訳、水声社、二〇一四年）のとくに一五三―一六二頁を参照。また、岩野卓司は、『ジョルジュ・バタイユ――神秘経験をめぐる思想の限界と新たな可能性』（水声社、二〇一〇年）の第一章において、バタイユにとってブランショ革命が果たした重要性を論じている。

（15）「アミナダブ」という名前については、以下を参照。モーリス・ブランショ『アミナダブ』清水徹訳、書肆心水、二〇〇八年、三〇二、三二六―三二八頁。ビダン『モーリス・ブランショ』前掲書、一八一、四九八頁。

（16）バタイユ『内的体験』前掲書、二五頁。バタイユによれば、十字架の聖ヨハネは、イエスの処刑に非―知の瞬間を見いだしている（同書、一一八―一一九頁）。バタイユによる十字架の聖ヨハネの受容については、酒井健『夜の哲学――バタイユから生の深淵へ』（青土社、二〇一六年）の第Ⅱ部第一章を参照。また、バタイユの『内的体験』については、吉田裕『バタイユの迷宮』（書肆山田、二〇〇七年）も参照。

(17) レーモン・アロン(一九〇五—一九八三)の回想によれば、出席者は二〇人ほどであった。レーモン・アロン『レーモン・アロン回想録1』(三保元訳、みすず書房、一九九九年)の一〇〇頁を参照。

(18) あるいは、バタイユは次のように回想している。「いったい何回、クノーと私は、小さな教室から息詰まるような気持ちで出てきたことだろう——息詰まり、釘付けされたようになって」。これらの引用文は、『ニーチェについて』の草稿からのものである(O. C., VI, p. 416)。クノーは、バタイユとヘーゲルの関係を論じたエッセイで、この頃のバタイユの出席態度について、先ほど言及したような回想をしている(Raymond Queneau, «Premières confrontations avec Hegel», *Critique*, n° 195-196, août-septembre 1963, p. 699)。しかし、ドゥニ・オリエは、バタイユが聴講しながらとったノートの分量が多量であることから、クノーの回想に疑義を呈している(ドゥニ・オリエ編『聖社会学』前掲書、一五五頁)。ちなみに、岡本太郎は、自分がコジェーヴの講義に出席したことを証言している(岡本太郎「対極」『岡本太郎の宇宙1——対極と爆発』ちくま学芸文庫、二〇一一年、五〇九—五一〇頁。「自伝抄」『岡本太郎の宇宙2——太郎誕生』ちくま学芸文庫、二〇一一年、二七〇頁)。コジェーヴの生涯については、ドミニック・オフレ『評伝アレクサンドル・コジェーヴ——哲学、国家、歴史の終焉』(今野雅方訳、パピルス、二〇〇一年)を参照。

(19) コジェーヴは、ヘーゲルの哲学を「死の哲学」と形容している(アレクサンドル・コジェーヴ『ヘーゲル読解入門——『精神現象学』を読む』上妻精ほか訳、国文社、一九八七年、三七四頁)。バタイユは、一九五五年の論文「ヘーゲル、死と供犠」でこの言葉に言及している(バタイユ『純然たる幸福』前掲書、一九六頁)。

(20) ヘーゲル『精神現象学』長谷川宏訳、作品社、一九九八年、二二頁。コジェーヴ『ヘーゲル読解入門』前掲書、三七六頁。バタイユの「ヘーゲル、死と供犠」は、この「序文」をめぐる論文である(『純然たる幸福』前掲書、二〇四頁)。
(21)　コジェーヴ『ヘーゲル読解入門』前掲書、二三三頁。
(22)　バタイユ『内的体験』前掲書、二四九―二五〇頁。
(23)　同書、二五一頁。
(24)　コジェーヴにとっての歴史は、主人と奴隷の闘争によって開始され、両者の対立が消滅するなら、必然的に歴史は停止する。この「普遍等質国家」成立のモデルとなるのが、フランス革命である。そして、歴史の完成過程を世界史において体現しているのが、ナポレオンであり、ナポレオンはフランス革命の理想を実現して完成した者とされる。ヘーゲルが『精神現象学』を執筆している時期に生じたナポレオン戦争、イエナの戦いは、その瞬間を示していた。コジェーヴは、『ヘーゲル読解入門』第二版(一九六八)の註において(前掲書、二四五―二四七頁)、イエナの戦いで、人類の前衛は、すでに潜在的に歴史的発展の終焉に到達した、と書いている。その後で起こったことは、ロベスピエール＝ナポレオンが実現した普遍的な革命勢力が、ただ空間的に拡大しただけである。そして、二つの世界大戦は、もっとも進んだヨーロッパの歴史的位置に、遅れた文明圏を並ばせる過程にすぎない。つまりコジェーヴは、世界大戦に、ヨーロッパ的な普遍等質国家が世界化する過程を見いだしている。つまり彼は、この戦争を使い道のある否定性としてとらえているのだ。ちなみに、歴史の終焉を実現した社会のモデルとして、そこでコジェーヴは、アメリカ的生活様式と日本的なスノビズムを例として挙げていた。
　また、バタイユの思想と同時代の戦争の思想史的関係については、西谷修の『戦争論』(講談社学術文庫、一九九八年)と『夜の鼓動にふれる――戦争論講義』(ちくま学芸文庫、二〇一五年)を参照。
(25)　Cf. *La Quinzaine littéraire*, n° 97, du 15 au 30 juin 1970, p. 7. オリエ編『聖社会学』(前掲書)の一五四

──一五六頁も参照。カイヨワによれば、この発表でコジェーヴは、次のようなことを語った。ヘーゲルにとって、歴史の終焉を体現するのは馬上のナポレオンであったが、この終焉は、実際にはその一世紀後に、スターリンによって実現されると。コジェーヴは、晩年のインタビューでも、スターリンをナポレオンになぞらえている。アロン『レーモン・アロン回想録1』（前掲書）の一〇二──一〇三頁を参照。ジル・ラプージュ「アレクサンドル・コジェーヴとの対話　哲学者に関心はなく賢人を探し求めています」（加藤美季子ほか訳、『別冊水声通信　バタイユとその友たち』水声社、二〇一四年）も参照。

(26)　社会学研究会は、機関誌をもたなかったため、長いあいだその活動内容の詳細が知られていなかった。しかし、ドゥニ・オリエが関係資料を編纂して、一九七九年に労作『社会学研究会』として出版したことで、その内情が明らかになった（Denis Hollier, *Le Collège de Sociologie*, Gallimard, Paris, 1979）。その邦訳書が前掲の『聖社会学』である。オリエは、その後、この本の増補改訂版を刊行している（Hollier, *Le Collège de Sociologie 1937-1939*, Gallimard, Paris, 1995）。アセファルに関しては、雑誌『アセファル』の復刻版が刊行されていて（*Acéphale*, Jean-Michel Place, Paris, 1994）、すでに邦訳も存在している（バタイユほか『無頭人《アセファル》』前掲書）。秘密結社としての活動内容は、秘められていたため、やはり長いあいだ謎に包まれていた。しかし、マリナ・ガレッティが関係資料を編纂して『魔法使いの弟子』（*L'Apprenti Sorcier, textes, lettres, et documents (1932-1939)*, Éditions de la Différence, Paris, 1999）として刊行したことで、その実体のかなりの部分が明らかになっている。その邦訳書が『聖なる陰謀──アセファル資料集』（吉田裕ほか訳、ちくま学芸文庫、二〇〇六年）である。また、岡本太郎は、自分が社会学研究会やアセファルに参加していたことを証言している（岡本太郎「わが友──ジョルジュ・バタイユ」『岡本太郎の宇宙1』前掲書、四五一──四五六頁。「自伝抄」『岡本太郎の宇宙2』前掲書、二六四──二六九頁）。

(27)　バタイユと共同体の問題については、ジャン＝リュック・ナンシー『無為の共同体――哲学を問い直す分有の思考』（西谷修ほか訳、以文社、二〇〇一年）、モーリス・ブランショ『明かしえぬ共同体』（西谷修訳、ちくま学芸文庫、一九九七年）を参照。また、福島勲『バタイユと文学空間』（水声社、二〇一一年）も参照。

訳者あとがき

本書は、一九六一年に刊行されたジョルジュ・バタイユ『無神学大全Ⅱ　有罪者　付録「ハレルヤ」』増補改訂版（Georges Bataille, *Somme athéologique II, Le Coupable*, édition revue et corrigée, suivie de *L'Alleluiah*, Gallimard, Paris, 1961）の翻訳である。訳出にあたって、本書を収録した『ジョルジュ・バタイユ全集』第五巻（*Œuvres complètes*, V, Gallimard, Paris, 1973）と一九四四年の『有罪者』初版本（*Le Coupable*, Gallimard, Paris, 1944）、ならびに『ハレルヤ――ディアヌスの教理問答』K出版社版（*L'Alleluiah, Catéchisme de Dianus*, K éditeur, Paris, 1947）も参照した。

本書の翻訳書として、すでに出口裕弘先生のご高訳書『無神学大全――有罪者』（現代思潮社、一九六七年）が存在する。極めて優れた翻訳書であり、この達意の訳業が、日本におけるバタイユの受容において果たした役割は限りなく大きい。しかし、この訳書の刊行後に、ガリマール社の『ジョルジュ・バタイユ全集』が刊行され、それ以外の資料の公開も進み、バタイユの研究も世界的に充実してきている。とりわけ、ガリマール社の『全集』第五巻における編者註は、『有罪者』の初版本と増補改訂版の異同のみならず、草稿との異同を指摘していて極めて重要である。本訳書は、そこで指摘された主要な異同を訳註において引用して、書物が生成する過程の一端を可視化することを試みている。そのことで、本書の異なる相貌が浮かび上がることを祈願するばかりである。ただし、ここで一冊の書物としてまず読まれるべきなのは、あくまでも『有罪者』増補改訂版である。読者諸氏には、まずは訳註なしで、このバタイユの代表作をお読み頂きたい。

また、「訳者解題」においても言及したように、本書は、「無神学大全」と呼ばれる連作の第二巻である。「無神学大全」の第一巻である『内的体験』ではなく、第二巻のみを新訳した理由を最後に付言したい。『内的体験』の翻訳は、やはり出口裕弘先生のご高訳によって、現代思潮社から一九七〇年に刊行されたが、その後で改訳版が、一九九八年に平凡社ライブラリーの一冊として刊行されている。この訳書は、すでに揺るぎなき名訳としての評価を獲得していて、手に入れやすい廉価版が多くの読者を魅了し続けている。しかし、『有罪者』の場合は、改訳版も廉価版も今のところ存在していない。その理由は、けっして『有罪者』が重要性において劣っているからではない。むしろ、まさに本書は、体験への誘《いざな》いの書として、「無神学大全」の核心をなしているはずだ。訳者解題で言及したように、本書第一部「友愛」の執筆は、『内的体験』の執筆に先立っていて、内容的にはその序曲をなしている。しかも、そもそも本書は、初版本の刊行当時は「無神学大全」の一冊としてではなく、独立した書物として刊行されていた。以上の状況を踏まえて、本書を文庫版として新訳した次第である。

本書を新訳する話が持ち上がったのは、二〇一〇年十二月である。河出書房新社の阿部晴政さんが、拙著『バタイユ——呪われた思想家』（河出ブックス、二〇一三年）と同時に、バタイユの翻訳書を刊行する企画をご提案くださった。それから翻訳作業が遅々として進まず、残念ながら長い時間が経過してしまった。訳者としては忸怩《じくじ》たる思いである。翻訳をするにあたって、多くの方々からお力添えをいただいた。この場をお借りしてお礼を申し上げたい。とりわけ酒井健先生、アントニー・ド・ナシメント先生からは、貴重なご教示をいただいた。そして、なによりも故出口裕弘先生からは、ご高訳書を通じてつねに貴重なご教示を賜った。また、本書刊行のご提案から実現にいたるまで、阿部晴政さんから迅速かつ適切なご支援をいただいた。そして、これ以上お名前を挙げることは控えさせていただくが、訳者は数えきれぬ方々から多大なお力添えをいただくことができた。本書はその交流の賜物である。

訳者識

Georges Bataille
Somme athéologique II.
Le Coupable

有罪者《ゆうざいしゃ》
無神学大全《むしんがくたいぜん》

二〇一七年一二月一〇日　初版印刷
二〇一七年一二月二〇日　初版発行

著　者　G・バタイユ
訳　者　江澤健一郎《えざわけんいちろう》
発行者　小野寺優
発行所　株式会社河出書房新社
〒一五一-〇〇五一
東京都渋谷区千駄ヶ谷二-三二-二
電話〇三-三四〇四-八六一一（編集）
〇三-三四〇四-一二〇一（営業）
http://www.kawade.co.jp/

ロゴ・表紙デザイン　粟津潔
本文フォーマット　佐々木暁
本文組版　株式会社キャップス
印刷・製本　中央精版印刷株式会社

Printed in Japan　ISBN978-4-309-46457-2